LA MÁSCARA VENECIANA

GLORIA CODINA

LA MÁSCARA VENECIANA

Premio
Círculo de Lectores
de Novela 2012

PLAZA JANÉS

El papel utilizado para la impresión de este libro ha sido fabricado a partir de madera procedente de bosques y plantaciones gestionados con los más altos estándares ambientales, garantizando una explotación de los recursos sostenible con el medio ambiente y beneficiosa para las personas.

Por este motivo, Greenpeace acredita que este libro cumple los requisitos ambientales y sociales necesarios para ser considerado un libro «amigo de los bosques». El proyecto Libros Amigos de los Bosques promueve la conservación y el uso sostenible de los bosques, en especial de los bosques primarios, los últimos bosques vírgenes del planeta.

Primera edición: junio, 2013

Printed in Spain – Impreso en España

ISBN: 978-84-01-35486-1
Depósito legal: B-11.969-2013

Compuesto en M. I. maqueta, S. C. P.

Impreso en Liberdúplex
Sant Llorenç d'Hortons (Barcelona)

L 3 5 4 8 6 1

Este libro obtuvo el Premio Círculo de Lectores de Novela 2012, un certamen con el que se apoya la creación literaria en lengua castellana.

http://premio.circulo.es

MENSAJE PARA VOS

«Debería haber nacido en otra época.» Esta frase me ha acompañado durante toda mi vida. Algunos, los más benevolentes, dicen que soy demasiado inteligente para haber nacido en la Venecia de 1448; otros, los que jamás quisieron conocerme, dicen que soy una bruja a la que debieron ahogar en la laguna de la ciudad, como a una vulgar hereje. Me pregunto cuántos supuestos herejes se ahogaron siendo inocentes, y cuántas brujas fueron quemadas sin haber cometido más pecado que ir en contra de la sociedad y de los que ostentan el poder.

Recuerdo que mi confesor siempre decía que Dios planeaba nuestras vidas. Que todos teníamos un camino marcado, un destino al que llegar y una misión que cumplir. He vivido muchos años, demasiados quizás, y sé que he cometido muchos errores, y creo haber aprendido la lección. Mis conocimientos han sido vastos y he conocido a mucha gente que ha formado parte de mi vida, de mis anhelos, e incluso de mis pesadillas. Pero ahora, al final de mis días, sigo sin conocer cuál era mi misión en la vida.

Quisiera saber si la historia me recordará, o si los mismos que intentaron acallar mi voz en vida conseguirán sus deseos y me borrarán de las crónicas como si jamás hubiera existido. No sé si escribiendo mis memorias conseguiré que estas perduren, y con ellas, todo lo que la vida me ha enseñado, pero sé que hay mucha gente que no quiere que lleguen a ver la luz, por eso he de escribirlas y esconderlas en un lugar seguro. Sólo pido a Dios, después de mantenerme viva hasta ahora, que me dé días suficientes para poder terminar mi crónica, y que así, algún día, cuando el mundo esté preparado, cuando las mujeres podamos ser iguales a los hombres, alguien descubra mi diario para darse cuenta de que la lucha comenzó hace mucho, puede que demasiado.

Si el que ahora sostiene entre sus manos estas viejas notas es varón, espero posea entre sus cualidades la valentía de leer la vida de una dama, que quizás a sus ojos no lo sea tanto. Si sois doncella, sólo deseo transmitiros que jamás estuvisteis sola en vuestra lucha, y espero que seáis lo bastante coherente para preguntaros si la historia que ha llegado hasta vuestros días es del todo cierta.

Soy Costanza. Fui la pequeña Contanti, Costanza de Fondasini, sor Maria Umile, Madame Constans, y otros muchos nombres.

He sido niña, esposa, noble, viuda, amante, madre, monja, cortesana y maestra, pero jamás he dejado de ser mujer.

Esta es mi historia.

Costanza Contanti, en el año del Señor de MDXLVII

UN POCO SOBRE MÍ

Durante mi larga vida son miles las preguntas que me han realizado mis discípulas. Me gusta llamarlas así, ya que espero que hayan aprendido todo lo que les he querido enseñar. Quiero creer que ellas se encargarán de transmitir por este ancho mundo, que cada vez lo es más, aquello que toda mujer, sea de la condición que sea, debería saber. En estos últimos años de mi vida, allí por donde he pasado, se repite siempre una misma pregunta:

–Madame Constans, ¿qué es lo que recuerda de la antigua Venecia?

Nadie se cansa de escuchar la respuesta, aunque siempre sea la misma:

–Sus sonidos, su olor, mi querido Puente de Rialto, situado delante del que durante muchos años fue mi hogar, mi prisión, mi celda de oro. Si algo puedo recordar de mi antiguo *sestiere* es el ruido bullicioso que llegaba a la tienda de mi padre. Las voces de los mercaderes ofreciendo sus mercancías, y las verduleras llamando a los posibles compradores. El ruido de los chapines de las damas, con sus tacones altos para evitar el agua, repiqueteando en los adoquines, mientras mantenían un perfecto equilibrio, apoyándose en sus esposos o criadas. El profundo aroma del agua del Gran Canal que, unido a la vieja madera del puente, llegaba en suaves oleadas, mientras recogía los diferentes perfumes con los que los nobles se bañaban. La fragancia de las viejas barricas de vino de la tienda vecina, el mismo vino que acompañaba nuestras comidas y que sabía mejor que olía.

¡Jamás podré olvidar el perfume de Venecia! Mis viejas *rivas* y *fondamentas* de Rialto. Sé que jamás volverán a ser como las rememoro en mis recuerdos infantiles. Ya nada es igual.

¡Cómo ha cambiado Venecia durante estos años! Recuerdo mi infancia, cuando la vida parecía fácil, pues no tenía más obligación que obedecer los deseos de mi señor, quien, de vez en cuando, me recompensaba mesándome los cabellos, o, incluso, muy pocas veces, con un guiño que nos convertía en cómplices, ante la terquedad y dureza de la férrea educación de mi madre.

Mi progenitora se llamaba Giulia, y sólo cuando tuve a mis propios hijos comprendí que, a pesar de todo, fue una buena madre. Mi padre la llamaba Giulietta. Ese era su nombre, y sé que le gustaba, ya que era una de las pocas decisiones de mi abuelo con la que siempre estuvo de acuerdo, aunque jamás dijera nada sobre las demás. Como buena hija aceptó sin rechistar los mandatos de su señor, aunque con los años pude entender aquel eterno rencor que siempre le guardó a causa del matrimonio que en su día le concertó. Nunca dijo nada, pero siempre sintió envidia de su hermana Lucrezia, pues ella fue quien se casó con Piero, sellando así la alianza eterna entre los Marconato y los Alario. Ahora sé que mi madre se preguntaba por qué no la casaron con Giovanni, el hermano de Piero, o incluso con Francesco, uno de sus primos. Ella sabía que su destino era otro, y al sellar su padre la vía política con el matrimonio de Lucrezia, era deber de mi madre sellar la vía económica casándose con el hijo de uno de sus socios, un rico comerciante y maestro joyero, al que llamaban Alessandro Filippo Contanti.

No era aquel un mal matrimonio. Los Contanti pertenecían a una vieja familia veneciana que, con la liberación de Constantinopla, había sido rescatada en 1229 de las garras turcas. Al llegar a Venecia, pronto crecieron económicamente como artesanos joyeros hasta tal punto que doscientos años más tarde su taller y hogar se encontraban en un lugar privilegiado delante del puente de Rialto, con vistas al Gran Canal, donde sólo los nobles y ricos tenían su *palazzo*.

A pesar de sufrir el carácter agrio de mi madre jamás llegué a saber sus más íntimos pensamientos, ya que nunca osé preguntar; no obstante, cuando ella creía estar sola la había descubierto a veces maldiciendo su suerte por no haber nacido antes que su hermana. Por muy rico que fuera su esposo, seguía siendo un simple maestro artesano, y ella la esposa de un simple mercader.

Con el tiempo aprendí que era un derecho de los varones que las mujeres pudiéramos ser usadas como moneda de cambio para conseguir alianzas, fortunas, títulos e incluso tierras. En este mercadeo de mujeres mi tía Lucrezia se llevó la mejor parte, pues la casaron con Piero de Alario, el hijo del gobernador de Fortefortezza.

Mi tío Piero no era un hombre fuerte, como los caballeros que guerreaban para los múltiples señores feudales que aún existían en otros territorios; era un hombre de ciudad, ilustrado y de porte fino. De cabello castaño y corte monacal, nariz recta, labios casi inexistentes y ojos color caramelo. Las crónicas de la época le llamaban «El débil», por sus numerosos achaques de salud. Aun así, disponía de una maravillosa cualidad que, con los años, aprendí que muy pocos hombres llegaban a tener: un gusto exquisito por todo aquello que consiguiera plasmar, ya fuera sobre tabla, roca o mediante notas musicales, la belleza del arte. Había heredado aquel don de su padre, mi tío abuelo Cosimo de Alario, y para mi fortuna, lo dejó en herencia a su hijo Lorenzo.

Desearía contaros todo lo que mi vieja mente recuerda sobre el gran Lorenzo, pero temo que si empiezo a evocar lo que aprendí y viví con mi primo, olvidaré hechos imprescindibles de mi infancia que debéis conocer, pues son parte de mi vida y, en consecuencia, responsables de haberme convertido en quien soy. Así que permitidme que siga con mi historia donde la dejé.

Nacida la tercera de cuatro hijos, sé que fui amada a pesar de ser mujer. Mi padre disponía ya de dos varones sanos y fuertes, que iban a continuar con el negocio y el orgullo del apellido. Mi hermano mayor se haría cargo del taller, y mi hermano mediano se convertiría en soldado para llegar a ser *condottiero,* o en sacerdote para acercarse a los puestos episcopales.

Maese Contanti, como era conocido en Venecia mi progenitor, era un rico comerciante que aspiraba ennoblecerse si concertaba un buen matrimonio para su hija, aun a pesar de la cuantiosa dote que debería donar a mi esposo para contribuir a mi manutención y a las cargas matrimoniales. Los beneficios serían muy superiores a los gastos, pues unir el apellido Contanti a la nobleza significaría para mi padre contactos importantes con las familias más ricas, los altos cargos del ejército, y con algo de suerte, con los círculos próximos a los príncipes de la Iglesia, quienes tenían fama de realizar grandes dispendios en joyas.

Un tercer hijo varón no hubiera alegrado tanto a mi padre como mi nacimiento, ya que de inmediato comenzó la búsqueda de un buen matrimonio afín a los negocios familiares, que concluyó desposándome legalmente a los diez años con el gran señor de Fondasini, que iba a convertirme en una dama de la nobleza.

Para que pudiera estar a la altura de un matrimonio noble, mi padre invirtió desde mi más tierna infancia en mi educación, permitiendo que el preceptor de mis hermanos se ocupara también de que mis conocimientos fueran suficientes para poder mantener una conversación con las damas de las casas más ricas. Así pues, a las labores de hilar, tejer, coser y bordar, se añadieron clases de canto, clavicordio, vida religiosa, retórica, latín, griego y literatura, y conceptos básicos de álgebra y geografía.

La religión católica dominaba nuestras vidas y las de los venecianos que pretendieran tener un buen nombre dentro de la sociedad. Como era natural, siendo yo mujer, desconocía totalmente qué significaba la política y el poder, pero mi insaciable curiosidad por aprender, gran defecto en una mujer de aquellos tiempos, me llevó a espiar en no pocas ocasiones las conversaciones que los hombres mantenían sobre el gobierno veneciano. Sabía que existía la Signoria, formada por la nobleza de la ciudad, así como la Quarantía, tres jueces con el cometido de juzgar y condenar a los criminales, y el Senado, compuesto de sesenta personas elegidas de entre las familias que formaban parte del Libro de Oro de Venecia, entre las cuales se contaba la mía. Si bien escuché en alguna ocasión nombrar al Consejo de los Diez, no supe hasta mucho tiempo después que el pueblo les consideraba una policía secreta... como no sabía tampoco que se les temía más que se les respetaba.

En una república tan cercana a los Estados Pontificios era imposible que la religión no interfiriera en nuestras vidas, sobre todo porque estas estaban regidas por los toques de las cinco campanas del campanile de la basílica de San Marcos; ellas nos indicaban cuándo debíamos despertarnos, cuándo comenzar a trabajar y cuándo terminar.

Al ser mujer de casa rica, pocas veces me levantaba antes de las ocho de la mañana en verano, y de las diez en invierno. En cambio, Ruth, nuestra criada, se despertaba con los primeros rayos del sol, para que cuando la Marangona del campanile de la *piazza* diera el toque de laudes, mi padre encontrara su escudilla de cereales y su vaso de vino preparados en la mesa.

Si las jornadas de los venecianos eran completamente monótonas, la mía, aunque más relajada, también lo era. Me levantaba con el toque de tercia, me aseaba con el agua de la jofaina de cerámica que mi padre compró a un mercader de Faenza, en Ravenna, y que estaba decorada con suaves pinceladas azules que dibujaban flores jamás vistas por mis ojos; tan reales que podía incluso imaginar su profundo aroma.

Tras rezar mis oraciones y encomendar mi vida a Dios, me reunía con mi madre y hermanos para tomar el espeso puré de cereales que Ruth preparaba. Recuerdo su sabor seco, su textura grumosa y que sólo conseguía tragarlo gracias al *fragolino* caliente, que no era sino un vino dulce, mezclado con canela de Ceilán y azúcar de Sicilia.

En algunas ocasiones, sólo cuando Ruth disponía de tiempo, pues había mucho trabajo que hacer en casa, el puré de cereales era sustituido por un delicioso pastel de frutas, que era una de sus especialidades.

Tras la primera comida del día, llegaba la hora de nuestro preceptor, el maestro Castriotto. Recuerdo aburrirme mucho en sus clases, ya que, aunque jamás osé decirlo en voz alta, yo era mucho más inteligente que los varones de mi casa, siempre entendía a la primera lo que nos explicaba, y tenía que esperar a que mis hermanos lo comprendieran para continuar avanzando. Tras tres o cuatro horas de estudio, según la estación del año en la que nos encontráramos, mi hermano mayor Francesco iba al taller a aprender su oficio, mientras Flavio, mi hermano mediano y yo, continuábamos con nuestras clases de canto y música hasta la hora del ágape principal.

Cuando se escuchaba el toque de nona llegaban las labores que toda mujer debía aprender, aunque a veces mi madre me permitía que le leyera, mientras ella hilaba y tejía.

Durante mi infancia, una de las leyendas que gozaba de una mayor aceptación en Venecia fue la de la doncella y el unicornio. Sé que era la preferida de mi madre, ya que no se cansaba de escucharla, si bien solía inclinarse por la lectura de su viejo devocionario.

Cuando el campanile daba las nueve, todos sabían que debían retirarse a sus hogares, aunque, como decía mi madre, eran muchos los hombres que se quedaban rezongando por los numerosos mesones de la ciudad hasta su hora de cierre, tres horas más tarde.

Como buen ciudadano también mi padre cerraba su tienda a las nueve. Cuando subía, la mesa estaba ya preparada, para que cuando tomara asiento pudiéramos comer la sopa con sabor a carne, donde en alguna que otra ocasión flotaban un par de huevos que mi padre repartía entre toda la familia, una vez él se había servido una de las mitades.

Al cumplir quince años, mis estudios quedaron relegados a un segundo plano, pues mi padre decidió que debía despachar en su comercio; una decisión tomada debido a los acontecimientos que más adelante os detallaré. Para mí, ayudar a mi padre en la tienda habilitada en la planta baja del edificio, al lado de su taller, se convirtió en una vía de escape diaria. Me gustaba mirar la calle y deleitarme con el trajín diario de la gente, el ir y venir de los recaderos, y los paseos a media tarde de las grandes damas, quienes reposaban gentilmente su brazo en el de su esposo, normalmente mucho mayor que ellas, tal como dictaban las normas de la sociedad.

Pese a las reticencias de mi madre, que pensaba que una doncella virtuosa debía evitar puertas y ventanas dado que su hermosura podía llamar a la lujuria, seguí ejerciendo como ayudante en la joyería hasta que tuve edad suficiente para contraer matrimonio; al final, mi señora, que siempre veía una oportunidad aun en las situaciones más críticas, comprendió que trabajar en un lugar asiduamente visitado por las mejores familias y las figuras más notables de la ciudad me ayudaría a hacer buenos contactos para nuestra familia.

Poder ayudar en la tienda de mi padre fue algo que jamás le agradecí lo suficiente, pues de ese modo pude conocer a Enrico, aunque antes de hablar sobre él, o sobre mi esposo, debo explicaros miles de cosas.

Quisiera proseguir contándoos cómo eran mis hermanos. Francesco era el mayor, nos separaban cuatro años y era alto y espigado. De pelo oscuro y liso como mi padre, llevaba el mismo peinado que él, justo por debajo de las orejas. Sus rostros eran idénticos y a veces la gente los confundía en la iglesia. Su faz era estrecha, de pómulos altos, barbilla prominente y nariz recta, aunque sus ojos pequeños, algo rasgados y oscuros, se parecían más a los de mi madre. Su piel era más clara que morena, debido a que siempre cubría su testa con el típico casquete cilíndrico que todos llevaban en la ciudad. Sus manos eran rudas, y en sus palmas asomaban algunos callos causados por las horas que pasaba en el taller.

A pesar de ser la hermana pequeña, conocía muy bien a mi querido hermano, y sé que él, de haber podido, no hubiera elegido la joyería. Francesco era un lector voraz de leyendas, historias de viajes, epopeyas de insignes navegantes, y soñaba con embarcarse en una de esas galeras venecianas que dominaban los mares, para poder ver el mundo que los escasos mapas que llegaban a nuestras manos nos mostraban. Era un soñador y hubiera sido un gran mercader por su magnífica labia, y mejor navegante todavía, pues de todos los hermanos era él quien se sabía de memoria los mapas geográficos que nuestro maestro nos enseñaba, y el único que siempre se preguntaba qué había allende las fronteras. Pero su sino como hijo mayor y heredero era seguir los pasos de mi padre y, aunque tenía buena mano para la fabricación de joyas y un gusto exquisito, yo sé, aunque él nunca dijera nada, que no era lo que él quería ser.

Mi hermano mediano, Flavio, me llevaba dos años. Era un muchacho introvertido, tímido e incluso algo endeble. Tenía las manos finas y los dedos largos, y adoraba tocar el laúd, estudiar música y todo lo que estuviera relacionado con el arte. Sé que a escondidas Francesco enseñaba a Flavio el oficio de joyero, aunque él se inclinaba más por dibujar diseños imposibles, que jamás mostraba a nuestro padre por miedo a llevarle la contraria, y sé que muchas de las joyas creadas por mi hermano mayor habían sido diseñadas por el pequeño y enclenque Flavio. Su rostro era algo más dulce incluso que el de mi hermano mayor, y la sonrisa de sus finos labios, que jamás perdía, le convertía en un muchacho encantador.

Siendo yo una chica curiosa, había escuchado en conversaciones de mis padres que el destino de mi hermano mediano se encontraba entre el ministerio sacerdotal y ser armado caballero al servicio de algún señor feudal, aunque, sinceramente, me costaba imaginar a Flavio guerreando para los señores terratenientes ¿Cómo iba a imaginármelo si apenas era algo más alto que yo? Sus brazos, delgados y pequeños, nunca tendrían la fuerza suficiente para sujetar un arma en condiciones, y por ello rezaba cada día para que llegara una buena oportunidad que le abriera las puertas de alguna orden cercana a Venecia.

Al ser esta la crónica de mi vida, es probable que os preguntéis cómo era mi aspecto. A pesar de que espero que hayan sobrevivido los retratos que diversos artistas de la época me pintaron, debo decir que siempre fui algo más alta que las otras muchachas de Venecia, y que durante mi infancia y juventud estuve demasiado delgada, de manera que las visitas del doctor a casa fueron asiduas. Me prescribía potingues que sabían a rayos, pero que mi progenitora me obligaba a tomar después de examinar el color de mi lengua.

Si mis hermanos se parecían a mi padre, yo era la viva imagen de mi madre. Tenía su talle, su finura, su blanca tez y su piel sin mácula. Mi rostro era algo más relleno que el de mis hermanos y mi barbilla no era tan prominente como la suya.

Si bien mi nariz recta y los pómulos altos eran herencia de mi padre, los labios carnosos, los ojos grandes y expresivos, la frente alta y despejada, y las cejas finas, eran sin duda un legado de mi madre, a pesar de ser yo la única que había heredado el maravilloso color verduzco de los ojos de mi progenitor. Aunque hasta bien entrado el año 1463 no descubrí su verdadero color.

Tal como siempre decía mi madre al peinarme por la noche, mi pelo dorado y ondulado era idéntico al suyo, aunque jamás la vi a ella con el cabello suelto, pues siempre se lo cubría, como dama esposada que era, con una toquilla de fina gasa blanca. Al ser yo una niña me estaba permitido llevarlo descubierto, aunque mi madre, por decoro, siempre me lo recogía en varias trenzas que ataba con lazos de seda; y como lo tenía tan largo, pues jamás me lo había cortado, lo enrollaba alrededor de mi cabeza con un alto moño que aún me hacía parecer más esbelta.

De los hermanos y hermanas que me siguieron sólo recuerdo el nombre pues ninguno de ellos vivió más que unas pocas semanas, aunque mi madre siempre tenía una oración para Violante, Gaspara, Giovanni y Vittoria, que fueron bautizados por ella misma justo después de nacer.

En el año del Señor de 1454 llegó Ginevra, mi última hermana. Yo era muy pequeña, pero recuerdo que me sorprendió cuán rechoncha era. Sé que recé por ella cada noche pidiendo a Dios que no se la llevara, pues quería alguien con quien poder jugar; sin embargo, nadie le daba mucha esperanza de vida, pues se pasaba las noches llorando hasta que por la mañana se la llevaba a su casa Renata, la mujer del panadero Gavino da Fiesole, que siempre había sido nuestra nodriza y que nos había amamantado a todos hasta los tres años de edad.

Por aquella época contaba sólo seis años, pero me disgustaba sobremanera que mi madre dejara a mi hermana en su capazo junto a la escalera, pues su llanto ascendía hasta mi cuarto y no me dejaba dormir. Ella decía que la niña lloraba porque sabía que la muerte la acechaba, aunque una noche comprobé que no era así: al acunarla en mi pecho, mientras le cantaba un cantar de gesta y la cubría con la colcha de mi cama, dejó de llorar. Ginevra permanecía en silencio cuando dormía conmigo y quise creer que así la mantenía alejada de la parca.

Mi madre podía estar orgullosa de que le hubieran sobrevivido cuatro hijos de ocho embarazos. Los Contanti eran longevos, de salud robusta, y encontrar esposa para mis hermanos no iba a ser difícil. Cuatro vástagos era una buena cifra, pues de haber sobrevivido todos ellos mi padre se hubiera arruinado.

No sé si nuestro padre, Alessandro Filippo Contanti, sabía qué era el amor, pero procuró darnos todo lo necesario para convertirnos en adultos, e intentó con nuestros matrimonios dar a los Contanti la oportunidad de tener un lugar en la historia. Estoy segura de que no nos amó por igual, pues no todos teníamos el mismo valor, si bien recuerdo mis tardes infantiles, llenas de cantares y oraciones; los atardeceres tranquilos, sin lloros ni gritos; la maravillosa educación gracias a la cual supe que había muchas cosas que descubrir tras mi querida ciudad de Venecia; y los valores que a su manera imprimió en nuestras mentes y en nuestros corazones, y que intentamos transmitir a los que comparten nuestra sangre.

¡Qué poco duraba la infancia en aquella época, pues todos los sabios decían que los niños tan sólo éramos adultos en pequeño!

Casaban a las mujeres entre los doce y quince años, aunque eran desposadas mucho antes, y obligaban a los hombres a elegir una profesión que jamás iban a abandonar. Al menos, eso era lo que esperaba cualquier padre de familia para poder vivir en paz y tranquilidad.

No sé cuántos años habrán pasado cuando se descubran estas memorias, y desconozco si la vida habrá cambiado con el paso del tiempo, o si la persona que lea mis palabras estará pensando cuán equivocada he estado durante toda mi vida. Realmente quiero creer que el mundo será diferente, pues por lo que han visto mis ojos, ahora que mi vida llega a su fin, aún se siguen descubriendo nuevas tierras y objetos curiosos que facilitarán el día a día de los que seguirán en este mundo cuando yo ya no esté. Puede incluso que la sociedad se haya transformado hasta tal punto que las personas hayan aprendido a discernir entre niños y adultos. Nada me haría más feliz. Mas, para entrar en estas crónicas, se ha de comprender que la vida no estaba hecha para los niños, y que en esa época, o crecías rápidamente o sucumbías en el intento.

MI ÚLTIMO CARNAVAL

En las cincuenta y ocho jornadas que duraba el carnaval, desde el 26 de diciembre hasta el *Martedì grasso*, Venecia se convertía en una ciudad libre, liberal y libertina. Todo estaba consentido y era lícito, y la mayoría de las «cuadrillas de virilidad» se constituían durante esa época, de manera que los jóvenes iban a tener mucho de lo que arrepentirse durante los cuarenta días posteriores de cuaresma. Desde que las familias nobles comenzaran también a celebrar estas fiestas, los ciudadanos se enmascaraban por igual, sin importar rango, dinero o procedencia, cosa que para algunos significaba cometer actos deleznables, con la impunidad que otorga no poder reconocer a la persona enmascarada.

La familia Contanti, a pesar los recelos de mi padre a cerrar la tienda, también asistía a muchas de las celebraciones que se realizaban por la ciudad. Como buena hija, mejor dama, y como toda mujer que apreciara su honor, en las pocas ocasiones que salía por la ciudad, siempre iba acompañada y caminando con la mirada pegada al suelo. Durante el carnaval, tenía absolutamente prohibido encontrarme a solas ni siquiera con los clientes que entraran en la tienda, y debía permanecer en ella junto al aprendiz de mi padre, que carecía del don de la charla y apenas contestaba con monosílabos cuando le preguntaba algo.

Estar vigilada no sólo por mi familia, sino por ese muchacho de mirada un tanto oscura y extraña, a veces me enervaba. Si bien es cierto que sabía que era por mi seguridad, nunca creí que el diablo viniera a buscarme justo a la tienda de mi padre, aun cuando mi madre siempre decía que este podía aparecer en cualquier sitio de la ciudad. Además, la zona donde vivíamos –cerca del Puente de Rialto, el único que permitía cruzar el Gran Canal– se había convertido en un lugar muy transitado, donde los gritos de las personas y sus modales no eran siempre los más correctos.

Durante las últimas décadas, gracias al poder marítimo que había conseguido Venecia, el agua llegaba casi a todas partes gracias a pozos y aljibes, y los comerciantes necesitaban gente que trabajara en sus negocios, de manera que la población de nuestra urbe había crecido desmesuradamente. La llegada de nuevos habitantes, con una cultura tan distinta a la nuestra, provocó que mi madre se pusiera en más de una ocasión las manos en la cabeza cuando, después del oficio, las damas comenzaban a cotillear sobre las noticias de sociedad y los distintos cultos considerados paganos, procedentes de regiones como Corfú o Creta. Para mi padre, en cambio, aquella multitud de gente, ávida de experimentar nuestras fiestas desenfrenadas, era una oportunidad de negocio que no dejó pasar, y por ello, unos meses antes de que empezara el carnaval, adquirió a un artesano de máscaras varias *colombinas* que dejaban al descubierto los labios, a las que pegó piedras preciosas en algunas, y en otras, simples cristales vistosos, pero de escaso valor.

Cuando mi hermano Flavio vio el trabajo de mi padre, dejó que su imaginación volara para convencerle, a través de Francesco, de que las máscaras serían aún más vistosas si las adornaban plumas de ave teñidas. Así pues, y sin saber que la idea no era de mi hermano mayor, mi padre añadió hermosas plumas de pavo real a las máscaras más valiosas, y plumas de tórtola blanca a las más simples.

Recuerdo el Carnaval de 1458 como si fuera ayer. Mi padre, para que todo el mundo viera el trabajo que había realizado con las máscaras, cogió mi colombina y la transformó en uno de los más bellos antifaces. Lo primero que hizo fue que el sastre la forrara de terciopelo rojo y la ribeteara con un pequeño brocado dorado. En la base de los ojos y por todo el lateral del brocado, le colocó una hilera de rubís rojizos, redondos e iguales en tamaño y forma, que hacían que brillara con la luz más tenue. Lo más fascinante fue cuando, tras toda una tarde hablando con los mercaderes recién llegados de las rutas del mar Negro, trajo unas maravillosas plumas largas y de color rojizo que colocó a un lado del antifaz como si de un ramillete de flores se tratara, uniéndolas todas debajo de un gran rubí en forma de pera. Cuando mi padre mostró cómo había quedado la colombina, me quedé fascinada, y al colocármela, mi pelo rubio hizo que todas esas tonalidades rojas resaltaran. Al verla, mi familia se quedó boquiabierta y pronto descubriríamos que no iban a ser los únicos.

–Giulietta, esta colombina se ha hecho para ser vista. Al anochecer saldremos de fiesta y llevaremos a la niña a San Marco –exclamó mi padre.

Levanté la máscara carraspeando.

–¿Qué ocurre, Constanza? –preguntó mi madre.

–La colombina es roja y no tengo ningún vestido rojo. –Esperaba que nadie se enojara por mi sinceridad.

Mi padre frunció el ceño, miró a su esposa, y mi madre, levantando los hombros, dijo:

–Es verdad, Alessandro. La niña no tiene ningún vestido de ese color.

De pronto, y antes de que mi padre se exaltara después de haber trabajado tanto en la colombina que iba a hacerle aún más rico de lo que era, mi madre me cogió de la mano, y con la máscara aún en la cabeza, me llevó corriendo a su habitación, sacó del arcón un maravilloso traje, y me dijo que me lo probara. El precioso vestido de terciopelo rojo llevaba un segundo ropaje interior ribeteado con bordados de flores de hilo rojizo, e incluía unas cintas de seda blanca que ataban sus mangas vaporosas al primero. Mi madre me ayudó a vestirme, colocando bien mi incipiente pecho para convertirlo en un bello seno de mujer, mientras se repetía que nada malo me ocurriría por llevar aquel escote tan pronunciado si me quedaba cerca de mi padre y de mis hermanos. Por la mirada de mi madre deduje que la vestimenta me quedaba perfecta, pues a pesar de que me llevaba veintiocho años, ella siempre había sido delgada y de brazos finos.

Al ser aquella una noche especial, mi madre me dio permiso para maquillar mi rostro, cosa que jamás había hecho, pues siempre decía que la verdadera belleza no era hija de arreglos superfluos, sino de un alma virtuosa. Cuando me puso los polvos de arroz, sentí cosquillas, pero al ver su expresión de aprobación supe que el resultado era de su agrado. Desconocía cómo se realizaban los potingues con los que mi madre me estaba maquillando, pero juro que si hubiera sabido que la débil línea negra con la que mi madre delineó mis ojos estaba realizada con huevos de hormiga y cuerpos de mosca aplastados, aquella pasta negra que agrandó mi mirada no hubiera tocado mi piel. Cuando mi madre untó mis labios con una pasta rojiza que olía al hierro que a veces usaba mi padre en el taller, me dije que era un bonito color.

Nada más salir mi madre de la estancia quise ver mi reflejo, y aunque quedaba diluido por el cristal, pude comprobar que aquella vestimenta me hacía parecer mucho mayor de lo que era. Al volver, mi madre, me ayudó a colocarme los altos chapines que hacían juego con el vestido, sabiendo de inmediato que iba a costarme mucho poder moverme con soltura sobre aquellos lindos zapatos, al menos al principio, y lo cierto es que casi caí de bruces contra el suelo cuando intenté andar sobre ellos.

Mi madre me advirtió que no me soltara del brazo de alguno de los varones que iban a acompañarme. Después, me bajó la máscara, y a través de los huecos a los que se adaptaban a la perfección mis ojos pude ver una leve sonrisa en su rostro, algo extraño, pues ella apenas sonreía.

Mi madre quiso velar por mi reputación, y aunque nadie hubiera logrado reconocerme, cubrió mis hombros con su capa de piel de marta, de un color azabache tan puro que lo llamaban «diamante negro», regalo de boda de mi padre, traído desde las lejanas tierras de Oriente por un mercader a través de la ruta del mar Negro.

Cuando volvimos a bajar, los hombres ya se habían cambiado de ropa y nos esperaban en el *portego,* vestidos con sus *bautas,* que se componían de un *tabarro* negro que cubría todo el cuerpo, el sombrero de tres puntas, y una *larva* blanca y fantasmal. Mi padre se quedó prendado al verme, aunque no ocultó su preocupación por el gran escote del vestido, que no juzgó adecuado para mi edad. Cuando mi madre, a la que en ocasiones llamaba, sin saber que nosotros le escuchábamos, «la beata», dijo que aquello haría que los clientes se fijaran en mí y por ende en la máscara, mi padre se convenció de que si a mi progenitora, que iba a misa diaria, le parecía bien, quién era él, que sólo iba a la iglesia cuando su esposa le obligaba, para decidir lo contrario.

A pesar de no haber podido ver bien mi reflejo me sentí la mujer más hermosa, pues con ese traje ya no era una niña, y cualquiera me hubiera confundido con toda una dama. Creyendo que los ojos de mi padre y de mis hermanos estarían vigilándome acechantes para que nadie cruzara la línea del decoro y las buenas maneras, me sentí completamente segura al salir por primera vez de noche por Venecia.

–Y vos, señora, ¿no os vestís? ¿Acaso no vais a venir? –preguntó mi padre a mi madre.

–No, Alessandro, a no ser que deseéis que lo haga. La niña ha de lucir en todo su esplendor la colombina y no quiero hacerle sombra con mi propia belleza. Sé que cuidaréis de ella como el tesoro que es.

–No lo pongáis en duda, volveremos a casa de una pieza. Vamos, mi preciosa niña, coge el brazo de este pobre viejo, que se hará rico en cuanto todas las demás damas admiren la belleza de la obra de arte que llevas en tu rostro.

Como mi padre quería que la máscara causara un golpe de efecto, decidió coger nuestra galera para ir hasta San Marcos por los canales, para que, una vez en la plaza, toda la atención fuera a parar a mi rostro. Y así fue. Llegamos a la piazza y justo al salir de la galera, ayudada por la mano de uno de los varones de mi familia, las damas y los caballeros comenzaron a fijarse en mí.

Al principio sentí vergüenza, pues yo, que jamás alzaba mi mirada del suelo, pude, oculta tras aquella máscara, ver sus miradas y escuchar los elogios y alabanzas que se confundían con la pregunta que mi padre esperaba, que no era otra que dónde había conseguido aquella obra de arte, momento que él aprovechaba para, henchido de orgullo, dar la dirección de su joyería. Pronto la vergüenza desapareció y, amparada en el anonimato, incluso llegué a sonreír levemente, cosa que fue del agrado de los hombres que nos rodeaban, a quienes en más de una ocasión sorprendí deslizando su mirada hacia mi pronunciado escote.

Mi padre estuvo un buen rato exhibiéndome como si fuera una pieza de colección, sin cansarse de repetir dónde podían encontrar colombinas parecidas ni de hacer contactos con las personas que allí se encontraban para que realizaran pedidos especiales de máscaras únicas. Dos horas más tarde, la gente comenzó a calmarse, aunque mi padre continuaba hablando con sus futuros clientes. Mis dos hermanos habían desaparecido, pues querían disfrutar de la fiesta, y yo, ansiosa por escuchar la melodiosa música de los laúdes y comer los dulces que los panaderos habían adquirido para la ocasión en los diferentes conventos, fui alejándome de mi padre y de la marabunta de la gente que le rodeaba hasta llegar al puesto de pasteles, embriagada por el dulce aroma a miel y licor que emanaba de unas pastas caliente que su aprendiz acababa de traer del cercano monasterio benedictino de Santa Apolonia.

Aquel hombre de barba y pelo blanco, a juego con su máscara, me ofreció amablemente uno de aquellos pastelitos junto a un cazo de vino. Cuando acepté el presente diciéndole que no tenía con qué pagar, me dijo:

–Deduzco por vuestra preciosa colombina que sois una bella mujer, y las mujeres hermosas no han de pagar por comer este dulce y pecaminoso bocado de cielo.

–Señor, no puedo aceptarlo sin daros nada a cambio. Pediré a mi padre que os dé unas monedas.

–Si no tuviera una esposa que me vigila desde la esquina, os pediría a cambio un beso, mas no creo que fuera lo mejor para vuestra reputación, mi bella dama.

Aquella conversación, en lugar de ruborizarme, me gustó. Primero porque aquel hombre se creía que yo era toda una mujer, y segundo, porque no imprimía en su tono malicia alguna.

Comer aquel delicioso trozo de bizcocho caliente, borracho de licor y miel fue lo más agradable que me había ocurrido en toda la noche pero, sin darme cuenta, me había alejado demasiado de mi padre, y al volver sobre mis pasos no pude reconocerlo entre el tumulto de gente que se había congregado en la plaza, al paso de la rúa de los soldados de nuestra república que provenían del Arsenale, del cercano barrio de Castello. Como todos, excepto los soldados, vestían la misma *bauta*, era imposible reconocer a mi padre o a mis hermanos entre el gentío. Mi corazón empezó a latir rápido, pero enseguida se calmó: si bien era difícil reconocerlos, no lo era tanto reconocerme a mí, pues a pesar de que las mujeres competían en belleza con sus vestidos de vivos colores, no había en la plaza otra máscara como la mía. Así pues, acabé con el trozo de pastel, que acompañé con el último trago de vino, y no bien iba a devolverle al amable panadero el cacito de barro, de pronto noté una presencia a mi espalda acompañada de una profunda respiración que me encogió el corazón. No sentí miedo, a pesar de la inusual cercanía de quien quiera que fuese la persona que estaba detrás de mí, pero no reconocí el delicioso aroma mentolado que me llegaba y que no pertenecía a ninguno de los hombres de mi hogar. Al volverme sin temor me encontré con una figura que llevaba la misma *bauta* que todos los demás. Fuera quien fuera aquel personaje, era muy alto, pues a pesar de mis chapines, podía ver sus ojos a la altura de los míos. No dijo nada pero, con la osadía del que nada teme perder, se atrevió a coger mi mano y acercársela a los labios por debajo de la *larva* para besarla, mientras posaba la suya sobre mi pecho, acariciando suavemente mi piel. Me miró a los ojos y me dijo con una bella y ronca voz:

–Hace un buen rato que os observo. Desde que habéis llegado no he podido dejar de miraros. ¿Quién sois, bella señorita, que no sé reconoceros?

Sin esperar mi respuesta y con un gesto sumamente dulce, aquel desconocido me levantó la máscara y al ver mi rostro, exclamó:

–¡Por Dios que sois la dama más bella que he visto jamás! ¿Cómo os llamáis?

Antes de que pudiera decir nada, escuché la voz de Francesco desde lejos llamándome por mi nombre. Pude reconocerlo pues llevaba la *larva* levantada, y le sonreí levantando mi mano como si no pasara nada. El desconocido que me había tocado la mano, que había rozado mi pecho, me dijo:

–Costanza, bello nombre para una bella dama. En carnaval todo está permitido.

Y arrancando una pluma roja de mi máscara, desapareció al tiempo que Francesco me alcanzó.

–¿Cómo osaba estar ese hombre tan cerca de ti? ¿Acaso no

sabe qué es el decoro? ¿Podrías reconocer a ese facineroso? –gritó mi hermano mientras le buscaba entre la multitud.

Y yo, que aún olía su fragancia, que aún notaba sus suaves manos rozando mi pecho, y que aún escuchaba su ronca voz traspasando mi alma, murmuré:

–Todos vais vestidos igual, Francesco, no puedo reconocerle, pero no te preocupes, sólo me dijo que todo estaba permitido en carnaval.

–¡Malnacido! Costanza, dame ahora mismo una cinta de tu vestido, la ataré a mi *tabarro* para que no vuelvas a perderme de vista, así podrás reconocerme.

Aquella noche, mi padre volvió más que contento a casa, ya que Francesco y yo decidimos no contar nada de lo que había ocurrido. Mi madre, al pensar en todas las máscaras decoradas que se iban a vender y en los nuevos clientes que iban a tener, se durmió satisfecha, no sin antes hacer una selección de las más bonitas joyas hechas por su esposo para exponerlas al día siguiente en la tienda. Sobre mí, ¿qué os voy a contar si no sabía qué era un hombre? Aquella noche soñé con aguerridos caballeros con máscaras blancas y capas negras, y a pesar de no haberle visto la sonrisa a mi desconocido, soñé con una magnífica boca rosa, de labios finos y blancos dientes, que sólo existía en mi imaginación.

Al día siguiente no escuché el tañido de la Marangona. Tan enfrascada estaba en mis sueños, que había dormido plácidamente, y me desperté, sin darme cuenta, casi a la hora de comer. ¿Por qué nadie me había despertado? Tras asearme, vestirme y rezar mis oraciones, bajé al segundo piso de la casa, y entre el comedor y la cocina me encontré con una malcarada Ruth que no estaba para zarandajas. Un ruido de voces abigarradas llegaba desde la tienda de mi padre. Me acerqué a nuestra cocinera al tiempo que le robaba un pedazo de pan aún caliente, pues a bien seguro no iba a prepararme el desayuno en ese momento, enfrascada como estaba en los preparativos de la comida.

–¿Sabes qué ocurre ahí abajo, Ruth? –le pregunté mientras mordisqueaba un trozo de blanca miga.

–Ahora que la señorita se ha dignado a levantarse, sabrá que hay cola para comprar las máscaras de su padre desde prima hora. Esto ha sido una locura, incluso sus dos hermanos y su madre están despachando en la tienda –dijo ella mientras desplumaba una gallina.

–¿Mi madre despachando? Pues sí que debe de haber gente, Ruth. ¿Dónde está Ginevra?

Era raro no verla por allí.

–¿Acaso veis vos, señorita, que tenga tiempo de ocuparme también de su hermana? ¡No sé dónde estará! –dijo malhumorada.

Continué comiendo aquel delicioso trozo de pan mientras buscaba a mi hermana por el salón, donde mi madre recibía a las visitas; en la sala de costura y música sólo encontré mi precioso clavicordio, algo abandonado desde que habían comenzado las fiestas; la busqué por la sala de juegos y estudios, e incluso por el despacho de mi padre, al que teníamos prohibida la entrada. La llamé por su nombre, no contestó. Comencé a preocuparme al subir al último piso y ver que no había rastro de ella. De pronto, el aire que llegaba desde la *altana* me provocó un escalofrío. Aquel lugar era el bastión de mi padre, allí subía a dar de comer a sus palomas mensajeras, pero quise subir para descartar el sitio, y me encontré con un palomar donde las tórtolas se replegaban para paliar el intenso frío.

¿Dónde estaría mi hermana? Ya sólo me quedaba un lugar donde mirar, pero si bajaba al patio, me arriesgaba a encontrarme con uno de mis progenitores y no quería alertarles. En silencio y con sumo cuidado, descendí por las escaleras y atravesé el taller de mi padre, en el que por suerte sólo se encontraba Paolo, el joven aprendiz de mirada distante que vivía en el taller, y que siguió limpiando unas piedras preciosas sin dedicarme siquiera un gesto. Las voces, casi gritos, que provenían de la tienda, me alarmaron. ¿Cómo podía la gente desear tanto una cosa, sólo por el mero hecho de ser una novedad?

Seguí caminando, y al entrar en el patio que daba al canal me encontré cerca del aljibe a Ginevra, completamente mojada, como si hubiera estado chapoteando con el agua acumulada en el suelo.

–¿Qué haces aquí? Pero... ¡Si tienes todo el vestido empapado! –exclamé alzando mi voz tanto que la chiquilla se asustó y se puso a llorar desconsoladamente.

La acaricié para que se calmase, pues no quería que mi madre acudiera. La envolví con uno de los paños que mi padre tenía para limpiar el taller y al cogerla en brazos se calmó, y pudo decir entre sollozos:

–Agua, agua...

La arropé y la llevé a la habitación de mis padres, donde ella aún dormía en su cuna con dosel de gasa. La desvestí, la sequé con un trapo de lino y le puse uno de los vestidos que había heredado de mí. Ojalá mi hermana no hubiera bebido de aquella agua infecta que se filtraba de las paredes del aljibe, pues era un líquido corroído por el tiempo, de un color verduzco y que tenía incluso hongos en su superficie.

Me pregunté entonces si la pequeña aún estaría en ayunas, pues si yo me había quedado sin puré de cereales, supongo que nadie le habría dado el pan mojado en caldo que ella tomaba por la mañana.

Indignada como estaba, bajé a la planta noble, senté a Ginevra en el comedor y dirigiéndome a la cocina, le dije a Ruth con una voz crispada:

–¿Tanto trabajo tienes que no puedes ni siquiera darle de comer a mi hermana?

–¿Qué ocurre, señorita? Incontables son las veces que le he dicho a la señora que esta casa es demasiado grande para que una sola persona lo haga todo. ¿Ha ocurrido algo grave? –preguntó lamentándose, de manera que me arrepentí de mis palabras.

–Ginevra estaba completamente mojada en el aljibe. Reza para que la niña no haya bebido del agua putrefacta –exclamé.

–Por Dios, señorita. De veras que no me di cuenta de que la niña había bajado. No le digáis nada a vuestra madre, no quiero que me azote –dijo Ruth arrepentida.

–La niña está temblando. ¿Hay algo caliente? –exclamé un poco más calmada.

–Tomad, señorita, dadle este plato de sopa con pan, esto la calentará –dijo mientras me ofrecía una escudilla a rebosar de caldo de gallina.

Ginevra se tomó la sopa y engulló los trozos de pan como si fuera su primera comida del día. Pronto recuperó el color sonrosado de sus mejillas.

Mientras yo comía un segundo trozo de pan para sosegar mi apetito, mis remordimientos me acusaban de ser demasiado dura con Ruth, aunque había usado las palabras que utilizaba mi madre cuando la criada hacía algo mal. Era mi obligación aprender a dominar al servicio, pero realmente creía que la cocinera tenía razón al afirmar que la casa era demasiado grande para una sola persona.

El día pasó, y a la hora de comer todos nos reunimos ante la mesa. Nadie preguntó dónde me había metido yo durante toda la jornada, pues estaban demasiado contentos reviviendo las grandes ventas. La mayoría de las colombinas se habían vendido y las que no era porque los compradores querían algunas modificaciones que se llevarían a cabo en el taller durante esa semana. Mi padre estaba exultante de felicidad, y mi madre ni siquiera había puesto reparos a despachar en la tienda, aunque ella siempre había pensado que una mujer de alta cuna no debe actuar nunca como una vulgar plebeya, ni siquiera cuando no dispone de un título nobiliario.

Aquella tarde, cuando Ruth marchó al mercado, me quedé sola en casa, puesto que todos estaban de nuevo en la tienda despachando. Se me ocurrió entretener a Ginevra cantando un poco para ella. Las primeras notas de *Nuper Rosarum Flores*, del gran maestro franco-flamenco Guillaume Dufay, comenzaron a surgir de mi garganta. Sin llegar a ser una virtuosa, la música se me daba bien, y a pesar de ser un motete a cuatro voces, sonaba melodioso.

Tan enfrascada estaba con aquella melodía que ni siquiera escuché los pasos en la sala, aunque sí los toques que sonaron en la puerta. En la entrada descubrí a un apuesto joven de media melena oscura y lisa, piel blanca, y ojos grandes y oscuros. Por su porte, se parecía a los nobles que a veces veía pasear por la calle cuando levantaba mi mirada a escondidas de mi madre. Sin embargo, parecía mucho más joven y bello que ellos.

–¿Quién sois? ¿Qué hacéis vos aquí? –pregunté algo asustada, mientras me levantaba y protegía a Ginevra situándome delante de ella.

–Disculpad, señorita. La puerta de la casa estaba abierta y busco a maese Contanti. No había nadie en los pisos inferiores, así que he subido hasta aquí al oír vuestro canto angelical –se disculpó educadamente sin intención de entrar.

¿Dónde había escuchado yo esa voz?

–Encontraréis a mi padre en la tienda de al lado –dije acercándome a él, aunque sabía que no podía estar a solas con un hombre y menos durante esas fiestas.

–¿Sois vos Costanza? ¿La que anoche llevaba una colombina roja bellísima? –preguntó de pronto.

–¿Cómo sabéis vos mi nombre? ¿Quién sois? ¿Es que acaso

nadie os ha enseñado qué es la educación? –exclamé enojada por su desfachatez.

–Disculpadme, señorita. Tenéis razón. Soy Giovanni Antonino Enrico Acade da Vicenza. No era mi intención asustaros y ser descortés. Ayer hablé con vuestro padre para encargarle una de sus máscaras artísticas. Me instó a reunirnos en su casa hacia las seis, y supongo que pronunció vuestro nombre mientras hablaba sobre la belleza de la máscara.

–¿Y por qué no vais vos como todo el mundo a la tienda?

–Porque la colombina que yo quiero es especial. Única –dijo con una seguridad impresionante.

–Acompañadme, señor, el salón de visitas está en la sala de abajo –exclamé pasando por su lado con Ginevra de la mano.

Y bastó con pasar por su lado para que su aroma mentolado llegase hasta mí de nuevo. Me volví, y parada delante de él, le dije con insolencia:

–¿Nos conocemos, don Giovanni? ¿Acaso nos hemos visto vos y yo antes?

–¿Cómo podemos conocernos si vos sois una dama y yo un caballero?

Y con esa respuesta me descolocó, ya que yo apenas tenía diez años y nada sabía de la picardía de los adultos.

Continué caminando y aunque no podía verlo, supe que él me estaba observando. Me volví de nuevo pues notaba su mirada clavarse en mi cuerpo, y me quedé paralizada, mirándole sin decir nada.

–¿Os ocurre algo, señorita?

A punto estuve de decirle que sospechaba que había sido él quien me había acosado la noche anterior, el que me había robado la pluma, el mismo que me había encandilado de tal manera que no podía apartarlo de mis sueños. No le dije nada, pues me ofendió cuando con el descaro propio de un hombre de su edad me sonrió para exhibir su magnífica y blanca dentadura.

Azorada y ruborizada, bajé las escaleras y aposenté al invitado de mi padre en el salón para visitas. En ese momento, Ruth apareció por las escaleras con unas codornices recién sacrificadas, me asustó y le grité:

–¡Ruth, esas no son maneras de aparecer!

No sé quién se asustó más, si nuestro invitado, si yo misma, o la pobre criada que corriendo entró en la cocina a desplumar las aves para la cena. La seguí tras disculparme con el invitado de mi padre y le dije a la cocinera en tono cómplice:

–Me asustaste, Ruth, pensé que eras madre. Este caballero es don Giovanni Acade. Ha llegado cuando tú estabas en casa, tú le has abierto la puerta, y has sido tú quien le ha acompañado a la sala. ¿Está claro?

–Tan claro como que esta mañana vos no habéis encontrado a vuestra hermana en el aljibe –dijo sabiendo que estaba en sus manos.

No era bueno para una dama tener secretos compartidos con una criada, pero nada podía hacer yo, pues si mi padre se enteraba de la desfachatez de don Giovanni, no le querría como cliente, y eso significaría no verle nunca más.

Antes de que enviara a Ruth a buscarle, mi progenitor, agotado por todo aquel trabajo, subía por las escaleras para saber si su invitado había llegado. Se estrecharon las manos, y armado con su cuadernillo, mi padre comenzó a diseñar una máscara especial y única.

Desde donde me encontraba, podía escuchar algunas palabras que en boca de aquel noble señor sonaban tan melodiosas:

–Ha de ser completamente blanca... ¿Sería una locura poner algún diamante por esta zona? ¿Y las plumas? ¿De qué ave pueden ser?

¡Qué poco me gustaba el nombre de don Giovanni! Me recordaba a mi viejo preceptor, y eso le restaba todo encanto. ¿Qué otros nombres me dijo? Giovanni, Antonino, Enrico. ¡Sí! Así iba a llamarle yo en mis sueños, en mis anhelos, en mis pensamientos que jamás verían la luz: Enrico, mi bellísimo y joven Enrico.

Aquella noche, mientras dábamos cuenta del riquísimo guisado de codorniz que Ruth nos había preparado, sólo hubo una conversación:

–Don Giovanni es un hombre poderoso, procede de una noble familia de Vicenza. El encargo que me ha realizado es una obra de arte, de una belleza sutil y de un gusto excelente. Nada me ha preguntado sobre precios, pero, en cambio, me hablaba de diamantes y piedras preciosas como si su valor no le importara. Incluso me ha pedido plumas de cisne real –dijo mi padre con absoluta sorpresa.

–Padre, permitidme haceros una pregunta –dijo mi hermano Francesco–. Es un encargo complicado, tendréis que buscar esos materiales tan especiales, deberéis contactar con mercaderes portugueses que son los únicos que pueden traer esas piedras desde el reino de Ghana. ¿Os dio algún pago como adelanto el caballero Acade?

–¿Un adelanto? Me ha entregado una bolsa con doscientos cuarenta y ocho sueldos. Eso son dos ducados de oro. Por mucho que cuesten los materiales, no creo que la máscara llegue a costar más de dos libras y media de plata.

–¿Cómo es que Acade tiene tanto dinero? –interrogó algo azorada mi madre, que cuando oía hablar de fortunas, perdía el norte.

–Lo desconozco. Sólo sé que ha realizado el pago pues parte mañana a un largo viaje que le llevará al reino de Nápoles y a Barcelona. Me ha pedido que realice la máscara y me ha entregado un sobre que contiene una dirección donde debo hacerla llegar si no regresa en cinco años.

–¿No es eso algo inusual? ¿Quién manda realizar este tipo de trabajo antes de partir hacia un viaje tan peligroso? –preguntó nuevamente mi madre mientras a mí se me encogía el corazón al oír la marcha de mi hombre soñado.

–Yo le comprendo, mujer. Apenas tiene veintitrés años. Tiene edad para vivir aventuras, o puede que el viaje sea para buscar a una mujer de buena familia con la que unirse en matrimonio. Esa máscara sería un magnífico presente para una esposa –contestó mi padre mientras a mí me brotaban lágrimas de los ojos.

–¿Qué te ocurre, Costanza? –indagó mi madre sin apartar sus ojos de mí.

–Nada, madre. Creo que es una preciosa historia que alguien podría convertir en un romance –respondí yo sin saber qué decir, mientras enjuagaba las gotas saladas que ya corrían por mis mejillas.

–¡Eres una niña soñadora! –dijo como si eso fuera malo–. ¡Te he dicho cientos de veces que leer esas novelas de caballería sólo te llevará al pecado de la vanidad! ¡Pero eso es culpa de tu hermano! ¡Francesco, te prohíbo que le dejes leer esas historias!

Cuando nos retiramos a dormir y a pesar del frío que hacía, abrí mi ventana para oler el aroma del Gran Canal, pues la intensa oscuridad de la noche impedía que pudiera ver su suave movimiento. Pensaba que era una niñería por mi parte llorar por un hombre del que tan sólo sabía que era un joven bellísimo de perfecta dentadura y aliento mentolado.

Un hombre trece años mayor que yo, a veces indecoroso, otras pícaro, siempre descarado, pero un hombre con quien no me hubiera importado que mi padre me desposara.

Un escalofrío recorrió mi cuerpo, y al cerrar la ventana pensé que aquel largo viaje haría que me olvidara de mi bellísimo Enrico. Todos mis pensamientos anhelaban que fuera el descarado que robó mi pluma, el que rozó mi pecho, y el que me hizo sentir por primera vez las turbulencias del deseo, con apenas diez años. Supongo que en ese momento ni siquiera pensé que estaba fuera de mi alcance. Aquella noche me dormí cansada de llorar, y descubrí que una se puede quedar sin lágrimas que derramar.

Los días pasaron, y a pesar de disfrutar más que nunca del carnaval, seguía pensando en mi acosador, en su impertinencia propia de los jóvenes sin familia que nada tienen que perder, y que me había robado mi joven corazón. Y aunque le recordaba cada día en mis oraciones, pidiendo que nada turbara su viaje y pudiera venir de nuevo a recoger la máscara de mi padre, con cada nuevo día que pasaba su recuerdo se iba diluyendo poco a poco en mi mente.

Siendo una dama, sólo podía salir de noche en carnaval si iba acompañada por alguno de mis progenitores. Nunca viviría esas fiestas con la misma libertad que mis hermanos varones, aunque sí estaba acostumbrada a las fiestas suntuosas de la piazza San Marcos a las que iba con mis padres, a la música melodiosa y tranquila, a las justas de nobles, e incluso a las muestras equinas que se realizaban fuera de Venecia, donde las buenas familias exhibían sus corceles, deseosos de que ganaran posteriormente el palio a la tonda, un juego que enfrentaba a sus caballos en varias carreras.

Por eso, no dejó de sorprenderme que el último día del carnaval, mientras seguía con mi mala costumbre de escuchar a escondidas las conversaciones de los adultos, sorprendiera a mis progenitores inmersos en una curiosa conversación:

–Pero ¿no crees que es algo peligroso dejarla ir? –preguntó mi madre preocupada.

–Mujer, ¿qué peligro puede tener? Irá con sus hermanos. Debe disfrutar algo antes de ser desposada. ¿Acaso tú no lo hiciste? –contestó mi padre.

–Sí, pero fue diferente. Antes de que me desposaran contigo pasé el verano en la villa de Castello. Allí no podía sucederme nada malo –exclamó mi madre con sinceridad.

–Vamos, Giulietta. Tienes demasiado miedo. Sabes que cuando se convierta en mujer deberá abandonar esta casa. Quiero que tenga un buen recuerdo de su padre, y si ahora disfruta de esta fiesta, creo que no olvidará que este año fue especial para ella. Mañana es *Martedì grasso*, has de decírselo a primera hora para que se vaya haciendo a la idea –sentenció mi padre y después apagó la vela, dando por concluida la conversación.

No era yo una persona que careciera de intelecto. Para la época, se podía decir que era una persona privilegiada, con ansias de aprender, de preguntar, y de saber todo lo que ocurría en mi pequeño mundo. Imaginaba que era la protagonista de esa conversación, pero me moría de ganas de saber qué era lo que mi madre tanto temía. No tuve que esperar mucho tiempo, sólo hasta que el nuevo día amaneció, para poder enterarme de todo.

Aquel martes, 21 de febrero de 1458, amaneció inusualmente claro y con un maravilloso sol. Incluso la meteorología quería despedir al carnaval con sus mejores deseos.

Mi madre me llamó a su alcoba antes de desayunar. Siempre había sido una persona seria que jamás sonreía, pero aquella mañana, no sé si por el maravilloso sol que alumbraba la estancia, mi madre parecía algo más humana, más cariñosa y me miraba como si tuviera que decirme algo trascendental para mi vida. Así pues, tras exigir dulcemente que me sentara en su lecho, se sentó junto a mí y me dijo:

–*Bambina*, el carnaval se termina y llega la serena Cuaresma en la que todos hemos de arrepentirnos de nuestros pecados y volver a entrar en la casa de Dios, para que nuestras conciencias y nuestras almas sean lavadas, y así poder recibir la gran noticia de la resurrección del Señor con júbilo y alegría.

Sabía muy bien de qué me hablaba, pues la religión formaba parte de mi vida desde pequeña, pero supongo que fue mi mala conciencia la que hizo que pensara de inmediato en lo ocurrido con Enrico. Imaginé que podía ser un gran pecado, y a punto estuve de confesarle a mi madre aquel hecho que hubiera trastocado nuestras vidas. Suerte que ella prosiguió:

–Durante este último día que queda de fiesta, tu padre ha decidido que podrás asistir al carnaval junto a tus hermanos.

La miré con curiosidad, con sorpresa, y sin creer lo que estaba oyendo, tan sólo pude llegar a preguntar:

–¿Por qué?

A lo que ella contestó seria y tajante:

–Porque este va a ser tu último carnaval.

–¿Por qué, madre? –volví a preguntar.

–Costanza, hija. Sabes que como mujer que proviene de una familia de ricos comerciantes y artesanos has de cumplir con tus obligaciones filiales con la familia. Cuando termine el tiempo pascual, conocerás a tu futuro esposo, quien vendrá con su familia a nuestra casa para desposarte.

Intenté decir algo, pero la mano de mi madre me instó con un gesto para que la dejara continuar:

–Así pues, este será tu último carnaval. Después te convertirás en la esposa de una noble familia y deberás comportarte como tal. Sé que piensas que aún eres joven, pero para tranquilizar tu mente has de saber que no abandonarás la casa de tu padre hasta que seas una mujer completa y tengas tu primer sangrado. Ahora hija mía, dime, ¿tienes alguna pregunta?

¿Que si tenía alguna pregunta? Mi mente estaba tan llena de ellas que la cabeza me parecía a punto de explotar. ¿Desposada? ¿Qué quería decir eso? ¿Quién era mi supuesto esposo? ¿Sería guapo? ¿Sería bueno? ¿Tenía una buena posición? ¿Dónde vivía? ¿Tendría que irme lejos de mi querida Venecia? ¿A qué se dedicaba? ¿Era su primera boda? ¿Y qué era eso del primer sangrado y por qué nadie me había dicho hasta ese día que para casarse una debía antes sangrar?

Todas esas cuestiones se amontonaron de tal manera en mi cabeza que esta, completamente colapsada, sólo alcanzó a contestar:

–La decisión de padre me parecerá bien.

«¿Eres boba Constanza? ¡Pregúntale!», me repetía una y otra vez mi mente, pero mi lentitud a la hora de pensar en cómo preguntarle a mi madre todo lo que me preocupaba, hizo que ella decidiera dar por concluida la conversación:

–Esta tarde, cuando toquen a víspera abriremos tu *cassone* para ver qué es lo que falta, y así comenzar a completarlo. Luego, irás con tus hermanos.

Salimos de la habitación de mis padres, ella satisfecha con lo buena que era su hija, que ni siquiera había rechistado, y yo reprochándome una y otra vez lo tonta que había sido por no aprovechar esa oportunidad para que mi madre contestara a todas mis preguntas.

Esa mañana estuve completamente distraída mientras acompañamos a Ruth, con mi madre y mi hermano Flavio, a una zona del puerto, en la que un mercader conocido que comerciaba con mercancía de Damasco le esperaba para ofrecerle una especia que jamás se había visto en la ciudad. Paseábamos enmascaradas con nuestras simples colombinas de terciopelo negro bajo las capuchas de las capas. Acompañar a Ruth durante esas fiestas era algo indispensable para que las cuadrillas de virilidad supieran que no era una amancebada, y evitar así algún ataque imprevisto. Aunque la mayoría de estos ocurrían cuando la noche se cernía en la ciudad, mi madre me exigió que me mantuviera a su lado, quieta y callada, pues a pesar de ir con Flavio, debido a que mi padre deseaba que se despertara en él el valor que necesitaría si iba a ser caballero, ella sabía que su enclenque hijo no habría podido defendernos de ningún mal ni aunque hubiera querido. Como siempre, obedecí a mi madre sin levantar la cabeza, hasta que al entrar en el puerto oí sonidos que hasta ese momento jamás había escuchado.

Al levantar la mirada me encontré con un lugar totalmente diferente a cualquiera que hubiese visto antes. Contemplar aquel puerto de especias lleno de grandes cajones de madera que pesaban varios cahíces, sacos con cientos de onzas de grano y quintales de hierbas varias venidas de todas las tierras conocidas, fue como adentrarme en un nuevo mundo y descubrir que había gente muy distinta a la que habitaba en mi *sestiere*. Aquella visión hizo que me diera cuenta de que la vida no era sólo aquello que me contaban, y que nada de bucólico tenían los rudos hombres que descargaban los sacos, que escupían en el suelo, que se rascaban sus partes sin pudor, mientras hurgaban en su nariz con sus dedos llenos de mugre. Comprobé que aquellas sucias calles estaban atestadas de ratas y cucarachas, que ya había visto en alguna ocasión aunque Ruth era muy rauda en darles caza y muerte, y me di cuenta de que hablaban un idioma extraño en el que pude reconocer palabras latinas, y que mi madre calificó de lengua vulgar.

También oí idiomas desconocidos por mí, y sus voces eran casi gritos, aderezados con exagerados gestos que a menudo terminaban en algún que otro empujón al que nadie daba importancia. La mayoría de aquellos hombres escupían al hablar debido a la carencia de dientes y muelas, y la suciedad ennegrecía sus trajes hasta el punto de que no se sabía cuál era su color. Me pregunté qué estábamos haciendo allí, y supe que la especia había sido sólo una excusa para que Ruth pudiera ver a su enamorado cuando descubrí las caricias que se prodigaban a escondidas de mi progenitora, quien, con la cabeza gacha, pasaba las cuentas de su rosario como si aquello le reconfortara y la mantuviera a flote de tanta desagradable realidad.

Ante aquella montaña de inmundicia de desperdicios, suciedad, bichos y ratas, que a saber qué enfermedades podían transmitirnos, pude reconocer a lo lejos un *tabarro* que llevaba colgando una cinta de seda blanca. ¿Qué hacía Francesco en aquel lugar? Miré a mi madre, que continuaba con la cabeza gacha, y descubrí que Flavio se encontraba alejado de nosotras, curioseando unas piedras traídas de lejanas rutas marítimas. Francesco, mi otro hermano, estaba hablando con un tipo de larga barba castaña. Era corpulento y mucho más alto que él, y le tocaba los brazos para comprobar su fuerza, mientras le ordenaba levantar la *larva* para que le mostrara la dentadura, como si mi hermano fuese un ejemplar equino listo para competir en una carrera de caballos. Yo no comprendía qué hacía allí mi hermano mayor, pero supuse que si había ido disfrazado hasta aquel lugar era porque no quería que nadie se enterara de sus planes, y por eso callé.

Ruth volvió al rato con una pequeña bolsita de tela, atada con una cinta, que le entregó a mi madre. Ella, sopesando el paquete y levantando la cabeza mientras guardaba el rosario, le dijo:

–Pero desgraciada. ¿Cuánto hay aquí? ¿No has pagado un alto precio por tan poca cantidad?

–Señora... yo... lo que me ha dado el mercader...

Al intuir que Ruth se iba a llevar una buena reprimenda, le pregunté:

–Ruth. ¿Cuánto has pagado?

–El denaro que me dio vuestra señora madre, señorita.

–Madre, según reza el cartel, por un denaro nos han de dar una onza, tres quilates y tres adarmes de especia. Creo que en el paquete no hay esa cantidad.

–En la vida no puedes creer las cosas, debes estar segura –dijo mi madre intentando enseñarme una lección.

–Madre, soy buena en el estudio del álgebra y el maestro Castriotto me ha enseñado a sopesar paquetes con diferentes materias. Creedme, estoy segura de que esta no es la cantidad indicada –exclamé seriamente.

Mi progenitora, con gesto serio y enfadado, hizo que nos dirigiéramos hacia el mercader mientras bajaba su capucha y se quitaba la máscara. Cuando este se dignó a hacerle caso, le espetó en tono ofendido:

–Buen señor. Creo que se ha confundido con las cantidades entregadas a mi criada. Según reza su cartel, por el pago de un denaro nos ha de dar una cantidad que os aseguro que no está en este paquete. Espero que subsane el error de inmediato.

El mercader de nariz aguileña, cara huesuda y cejas gruesas, tenía cara de pocos amigos. Subió la vista hasta el rostro de mi madre, que gracias a los chapines era más alta que él, me miró a mí, y volviendo a mirar a mi madre dijo:

–Señora mía, debe de haber sido un error de mi aprendiz. Ya se sabe, estos chiquillos no saben ni pesar bien. Lamento lo ocurrido. Tomad, ahora sí es el peso correcto.

Mi madre cogió el paquete, se volvió sin soltarme la mano y comenzó a caminar en dirección a la salida de aquel puerto infecto, mientras le refunfuñaba a Flavio que no había servido de gran ayuda. Antes de salir del lugar, el mercader, alzando la voz más de la cuenta, exclamó:

–Señora, ¡tened mucho cuidado con esas espectaculares joyas que lleváis!

Incluso yo, que nada sabía de la vida, supe que esa simple frase había sido la venganza de aquel mercader sefardita por la desfachatez de mi madre, una mujer que al señalarle su error le había retado. Ella ni siquiera contestó, cogió el brazo de Ruth para mantener el equilibrio en sus altos chapines y siguió caminando, esta vez con un paso más rápido, para poder salir de aquel lugar, aunque era mayor el peligro que imaginábamos que el que íbamos a enfrentar.

Cuando llegamos al Puente de Rialto, una zona ya más segura, mi madre se paró en seco y dijo:

–Flavio, nada ha de saber padre de lo ocurrido hoy con ese mercader. Ruth, te prohíbo volver a esa zona y te prohíbo volver a ver a ese indeseable. Costanza, has demostrado ser una mujer inteligente, pero espero que lo que ha sucedido te haga comprender que una mujer que se precie jamás ha de ir sola por este mundo, pues ningún hombre la tomará en serio. Espero de veras, Ruth, que el guiso de esta noche valga la pena y que esta... ¿nuez moscada la has llamado?... bien... que esta especia sea tan preciada como dices.

Entramos en casa justo cuando sonaba el toque de víspera. Mi madre no quiso que me entretuviera y me pidió que la siguiese a su alcoba.

La temperatura de la estancia era más que agradable, pues mi padre, que estaba al corriente de nuestros planes, había encendido el hogar y grandes leños de carrasca ardían ya con fuerza en su interior, lo cual agradecí, pues me preocupaba el intenso frío de la tarde. Los nervios al abrir el baúl con mis pertenencias se hicieron latentes en mis manos temblorosas.

Ahora disponía de un tesoro, pues tal como me contó mi madre aquella víspera el arcón mismo ya significaba un valioso regalo al estar fabricado por un maestro ebanista que pertenecía a una de las corporaciones de artes y oficios con más reputación de toda Fortefortezza. Aquella joya de la artesanía tenía una estructura de madera de cedro, enmarcada por pilares dorados tallados sobre el mismo armazón que formaban sendos cuadrados en cada cara. En los huecos, unas finas tablas pegadas al baúl recreaban pinturas de la antigüedad con mujeres religiosas acompañadas de ángeles infantiles de blancas alas. Yo no sabía qué era el matrimonio, pero que la única pertenencia que llevaría a casa de mi esposo, la que iba a ser mi única herencia, como lo había sido de mi madre y de mi abuela, estuviera cubierta con imágenes de mujeres pías y beatas, me daba la tranquilidad de que aquello que tanto temía no podía ser tan malo.

Mandaba la tradición que el arcón debía vaciarse el mismo día en que nacía la nueva propietaria, para volver a llenarse con todas las pertenencias que iba a necesitar cuando abandonase el hogar paterno. Tener un *cassone* era un privilegio sólo al alcance de las nobles y ricas damas, y aunque desde bien pequeña supe que aquel baúl, que descansaba a los pies de la cama de mi madre, era su tesoro, jamás pude imaginar que me perteneciera por herencia. Ella custodiaba la llave, y a mí se me hubiera antojado como un precioso regalo de no haberse empañado por la noticia de mi desposamiento.

El baúl se abrió al dar tres lentas vueltas de la llave de hierro en su labrada cerradura de bronce, y como en las historias mitológicas que Castriotto nos contaba cuando madre no estaba presente, surgió de su interior algo maravilloso que no había visto antes. Cuando ella levantó aquel precioso vestido de terciopelo verde, las cintas de seda roja surgieron brillantes y suaves de los lados. El cuello era redondo y rematado con un brocado dorado y rojo que formaba pequeños ramos de hojas y flores, dispuestos por toda la pieza. Mi madre lo miró mientras lo dejaba con sumo cuidado sobre la cama, y creí atisbar en su rostro un rastro de melancolía, una sospecha que se vio confirmada cuando me dijo que ese había sido su primer vestido de baile de boda. Debajo del vestido, enfundados en un trapo de lino blanco aparecieron los chapines más hermosos que había visto nunca y que hacían juego con el terciopelo verde del vestido y su brocado. Surgieron después las mangas abombadas también de terciopelo, rematadas por los mismos brocados y las cintas de seda rojiza para atarlas al vestido. Nunca hasta ese momento, cuando colocó todas las partes que conformaban la vestimenta sobre el lecho y pudimos ver el traje completo, había visto algo tan maravilloso.

Sin pensar, y envenenada por aquel lenguaje vulgar que había escuchado, tuteé a mi madre, cosa que jamás había hecho, al decirle:

–Debiste de ser una novia preciosa.

Ella me miró con enojo por la confianza con la que le había hablado, pero pronto esbozó una sonrisa diciéndome:

–Fui una novia muy bonita. Igual que lo vas a ser tú.

Me gustaba lo que estaba viendo, pero no me sentía novia, ni mujer, ni futura esposa. Aquel vestido era una imagen preciosa para regalar a los demás, pero no significaba para mí ni compromiso ni obligaciones, sólo la idea de tener que separarme de mi familia para ir a vivir lejos de mi querida ciudad. No tuve tiempo de pensar mucho, pues tras ese vestido, mi madre sacó del *cassone* uno más sencillo de satén blanco, que parecía una simple camisola de dormir. Ese era realmente el traje de boda que llevaría en la procesión, pues el de baile quedaba reservado para cuando me encontrara ya en mi nuevo hogar.

Desde el día de mi nacimiento mi madre había empezado a llenar el *cassone* con todo aquello que en un futuro iba a necesitar, pero tal como me explicó, mi esposo ya se había reunido con los varones de mi casa –en la primera ceremonia de las tres que conformarían la boda– para entregar la donación y así poder completar mi ajuar.

Si el vestido de boda era bonito, cuando mi madre sacó el ajuar del tálamo nupcial, me quedé con la boca abierta. No había visto antes un hilo tan fino y suave sobre unas sábanas. La colcha de seda dorada que iba a cubrirlas estaba finamente pespunteada por un encaje de hilo blanco que remataba finamente la pieza. Unas sutiles, largas y espigadas flores de hilo rojo aparecían inmensas en el centro de la misma, y a juego con la colcha, las colgaduras, el dosel, la antecama y el cielo, se unían en un juego digno de la mismísima duquesa de Milán.

Rematando todas esas maravillas, dos fundas de almohadones también doradas llevaban mi nombre bordado en el medio:

Costanza

¡Jamás me había parecido tan bonito mi nombre!

Mi madre lo tenía todo preparado. Me estaba mostrando todo lo que iba a ser mío cuando mi padre me ofreciera en matrimonio, como si eso fuera el premio por ser buena hija y acatar los deseos de mi señor.

Y continuó enseñándome los tesoros que atenuarían nuestra separación. Abrió una pequeña arqueta finamente tallada y con aplicaciones de lo que más adelante supe que eran amatistas y ágatas en tonos violetas, y me mostró las joyas que llevaría el día de mi boda y que reposaban sobre un terciopelo también de color violáceo. Entre todas ellas, la más bonita, una tiara de perlas y diamantes que cubriría mi frente, y que hacía juego con unos preciosos pendientes y con una pulsera, brillaba aunque el sol estaba a punto de esconderse. Pocas damas tenían la fortuna de lucir diamantes el día de su boda, supongo que era el privilegio de la hija de un artesano joyero.

La verdad es que en ese momento comenzó a gustarme la idea de casarme, de sentirme una princesa mientras duraran los festejos, y recordé las historias que mi hermano mayor me leía acerca de amores cortesanos, donde las mujeres eran el ser amado por las palabras de los poetas y se las situaba en un pedestal casi inalcanzable desde el cual eran veneradas. Pero... ¡Qué extraño! ¿Por qué salía de mi interior una pequeña y casi inaudible voz que, poco a poco, fue ganando fuerza y me preguntaba cuál era la parte mala de toda aquella historia? Aquella era mi ocasión. Era ahora o nunca, debía aprovechar esos momentos para preguntar y así lo hice:

–Madre..., ¿os disgustaría que os hiciera algunas preguntas?

–Las estoy esperando, Costanza. Sé que eres una buena niña que acogerás como acertadas las decisiones de tu padre, pero también sé que eres una persona curiosa, y que debes de tener miles de preguntas bullendo en esa cabecita tuya –contestó con un lenguaje cariñoso que jamás le había escuchado.

Y seguro que les parecerá tonto, pero lo primero que pregunté fue:

–Madre..., ¿es bello mi esposo?

Ella sonrió y empezó a contarme:

–Costanza, tu esposo se llama Oddantonio de Fondasini y pertenece a una familia muy importante. Él es el primer duque de Castelforca, y tú te convertirás por matrimonio en duquesa de Castelforca. Es un caballero de treinta años de edad. Aún es joven y sus guerras como *condottiero* de los Orsatti no han dejado mella en su cuerpo, aparte de alguna leve cicatriz en su rostro. Es fuerte y un gran capitán que sabrá protegerte de este mundo tan lleno de batallas.

–¿Qué he de hacer cuando me case? ¿A qué se dedica una duquesa? –pregunté algo preocupada.

–Yo no he sido nunca noble, Costanza. Pero una esposa debe contentar a su marido, dominar al servicio, que seguramente será abundante, y tener una numerosa prole para que sobreviva algún varón que herede el título. Más adelante te hablaré de los deberes de una esposa, no te preocupes, todo a su tiempo.

–¿Viviré en Venecia?

–Tienes la obligación de partir con tu marido a sus tierras. A tenor de lo que dice la gente, el duque posee un hermoso palacio reformado hace muy pocos años.

Se hizo un silencio entre nosotras que mi madre aprovechó para encender las velas del cuarto y alumbrar nuestras caras. Una pregunta asomó a mi mente y sin saber si podía preguntar sobre aquello, al final dije:

–Madre..., ¿cómo se hacen los hijos?

–¡Niña descarada! ¿Cómo preguntas eso si aún no has sangrado por primera vez? ¡Qué curiosa eres!

–Pero madre...

–¡Espera, Costanza! Serás desposada cuando termine el tiempo pascual, pero sólo tienes diez años, hija mía, y no abandonarás esta casa hasta que seas una mujer, algo que suele suceder entre los catorce y los quince años. Así que no te preocupes, conversaremos sobre ese tema en otra ocasión, cuando seas algo mayor.

Me quedé cabizbaja, persuadida de que había hecho algo malo, aunque no sabía qué era, y mi madre, compadeciéndose de mí, dijo:

–No estoy enfadada, sólo que no tienes edad para saber según qué cosas. ¿Tienes más preguntas?

–No, madre –contesté con miedo de preguntar nada más.

Ella se levantó, recogió todo mi ajuar y lo guardó con sumo cuidado en el precioso baúl, y yo comencé a soñar con mi guapo y maduro *condottiero*, del que ni siquiera pude ver ni un retrato.

A la hora de la cena nos dimos cuenta que había merecido la pena ir a buscar la especia al puerto. Ruth había cocinado unos *capelletti* rellenos de carne de gallina, aromatizados con romero, ajo y cebolla, regados con una salsa de leche y queso parmesano que aderezó con la famosa nuez moscada. Mi padre se relamió felicitando a la cocinera. ¡Qué poco sabía él lo que había costado traer a casa el secreto de esa receta!

Cuando terminamos de cenar, mi padre subió a su despacho, y antes de que pudiera ir a vestirme para salir de fiesta con mis hermanos, mi madre me retiró a un rincón para decirme:

–Costanza, ¿sabes por qué no le he dicho nada a tu padre sobre lo ocurrido en el puerto? –Y sin dejarme contestar continuó–: Porque uno de los deberes de la esposa es velar por el honor de su marido. Si él hubiera sabido lo ocurrido, puede que hubiera querido pedir explicaciones a ese mercader, cosa que le hubiera llevado a un careo que podría haber terminado mal. Como futura esposa has de saber que hay cosas que tu esposo no tiene por qué conocer, siempre y cuando sepas que nadie se lo va a contar. ¿Comprendes?

Yo asentí sin saber muy bien a qué se refería. Y en esas estaba, pensando que aún me quedaba mucho tiempo para aprender los entresijos del matrimonio, cuando mi madre me dio permiso para retirarme. Subí corriendo a mi habitación, donde Ruth me había preparado mi traje de varón para vivir mi último carnaval.

Si he de ser sincera, no me disgustó vestirme con atuendo masculino, aunque, mientras Ruth me ayudaba con las calzas negras, el jubón interior de lino blanco, el ancho *cioppa* de terciopelo azul vistoso y el cordel dorado que me lo ataba a la cintura, pensaba que el *tabarro* negro me cubriría casi por completo sin poder lucir ninguna de las bellas piezas que conformaban el traje; pero como lo único que quería era salir de casa sin la vigilancia constante de mis padres, no quise hacer más preguntas de las necesarias.

Acostumbrada a usar chapines de tacón alto, en un comienzo me fue algo difícil andar con los zapatos planos de cuero de mi hermano mediano, a los que él llamaba por su forma, pico de pato, y así comprendí por qué el paso de hombres y mujeres era tan diferente.

Cuando Ruth me colocó el *tabarro* negro ya supe que tendría frío, acostumbrada como estaba a mi capa forrada de piel, pero aun así seguí sin decir nada, no fuera que mi padre se desdijera y me quedara sin salir de casa. Al ir a colocarme el tricornio nos dimos cuenta de que mi pelo iba a ser un problema de difícil solución, pues era imposible ocultar mi larga, rubia y ondulada melena en aquel sombrero de fieltro negro. Al fin lo logré con la ayuda de mi madre, que me recogió el cabello en una media melena. El último paso fue colocarme la simple pero preciosa máscara elaborada con cerámica blanca que cubría toda mi cara, desde la frente hasta la barbilla, de manera que nadie pudiera reconocerme como Costanza Contanti y tener la fortuna de ver Venecia por primera vez en mi vida a través de los liberados ojos de un varón.

Sólo pensaba en ver el barrio de Dorsoduro, que jamás había pisado, ya que al ser el *sestiere* de los artistas, mi madre siempre decía que era el mejor lugar para encontrar al demonio en cualquiera de sus esquinas. Pero a pesar del miedo que me daban las palabras de mi progenitora, sabía que era mi ocasión para ver a sus saltimbanquis, a los tragadores de fuego, a los títeres y a las bestias amaestradas que bailaban al son de la música de ese barrio, muy diferente a la que se escuchaba en Rialto o en la piazza San Marco.

Al encontrarme a mis dos hermanos vestidos igual que yo, cuando bajé al *portego* de la casa, ellos, levantándose las *larvas*, se pusieron a reír al unísono.

–¡Por Dios Santo –me espetó Francesco–, si parece nuestro primo Lorenzo!

Cosa que provocó que mi madre le diera un capón y exclamase:

–¿Es que acaso el carnaval permite ahora que se blasfeme en esta casa?

Mi hermano, doliéndose aún por el golpe recibido en el cogote, hizo que diera una vuelta sobre mí misma y felicitó a Ruth entre risas por haberme dejado hecha todo un caballero. Pero las cosas no iban a salir tal como yo las había planeado, pues mi madre, dirigiéndose a mi hermano mayor, le dijo:

–Francesco, tu hermana está bajo tu responsabilidad. Ya sabes qué opinión me merece Dorsoduro, ese barrio no es para una dama como Costanza, por muy vestida de varón que esté.

–¡Madre! –conseguí exclamar lamentando lo que oía.

–Costanza, no olvides que sigues siendo una doncella. Ese lugar está prohibido y más durante el carnaval. Dice el padre Doménico que el mismísimo demonio marca los pasos de baile con su batuta de la gente que allí se acerca. Una cosa es pasar una noche despreocupada, y otra muy diferente, trabar amistad con Lucifer.

–No os preocupéis, madre. No saldremos de San Marco y San Polo. Podéis estar tranquila –exclamó mi hermano al ver que mi madre se disponía ya a reñirme por mi falta de educación al contestarle.

Íbamos a salir cuando mi padre consiguió que se desvaneciera el enfado que la decisión de mi madre hubiera podido provocar en mí, pues detuvo mis pasos y me entregó una bolsa llena de monedas. Acostumbrada a no llevar dinero, no supe cómo reaccionar, y fue él quien, apartando el *tabarro*, ató la bolsa al cordel que ataba mi *cioppa:*

–Si vas a ser un varón, has de poder pagar tu vino –me dijo–, así que vigila, pues en esa bolsa llevas cinco dineros y algunos gruesos. Fíjate en tus hermanos y no dejes que te roben.

Sonreí, y pensé que, aunque gracias a nuestro preceptor conocía el valor de las monedas de la ciudad, poco sabía yo del valor de las cosas, pero lo importante para mí no fue el dinero sino la confianza que mi padre depositó en mí.

Jamás olvidaré el año 1458. El año de mi último carnaval, el año en el que los hermanos Contanti desobedecimos a nuestros padres, el año en que descubrí la libertad y lo duro que era la vida de una mujer, pero también el año en que conocí a mi estimado Enrico Acade.

Cuando cruzamos el Puente de Rialto y nos encontrábamos ya lejos de casa pude comprobar que mis hermanos tampoco estaban muy contentos con la prohibición de nuestra madre, pues Francesco se paró en seco y le dijo a Flavio:

–¿Quieres dejar de arrastrar los pies? Madre ha dicho que no podemos ir a Dorsoduro y hemos de acatar sus órdenes, nos gusten o no. ¿Acaso quieres que algo malo le suceda a Costanza?

–¡Vamos, Francesco! También hay cortesanas en San Polo. Vayamos a donde vayamos, Costanza verá cosas que jamás habrá visto. ¿Hemos de perdernos la *Brucia della Vecchia* y el final del carnaval por ella? –exclamó alzando la voz mi hermano pequeño.

Francesco calló como si estuviera meditando acerca de las palabras de Flavio, cosa que aproveché para preguntar:

–¿Es verdad que el diablo mora en Dorsoduro?

–No, Costanza. Sólo que con las fiestas la gente se desmadra, hay cortesanas campando medio desnudas, hombres acechándolas, y la música y los bailes no son como tú los conoces –contestó Francesco.

–¿Sabéis que este va a ser mi último carnaval? Después del tiempo pascual, conoceré a mi futuro marido –exclamé yo arrastrando mis palabras.

–¿Te ha dicho eso madre? ¿Por eso te han dejado salir esta noche con nosotros? –preguntó Flavio.

–Sí –contesté lacónica.

Los minutos pasaron en silencio y entonces Flavio dijo:

–¡Lorenzo! ¿Cómo tú por aquí? ¿Es tu primer carnaval? ¡Qué bien! La *Brucia della Vecchia* es la mejor fiesta de todo el carnaval.

Me quedé mirándole como si se hubiera vuelto loco, pero al parecer era la única que no le entendía pues Francesco, siguiéndole la corriente exclamó:

–¡Hola, primo! Vamos a mostrarte el verdadero carnaval, pero cuidado, nadie debe saber quién eres y lo que en realidad eres. Imita nuestra forma de andar, beber, bailar, hablar y jugar, y nadie notará nada.

Empezamos a andar. Bueno, ellos empezaron a andar, pues yo me quedé plantificada en el puente sin saber de qué iba todo aquello hasta que Francesco, dándose cuenta de que no entendía nada, se acercó a mí, me cogió de la mano y al borde del Gran Canal me dijo:

–¡Mírate, Costanza! Con esa ropa y esa máscara puedes ser quien nosotros digamos. Eres un hombre, y esta noche serás nuestro primo, Lorenzo de Alario.

Miré mi reflejo en el agua, mientras mi hermano me alumbraba con el faro de cristal. No se veía gran cosa, pero sí pude distinguir la blanca *larva* que cubría mi rostro, escondiendo mi identidad.

–De acuerdo, hoy seré Lorenzo de Fortefortezza, sólo espero que el diablo no se me lleve esta noche –exclamé algo asustada pues era la primera vez que desobedecía a mis padres por voluntad propia.

–No te preocupes, primo. Tú mantente cerca de mí y no te asustes por nada de lo que veas. El desenfreno se apodera de Venecia durante el carnaval en Dorsoduro, pero nadie desea pasarlo en otro lugar –sentenció Francesco, que me sostuvo la mano con la suya enguantada mientras encaminábamos nuestros pasos hacia una aventura que para mí tenía connotaciones de las novelas épicas que tanto me gustaba leer a escondidas de mi madre.

Caminamos deprisa por la *riva* del ferro, la *riva* del carbón y la calle dei Frati, hasta llegar hasta un precioso *palazzo* blanco que disponía de seis columnas de estilo corintio en la fachada, y que al parecer era propiedad de la familia de uno de los grandes amigos de mi hermano mayor, Leonardo Loredan. Si bien le había visto en alguna ocasión cuando venía a buscar a Francesco a casa, él ni siquiera me miró hasta que mi hermano me presentó como su primo.

–¡Lorenzo! Bienvenido a Venecia. Si nunca has asistido al carnaval, es como si fueras una virgen, amigo mío, hoy te vamos a desflorar –dijo soltando una carcajada sin percatarse de que yo era una mujer, provocando una risa colectiva entre todos los asistentes.

–¡Despacio, despacio, Leonardo! Mi primo Lorenzo es un chico muy tímido y algo vergonzoso. ¿Sabes si llegamos a tiempo para la *Brucia*? –preguntó Francesco para cambiar de tema.

Una ronca voz sonó en las escaleras de piedra blanca del espectacular *portego* donde nos encontrábamos:

–¡Los Loredan jamás se pierden la llegada de la *Vecchia*! Nuestra galera nos está esperando. ¿Haces las presentaciones, Leonardo?

–A Francesco Contanti ya le conocéis, padre, es hijo de maese Alessandro, el joyero. Ellos son Flavio, su hijo pequeño, y su primo Lorenzo, de la casa de los Alario de Fortefortezza –dijo Leonardo haciendo las presentaciones formales.

–¿Lorenzo de Alario? ¿Cómo está tu padre Piero? Espero, muchacho, que su salud sea mejor que la última vez que nos vimos. Cuando vuelvas a la ciudad, dale recuerdos de parte de Gerolamo Loredan.

Me quedé callada, primero porque aquel hombre de cara estrecha y ojos pequeños y hundidos asía mi mano estrechándola con fuerza y no estaba acostumbrada, y segundo, porque no sabía que hacerme pasar por Lorenzo podía traerme complicaciones. Miré a mi hermano, quien gesticulando, me instaba a que dijera algo, y sin pensar en lo que decía, contesté imitando la voz de un varón:

–Don Gerolamo, presentaré vuestros respetos a mi padre. Sé que los aceptará de buen grado.

–Se nota la buena educación de los Alario. Ahora, muchachos, vamos a la fiesta –dijo aquel hombre y después instó a su criada a que avisase con urgencia a su esposa Donata.

Subimos en la magnífica galera de los Loredan que nos llevó al barrio de Dorsoduro, donde tuvimos el tiempo justo de llegar por el canal hasta el campo de San Trovasso, para ver las comparsas que acompañaban a la *Vecchia*, aunque aún faltaban muchas horas para su quema. Casi estuve a punto de esperar a que me dieran la mano para ayudarme a salir de la galera, pero un golpe en el hombro de mi hermano me ayudó a salir por mí misma. Fue entonces cuando me di cuenta de la ventaja de llevar unos zapatos atados a los tobillos y no los chapines sueltos que solía usar.

Por elegantes y nobles que fuesen las fiestas en la piazza San Marco, jamás podré olvidar lo que vi en el campo de San Trovasso: los músicos, armados con sus laúdes, tambores, cornamusas y chirimías, sacaban las más alegres notas, dándole un aire alegre a una fiesta que sin música no hubiera sido lo mismo. Los saltimbanquis daban saltos imposibles sobre sí mismos, apoyándose en una sola de sus manos, mientras alzaban su cuerpo como si el mundo estuviera del revés, e incluso, en ocasiones, mantenían el equilibrio con un solo pie sobre una finísima cuerda atada entre dos estacas. Los tragadores de fuego escupían enormes llamaradas que teníamos que evitar, y los adiestradores de animales hacían bailar cabras que se alzaban sobre sus patas traseras. En esos momentos me imaginé qué hubiera sido de mi madre de estar allí, y la vi con las manos en la cabeza santiguándose siete veces por ver al mismísimo Belcebú bailando al ritmo de esas horribles melodías que hacían brotar del interior de todo ser humano las ganas de disfrutar sin pensar en las consecuencias.

Aunque las fiestas de ese *sestiere* aún tenían mucho que enseñarme, todo me parecía increíble. Mis hermanos corrieron junto a sus amigos y yo les seguí como si fuera uno más de ellos.

Tomamos vino, comimos pasteles que sabían a carne, y rematamos las risas y las historias subidas de tono con pastelillos de canela y miel, y licores de hierbas que abrasaron mi garganta, poco acostumbrada a aquellos mejunjes que pronto se subieron a mi cabeza. La noche pasaba, y no tardé en dejar de mirar a las cortesanas que mostraban sus pechos al descubierto, ataviadas con simples vestidos interiores, si bien antes tuve tiempo de asombrarme de su escaso sentido del pudor, de la soltura de sus lenguas y de algo en lo que supongo ningún hombre se había fijado: las tristes miradas que asomaban en sus cuerpos bañados de alcohol cuando las invitaban o las rociaban con el vino que podía calentarlas. Al verlas, era como si se estuvieran divirtiendo tanto como nosotros, pero yo podía escuchar sus sollozos internos, sus anhelos hundidos en el fango de aquel horrible modo de vida, en un mundo donde eran difamadas y vapuleadas incluso por las mismas personas con las que compartían su sexualidad.

El maravilloso vino blanco de las uvas llamadas *verduzzo* que corría por mi garganta hizo que pronto dejara de pensar en estas mujeres para convertir aquel universo de música y colores en algo jamás vivido por mí. Por consejo de mi hermano, no bebía un solo vaso de aquel maravilloso líquido sin comer algo, y supongo que eso evitó que me emborrachara, aunque sí provocó que me comportara como jamás lo hubiera hecho, riendo con la boca abierta aun cuando esta no se viera bajo la máscara; piropeando a las mujeres, como si en verdad fuera yo un varón; bailando con los amigos de mis hermanos, sin tener que guardar la separación entre nosotros; saltando por sobre las cajas del puerto, en una carrera donde aposté dos gruesos y gané cuatro, y un sinfín de cosas más, que en la mente de mi madre procederían directamente de manos del diablo.

¡Cómo me divertí aquella noche y qué poco me acordé de Enrico! Al menos hasta que el olor a menta, cuando pasé por el bajo portal de una casa que daba al canal, me sobresaltó y me obligó a quedarme quieta hasta que mis hermanos y sus amigos desaparecieron de mi vista. Pensé, medio embriagada, aunque aún en mis cabales, que el olor podía venir de las mercancías agolpadas al borde del canal y que era imposible que él estuviera allí pues debía de estar camino a Nápoles. Pese a todo, cometí la locura de separarme del gentío y al acercarme al canal pude ver por primera vez aquello con lo que mi madre me asustaba para que nunca se me ocurriera salir sola de casa. Una cuadrilla de virilidad, formada por cuatro muchachos, forzaba a una desdichada sobre los paquetes amontonados del oscuro porche de agua en el que me encontré sin darme cuenta. Y sin temer lo que pudiera pasarme si me acercaba a ellos, lo hice para ver algo que jamás pude olvidar. La muchacha se hallaba sobre un fardo envuelto, acostada sobre su pecho. Sus vestidos levantados sobre la cintura descubrían su blanco trasero, que aceptaba sin quererlo las fuertes embestidas de un muchacho apenas mayor que Flavio, pero que era lo suficientemente alto como para poder asirse a su cuerpo, al que se agarraba con fuerza, clavando sus uñas en las carnosas caderas de la desgraciada. Ella intentaba gritar, pero un pañuelo sujeto por la mano de uno de los amigos del joven que se estrenaba lo evitaba. Un farol alumbraba su cara lo suficiente para que pudiera ver cómo las lágrimas surcaban sus mejillas.

Desconocía lo que le estaban haciendo, pero sabía que si bien para ella no era placentero, para el muchacho que seguía embistiendo lo estaba siendo mucho, así como para los compañeros de su cuadrilla. En un momento dado el chiquillo se derrumbó, algo había pasado, como si hubiera terminado de hacer lo que estuviera haciendo. Para desgracia de la muchacha, otro de ellos la giró haciendo que se apoyara sobre su espalda y, apartando sus vestidos de nuevo, alojó su miembro en lo que yo creía era sagrado e intocable, haciendo que ella profiriera un gemido que incluso con la boca tapada todos pudimos escuchar. El muchacho, bastante mayor que el primero, le gritó:

—¡Disfruta, furcia! ¡Bernardino, aprende cómo se hace!

La pobre doncella arqueó su cuerpo en una contracción involuntaria que por algún motivo les encantó a todos, pues comenzaron a jalear al muchacho, que al parecer tenía mucha práctica. Yo tenía diez años, no podía saber nada de sexo, ni siquiera conocer esa palabra. Pero no sé si fue por el alcohol en mis venas, que me pareció ver un cambio de actitud en la muchacha. Ya no gritaba, sino que gemía profundamente, tanto, que incluso le quitaron la mordaza para que se escucharan los gemidos. Y... ¡que Dios me perdone!, pero sin haber sentido jamás deseo sexual, pues mi cuerpo aún no estaba preparado para ello, aquellos quejidos, los gritos de los amigos, y sobre todo la cara del muchacho que ahora embestía a la mujer, hicieron que sintiera el placer de aquel muchacho como mío, notando un cosquilleo en mi vagina que jamás antes había notado. También este joven se derrumbó tras un rato más largo que el primero.

Sin ser consciente de ello y por la escasez de la luz, me había acercado demasiado al grupo que seguía manoseando a la muchacha como si de un vulgar trozo de carne se tratara. El más mayor se fijó en mí y me gritó:

—¡Eh! ¿Qué haces aquí? ¡Búscate a otra fulana para mostrar lo valiente que eres! ¡Esta es nuestra! ¡Lárgate de aquí si no quieres que te lance al canal!

Y yo eché a correr como alma en pena y me escondí en el primer callejón que encontré, demasiado cerca de donde aún ellos disfrutaban de la pobre chica que ahora ya no gritaba ni lloraba. De nuevo me llegó el olor a menta; pensé que era una jugarreta de mi imaginación, pues era como si ese aroma me persiguiera. De pronto escuché un ruido de algo que caía al agua, y el grupo de muchachos salió corriendo del porche entre gritos y risas. Al salir de nuevo a la plaza escuché un chapoteo en el canal, y por fin me encontré con Francesco y Flavio, quienes ni siquiera habían advertido mi ausencia. Les exigí un faro para poder alumbrarme y mientras les arrastraba al porche, les conté lo que había visto, diciéndoles que habían tirado a la muchacha al agua. Todos usaron sus faros para alumbrar el canal, pero sólo encontraron un pañuelo flotando, el mismo con el que le habían tapado la boca.

Y nadie hizo nada. Ningún caballero se tiró al canal para buscar a la desdichada, ninguno de ellos parecía preocupado por el destino de aquella joven forzada, e incluso uno de los amigos de mi hermano se atrevió a decir:

–Bueno, muchachos, el cuerpo de esa pobre desdichada ya estará llegando a la Spinalonga, creo que podemos continuar con la fiesta.

Y si asombrosa fue su conclusión, más increíble fue la reacción de todos, incluso de mis hermanos, que volvieron a la plaza sin importarles en absoluto la vida de esa chiquilla. Yo me quedé allí, contemplando a la luz del farol que llevaba en la mano la oscura agua del canal, mientras un torrente de lágrimas surcaba mis mejillas. Fue entonces cuando Francesco vino a buscarme.

–Vamos, niña –me dijo–. No puedes hacer nada por ella. Esa desdichada ya estará muerta, el agua está muy fría hoy.

–Pero, es que tú no sabes lo que le han hecho.

–Sí lo sé, Costanza. Soy un hombre de catorce años. Conozco lo que ocurre en esas cuadrillas de virilidad –dijo quitándose su larva y haciendo lo mismo con la mía.

–¿Tú también has hecho eso, Francesco?

–No. Padre me llevó a un burdel, pero conozco a gente a la que sí le gusta hacer prevalecer su derecho –contestó.

–¿Derecho? ¿A qué? ¿A maltratar a una dama? ¿A mancillar su honor degradándola por la fuerza? –pregunté algo alterada.

–Costanza, esas chicas ni son damas ni tienen honor. No te digo que nadie tenga derecho a mancillarlas de esa manera, pero hay gente que así lo cree, y la ley les da la razón. Son mujeres sin amo, amantes de sacerdotes o criadas amancebadas de su señor. No son damas, son mujeres de la calle. Pequeña, el mundo no es como en los romances y en los cantares. El mundo real es a veces muy cruel.

Parecía tan sincero... Yo estaba tan triste que le creí, e incluso llegué a pensar, como la mayoría de la gente de la época, que esas pobres desdichadas sólo servían para que un grupo de bastardos con ansia de demostrar su virilidad profanasen su cuerpo cuando otros lo habían hecho ya.

–¿Por qué la han tirado al canal? ¿No tenían bastante con abusar de ella? ¿Por qué matarla? –pregunté sin entenderlo.

–Costanza, hay gente mala en el mundo, por eso madre no quería que conocieras este lugar, para que no supieras qué es la maldad –dijo mi hermano.

–Entonces ¿esa gente estaba endemoniada? –seguí preguntando.

–Niña. ¿Aún crees que el diablo tiene cola? ¿De veras piensas que es el carnero con cuernos y pelo que te cuenta madre? Cuando ella dice que el diablo vive entre nosotros, se refiere a los actos malignos que cometen los hombres, no es que Belcebú vaya a aparecerse ante ti. No es que estuvieran endemoniados, es que ellos eran el mal –exclamó Francesco.

Me quedé callada, intentando asimilar todo cuanto mi hermano me estaba contando. Descubrir la verdad de según qué cosas hizo que abriera los ojos y que me diera cuenta de que lo que me habían contado de la vida no era del todo real.

–Entonces... ¿el mal puede estar en cualquier lugar? ¿Incluso en nuestro propio barrio? –pregunté de nuevo.

–¡Claro! El mal se abre camino en tu alma sigilosamente, Costanza. Poco a poco, como si de una serpiente se tratara, se va apoderando sibilinamente de tus pensamientos y de tus acciones. Pero no te preocupes. Tú eres una dama y no volverás a ver estos actos jamás. Tu mundo siempre estará rodeado de almohadones de plumas. Primero las de padre y luego las de tu esposo. No has de preocuparte por nada. Ahora, vamos, están a punto de quemar a la vieja –dijo al tiempo que me ponía la máscara de nuevo y me arrastraba hasta la plaza.

Aún seguía yo pensando en las palabras de mi hermano, cuando nos acercamos a la gran pira de fuego que los vecinos habían construido en el centro del recinto con muebles y enseres viejos. El calor de las llamas atenuó el frío que ya calaba en mis huesos, y la música de los tambores, junto a un vaso de vino que mi hermano me ofreció, templó mis nervios. El recuerdo de aquella muchacha que había desaparecido en el canal se fue diluyendo con el vino que recorrió mi garganta; sin embargo, volvió cuando colgaron el muñeco de paja con aspecto de vieja sobre las llamas y empezó a arder. Eso era lo que les ocurría a las herejes en otras partes del mundo.

En Venecia, si eras condenado por herejía, te hundían en el canal hasta que terminabas ahogándote. ¿Eso fue lo que aquellos muchachos pensaron de la pobre desgraciada? ¿Que era una vulgar hereje? ¿Que tenían el derecho de matarla ahogándola en el canal?

Pese al intenso olor a madera quemada, aspiré de nuevo el aroma mentolado que tanto me recordaba a Enrico. De pronto, a mi lado apareció un joven alto y espigado, que en lugar del *tabarro* típico para esas fiestas vestía un jubón verde ricamente decorado. Quise fijarme en él, pero la máscara le cubría el rostro, aunque por un momento me pareció ver, a la luz de su farol, que tenía el pelo mojado y que unas gotas de agua corrían por su largo cuello. El muchacho me miró a través de la *larva*, y un escalofrío recorrió mi cuerpo al reconocer su ronca voz, cuando, ofreciéndome un vaso de vino, me dijo:

–El fuego quema todas las penas, pero recuerda que *«il n'est rose sans espine»*.

ODDANTONIO DE FONDASINI

Acordamos con mis hermanos que la visita a Dorsoduro jamás había ocurrido y que, en consecuencia, yo nada sabía de la maldad del ser humano.

El desconocido del jubón verde desapareció después de aquella última frase. Nunca supe si se trataba de Enrico, estaba demasiado abrumada con todo lo que había acontecido para preocuparme por un hombre que jamás iba a ser mío.

Aquella noche soñé con la desdichada, la vi desaparecer por el canal. A diferencia de lo que yo me había imaginado, estaba sonriendo mientras se hundía en las aguas. Sonreía envuelta en un halo de paz, como si la muerte fuera lo mejor que pudiera haberle sucedido.

A la mañana siguiente todo volvió a la normalidad. Sólo la escasez del desayuno y la obligada asistencia al oficio religioso para ser bendecidos con la ceniza cuaresmal nos indicó que había comenzado la cuaresma.

–*Pulvis es et in pulverum reverteris*[1] –reiteraba ceremoniosamente nuestro sacerdote.

De alguna forma, que aquel monje benedictino repitiera esa frase me recordó las palabras del desconocido: «El fuego quema todas las penas». Suspiré, y con ello hice creer a mi madre que era tan buena que incluso la imposición de las cenizas que nos

1. Polvo eres y en polvo te convertirás.

preparaban para vivir dignamente el misterio pascual me azoraba; pero algo en mi interior me decía que no haber hecho nada por salvar la vida de esa desdichada era un pecado tan grave que ni las llamas ni las cenizas impuestas podían perdonar.

Nuestra vida estaba guiada por la fe católica, de manera que cuando llegaba la cuaresma mi madre ocultaba mi clavicordio y el laúd de mi hermano bajo una gran tela negra para evitar que los tocásemos durante aquel periodo de oración, penitencia y sacrificios.

No era el tiempo cuaresmal algo que mi padre estimase en demasía, pues además de tener que cerrar la tienda en más de una ocasión para obedecer el precepto de no trabajar en las fiestas de guardar y en domingo por considerarse pecado, el ayuno y la abstinencia de carne, huevos y leche sacaban a la luz su peor humor; y recuerdo que siempre que podíamos, los hermanos le rehuíamos, pues pagaba sus enfados con nosotros.

Supongo que como mujer, ni siquiera me preguntaba por qué la religión debía formar parte de mi vida, pues bien sabido era que las mujeres debíamos mostrarnos piadosas, religiosas y la guía para que nuestros maridos no se separaran de la fe.

Desde que mi madre me comunicó la decisión de darme en matrimonio, me fijaba absolutamente en todo lo que hacía, e incluso, en ocasiones, me había levantado con el toque de prima para ver a escondidas cómo vestía a mi padre y qué hacía mientras él se tomaba su escudilla de cereales, que no era otra cosa que hablar con Ruth para organizar las tareas de la casa y la comida de aquella jornada.

Los días de la cuaresma transcurrían monótonos, entre las oraciones, los sacrificios, el ayuno, la escasa y sosa comida, los enfados de mi padre al no poder ni oler la carne y las penitencias particulares de cada uno.

Qué poco sabía mi familia de mis pecados, y qué poco iban a saber, pues yo nunca debí estar en aquel lugar, ni nunca debí ver lo que vi, motivo por el cual no podía decirle a nadie que cada vez que pensaba en aquella joven mi corazón se encogía de tal modo que me faltaba el aire para respirar.

Mi madre era muy devota y religiosa, y supe que notaba que algo me ocurría el día que me preguntó:

–Costanza, ¿te inquieta algo, hija mía?

Sólo me llamaba «hija mía» cuando de veras se preocupaba por mí.

–No, madre, no os preocupéis. Sólo es que tengo un dolor en el pecho que va y viene.

–¿No habrás enfermado? ¿Cogiste frío en carnaval? –siguió preguntando.

–Un poco, madre, pero de verdad que no es nada.

Y mi madre, que no era tonta, supo que algo me inquietaba y que yo no estaba enferma, aunque dejó que tomara un segundo plato de sopa de pescado, para que cobrara fuerzas.

Una mañana que me levanté mucho antes de mi hora, salí de mi alcoba después de vestirme y rezar mis oraciones. A pesar de rezar, de ser una buena hija y de comportarme con rectitud, aquella desazón no me abandonaba y se estaba convirtiendo en algo muy peligroso para mi joven mente y mi frágil fe. Cada día me levantaba pensando en por qué Dios no había salvado a esa mujer. Por qué no había enviado a un heroico caballero. En definitiva, por qué no se había manifestado a través de los muchachos que allí se encontraban para salvarla.

Era demasiado joven para comprender la vida, la dura vida que rodeaba a la gente de a pie, a los que no eran unos privilegiados como yo, a los que no tenían una vida fácil. Y aquellos pensamientos eran los que apagaban mi ánimo diario, convirtiéndome en un ser triste, que no hacía caso a las lecciones del maestro Castriotto y que se pasaba los días mirando por la ventana.

Aquella mañana mi madre decidió que la acompañara a su misa diaria en San Giacometto. Como mi salud parecía buena, a mi madre se le puso entre ceja y ceja que algo le ocurría a mi alma y pensó que la Cuaresma era el mejor periodo para limpiarla de pecados. Cuando salí junto a mi madre y nuestra criada, pude seguir descubriendo el mundo que no conocía, pues jamás me había levantado antes de la tercia, y nunca antes había visto cómo los trabajadores comenzaban su jornada.

Aquella era la auténtica ciudad, el verdadero motor que ponía en marcha cada día todas las cosas que llegaban hasta mí como por arte de magia. El pan recién hecho, el vino recién sacado del barril, los cereales recién molidos. Ver con mis propios ojos toda aquella realidad me impulsó a saber más sobre los peones que de alguna forma trabajaban para que yo pudiera vivir como una auténtica niña privilegiada.

El trayecto hasta la iglesia era muy breve, pero al tener que pararnos junto a Ruth en la tienda de vino y en la panadería, pude contemplar como los primeros trabajadores, entre ellos los gondoleros, sin tiempo para ir a misa, rezaban en grupo en uno de los tantos *capitelli* existentes.

Era curioso ver la profunda fe de esos rudos hombres, pues no rezaban por obligación (como muchas veces hacía mi padre), sino porque realmente encomendaban su día a Dios para que les protegiera de todos los males, accidentes o enfermedades.

Sus oraciones llegaban hasta mí y me incitaban a pensar por qué, si rezábamos de la misma forma, con las mismas oraciones, éramos tan diferentes unos de otros. Porque ellos podían ser vapuleados por cualquier señor con dinero o por un noble de postín y título pomposo. Es lo que le había ocurrido a la pobre desgraciada que acabó sus días en el canal. Como mujer sin amo no podía defender ni su dignidad ni su vida .

Madre me instó a que entrara de una vez en la iglesia, cosa que hice rauda. Siempre me había gustado aquel lugar. Era un templo pequeño y se llenaba pronto de gente, de manera que el frío no se notaba tanto como en otras parroquias del lugar. Me gustaba ponerme junto a mi madre, de pie, como todos los demás, bajo una de sus columnas con capitel románico. Era como sentirme transportada a épocas pasadas, y, a veces, incluso me imaginaba que no estaba en la iglesia, sino en el templo romano de mi divinidad favorita, la diosa Diana, conocida por todos como la diosa de la caza, pero que pocos sabían que también era la diosa protectora de la naturaleza y de la castidad.

Pero aquella mañana hacía frío, pues entre sus cuatro paredes tan sólo nos encontrábamos diez personas, todas mujeres, que me ayudaron a comprobar que, como todo el mundo sabía, la religión era cosa de féminas. Cuando el oficio terminó y la iglesia quedó vacía, mi madre se acercó a nuestro sacerdote, el mismo que me había bautizado, y estuvo hablando un rato con él. Aproveché para arrodillarme frente al altar y, al fijarme en la imagen de San Giacomo, me sentí el ser más pequeño e inferior del mundo y comencé a llorar desconsoladamente sin poder controlarme.

Ni siquiera vi venir al padre Doménico quien, con el consentimiento de mi madre, me hizo levantar para llevarme a la sacristía y hablar en privado. Aquel hombre de barba tupida en la que empezaba a asomar alguna que otra cana, me invitó a sentarme en un diván y, ofreciéndome un vaso de vino aguado, me dijo con voz susurrante:

—¿Qué es lo que tanto te aflige, hija mía?

No sabía qué contestar. La verdad es que me dolía el corazón, pero aún no sabía por qué. A mi corta edad, mis pecados se habían limitado a pequeñas envidias hacia mis hermanos, a pensar mal sobre mis padres y a enfadarme con la criada; nada comparable a omitir auxilio a alguien que necesitaba mi ayuda, nada como cerrar los ojos cuando se estaba cometiendo un crimen, sólo porque yo no tenía que estar en ese lugar. Me sentía como si fuera un ser sin alma, sin valores, sin honor, y lo peor era que comenzaba a pensar que mis hermanos no eran mejores que sus amigos, quienes decidieron seguir de fiesta mientras una pobre muchacha se ahogaba en el canal.

No sé si fue por el vino, o porque el padre Doménico me dijo que estaba obligado a guardar el secreto de confesión y que no podía contarle a nadie lo que en aquel santo lugar escuchara, por lo que comencé a hablar escupiendo las atrocidades que vi aquel día y las reacciones posteriores de quienes me rodeaban. Mientras hablaba, lloraba y suspiraba, pero mis sollozos se fueron diluyendo a medida que relataba todo lo que mi corazón y mi mente habían visto.

Cuando terminé de hablar nuestro sacerdote se encontraba con la mano sobre los ojos, meditando, un tanto abrumado por mi relato. La verdad es que yo estaba serena, y supongo que contarle todo lo que me preocupaba a ese buen hombre que me escuchaba con semblante preocupado me hizo sentir bien. Era algo que necesitaba aunque la respuesta que obtuve no creo que fuera la que buscaba:

–Costanza, has pecado contra el cuarto mandamiento y eso está muy mal hecho. Sé que estás arrepentida pero tengo que imponerte una penitencia: rezar el rosario tres veces al día hasta el jueves *grasso* y añadir el pescado a tus abstinencias diarias.

Sabía que había desobedecido a mis padres, y sabía que era necesario arrepentirme de ello, a pesar de que fue idea de mis hermanos y que nada podía hacer yo en contra de sus decisiones. Pero... ¿a qué venía culparme si lo que yo le estaba contando es que había visto cómo unos muchachos violaban y mataban a una mujer? ¿Acaso no iba a decirme nada de aquel asunto? Carraspeé y con un valor que no me conocía le pregunté:

–Padre Doménico, ¿qué hay de lo otro? ¿Qué penitencia me va a imponer por no ayudar a esa pobre muchacha?

–¿Qué muchacha? ¿La que se tiró al río? –preguntó él, como si hubiera escuchado una historia diferente a la que yo le había contado.

–¡No se tiró! ¡Ellos la tiraron! –exclamé ofuscada alzando la voz.

–¿Osas gritar en la casa del Señor? ¡Insolente! ¿Acaso viste tú cómo la tiraban? ¿Acaso si a ti te pasara lo mismo no te hubieras lanzado para acabar con tu vergüenza?

Aunque no podía dar crédito a lo que me decía, bajé la cabeza para no ser tan insolente con un hombre al que se debía veneración por su condición de religioso. Pensé en las palabras de mi confesor y, tras meditar bien en lo que había dicho, incluso creí que podía ser verdad, pues al parecer aquellos muchachos no tuvieron el menor remordimiento, cosa que cualquier ser humano hubiera tenido. Con el ánimo más sereno, pude decir:

–Siento haber gritado, padre. Pero... me dio tanta pena... no hice nada por ayudarla. Creo que reconcome mi alma el haberme portado tan mal.

–Mi pequeña Contanti. ¡Cuánto tienes que aprender de la vida! Aquella muchacha ya estaba perdida, seguro que estaba amancebada o su esposo la había abandonado. Son almas perdidas que el Señor deja que se extravíen, para que personas como tú crean en la bondad del ser humano. Ella te mostró qué les ocurre a las mujeres que no tienen un alma pura.

–Pero estaba llorando, padre... –balbuceé.

–Si hubiera estado riendo, no te habría afectado tanto. Lo que tienes que hacer es rezar mucho. Ser una buena hija, no desobedecer a tus padres y, por supuesto, no volver a ese barrio... aunque eso ya no será un problema, pues tu madre me ha dicho que te desposan a finales del próximo mes de mayo –dijo él recuperando su tono conciliador.

Con todos los lúgubres pensamientos que me asaltaban no había vuelto a pensar en mi futuro marido. La verdad es que poco me importaba casarme o no con un hombre al que no conocía, y sólo pude desear que no le faltara ninguna pieza dental y que su aliento fuera, como mínimo, tan agradable como el de mi padre, que pese al fuerte olor a clavo que desprendía era bastante pasable.

Salí de la sacristía sin sentirme distinta a cuando entré. Sin embargo, como mi madre siempre me decía que la confesión servía para liberar el alma de los pecados cometidos y de los remordimientos que nos acongojaban, disimulé delante de ella y le sonreí como si todo hubiera pasado.

La cuaresma siguió su curso, y mi madre creyó que todo estaba solucionado, pues decidí que nadie sino yo debía cargar con la culpa de mis actos, y que nadie debía sufrir mi dolor. Así pues, desde el día de mi confesión, no volví a estar triste delante de mi familia, aunque cada noche me dormía agotada de llorar por aquella muchacha.

La noche del jueves treinta de marzo llegó, y con ella la luna llena que, redonda y serena, reinaba en el cielo azul permitiéndome ver la ciudad oscurecida a través de mi ventana. Adoraba aquella imagen del Gran Canal iluminado por la tenue luz de Selene, ya que podía ver las barcazas o incluso alguna galera que hacía una parada en la riva del Vin, donde yo vivía, para cargar los toneles de vino. Me imaginé con el pelo cortado, vestida de hombre, subiendo a una de esas naves para que se me llevara lejos, a tierras extrañas, donde poder empezar de nuevo, aunque una vocecita interior me repetía sabiamente que, por muy lejos que me fuera, no podría borrar tan fácilmente el dolor y la pena.

Mis días cuaresmales pasaban entre los estudios de mi prefecto, las oraciones, los ayunos, las abstinencias y las conversaciones en contra de la dura penitencia impuesta por mi confesor, que me obligaba a comer sólo verduras y pan regado con vino y azúcar de Sicilia. El menú impuesto por mis pecados pronto dio que hablar, pues en los cuarenta días que duró la Cuaresma la desnutrición hizo mella en mí, provocándome un debilitamiento que hizo que me dolieran todos los huesos del cuerpo.

Durante los días posteriores al final del arrepentimiento y penitencia era tal mi estado de debilidad, que el domingo de Resurrección tuve que quedarme en cama, mientras todos salían a festejar el principio del Tiempo Pascual y el fin de los ayunos y las abstinencias.

Poco a poco, y gracias a los espesos caldos de gallina y calabaza que Ruth me dispensaba, fui recuperando fuerzas, cosa que causó gran alegría a mi madre, quien llegó a creer que tendría que retrasar mi fiesta del anillo.

A pesar de recuperar el tono rosado de mi piel y la fuerza en las manos y las piernas, aún estaba demasiado débil para asistir a las fiestas de la Ascensión. Me dio mucha pena perderme el discurso de nuestro Doge recordando el matrimonio de Venecia con el mar y pidiendo al Señor una vez más que nuestro dominio marítimo no terminara nunca, pero aunque mi salud era mucho mejor que en días pasados, mi padre me negó el permiso para salir de casa aduciendo la imperiosa necesidad de que a finales de mes me encontrara en perfecto estado de salud.

Los días anteriores a la fiesta fueron un completo caos en casa. Mi madre ordenó a Ruth que limpiara la mejor vajilla, la que ella usó para su boda, y que les quitara el polvo a las copas de Murano, las mismas que exhibieron en el banquete que sus progenitores prepararon cuando ella contrajo matrimonio con mi padre. Al parecer, aquella celebración era muy importante, e incluso meses antes, sin yo saberlo, mi madre había contratado los servicios del mismo sastre que forró mi colombina de rojo para que fabricara un bellísimo vestido de terciopelo con brocados dorados y lazos que resaltaban sobre la suave textura azulada del traje.

Yo aún no conocía a Oddantonio y me temía que no iba a ser muy bello, pues mi madre siempre cambiaba de conversación cuando yo le preguntaba si podía ver algún retrato de él antes de la ceremonia.

El 31 de mayo me dejaron dormir hasta las doce de la mañana, y aunque ya estaba completamente recuperada, nada me despertó hasta que mi madre se puso a canturrear una sonata. Fue uno de los despertares más bonitos de toda mi infancia.

Aquel día Ruth había preparado un delicioso pudín de moras silvestres que mi madre permitió que acompañara con un gran vaso de vino puro, cosa que animó aún más el día. Tras el desayuno, ya vestida con mi precioso traje azul y peinada con mi pelo ondulado hacia atrás, me coronaron la frente con una tiara de flores frescas de *alkanna tinctoria.* Sus pequeñas flores azules hacían juego con mi vestido, y el cordón dorado donde estaban cosidas armonizaba con los brocados y los pendientes que mi madre me regaló para la ocasión.

No estaba nerviosa, al menos no durante la preparación del festejo y del banquete. Pero a eso de las cuatro de la tarde, tras haber comido un delicioso *risotti e bisati*, el maravilloso arroz con anguila, la típica comida que se servía en las casas de los mercaderes ricos durante las festividades, pude escuchar los primeros toques de laúd sonando bajo nuestra ventana. Miré a mi madre sin saber qué hacer y ella, con un gesto de la mano, pidió que esperara, aunque Ruth ya había abierto la puerta que daba al balcón. Las notas siguieron sonando acompañadas por una cornamusa a la que se añadió también un tambor. ¿Un tambor en Rialto? Nos quedamos mirando, era un hecho insólito, aunque fuera una serenata de enamorados.

Mi madre se acercó para peinarme, después me empujó hacia el balcón y me dijo:

–Sonríe, Costanza, haz una reverencia, escucha lo que te dice, y cuando acabe de hablar y vuelva a sonar la música, vuelve a sonreír, haz una segunda reverencia y entra.

Y yo, sin acordarme de cuándo debía sonreír y cuándo hacer la reverencia, salí al balcón y descubrí que los músicos habían sido rodeados por la gente que pasaba por la calle y quería conocer a la destinataria de la serenata. Sentí vergüenza, pero sonreí mientras me deleitaba con la alegre música, hice una reverencia sin saber muy bien a quién la dirigía, y en ese momento la cornamusa y el tambor dejaron de tocar al unísono, y sólo se escuchaba el suave sonido del laúd de fondo. De entre los músicos, surgió un apuesto joven, del que sólo pude deducir que era bastante mayor que Enrico, el único hombre que yo conocía aparte de mi padre. Tenía un precioso pelo rubio que caía en ondas hasta su cuello, y aunque no podía verle bien a causa de la distancia que nos separaba, pude comprobar que su nariz era recta y que tenía una bella voz cuando empezó a cantar:

> Hero somos y Leandro
> no menos necios que ilustres
> en amores y firmezas
> al mundo ejemplos comunes.
> El amor como dos huevos
> ha roto nuestra salud
> él fue pasado por agua
> y yo estrellada mi fin tuve.
> Rogamos a nuestros padres
> que no se pongan capuces
> pues si un fin en agua tuvimos
> que al menos ahora, una tierra nos sepulte.

Cuando terminó la canción, el tambor y la cornamusa volvieron a tocar, sonreí y me quedé allí escuchando la alegre melodía hasta que oí a mi madre chistar desde dentro de la casa.

Hice una reverencia, volví a sonreír y entré en el comedor muerta de frío, pero feliz de ver que mi futuro marido no era un viejo carcamal sin dientes.

Tras la serenata, seguía soñando con verle al fin la cara a mi futuro esposo, mientras aguantaba las bromas de mis hermanos que me decían que era imposible que un *condottiero* de los Orsatti tuviera tan buena voz, y que seguro que había comprado los servicios de ese trovador para hacerse pasar por él. Mi madre usó su poder de convicción tras darles sendos capones que hicieron cesar sus burlas, y yo deseé que los cuentos de mis queridos hermanos no fuesen verdad.

Tuve que esperar algo más de dos horas, el tiempo justo para que el guisado estuviera en su punto, la pasta con calabaza y parmesano al dente, y los postres de Ruth distribuidos por toda la estancia del salón de juegos y del salón de música, unidos ahora en una única sala una vez se abrieron las puertas de paneles. Mi madre contrató a unos músicos que hicieron que mi estimado Guillaume Dufay no dejara de sonar durante toda la fiesta.

Antes de la comida hubo tiempo para las presentaciones y respiré aliviada cuando vi que el supuesto trovador se presentó como Oddantonio de Fondasini, duque de Castelforca, quien nos presentó a sus familiares más allegados, entre los que no se contaban sus padres, ya fenecidos.

–Este es el esposo de mi hermana, Alessandro Orsatti, señor de Quibati, y su esposa, Sveva de Fondasini, señora de Quibati y mi hermana pequeña. Ellos ocuparán el lugar que a mis padres les correspondería, si don Alessandro Contanti no tiene inconveniente.

–Por supuesto, señor de Castelforca, no hay problema en esta nimiedad. Usted ya conoce a los varones de mi casa, Francesco y Flavio y a mi encantadora esposa Giulia Contanti, pero creo que aún no conoce a mi bellísima hija Costanza, a quien tengo el honor de presentarle –dijo mi padre, que me cogió de la mano y la acercó hacia él.

Era dulce, guapo, educado, encantador, y tenía una bella sonrisa que incluía todos los dientes, a pesar de que las historias que sobre él corrían lo elevaban a la posición de gran guerrero, capitán de los hombres de los Orsatti y arduo luchador, victorioso en varias contiendas. Del recuerdo de aquellas guerras que se le atribuían tan sólo le quedaba una cicatriz que cruzaba el lado izquierdo de su cara, pero ni siquiera le afectaba al ojo, de manera que supuse que podía ignorarla.

Nos sentamos a comer. Las viandas estaban deliciosas y mi madre se llevó cientos de elogios, que aceptó de buen grado como buena dama que era, aunque no supiera cocinar. Durante la amena conversación, pude alzar mi vista en dos ocasiones hacia Oddantonio, y me encontré con su mirada mientras me sonreía con dulzura.

Tras el postre, y ya de pie, en torno a los músicos contratados para la ocasión, mi padre ordenó a Ruth que sacara los licores comprados en la tienda de vinos de la otra esquina. Los hombres se sirvieron, y mi padre aceptó que mi futuro marido me sirviera un poco de dulce de nuez en una pequeña copa de cristal. Tras beber aquella delicia, y mientras los músicos seguían entonando cánticos celestiales en un tono de voz que no molestaba, Oddantonio carraspeó para llamar la atención de los presentes. Entonces, sacó de la pequeña bolsa que llevaba en su cinto un deslumbrante anillo con un hermoso diamante en el centro.

De pronto, por las escaleras, como si todo hubiera sido planeado previamente, un señor de barba negra entró llevando unos escritos en la mano, se acercó a nosotros, y aunque el trato estaba cerrado, dijo con solemne voz:

–Oddantonio Valentino Caterino de Fondasini, conde de Fondasini y de Stagnovivo, señor de Corello, Albarosso, Pianuraluce, Tramontoarancione y Sassogrigio y duque de Castelforca. ¿Aceptáis contraer matrimonio con Costanza Nanna Elisabetta de Contanti?

–Acepto –contestó sonriendo.

–Costanza Nanna Elisabetta Contanti. ¿Aceptáis contraer matrimonio con Oddantonio de Fondasini, duque de Castelforca?

Me había perdido con tanto título y tanto nombre rimbombante, y aunque me demoré unos segundos más de lo necesario, contesté:

–Acepto.

Entonces, mi esposo y mi padre firmaron un último papel, y mi madre me tendió la mano hacia mi esposo, para que Oddantonio me colocara el anillo en el dedo anular.

Acompañaron al *ricordino* regalos para todos mis familiares, y entonces Sveva se acercó a mí y, apartándome con sutileza de la pequeña muchedumbre que se había congregado junto a los presentes, me dijo acariciando con dulzura mi cara:

–Eres tan joven y pareces tan dulce... Espero que sepas entender a mi hermano. Él es un hombre de armas, un guerrero, un luchador, y tú eres de una extrema finura. Ámale mucho y haz siempre lo que él desee, así podrás ser feliz. Toma este collar de perlas, es de mi familia. Has de llevarlo cada día desde mañana hasta dentro de un año, así como el día de tu boda.

Sus palabras me asustaron. ¿Acaso el Oddantonio que estaba viendo, aquel ser dulce y educado no era así en la privacidad de su casa? ¿Quién mejor para conocerlo que su propia hermana? Sveva volvió a acariciarme la cara y se reunió con su esposo y su hermano, que acababa de recibir la primera parte de mi dote cuyos bienes debía administrar mientras durase nuestra alianza.

Tras unos minutos de agradecimiento por los presentes, mi esposo solicitó permiso a mi padre para hablar en privado conmigo, a lo que este contestó:

–Señor, ahora mi hija es vuestra. Haced con ella lo que os plazca... –y añadió sonriendo, cosa que era muy inusual en él–: siempre que esté en el contrato –frase que hizo que todos los hombres de la casa comenzaran a reír, pero que a mí no me hizo ni pizca de gracia.

Con el permiso de mi padre, Oddantonio me cogió de la mano y me pidió cortésmente que bajáramos al salón inferior; una vez allí, hizo que tomara asiento en el sofá de seda, y tras mirarme y remirarme durante un par de veces, osó preguntar:

–Y bien, mi señora, ¿qué os parece vuestro esposo?

No supe qué contestar, bajé mi mirada avergonzada, pero él usó sus largos dedos para alzar mi rostro con una caricia, obligándome a que nuestras miradas se cruzaran. Él volvió a preguntar:

–¿Acaso os doy miedo?

–No, mi señor. Pero no sé qué decir –contesté finalmente.

–Contestad a mi pregunta. ¿Qué os parezco?

–Muy bello, mi señor –dije sincerándome y ruborizándome a la vez.

Él sonrió y me dirigió una mirada más paternal que propia de un esposo. No en vano nos separaban veinte años. Continuó indagando:

–Me han contado que os gusta la música y el baile y que tenéis una bellísima voz. ¿Es eso cierto?

–Me gusta cantar y mi maestro dice que lo hago bien. También toco el clavicordio y un poco el laúd, aunque mi madre dice que es un instrumento para hombres y he de hacerlo a escondidas.

–Aún pasarán varios años, Costanza, hasta que vengáis a vivir conmigo, pero tened por seguro que cuando estéis en Castelforca ya no tendréis que esconderos de nada y de nadie –exclamó como si se opusiera a los pensamientos de mi madre.

A pesar de ser educado y amable, él era un completo desconocido para mí, y aunque con Enrico no me mordí la lengua, sobre todo por su desfachatez, Oddantonio era mi esposo y se suponía que le debía respeto, así que no respondí nada.

–Sois muy tímida –afirmó más que preguntó.

–¿No debe ser así, mi señor? Si no os gusta puedo cambiar. Como decís, no iré a vivir a vuestras tierras hasta dentro de unos años, tengo tiempo para aprender cómo queréis que sea –contesté.

Él sonrió. ¡Qué dulce era cuando lo hacía! Entonces, apartó con su mano el pelo que cubría mi escote y rozándolo, dijo:

–Es cierto, tenéis razón. Habéis de cambiar mucho, ni siquiera tenéis pecho aún. Pero me gusta como sois, aunque intentad no ser tan tímida la próxima vez que os vea.

Aquella caricia no tuvo nada de lasciva, a pesar de que mi marido tenía derecho a cualquier cosa sobre mí. No fue como la del desconocido de la máscara, ni siquiera llegó a ruborizarme y apenas me hizo cosquillas.

Sin saber qué decir para romper aquel molesto silencio, le pregunté:

–¿Está Castelforca lejos de aquí?

–A unas doscientas millas.

–¿Eso es mucho? –pregunté sin saber nada sobre distancias.

Él volvió a sonreír y dijo:

–A dos días a caballo.

–¿Sólo dos días? Entonces debe estar cerca de Careggi. Entre el *burchiello* y el carruaje, nos separan tres días hasta la villa de verano de mis tíos.

–No es lo mismo ir por mar que por tierra, pero tenéis razón, Castelforca está a menos de doce horas a caballo de Fortefortezza.

Entonces fui yo la que sonrió al pensar que, a pesar de tener a mi familia lejos cuando me trasladara, mi otra familia, mis tíos y primos, a los que adoraba, no quedaban tan lejos de mi nuevo hogar para no poder visitarme.

–Es la primera vez que os veo sonreír, mi señora. Sois en verdad un ser bellísimo y angelical –dijo Oddantonio sorprendiéndome.

Creo que me ruboricé, pues mis mejillas comenzaron a arder.

–Adoro la belleza. He visto imágenes cruentas en mi vida y he decidido que es hora ya de rodearme de objetos bellos, personas con un alma preciosa y rostros angelicales. De veras que no veo el momento de que os podáis trasladar a mis tierras.

–Aún no os conozco, mi señor –alcancé a decir sin mirarle.

–Es cierto, pero no os preocupéis, lo haréis, y creo que os gustaré. Ahora vamos, no es hora para que una dama siga levantada –exclamó, y dio por terminada la conversación, pues se levantó y encaminó sus pasos hacia la escalera.

Seguí a mi esposo aunque, antes de que comenzara a subir las escaleras, le dije:

–Mi señor, ¿permitís que os haga una pregunta?

–Ahora sois mi esposa. Podéis preguntarme lo que deseéis.

–¿Guerreáis mucho?

Se acercó a mí y acariciando mi cuello para apartarme el pelo, me susurró justo en la oreja:

–Guardadme el secreto, mi señora. Eso se lo dejo a mi hermano.

Mi esposo depositó sus labios en mi cuello con suavidad, y esta vez un escalofrío recorrió mi cuerpo. Subió las escaleras y yo detrás de él sin entender palabra de lo que me había dicho. ¿Su hermano? ¿Qué hermano? Si tenía un hermano, ¿por qué no había acudido a la ceremonia?

Eran ya las nueve de la noche y me despedí de los invitados de mi padre y de mi esposo, que me besó la mano, no sin antes mirar a mi padre para que diera su consentimiento silencioso. Mi progenitora le ofreció a Sveva, la hermana del *condottiero*, que se echara en su cama mientras los hombres terminaban de conversar.

Ella no tuvo tiempo de decir nada y fue su esposo, Alesandro, quien educadamente contestó:

–No se inquiete, mi señora Contanti, nuestro criado la llevará ahora mismo hasta la posada, ya que parte a primera hora de la mañana hacia su convento. Nosotros vinimos a caballo y no volvemos a Castelforca hasta la tarde.

Desaparecimos por la escalera, y antes de que pudiera preguntar nada, mi madre me hizo entrar en su cuarto. Mientras metía a Ginevra en la cuna, me dijo:

–No viven juntos. Sveva fue recluida a los cinco años de la boda, con la excusa de una conjura de la familia Vecellio contra los Orsatti, pero según las habladurías está algo ida y por ese motivo la encerraron en un convento.

Algo loca sí que me pareció esa mujer capaz de asustarme de la manera que lo había hecho. Tan sólo debía mirar los ojos de Oddantonio para saber que no albergaba ningún tipo de maldad.

–Y bien, señora de Fondasini, duquesa da Castelforca, ¿qué os ha parecido vuestro esposo? –dijo de pronto mi madre sorprendiéndome con una grata sonrisa.

–Madre... Es de una gran belleza... ¿No? –contesté azorada.

–¡Ay, Costanza! ¡En qué cosas te fijas! Lo que importa es que cuidará de ti, y que en cuanto te traslades pronto le darás un heredero.

Mi madre hizo una pausa, pero al ver que yo iba a preguntar por aquello que me suscitaba tanta curiosidad, espetó:

–¡No diré nada más! ¡Aún sigues siendo una niña! ¡Sube a tu cuarto y descansa!

Y obedecí, pues cuando mi madre alzaba su voz, era el momento de hacer lo que me pedía sin rechistar. Pero al llegar a mi cuarto, y aunque Ruth me desvistió, me puso el camisón, me arropó y apagó las velas, dejándome a oscuras, no fui capaz de conciliar el sueño, y cada vez que cerraba los ojos veía a mi esposo rozándome con sus dedos o posando sus labios en mi cuello. Era tan dulce, tan educado, tan caballero... Era como si uno de esos príncipes andantes de los romances y cantares se hubiera convertido en un ser de carne y hueso.

Oddantonio de Fondasini, mi Señor de Castelforca. No había manera. Por mucho que insistía, Morfeo no quería apoderarse de mí, y en mi inconsciencia se me ocurrió que nada malo podía pasar si escuchaba la conversación de los varones mientras charlaban sin tapujos con la libertad que les daba la ausencia de mujeres en la sala. Me cubrí con la colcha y bajé sigilosamente hasta donde se encontraban, escuchando sin ser vista desde una privilegiada posición. Pero lo que oí no fue de poema, ni un cantar, ni un romance.

–Ya se sabe, mi señor Contanti: el universo de las mujeres, siempre lleno de menudencias; no podemos elevarlas en igualdad, no vaya a ser que nos arriesguemos a que se crean superiores.

–Tiene usted razón Oddantonio. Pero no me negaréis que mi Costanza no es de esas. Además ya os dije que si por algo destacaba no era por su rebeldía, sino por su beldad. Espero que sea de vuestro agrado –exclamó mi padre.

–Por supuesto, mi señor. Si ahora que aún es niña es de extremada belleza, imaginaos cuando se convierta en mujer –contestó mi esposo.

–Oddantonio, ¿no os preocupa que sea demasiado bella? ¿Acaso la mantendréis en casa para que los perros de caza no la olisqueen en cuanto se quede sola? Deberéis vigilar, no vayan a asediarla abriéndole los ojos al placer sexual –dijo algo ebrio el señor de Orsatti.

–Mi señor. Agradecería vigilaseis esa lengua, no sea que alguien pudiera arrancárosla de cuajo. Habláis de mi esposa y de la hija del señor Contanti. Jamás dudaría de su fe y de su dignidad –le espetó mi esposo, cosa que me gustó muchísimo.

Aunque lo que añadió a continuación ya no me gustó tanto:

–Es el hombre perfecto quien debe dirigir a la imperfecta mujer. Yo sé mandar y sé que ella sabrá obedecer. Recordad que es el gallo quien domina a la gallina.

Corrí a mi habitación llorando y me acurruqué debajo las sábanas. ¿Con qué horrible hombre me habían desposado? ¿Ese era mi caballero andante? ¿El que me llamaba gallina, imperfecta e inferior? ¿Qué se había creído? Seguro que yo sabía leer el griego y el latín mucho mejor que él, seguro que en álgebra no iba a ganarme, y seguro que conocía yo mucha más geografía que un simple capitán de ejército, siempre guerreando y sin otra cultura que las armas y la muerte.

Lloré tanto que me dormí y en vez de soñar con andantes caballeros, mis pesadillas las habitaron dragones, brujas y duendes, que aterraron mi mente durante horas, hasta que el nuevo día amaneció.

UN NUEVO MUNDO

Tuvo que pasar una semana para que pudiera olvidar lo que había escuchado en boca de mi esposo.

A pesar de mi tristeza interior, nadie advirtió nada, ya que cada vez fingía mejor mi estado de ánimo. Sabía que nada podía decir, las culpas recaerían en mí por haber osado escuchar una conversación de hombres.

El siguiente jueves a mi desposamiento, llegó a mi nombre una nota del ducado de Castelforca. Me pareció una misiva importante pues venía sellada con el escudo de los Fondasini. A pesar de ser ya mujer desposada, mi padre cogió la misiva, rompió el lacre y fue el primero en leerla. Al terminar se la pasó a mi madre y esta, tras leerla, me la entregó para que yo hiciera lo mismo, aunque ante su asombro, cogí el trozo de papel y lo dejé encima de la mesa del comedor.

–Hija, es una nota de tu esposo –exclamó mi madre.

La miré sin ninguna pasión y le dije con insolencia:

–¿Y qué dice, madre? Vos que ya la habéis leído podríais decírmelo.

Jamás olvidaré la bofetada con la que mi progenitora me cruzó la cara.

Sin añadir ni una sola palabra, cogió el papel, y rompiéndolo en dos trozos, lo dejó donde estaba:

–¡Sigue con esa actitud y serás la mujer más desdichada de todas!

De mis ojos ya no brotaba lágrima alguna, había llorado demasiado últimamente. En aquel momento, la indignación fluía por mis venas y la mejilla me ardía de lo fuerte que había sido la bofetada de mi madre; sin pensármelo, subí corriendo a mi habitación, no sin antes coger las mitades de aquella maldita carta.

Me eché sobre la cama, dolida, pero sin ganas de derramar ni una sola lágrima por aquel con el que me habían desposado, por aquel que me comparaba con una gallina. No quería leer su misiva. No quería saber nada de ese ser prepotente que se vanagloriaba de ser perfecto, sin que ni siquiera mi propio padre me defendiera: seguía sin entender por qué viviendo como aún vivía en su casa, a pesar de ser Oddantonio mi esposo ante la ley, mi padre no había salido en mi defensa. ¿Acaso él pensaba igual que mi marido? No lo parecía, pues en el trato con mi madre nunca escuché palabras tan ofensivas de su boca; aunque, por otro lado, jamás le escuché hablar de ella, lo cual era incluso más inaceptable que las palabras de Oddantonio.

Había tantas cosas que no acababa de entender de la vida de los adultos... ¿Por qué se casaban los hombres si no amaban a las mujeres? ¿Para procrear? ¿Qué sabía yo de eso? Y si fuera... y si... ¡claro! ¡Era aquella sensación que tuve cuando vi a los muchachos forzar a aquella joven desdichada! ¿Así se hacían los niños? ¿Por eso noté esa sensación placentera cuando presencié sus actos? Entonces ¿por qué lloraba ella? ¿Acaso podía existir una mujer que no deseara llevar en su vientre una nueva vida? Para eso existíamos las féminas, o al menos eso es lo que nos decían todos los hombres de fe.

Quise quitármela de mi cabeza. Debía pensar en otra cosa si no quería sumirme de nuevo en la tristeza, así que, siendo de natural curiosa, al final claudiqué, y uniendo la hoja de papel leí lo que Oddantonio me escribía.

Me quedé confusa. ¿Quién diantres era aquel hombre de carácter cambiante? ¿El ser educado que escribía aquellas dulces palabras que estaba leyendo en esos mismos momentos, o el ser despreciable que creía que las mujeres éramos simples gallinas ponedoras que no teníamos cerebro? Volví a leer aquella carta. Una, dos, incluso por tres veces, y cuanto más releía sus palabras, más me daba cuenta de cuán errada estaba al pensar todas aquellas barbaridades sobre mi esposo. Nadie que pudiera deleitar mis pensamientos con aquellos versos bellísimos y tan llenos de amor, podía pensar de la manera que manifestó cuando se encontró a solas con los demás hombres.

A la distinguida dama Costanza de Alesandro Contanti

Siendo imposible un mismo pensamiento, pues vos sois aún niña y yo viejo soy ya, sé que seréis las alas de las que carezco, mi juventud perdida, la alegría de mi vida.

Anhelo con ansia el que os hagáis mayor para poder reclamaros a vuestro señor, y así compartir mi hogar, que, a partir de ese momento, será el vuestro.

Os hago llegar mis más sinceros recuerdos y mi eterno agradecimiento por existir, y por ser poseedora de un alma tan pura como la que poseéis.

En el año del señor MCDLVIII

ODDANTONIO DE FONDASINI,
duque de Castelforca

¡Estúpida niña mimada!, pensé. ¿Cómo puede un hombre que escribe estas líneas ser una persona cruel e indeseable? Me ama. Oddantonio me ama y desea estar conmigo. ¿Cómo pudiste pensar que creía que eras inferior a él? Y si lo piensa... ¿Qué más da si escribe estas cosas de ti? Con sólo que te trate la mitad de bien como escribe, podrás ser una mujer feliz.

Mi mente, ávida de romances, de pensamientos centrados en mí, de ser el centro de atención, quiso creer esas bellas palabras.

Alguien que pierde su tiempo escribiendo esas líneas, sin importarle qué pensará la familia de su esposa cuando las lea, no puede ser del todo malo.

Debía pedir perdón a mis padres, pero desconocía si iban a dármelo. Lo hice y fueron más benevolentes conmigo de lo que imaginaba, me regañaron como a la niña que aún era, pero me ofrecieron todo su cariño, comprendiendo los cambios que mi carácter sufría durante aquel proceso.

Guardé esa carta como un tesoro, entre las páginas de mi cuaderno de griego.

El tiempo pasó y un año fue igual a otro. A pesar de haber transcurrido casi dos años desde mi desposamiento, no tuve noticia alguna de mi esposo, salvo el envío de alguna joya o vestido que añadir al ajuar, cosa que al parecer era lo que se esperaba de él.

Estaba yo ilusionada pensando en el último regalo recibido, un precioso brazalete de brillantes zafiros que pronto fue guardado en el *cassone*, cuando comencé a oír los gritos de mi padre:

–¡Maldita sea mi estampa! ¿Qué he hecho yo para tener un hijo como él? Dime, Giulia, ¿qué le hemos enseñado a ese maldito para que ahora nos abandone? ¿Es que acaso le molía a palos? ¿Acaso le mataba de hambre? ¿Y ahora qué, Giulia? ¿Qué hago con el taller?

Nadie sabía la causa de esos gritos, pero Flavio y yo levantamos la cabeza cuando vimos a mi madre entrar en la sala donde estábamos desayunando antes de comenzar las clases.

Flavio fue el valiente que preguntó:

–¿Ocurre algo grave, madre?

Ella no contestó, pero movió la cabeza de un lado a otro. Cogió la botella de licor de nuez, que sólo se usaba cuando venían visitas y subió de nuevo sin decir absolutamente nada. Ruth salió de la cocina. Si alguien sabía algo era ella, pues todos estábamos al corriente de las regañinas que recibía por su curiosidad.

–¿Sabes lo que ocurre Ruth? –pregunté.

–Es vuestro hermano, Francesco. Ha huido de casa –dijo mientras recogía nuestras escudillas.

–¿Cómo? –exclamamos al unísono mi hermano y yo.

–Al parecer se fue ayer por la noche y se enroló en una galera veneciana con rumbo a Dalmacia. Dejó una nota para vuestro padre –nos explicó, como si lo que sabía le fuese a quemar la lengua si no nos lo contaba.

Flavio y yo nos miramos y fui yo quien pregunté:

–¿Tú sabías algo?

–¡No! Sabía que él no quería seguir con el trabajo de padre, pero... no me imaginaba que se fuera de casa, y menos sin despedirse de nosotros –contestó.

Mi madre volvió a bajar y dirigiéndose a Flavio le dijo:

–Acércate a casa del maestro Castriotto. Dile que hoy no es buen día para que venga y pon el cartel de cerrado en la tienda. Hoy no abrimos.

–Madre, ¿qué ocurre? –pregunté con la esperanza de que no se enfadara por mi insolencia, mientras mi hermano salía corriendo por la puerta.

–Ay, hija mía. Tu hermano nos ha dejado una nota donde dice que necesita salir del hogar para seguir sus sueños. ¡Sus sueños! ¿Te imaginas? ¿Cómo no pude darme cuenta de que no quería ser joyero? –exclamó derrumbándose en la silla.

–Madre, no os preocupéis. Francesco es un muchacho valiente y fuerte, no le va a ocurrir nada. Volverá y seguro que será más feliz –dije en un intento por animarla.

–¿Acaso crees que a tu padre le importa la felicidad de alguno de vosotros?

No podía creer que mi madre hubiera dicho eso. Era cierto que en casa se hacía siempre la voluntad del patriarca, pero... ¿era eso lo que ella pensaba de su esposo? Es más... ¿cómo podía decirme algo así estando yo a las puertas de mi boda?

Supongo que mi madre se percató de que no había obrado bien y trató de rectificar mientras se tomaba un trago de licor:

–Tu padre lo tenía todo planificado. La insolente decisión de tu hermano implica que deba rehacer todos sus planes. ¿Quién continuará su oficio? ¿Acaso crees que dejará un taller tan prolífico a un simple aprendiz?

No sabía si hablar, no fuera a pagar su frustración conmigo, pero al fin me decidí:

–Madre, yo no sabía que Francesco quisiera irse, pero sí sé que ha estado enseñando el oficio a Flavio, incluso sé que la idea de ponerle plumas a las máscaras que padre hizo en carnaval fue de mi hermano mediano.

–¿Qué estás diciendo, muchacha? –preguntó alterada mi madre. –Y sin dejarme continuar, añadió–: ¿Dices que Flavio tiene el mismo nivel que Francesco en el arte de la joyería? ¿Estás segura, Costanza?

–Sí, madre. Sé incluso que muchos de los encargos de Francesco los terminó Flavio. A él le gusta todo lo relacionado con las artes decorativas y la creación de piezas –contesté.

Mi madre sonrió, acarició mi cara y corrió escaleras arriba como si se le hubiera ocurrido una brillante idea.

Al rato, cuando Flavio ya había vuelto de su encargo, fue llamado al despacho de mi padre.

A partir de aquel día mi hermano mediano se convirtió en el heredero de mi padre, de su taller, de su arte y oficio, e incluso de la casa familiar, pues decidió desposeer a Francesco absolutamente de toda herencia que le tocara como hijo mayor.

Y fue entonces cuando comenzó de veras mi instrucción, pues al carecer de más alumnos, ya que Francesco seguía huido y Flavio había comenzado a trabajar en el taller permanentemente, el maestro Castriotto se centró en mi educación, y si bien esta quedó bastante reducida en tiempo, mis conocimientos aumentaron mucho al no tener que esperar a que mis hermanos entendieran lo que yo aprendía a la primera; y el maestro llegó a decir que era una lástima que no fuese varón, pues tenía una mente privilegiada para el estudio.

Tenía doce años recién cumplidos la noche que empezó a dolerme el bajo vientre. Era un dolor atroz que hizo que me asustara, pero no quise avisar a mi madre, pues sabía lo cansada que se encontraba. Desde la marcha de mi hermano Francesco, del cual nada habíamos sabido, y con Flavio trabajando en el taller, era ella quien debía realizar todos los encargos junto a Ruth. El dolor era semejante a como si alguien cogiera mis entrañas y las estrujara con la intención de arrancármelas; por eso, y pese a mis dudas, en cuanto escuché ruido fuera salí pensando en encontrar a mi madre. Mas a quien me encontré fue a nuestra criada Ruth, que venía de recoger unos matojos de hierbabuena con la que aromatizaba el pescado. Sin poder aguantar aquellas corrientes del bajo vientre, le expliqué a Ruth lo que me ocurría y ella, en vez de alertar a mi madre, me conminó a que volviera a la habitación, cerró la puerta, se sentó junto a mí, y me pidió que me acostara con las rodillas pegadas a mi estómago.

–¿Por qué no avisas a madre? –dije quejándome.

–Costanza, ¿quieres irte ya con tu esposo? –preguntó.

¿A qué venía esa pregunta? Desde la marcha de mi hermano mi vida había dado un vuelco importante, pues desde que mi maestro pensaba que yo disponía de una mente privilegiada, sin que mis padres lo supieran comenzó a añadir a sus enseñanzas nociones de filosofía, aritmética, física y astronomía, mostrándome con ello un mundo lleno de conocimientos que en otras circunstancias me hubiera estado vetado por el simple hecho de ser mujer. ¿Cómo podía pensar Ruth que quería renunciar a esas enseñanzas?

–¿Por qué dices eso? –pregunté.

–Estás a punto de tener la menarquia.

–¿Qué es eso a lo que has llamado menarquia?

–Nadie te ha hablado de esto, ¿verdad?

Ruth, sin esperar mi contestación, hizo un gesto con la mano que me instaba a quedarme en esa posición; salió del cuarto y volvió al cabo de un rato. La postura que me había hecho adoptar había paliado el dolor, aunque no lo había hecho desaparecer. Cuando volvió a entrar, llevaba una escudilla con alguna clase de líquido caliente, y un vaso con una infusión de color oscuro. Se acercó a mí, me subió el camisón y fue entonces cuando las dos nos dimos cuenta de que estaba sangrando por la vagina. Me asusté tanto que pensé que me estaba muriendo, pero Ruth, tras hacerme desvestir, me limpió con un trapo de lino que sumergió en el líquido de la escudilla. No sé si fue por el cariño con que lo hizo, o porque mientras me limpiaba me explicaba lo que me estaba sucediendo, pero la dejé hacer y llegué a comprender lo que me pasaba:

–La menarquia es tu primer sangrado. A partir de ahora, esto te pasará cada treinta lunas aproximadamente. Notarás que tu cuerpo comenzará a cambiar. Te crecerán los pechos y aparecerá vello en zonas donde ahora no tienes, como en el pubis y en las axilas. Sangrar quiere decir que te has convertido en mujer.

No me sorprendió que Ruth supiera tanto sobre lo que me estaba pasando, pues ella ya era una mujer mayor; y prosiguió con sus explicaciones:

–Normalmente, te dolerá el bajo vientre unos días antes de que comiences a sangrar. Cuando esto te ocurra, debes coger estos paños de lino y colocártelos cubriendo la vagina. Yo uso un calzón de hombre al que he cortado las piernas a la altura de los muslos para aguantarlos, ya te haré uno. Debes cambiarlos a menudo y lavarlos enseguida con agua caliente. Cuando tengas el menstruo, no debes acercarte a la cocina, ni a las plantas, ni a los hombres, pues sólo con tu presencia les ocurrirán desgracias.

–¿Por qué? –la interrumpí.

–Porque esa sangre es un veneno que expulsamos las mujeres. Tiene tanto poder que si te aproximas al mosto cuando la tienes, este se avinagra. Las plantas se secan, los frutos de los árboles caen, el marfil pierde su brillo y los enjambres de abejas mueren. Mi madre me contaba que en Judea, de donde eran todos mis ancestros, aunque nosotros vivíamos en Toledo, hay un lago al que llaman Asphaltites, en cuya orilla hay una sustancia viscosa y negra que no se deja dividir por nada y que se adhiere a todo lo que toca. Dicen que si un solo hilo infectado con esa sangre toca ese líquido, este se deshace separándose en grumos.

–Pero... ¿Por qué nos ocurre esto? –indagué de nuevo.

–Porque este es el precio que las mujeres hemos de pagar al dejarse tentar Eva por la serpiente y pedir a Adán que comiera del fruto prohibido. Eso nos condenó a todas a sufrir para tener hijos. Esa sangre que liberamos con cada período es el veneno que corroe nuestra mente y nuestros actos, pero también nos convierte en mujeres fértiles capaces de afrontar nuestra verdadera ocupación: parir los hijos de los esposos.

En verdad era tanta la información recibida, que mi mente se colapsó, y sólo podía pensar en el dolor que sentía. Me quejé, y Ruth, ofreciéndome el vaso que llevaba, me dijo:

–Tomad. Bebed esto. Os calmará.

–¿Qué es? –pregunté mientras Ruth volvía a mojar el paño de lino en la infusión, colocándolo sobre el bajo vientre.

–Son hierbas para paliar el dolor. En la escudilla hay una decocción de salvado. El paño caliente os aliviará. La infusión tiene hierbabuena, tomillo, salvia, manzanilla y anís. Su sabor es bueno y también aliviará el dolor.

No sé si fue por las infusiones o por el mero hecho de saber que no me estaba muriendo por lo que el dolor fue remitiendo, aunque no quería ni pensar que eso se iba a repetir cada treinta lunas.

No entendía por qué me preguntó si quería irme con mi esposo y así se lo hice saber:

–¿Qué tiene que ver esto que me está pasando con irme con mi esposo?

–Ahora ya podéis tener hijos. Vuestro esposo puede y debe reclamaros. Además, no hay nada que le guste más a un hombre que un cuerpo tan joven como el vuestro. Por eso os lo preguntaba –explicó.

–¿Y qué puedo hacer yo para que no me reclame?

–Esconder a vuestra madre que tenéis el menstruo. Yo puedo ayudaros, lavando vuestros paños como si fueran míos, pero vos deberéis soportar lo más difícil, pues no podréis quejaros del dolor.

–¿Por qué haces todo esto, Ruth?

–Yo también fui primeriza en la menarquia, y sin poder ocultárselo a mi madre, mi esposo, Martín Sánches de Ortis, un navegante castellano que vivía en Corfú, me reclamó. Era un hombre rudo y mucho mayor que yo, y la primera noche que yacimos en la cama, y sé que no debería explicaros esto, me hizo tanto daño que no pudo volver a tocarme en seis meses. Aquello fue suficiente para ser repudiada, aunque dejó que ejerciera de criada en la villa para que no soportase la vergüenza de tener que volver a Toledo. De aquel encuentro me quedé en estado. Tenía yo tan sólo diez años, demasiado joven para parir, y siete meses después, el día siete del mes siete, nació una niña deforme que vivió tan sólo siete días.

–No conocía tú historia, Ruth –dije apenada.

–Ni siquiera me dejaron que la bautizara, aunque yo la llamé Eptá, que en griego significa...

–¡Significa siete! Un buen nombre para ella –exclamé interrumpiéndola.

Ella sonrió y a continuación dijo:

–Incluso hoy, treinta años después, no hay día que no rece por su alma.

Sorprendida por su historia, le pregunté:

—¿Cómo llegaste a Venecia?

—Aquel parto hizo que me convirtiera en estéril y mi amo, el que fue mi esposo, me vendió a un navegante genovés cuando cumplí los veinticuatro. Cuando hizo escala en Venecia para hacer unos negocios, hui adentrándome en las callejuelas. Desde ese momento mendigué hasta que un día vuestro padre me encontró en el mercado cuando estaba comiendo una manzana podrida y, apiadándose de mí, me ofreció un puesto como criada.

Aquella historia hizo que viera a mi padre con otros ojos, el dolor había desaparecido sin darme cuenta, y pronto me venció el sueño.

Durante varios años estuvimos engañando a mi madre, y me hice asidua a las infusiones que Ruth me preparaba para el dolor, a las que en ocasiones le añadía un chorrito de licor de nuez.

La alegría invadió nuestra casa el día en que padre nos comunicó que aquel verano de 1462 nos reuniríamos en la villa de nuestros tíos de Fortefortezza para pasar el período estival, como antaño hacíamos. A pesar de haber visto a mis primas en el bautizo de Giovanna y Contesina, hijas de mi prima Bianca de Alario y de su marido Guglielmo de Caloprini, hacía mucho que no veía a Lorenzo, mi primo favorito, que no pudo asistir a la ceremonia al encontrarse de viaje con su padre.

De inmediato recordé los veranos que habíamos pasado jugando en los jardines de Careggi, las confidencias con mi primo, y los juegos infantiles donde éramos bandidos que luchábamos contra caballeros, sin importarnos cuál era nuestro sexo, al menos hasta que nuestras madres nos descubrían y nos instaban, so pena de castigarnos sin salir de la villa, a que cambiáramos esos juegos impropios de una dama.

Junio llegó y con él, la sorpresa de la vuelta de Francesco, que tensó el ambiente. Parecía más alto, más fuerte, más hombre, sobre todo por la negra barba que cubría su rostro y que le hacía casi irreconocible.

Transcurrieron varios días hasta que mi padre permitió a mi hermano que apareciera por la casa de nuevo. Por suerte, Francesco disponía en la galera de una litera propia donde dormir, pues hasta el día 10 de junio mi padre no claudicó a la petición de su esposa de que aceptara conversar con su hijo mayor sobre su decisión de marchar de casa. Siendo yo aún pequeña y egoísta como suelen serlo todos los niños, únicamente pensaba en si la llegada de mi hermano alteraría los planes del verano con mis primos. Estaba tan guapo y había traído cosas tan bonitas de su viaje, que nada malo veía yo en que se hubiera convertido en navegante.

El período de descanso había llegado y el 12 de junio amaneció soleado. Tras la conversación de mi padre con mi hermano, y pese a que las diferencias entre ellos eran aún latentes, se decidió seguir con los planes de verano, y partimos al día siguiente hacia la villa que mis tíos tenían en Careggi. Tenía tantas ganas de ver a mis primas y a mis primos, pero sobre todo de ver a Lorenzo, que apenas crucé cuatro palabras con Francesco, a quien en cierta medida consideraba un extraño.

Sólo podía pensar en una cosa: que en aquella villa fantástica daba igual si estaba casada o no. Podía bailar, cazar mariposas, ir al río con mi primo, e incluso si mi madre no miraba, pescar con la caña de mi hermano. Allí podía ser libre y esperaba que mi desposamiento no cambiara para nada esa libertad.

Pocos fueron los enseres que tuvimos que llevar, pues a pesar de sus diferencias, mi madre y mi tía seguían siendo hermanas, y todo lo que pudiéramos necesitar ya se encontraba en la villa, aparte de vestidos y accesorios.

Partimos el 13 de junio. Jamás me había levantado a las seis de la mañana y me moría de sueño. El sol era apenas un efímero espíritu que ni siquiera calentaba, pero todos aceptamos que merecía la pena hacer ese sacrificio para poder llegar lo antes posible a nuestro destino. El *burchiello* que mi padre contrató para nosotras y para mi hermano Flavio era bastante modesto exteriormente, pues carecía de decoraciones exquisitas, y por no tener, ni siquiera tenía alfombras, tapices o banderas que pudieran dar algún dato de la casa a la que pertenecía. En cambio, el interior era harto confortable, con dos cámaras para la familia, una zona de estar donde podíamos comer o leer alguno de los cuadernillos, e incluso una cámara aparte para Ruth que era tan grande que podrían haber dormido hasta tres criados. A pesar de habernos levantado a primera hora de la mañana, no emprendimos viaje hasta las ocho, pues así estaba contratado, y no hubo manera de que el capitán adelantara su hora de salida, puesto que su remero tenía unos horarios muy estrictos para que el viaje no se eternizara.

Siendo mi progenitora una señora de tierra adentro aunque viviera en Venecia, no era devoción de mi madre viajar en *burchiello*, puesto que al no saber nadar tenía terror a caerse al mar, un miedo que procuraba paliar rezando a todas horas. Ella, como esposa obediente, había aceptado de buen grado los deseos de mi padre de ir en *burchiello* mientras que él, en cambio, había decidido llegar a Ravenna a caballo, ya que tenían muchos asuntos de hombres que tratar con Francesco. Yendo sin las mujeres y alquilando en la posada de paso, en Porto Marghera, un par de rápidos equinos, a buen seguro que llegaban mucho antes que nosotras al puerto. Que mi madre disimulara su miedo no quiere decir que no lo tuviera, y a causa de ello se pasó encerrada en la cámara interior gran parte del viaje hasta la hora de comer. Al contrario que a ella, a mí me encantaba viajar, y pasé las nueve horas de trayecto en la proa de la nao, escudriñando los paisajes por los que íbamos pasando. Nada había que temer yendo por mar, y menos con el sol de finales de primavera que nos acompañaba. Se sucedían las casas de piedra y los pequeños campaniles de las parroquias, los distintos puertos y las llanuras llenas de frondosos árboles. Era tanto el colorido del litoral que apenas parecía que hubiera ciudades por las zonas que íbamos dejando a nuestro paso.

A la hora de comer Ruth nos sirvió unas deliciosas viandas con una jarra de agua, un detalle que enojó a Flavio pues esperaba que se abriera una de las botellas de buen vino que había en las cajas. Fue entonces cuando nos enteramos de los planes de mis padres, ya que al parecer aún no habíamos comenzado nuestro período de descanso.

–Ese vino es un presente para el señor de Perugna, don Borso Calboni. Esta noche nos alojaremos en su castillo de verano en Mesona. Nos esperan, Flavio, y no podemos aparecer con una botella menos sólo porque tú quieras vino para acompañar la comida –dijo algo enfadada mi madre.

–¿Puedo preguntaros, madre, por qué no seguimos camino a Ravenna? –indagué con curiosidad mientras pugnaba con un trozo de conejo y sus pequeños huesos.

–¿Tanto que se esfuerza el maestro Castriotto en vuestra educación y aún no sabes que no se puede navegar de noche? Además, te irá bien conocer a don Borso, es el duque de Rassana y marqués de Perugna, dispone de un numeroso ejército y sus tierras colindan con las de tu esposo. Es bueno que te conozca como la futura duquesa de Castelforca –exclamó dándome un toque en las manos para que fuera más fina comiendo.

–¿Estará padre allí? –preguntó Flavio.

–No. Ellos pasaron de camino a Ravenna para ofrecerle sus respetos, pero siguieron rumbo a la ciudad, ya que les daba tiempo a llegar antes del anochecer. ¿Qué razón te ha llevado a preguntarlo, Flavio? –preguntó mi madre.

–Creo que soy demasiado mayor para viajar con vos, madre –suspiró mi hermano.

–No quieras crecer tan pronto, mi pequeño. Ya tendrás tiempo.

Y si bien mi hermano ya tenía los dieciséis años cumplidos, siguió pareciéndome el chiquillo que era en cuanto mi madre usó su trozo de lino para limpiarle los labios del jugo de la deliciosa carne de caza que Ruth nos había cocinado.

Llegamos a Mesona hacia las cinco de la tarde, cuando el sol iniciaba su descenso en el horizonte, a pesar de que aún le quedaban cuatro horas para el crepúsculo. Estaba cansada de tanto andar de proa a popa para disgusto del capitán de la nao, contemplando los más bonitos paisajes durante las nueve horas de viaje, y si bien mi único deseo ahora era poder dormir y no tener que hacer amigos en nombre de mi esposo, al parecer ese y no otro era mi cometido y mi deber según mi madre. Así que antes de salir del *burchiello*, todos íbamos vestidos con nuestras mejores galas para cenar con don Borso Calboni, señor de Rassana y Perugna.

La propiedad era preciosa y no parecía una simple villa de verano, sino un castillo en toda regla. Don Borso me recordó a un viejo sapo, con una papada que le sobresalía por encima de su tabardo rojo, y casi me reí cuando mi madre me presentó como la futura duquesa de Castelforca. La simple mención del título nobiliario hizo que mantuviera el decoro y la buena educación.

La noche fue más amena de lo que había esperado: música tranquila de unos laúdes que provenían del fondo de la sala, fantásticas viandas que hicieron que mi estómago, algo revuelto por el viaje, se aposentara de nuevo, y una conversación dominada por la verborrea de don Borso, que con su *romagnolo*, lengua provenzal muy parecida a la nuestra, nos instruía sobre las grandes diferencias entre la vida en el campo y la ciudad. Nuestro anfitrión me sorprendió con preguntas íntimas, como si creía si iba a acostumbrarme a la soledad de la villa en Castelforca, viniendo como venía de la ruidosa y agitada Venecia.

Hasta ese momento, no me había detenido a pensar en mi futuro cambio de residencia. Castelforca se encontraba en medio de las campiñas de la Toscana, en parajes rurales, llenos de bosques, montañas, ríos y prados. Don Borso tenía razón. ¿Iba yo a acostumbrarme a esa paz? Y siendo sincera, cosa que últimamente no practicaba mucho, le dije:

–Debo contestaros que lo desconozco, mi señor. Espero que no os ofendáis si os digo que, hasta este momento, no había dedicado tiempo a pensar en esa incógnita. Cuando me traslade a Castelforca supongo que sabré apreciar las bondades rurales.

–La suerte es que la paz entre los ducados y las ciudades-estado parece permanente. Esperemos que dure y podáis disfrutar de una larga y feliz vida en las tierras de vuestro esposo –contestó él sin darse cuenta que bien poco sabía yo sobre las guerras acontecidas con anterioridad y la política de esas ciudades-estado.

Y acto seguido añadió una frase que me sorprendió y sembró en mí la semilla del temor a partes iguales.

–Sólo deseo que el duque os ame más que a mi hermana.

Miré a mi madre, y ella me hizo una mueca, como pidiéndome que no preguntara, pero ya era imposible frenarme:

–Perdonad, mi señor. ¿Qué tiene que ver vuestra hermana con mi esposo?

–Isotta Calboni fue la primera esposa de Oddantonio.

Me quedé helada y sin saber qué decir, aunque sé que mi cara transparentaba lo que en esos momentos cruzaba por mi mente, ya que don Borso siguió hablando para aclarar el asunto:

–Por desgracia no pudo darle un heredero y fue repudiada vilmente al poco tiempo de casada. Tuvo suerte y pude concertarle otro enlace, pero la vida no fue fácil para ella después de vivir con el duque. Por suerte, ahora ya descansa, pues la peste se la llevó hace dos años. El señor de Fondasini se ha rodeado de amantes en este tiempo, pero no se le conoce ningún hijo ilegítimo. Todos suponemos que es el motivo por el que vuelve a contraer matrimonio.

¿El duque sólo se casaba conmigo para que le pariera un heredero? ¿Ni siquiera le gustaba? ¿No me amaba? ¿Acaso lo único que quería de mí era mi joven, fuerte y sano vientre que provenía de una casta de embarazos llegados a buen puerto? Me sentí triste y decepcionada al comprender que yo era una simple mercancía, y que pese a mi mente privilegiada y mis ansias de conocimiento, tan sólo sirviera para traer herederos al mundo.

A pesar de que juzgué un poco desagradable que el señor de Rassana me ofreciera dormir en la que una vez fue la habitación de su hermana, estaba tan cansada que acepté. Varios retratos de la muchacha colgaban de las paredes de aquella alcoba, y pude ver una clara diferencia entre Isotta antes y después de su matrimonio con Oddantonio. ¿Tan dura fue su vida con el duque que sus ojos se habían cubierto de una profunda tristeza que empañaba su peculiar belleza?

Una suave brisa entró por la ventana abierta, trayendo el silencio de la noche, roto por los grillos y por algún aullido perdido. Pensé cómo sería mi rostro tras convivir con el señor de Castelforca, y quise creer que yo tendría más suerte y conseguiría ser feliz, aunque sabía que mi vida en aquel lugar iba a ser completamente diferente a Venecia.

Me metí en la cama y cerré los ojos, pero no conseguí conciliar el sueño. Cada vez que me adormecía, me acechaban las imágenes de Oddantonio entremezcladas con las de Isotta y con las de un hombre sin otro rostro que una blanca máscara de porcelana, hasta que abría los ojos. Supongo que al final me dormí, agotada de tanto pensar en cómo evitar aquellas imágenes, pero mis sueños no duraron mucho, ya que Ruth tuvo que despertarme antes de la salida del sol porque el capitán del *burchiello* tenía programada la salida para las ocho de la mañana.

Recuerdo el intenso frío de aquellas horas y lo bien que entró la leche caliente de cabra, recién ordeñada, en mi destemplado cuerpo. No era un desayuno al que estuviera acostumbrada, y supongo que por eso me pareció tan delicioso.

El camino hasta Ravenna pasó deprisa pues creo que me dormí en cuanto pude echarme en la cámara del barco, cosa que el capitán debió de agradecer, aliviado de no tener que contestar una y otra vez a mis preguntas sobre los paisajes que nos íbamos encontrando.

A las dos de la tarde, Ruth nos brindó con una deliciosa receta de arroz *all'onda,* que en su jugoso caldo contenía calabaza, achicoria y un poco de ortiga. Las horas iban pasando y aparte de un par de barcas de recreo y alguna propiedad de los pescadores de la zona, no nos encontramos con nadie más en nuestro largo camino de ocho horas. Hacia las cuatro de la tarde llegamos al fin a Ravenna.

Después de la paz del viaje, de los campos desiertos y de los cientos de árboles mecidos por la brisa marina, el bullicio del puerto de aquella pequeña ciudad volvió a darme la energía suficiente para proseguir viaje hasta Careggi, aunque sabía que no llegaríamos hasta el día siguiente.

Mi padre y mi hermano Francesco nos esperaban a la salida del puerto. No me gustó lo que vi en el rostro de mi hermano. No sabría si describirlo como un enfado, un disgusto o simple tristeza, pero estaba claro que la conversación de hombres que había mantenido con mi padre no había ido como a él le hubiera gustado. Por supuesto, no pregunté y menos aún después de ver el semblante de mi padre, que aún tenía vestigios de un buen enfado.

El carruaje que nuestros tíos habían enviado era un precioso modo de locomoción. No estaba sobrecargado de florituras, pero tenía los detalles justos labrados en la madera para destacar por su belleza y finura. Sus cuatro caballos eran un lujo: dos eran bayos y los otros dos tordos, y me fijé en que uno de ellos, el de carácter más temperamental, era un carablanca, algo curioso tratándose de un caballo de pelaje oscuro.

Partimos no bien cargaron nuestras pertenencias en el carruaje. Don Borso le había insistido a mi padre que nos escoltaran dos de sus hombres para protegernos durante todo el camino, pues era bien sabido que un carruaje con los colores de los Alario podía despertar cierto interés para los pretendientes de lo ajeno.

Durante el viaje, y sin que mi madre me viera, me fijé en uno de esos aguerridos guerreros que nos acompañaban. Era alto y de constitución fuerte. Tenía manos anchas, y mientras una de ellas cogía la rienda de su caballo negro, la otra se posaba sobre la preciosa empuñadura de su espada, a punto para la lucha si algo malo acechaba nuestro carruaje. Su rostro era cuadrado, duro, y la barba de varios días reforzaba su imagen viril, aunque la cicatriz que cruzaba su mejilla me hacía pensar que aquel hombre había consagrado demasiado tiempo a la lucha como para poder tener la educación a la que yo estaba acostumbrada. Y mientras pensaba eso el guardia me miró. No me asusté, pero a pesar de parecerme descarado, pues mantuvo su mirada en la mía, no retiré los ojos hasta que me ruboricé cuando él me lanzó un beso que nadie más vio. ¿Qué me estaba ocurriendo? ¿Qué eran aquellas cosquillas que sentía en mi estómago e incluso algo más abajo?

El sol estaba casi en su crepúsculo cuando llegamos a la preciosa localidad de Portico de San Benedetto, donde haríamos noche. Aquella región tan sólo tenía una posada, varias casas de piedra y un par de iglesias donde moraban unos monjes carmelitas. A pesar de que mi madre quería pernoctar en el convento, en aras de la seguridad mi padre decidió que prefería pagar un par de habitaciones en la posada, de modo que me tocó dormir en un catre junto a mis padres y mi hermana. Por culpa de los ronquidos de mi progenitor me fue imposible conciliar el sueño.

Era ya tarde cuando sentí la imperiosa necesidad de evacuar la vejiga. Al parecer había bebido demasiado vino, y por Dios que no iba a orinar en aquel bacín de hierro que a saber quién había usado antes. Así que, en completo silencio, sabedora de que si mi madre se despertaba me caería un buen castigo, me puse el vestido, sin nada debajo, y salí en busca de un lugar más limpio. Por suerte, la mesonera, una oronda señora que casi no cabía en su vestido, me indicó dónde encontraría un cuarto de madera que tenía un agujero para las necesidades, con la apostilla de que era el lugar más limpio del mundo, pues ninguno de sus huéspedes lo había usado jamás, ya que preferían el ancho campo.

Bajo la escasa luz de mi vela, comprobé que parecía más limpio que el bacín de mi habitación. Al salir de aquel lugar la brisa nocturna apagó mi vela. No era difícil encontrar la entrada de la posada por las luces y el ruido que de ella salía, y aunque no temía a la oscuridad, tuve frío durante el trayecto, pues había decidido salir descalza para no hacer ruido. Al girar la esquina, una presencia que cubría el camino me asustó, pero pronto me tranquilicé al reconocer bajo la tenue luz de la luna al guardia de nuestra escolta.

–¿Qué hacéis aquí sola, señorita? ¿No teméis a los lobos?

–¿Se acercan tanto los lobos a la gente? –pregunté inocente.

–Sólo a las mujeres guapas –exclamó, acercándose a mí, y obligándome a pegar la espalda en la pared de piedra.

Aquel hombre era rudo y me pasaba una cabeza; se acercó aún más y sólo pude decir:

–Puedo gritar, señor, y enseguida vendrá alguien en mi auxilio.

Pensé que se apartaría, pensé que huiría, pero no se me ocurrió pensar que era un guerrero y que no temía nada. Se acercó más a mí y me dijo:

–Sé que no lo haréis.

Sus manos cogieron mis caderas, asiéndolas con fuerza. Clavó su entrepierna en mi ingle y pude notar algo duro que me produjo un cosquilleo, como cuando me lanzó el beso. De pronto, levantando mi falda, mientras me inmovilizaba con su cuerpo, tocó la piel de mis piernas, de mi estómago y bajando hasta el pubis, dijo:

–Seguro que nadie ha estado aquí antes.

Sus dedos tocaron aquello que me enseñaron que sólo mi esposo podía tocar. Intenté resistirme, pero él era más fuerte que yo. De pronto, dejó de tocarme, y sus labios besaron mi cuello hasta alcanzar mi boca, y me obligó a abrirla para que su lengua jugara con la mía. El destino quiso que no fuera aquel el hombre que me desvirgara: la puerta de la posada se abrió, y salió por ella la oronda mesonera, que fue a buscarme hasta el cuarto de madera.

En su camino no nos vio, pero el guardia bajó mi falda y, besando de nuevo mis labios y mi cuello, me susurró al oído:

–Una tierna pieza para un lobo como yo.

El soldado desapareció adentrándose en la posada y fue al regresar cuando la mesonera me vio y me preguntó alterada:

–¿Qué hacéis aquí, muchacha? Si vuestra madre se despierta se enfadará contigo. Vamos, volved a vuestra alcoba. ¿Acaso no tenéis miedo a los lobos?

Pensé en sus palabras, tan parecidas a las del soldado, pero nada dije, pues mi voz, alterada por una respiración acelerada, me hubiera delatado. En vez de eso, entré en la posada y me dispuse a dormir, a pesar de los ruidos cada vez más ensordecedores que emanaban de la boca abierta de mi progenitor.

A la mañana siguiente, tras unos agitados y angustiosos sueños donde lobos y hombres se entremezclaron, me desperté con el ruidoso concierto del ritual de limpieza de mi padre. Era la primera vez que lo veía, pero no dejó de parecerme algo escandalosa la forma que tenía de sonarse y de limpiar su boca con gárgaras. No sé por qué, pero lo primero que pensé es que esperaba que mi esposo fuera algo más fino en sus rituales diarios.

No pensé en lo ocurrido la noche anterior hasta que vi al guardia en la mesa de enfrente durante el desayuno. La verdad es que fue verlo y no poder sacármelo de la cabeza, pues era tanta su desfachatez que cada vez que yo alzaba la vista, él me estaba mirando. Intenté dejar de hacerlo, pero algo en mi interior me hacía volver a mirarle una y otra vez, hasta que Flavio, dándome un codazo por debajo de la mesa, me susurró:

–Haz el favor, Costanza, aún quedan cuatro horas hasta Careggi, y ese guardia ha de acompañarnos. Deja de mirarle, no vaya padre a darse cuenta.

–Es él quien no deja de mirarme a mí –contesté en mi defensa.

–¡Pues no le devuelvas la mirada! –sentenció mi hermano.

Partimos para recorrer el tramo final de trayecto hacia Careggi. Era el tercer día de viaje y el sol lucía esplendoroso en el cielo, y el carruaje se había convertido en un horno, donde incluso mi madre, a la que consideraba una de las mujeres más sufridas que conocía, se ahogaba de calor.

De pronto, tras unas dos horas de trayecto algo en el camino hizo que el carruaje tropezara, provocando que mi madre, mis hermanos y yo sufriéramos en nuestras carnes el brusco frenazo del cochero. Cuando el hombre bajó a tierra, comprobó que una piedra de la que sólo se veía un canto afilado había dañado la rueda, no tanto como para no proseguir el viaje, pero sí para tener que rebajar el peso de la carreta.

Mi padre se acercó a nosotras y nos contó lo sucedido:

–Si no queréis dejar aquí vuestras pertenencias veraniegas, tendréis que montar a caballo. Flavio, sube en la grupa del caballo de tu hermano. Y vos, mi señora, deberéis subir en el mío. Costanza puede quedarse cuidando de Ginevra, y Ruth puede caminar. Acompasaremos nuestro paso a uno que pueda seguirnos.

–Esposo, sabéis lo mucho que temo ir a caballo ¿No puede Costanza montar contigo y yo quedarme con nuestra pequeña?

–preguntó ella, sabiendo que cuanta menos gente hubiera en el carro, más aire pasaría y más cómoda iría.

Y juro que lo intenté, pero no sé qué le ocurría a la montura de mi padre que cada vez que me acercaba, hacía amagos de encabritarse, así que tuvo que ser mi madre la que bajara del carruaje e intentara subir en él, empresa que tampoco logró, pues el equino tenía un fuerte temperamento y al parecer no deseaba llevar más peso que el que ya cargaba.

–Y ahora ¿qué hacemos, esposo? –preguntó mi madre.

Entonces, una voz detrás de nosotros dijo:

–Mi señor, ¿consideraría una desfachatez si propongo que su esposa monte en mi caballo, que es más tranquilo, y su criada en el de mi compañero?

El guardia, aquel descarado que casi me desflora la noche anterior, miraba a mi padre ofreciendo su montura. Entonces mi madre se acercó a su esposo, le susurró algo en el oído y él le dijo al soldado:

–Mi señora teme subir a vuestro caballo. Costanza, mi hija, es más valiente. Ella subirá con vos.

Supongo que mi cara fue todo un poema, pues enseguida mi padre me empujó hacia él:

–¡Vamos, niña! No me hagas quedar mal y no obligues a que tu madre tenga que montar en el caballo de un soldado. ¿Qué pensará su hermana si la ve llegando montada en el caballo de otro, cual vulgar criada?

¿Y mi honor? Supongo que pese a estar ya desposada, mi honor, comparado con el de mi madre, valía más bien poco. Así fue como con la ayuda del mismo rufián que quiso profanar mi virginidad monté como montaba una dama, de lado y con las piernas juntas.

Emprendimos de nuevo camino a Careggi. El trote de nuestro caballo era elegante y suave para ser un equino de guerra. En un momento dado, el soldado, volviéndose hacia mí, me dijo:

–Podríamos ir más rápido si montarais a horcajadas, señorita.

No le contesté. Estaba enojada con él, aunque realmente aún estaba pensando si algo que había sido de mi gusto, como fue notar su cuerpo, o el beso que, aunque forzado, no fue en absoluto desagradable, podía merecer mi enfado.

–¿No vais a contestarme? –preguntó de nuevo.

–Vos no merecéis que yo os dirija la palabra, señor –dije en mi papel de mujer ofendida.

–¿Es por lo que ocurrió anoche? No pareció que os desagradara –dijo con absoluta descortesía.

Suspiré, y tuve que asirme a sus caderas cuando azuzó al corcel para ir más rápido, hasta adelantar a toda la comitiva. El equino se detuvo a una orden del jinete, el soldado miró como si examinase el camino y reemprendió la marcha a un trote más pausado. Así pude recuperar el aliento, aunque a punto estuve de caerme hacia atrás.

El caballo de mi padre nos alcanzó y algo molesto le dijo:

–¿Ocurre algo, soldado? ¿Acaso habéis olvidado que lleváis a una dama en la grupa del caballo?

–Disculpad, señor, pero me pareció ver algo en el camino. Intenté no ir demasiado deprisa, aunque tened en cuenta que necesito libertad de movimiento. Es bueno que de vez en cuando me adelante para comprobar que no hay ningún peligro –contestó seguro de sus palabras, cosa que hizo que mi padre le creyera.

–Costanza, tienes mi permiso para montar como un hombre. Será lo mejor para que este soldado pueda cumplir con su cometido –dijo mi progenitor sin darse cuenta de que lo único que había visto ese facineroso en el camino era la posibilidad de obligarme a montar como él quería.

–Pero, padre... –balbuceé.

–¿Acaso te niegas a obedecer? –preguntó él.

–No, padre –dije, y acto seguido bajé del caballo y volví a montar, ahora a horcajadas.

Mientras colocaba mi vestido pegado al cuerpo, para que con el viento no me molestara, se me ocurrió decirle al soldado engreído:

–¿Siempre conseguís lo que queréis?

–Casi siempre, mi señora –dijo con una sonrisa y fustigó el caballo para que, al galope, nos alejara del carruaje, de mi padre y de aquel polvoriento camino, hasta llegar a una verde pradera.

Una vez allí se volvió, y cogiéndome la cabeza con su mano, me besó de nuevo. Intenté detenerle pero no pude. De pronto, comenzó a ser dulce y agradable, y sus besos me hicieron sentir de nuevo aquel peligroso cosquilleo. Su mano se aventuró otra vez debajo de mi vestido y volvió a acercarse a mi virgen pubis, pero sin entrar, mientras entre susurros me decía:

–No os preocupéis, no voy a profanaros. No quiero que tengáis una excusa para que me echen del ejército.

Rozó un punto en el que mis cosquillas se convirtieron en oleadas de algo que yo aún desconocía, y de mi garganta surgió un suspiro. Después paró y retomó su postura inicial:

–Pronto nos alcanzarán.

Jaleó el caballo cuando los equinos del carruaje comenzaban a divisarse. Nos alejamos de nuevo y después de poner el caballo al trote, cogió mi mano e hizo que yo acariciara lo que él tenía entre las suyas. Intenté apartarla, asustada, pero me obligó a rodear aquella extremidad desconocida por mí, mientras acompasaba sus movimientos a los del propio caballo. Yo no sabía qué cambio se estaba operando en él, pero sus cada vez más profundos jadeos, en vez de asustarme, me erizaron la piel. Enseguida supe que eso no estaba bien e intenté apartar mi mano sin conseguirlo. Habíamos vuelto a dejar atrás la carreta y los caballos de los hombres de mi familia, así que, aunque hubiera gritado, nadie me habría escuchado. ¿Por qué jadeaba el soldado? ¿Por qué parecía gustarle tanto lo que me obligaba a hacerle? Sabía que a mi edad, había mujeres que ya habían yacido con sus esposos, pero aquel guardia no era mi desposado y no tenía ningún derecho sobre mí. ¿Esto es lo que ocurría cuando un hombre y una mujer se quedaban a solas? ¿De esto me alertaba mi confesor tantas y tantas veces sin yo entenderlo?

Él aceleró el movimiento de nuestras manos y con un profundo jadeo se desplomó sobre la montura. Lo que acababa de suceder me recordó irremediablemente a lo que vi en el barrio de Dorsoduro, lo que les ocurría a los hombres tras acometer aquellos actos deleznables.

–Mi vida está en vuestras manos. Podríais denunciarme, y vuestro padre tendría todo el derecho a que me apresaran y me juzgaran por tocar algo que no es mío –exclamó él tras limpiar mi mano con su casaca.

Callé. No sabía qué decir. No estaba avergonzada, pues nada podía haber hecho por evitar lo sucedido. Tampoco me sentía culpable, aunque al recordar las palabras de mi confesor, sabía que lo era: yo era la mujer, la tentación y la que llevaba el pecado con ella. Supongo que el soldado se dio cuenta de lo que había hecho y temeroso de mi reacción exclamó:

–Sé que he hecho mal acosando a una mujer desposada, pero es tal vuestra belleza que no he podido controlarme. Al menos os he respetado y no os he desvirgado, en consecuencia, nada debéis temer cuando vuestro esposo os toque la primera noche.

Trotamos en silencio. No me atrevía, pero quería preguntarle muchas cosas que me venían a la mente; sin embargo, finalmente decidí que al menos me debía esas contestaciones.

–¿Por qué jadeabais? –pregunté por sorpresa a mi jinete.

–¿Por qué? Porque me habéis dado mucho placer –contestó sin volverse.

–¿Qué es eso del placer? –pregunté con ansias de saber.

–Los besos que os di anoche, ¿os disgustaron? ¿No notasteis nada cuando ayer os toqué? –contestó con una pregunta.

–Cosquillas y escalofríos –dije como si en verdad no me importara lo ocurrido hacía unos momentos.

–Si hubiera continuado, esas cosquillas se habrían convertido en lo que los hombres llamamos placer, aunque os aconsejo que jamás pronunciéis esa palabra en voz alta, pues vos no deberíais conocerla, ni siquiera cuando yazcáis en la cama con vuestro esposo –contestó sin mirarme.

Pensé en todo lo que me estaba diciendo y no pude evitar preguntar de nuevo, tanto necesitaba mi curiosidad ser aplacada:

–¿Son así los besos del matrimonio?

–¡No sabéis nada!, ¿verdad? Esa forma de besar no se practica con las esposas. A mí particularmente me la enseñó una cortesana venida del reino francés, y es así, al parecer, como los francos besan a sus meretrices. Los besos entre esposos son más castos. No me imagino besando así a mi esposa –dijo, sin importarle que yo supiera que estaba casado.

–¿Por qué no se besa así a la esposa? –inquirí, preocupada ya por su respuesta.

–Porque si le hago eso a mi mujer, preguntará dónde lo he aprendido, y no creo que mi respuesta sea de su agrado. ¿No creéis? –contestó antes de detener en seco su montura, bajarse de ella y ayudarme a descender.

Su respuesta me hizo sonreír, aunque aún no sabía discernir si estaba enfadada con él. Desde que aquel desconocido de la máscara me había acosado en la piazza San Marcos, sentía mucha curiosidad por saber lo que mi madre se negaba a contarme. En apenas unos años, mi esposo me reclamaría y entonces aprendería qué era yacer con un hombre, pero la curiosidad insana que me acompañaba desde mi nacimiento descubrió en aquel encuentro fortuito con el soldado una manera de saber las cosas antes de que quisieran enseñármelas.

Caminé mientras miraba de reojo al soldado hasta quedar al abrigo de posibles miradas indiscretas, y me escondí tras un árbol lo suficientemente frondoso para que me ocultara de mi padre si este aparecía por el camino. Supongo que fue innato, pues bastó una simple mirada para que él me siguiera hasta mi escondite. Él rozó mi pelo rubio, enredando su mano en mis ondas, y me acarició el rostro. Yo acerqué mi cuerpo al suyo, y recordé, paso por paso, lo que la noche anterior había aprendido en contra de mi voluntad. Aquel simple movimiento y una mirada de reojo bastaban para que un hombre quisiera hacerme suya.

El soldado volvió a besarme arrinconándome contra el tronco del árbol y fue entonces cuando volvieron esas cosquillas. Sabía que era un proceder incorrecto, sabía que debía esperar para que todo aquello me lo enseñara mi esposo, pero quería saber qué venía tras los escalofríos. Él tan sólo se dejó llevar por algo que cada vez tenía más claro: el hombre era incapaz de controlar sus impulsos cuando tenía una mujer delante.

–Vuestro padre podría llegar en cualquier momento –dijo él entre jadeos mientras apretaba su cadera contra la mía.

No le escuché, quería aprender cómo reaccionaba un hombre si imitaba sus jadeos. Y aunque jadeé sin ganas, fue suficiente para descubrir que bastaba para inflamar al hombre que se tenía delante, pues me besó con fuerza mientras tocaba mi escaso pecho, y volví a sentir aquellas cosquillas que las mujeres casadas no debíamos sentir.

–Ahora que ya sabéis cómo echar a perder a un hombre, dejad que intente recuperar mi compostura antes de que vuestro padre nos alcance –susurró el soldado casi suplicando, sin poder parar de besar mi cuello.

¿Un hombre suplicando a una mujer? A mí me habían enseñado que la vida les pertenecía y que ellos decidían. No sabía cómo describir lo que sentí, no había alcanzado el placer que sigue al cosquilleo, pero me sentí imbuida de poder: podía hacer que apresaran a un hombre con sólo abrir la boca. Comencé a preguntarme si mi confesor no calificaría de pecado mortal el desconocido poder que las mujeres que no aprecian su honor tienen sobre los hombres. Justo después de salir de la protección del árbol, oímos los cascos de los caballos de mi padre y de mi hermano, y tras ellos el carruaje, que a paso lento continuaba su camino. Mi padre detuvo su montura cuando llegó a nuestra posición, y preguntó:

–¿Por qué os habéis detenido, soldado?

–Se ve Careggi desde aquí. Pensé que sería mejor que su hija montara de nuevo como una dama –dijo el soldado, que tenía respuestas para todo.

–Tenéis razón y os agradezco que hayáis pensado en su honor. Ahora montad de nuevo, os lo ruego. Cuando lleguemos a la villa seréis recompensado.

Y yo, que sin saber nada de hombres, acababa de aprender que podía subyugarlos con mi cuerpo, me vi a mí misma deleitándome con el simpático pensamiento de cuán equivocado estaba mi padre si creía mi honor a salvo escoltada por aquel soldado.

Tras un viaje lleno de nuevos aprendizajes para mí, llegamos a Careggi, la villa de mis tíos. Ahora me tocaba volver a ser niña. Tenía sus ventajas, pues así podría volver a jugar con mis primos y primas, olvidándome de mi condición de mujer desposada.

Cuando volví a bajar del caballo, quise al menos conocer el nombre del soldado que, sin saberlo, tanto me había enseñado, y así lo hice:

–¿Cómo debo llamaros si algún día nos volvemos a ver?

–Mi señora, no creo que nos encontremos de nuevo, pero mis amigos me llaman Lauv, que en lengua romaña significa lobo, aunque vos podéis llamarme Sandro, que así es como me bautizaron –contestó mientras daba de beber a su caballo.

–¿Sabéis una cosa, mi señor Sandro? Ya no temo a los lobos.

VILLA DE CAREGGI

Acostumbrada a Venecia, una ciudad grande, comercial y con un puerto lleno de gente que iba y venía, la paz de Villa Careggi llegó a lastimarme los oídos. Añoraba los gritos de los comerciantes y las lenguas extranjeras de los navegantes que hacían un alto en mi ciudad. Los criados que vinieron a buscar nuestros portes hablaban toscano, una lengua mucho más parecida al veneciano que nosotros hablábamos, más que aquella extraña lengua que se hablaba en la Romaña.

Todos entraron a saludar a mis tíos y primos, pero yo me quedé unos instantes contemplando aquella preciosa villa de tres pisos. Sus paredes anaranjadas reflejaban el sol, y enseguida recordé nuestros juegos infantiles en la terraza de la segunda planta, donde siempre nos acalorábamos pues carecía de una *loggia* que nos cubriera del sol. Los grandes ventanales de la planta que daba al jardín permitían la entrada de luz, y me recordaron por qué me gustaba tanto esa villa. Los jardines que limitaban la finca eran extensos y se perdían en los bosques que rodeaban el lugar; no obstante, no había peligro alguno, pues en los lindes mis tíos habían apostado casetas donde cazadores contratados mantenían a raya a los animales más peligrosos. Adoraba ese jardín, ya que gracias al poder de los Alario habían conseguido traer flora de todo el mundo, que ahora crecía libre en esas tierras. Me gustaban los cedros de Oriente, el castaño de indias y los cítricos del Mediterráneo. Pero mi árbol favorito era el madroño griego, el refugio de mi primo Lorenzo y mío, al que jamás nadie, ni siquiera mis hermanos, se acercaban. Aquel árbol había sido testimonio de nuestras largas conversaciones nocturnas, debido a que en verano, y en esa villa, nadie daba importancia a dónde estaban los niños o qué estaban haciendo. La única norma era estar presentes en las comidas y realizar la consiguiente siesta posterior.

Mi primo y yo teníamos tanto en común que, a pesar de ser unos niños, nuestras charlas significaban lo mejor de ese período de descanso, pues él era el único que comprendía y escuchaba mis pensamientos sin importarle que yo fuera mujer. De algún modo me sentía amada, pero no era un amor fraternal o de familia, sino algo más, era un respeto tácito, como si yo le importara de verdad.

Lorenzo apareció por la puerta de la villa con aquella amplia sonrisa que tan bien recordaba y sus grandes y oscuros ojos abiertos de par en par, como sorprendido de verme. Corrió hacia mí y me abrazó con alegría:

–Mi bella Costanza. ¡Qué mayor estás! ¡Si eres toda una mujer! ¿Acaso no tiene suerte el hombre con quien te han desposado? ¿Acaso no eres la más bella veneciana que he conocido? Ven aquí, prima, y besa a tu querido Lorenzo.

Y le besé y le abracé, y enseguida supe que ese verano sería pródigo en grandes charlas e intensos aprendizajes, pues mi primo ya estaba hecho todo un hombre y yo tenía muchas ganas de saber más.

A la mañana siguiente, el olor a tarta recién hecha me despertó junto a los trinos de los pájaros que, apostados en las ramas de los árboles, esperaban las migas del desayuno. El sol entraba por la ventana inundando la estancia de luz y de un agradable calor, y creo que fue la primera vez en muchos años que sonreí a la hora de levantarme. No estaba acostumbrada a tener ayuda de cámara, pero la joven Violetta, la camarera de los Alario, ya estaba preparando el agua para lavarme la cara y el cepillo para peinarme, algo que desde hacía un par de años yo misma me ocupaba de hacer. La niña Violetta, porque no era más que una niña, comenzó a cepillarme el pelo tras lavarme y rezar mis oraciones. La verdad es que me sentí una princesa, pues su cepillado era suave y no tuve que quejarme por ningún tirón.

En la villa de verano no habían protocolos salvo para los criados, que jamás olvidaban cuál era su lugar. Me atavié con un simple vestido interior de lino blanco que llevaba brocados y cintas verdes como decoración. Salí descalza de la villa para notar la fría hierba en mis desnudos pies, y aunque pensé en empezar a correr hacia el bosque para impregnarme de la naturaleza, la voz de mi madre me llamó desde el porche trasero:

–Costanza, amor. Acércate a desayunar, que acabamos de empezar.

¿Amor? ¿Qué le había pasado a mi madre para ser tan cariñosa? ¿Acaso el verano y el descanso obraban maravillas en su adusto carácter? Le hice caso, y aunque pensé que me reñiría por ir descalza, me sorprendió que ella apenas llevara una fina media para cubrir sus pies, así que me relajé y me senté a la mesa, dispuesta a disfrutar de una porción de pastel caliente y de un jugo de fruta, viandas que sólo tomaba cuando íbamos a la villa de mis tíos.

–Tu madre me estaba comentando lo afortunada que has sido en tu próximo matrimonio –exclamó de pronto mi tía Lucrezia mientras yo mordía un trozo de tarta.

Tragué el pastel y acompañé el bocado de un poco de zumo.

–Sí, tía. Mi esposo es muy elegante y guapo, además de valiente y todo un caballero –dije yo sin saber qué decir.

–Supongo que para ti eso es lo importante ahora, pero yo me refería a que serás duquesa de Castelforca. ¿Sabes lo importante que es ese título? Puede, incluso, que debas codearte con las casas reales. ¿Quién te dice que no puedas conocer al mismísimo Enrique, rey de Castilla? Dicen que los Fondasini tienen mucha amistad con los castellanos. Si algún día viajas a esas tierras y conoces al monarca, quiero que me digas si es verdad lo que dicen de su aroma –dijo mi tía, provocando que mis padres e incluso mi tío se pusieran a reír incontroladamente.

–¿A qué te refieres, tía? –pregunté sin entender nada.

–Con el permiso de tu madre, te contaré lo que se dice del rey castellano. Según parece, desprende un olor tan extremadamente horrible que incluso su primera esposa, Blanca, estuvo a punto de desmayarse durante su primera noche –exclamó mi tía casi en susurros, como si aquello fuera un secreto inconfesable.

–Mas dicen algunas crónicas que otras mujeres de la corte adoran el olor a aguardiente y sudor de su rey, a quien no rechazan cuando este...

–¡Esposo! Espero que no terminéis la frase. Recuerda que Costanza aún es muy niña para según qué cosas –interrumpió mi madre algo exaltada a mi progenitor.

Él calló. No sé qué era lo que iba a decir, pero seguía sin entender nada. No sabía a qué obedecía hablar del olor del rey de Castilla, alguien a quien yo veía sumamente lejano a mí, así como tampoco entendí, para sosiego de mi madre, el comentario de mi padre acerca de las doncellas de la corte castellana. Lo único en lo que pensaba es que aún quedaba mucho para casarme y trasladarme a Castelforca, siempre y cuando pudiera esconder el secreto de que ya era una mujer. Además, ¿qué me importaba a mí la corte castellana, si ni siquiera sabía a qué se dedicaba una duquesa?

Mi curiosidad innata me llevó a preguntar:

–Madre, nadie me ha explicado cuál va a ser mi cometido como duquesa. ¿Qué hacen los nobles? ¿Cuál será mi labor?

–¿Qué labor más grande hay en la vida que parir herederos del título y acompañar a tu esposo a las recepciones para mantener las tierras a salvo con continuas alianzas? Haces cada pregunta más tonta, niña... –contestó ella.

–Hermana, permite que te contradiga –dijo mi tía con seguridad–. Con el poder que tendrá tu hija como duquesa y la riqueza del ducado de Castelforca, creo que Costanza, aparte del deber de parir un heredero, puede hacer mucho más –continuó casi sin respirar para que mi madre no la interrumpiera.

–¿Ah, sí? ¿Y cuál crees tú, hermana querida, que será el cometido de mi hija como duquesa de Castelforca? –preguntó poniendo mucho énfasis en la palabra «mi».

–Hermana, yo no pertenezco a la nobleza, pero como esposa del gobernante de Fortefortezza, todos aprecian mi buen gusto y el buen ojo que tengo para el arte, la poesía, la pintura y la escultura. Gracias al dinero de los Alario, jóvenes artistas que jamás verían la luz pueden mostrar al mundo su arte y todo lo que llevan en su alma plasmándolo en sus obras –exclamó mi tía vanagloriándose de ser amiga del círculo más culto de la ciudad.

–Querida hermana, ¿de veras crees que mi pobre hija está a la altura de nuestra educación artística? Nosotras sabemos qué es el arte. Tú con tus pintores, y yo con las obras que crea mi esposo. Pero mi Costanza, ¿qué ha de saber ella sobre arte y artistas? –dijo con desdén mi madre como si yo no estuviera escuchando sus palabras.

Quise abrir la boca, pero Lorenzo, que estaba sentado a mi lado, cogió mi mano por debajo de la mesa y la apretó para que le mirase a los ojos, y con una mirada me dijo que no me metiera en aquella conversación. Le hice caso y terminé de desayunar mientras el duelo de gatas, como mi padre a veces llamaba a su esposa y a su cuñada, continuaba. Lorenzo pidió permiso para que los niños se levantaran, y al conseguirlo de su padre, corrimos todos en desbandada hacia el bosque, sin importarnos que ellas siguieran alzando la voz en una conversación que ya no versaba sobre mí.

Corrimos tanto que parecía que estuviéramos huyendo de algún lugar endemoniado. Nuestros pies descalzos sobre la hierba que cubría el jardín alcanzaban nuestras posaderas en una loca carrera. En nuestra huida, tuve incluso que coger a Ginevra de la mano, pues a pesar de tener ya ocho años, seguía siendo muy debilucha, enclenque, y a la hora de hacer cualquier esfuerzo, enseguida se cansaba.

El tiempo había pasado para todos, y mi hermana pequeña había florecido hasta convertirse en una bellísima niña de cabello rubio y ojos oscuros. Tenía una hermosa piel blanca, a la que ni siquiera afeaban las eternas y oscuras ojeras que enmarcaban su rostro. Su cuerpo era sumamente delgado, y al paso que iba, seguro que sería tan alta como yo. Habíamos conseguido llegar a ser amigas, además de hermanas, sobre todo tras su traslado a mi habitación, que la llenó de noches de secretos y confidencias compartidas. A pesar de la confianza que le profesaba, no le había desvelado mi condición de mujer para que mi madre no se enfadara con ella si algún día descubría mi secreto.

Pronto nos vimos rodeados de frondosos árboles, álamos que bordeaban el camino. Aminoramos la marcha adaptando el caminar al cansancio que nos había supuesto la carrerilla para pasar junto a la caseta de los cazadores. Lorenzo se puso a hablar con ellos.

Su pelo, que con los años había ido perdiendo su tonalidad rubia para convertirse en un bello castaño oscuro, aún brillaba bajo los rayos de sol que los álamos dejaban pasar entre sus ramas. Mi primo tenía la pose erguida de los Alario, y siempre que hablaba con alguien, levantaba su rostro con magnificencia, un gesto que le hacía parecer más hombre de lo que era. El respeto que emanaba de las miradas de los cazadores al dirigirse a él parecía algo increíble dado que Lorenzo apenas tenía dieciséis años. Era como si le reverenciaran desde siempre, como si hubiera heredado toda la grandeza de su abuelo. Fue entonces cuando comprendí por qué todo el mundo le amaba, y cuando se volvió, y me cogió de la mano con una sonrisa en el rostro, obligándome a correr de nuevo, decidí que yo también amaba a mi primo. Su voz resonó en el bosque cuando dijo casi a voz en grito:

—¡Vamos, prima! Los cazadores dicen que la Loggia del Bianchi está repleta de renacuajos y de peces de colores. ¡Corre, prima, corre!

Y yo corrí como alma en pena mientras arrastraba literalmente a Ginevra, que resoplaba con gran esfuerzo para seguir nuestro ritmo.

Llegamos a aquel paraje idílico. Para el resto de los humanos era tan sólo una gran alberca de riego, pero para nosotros, que vivíamos cada instante con ilusión infantil, era el lago de verano particular de los Alario-Contanti. El agua, muy transparente aun cuando la corriente era lenta, estaba cubierta en algunas de sus zonas por pequeños nenúfares floridos, con flores de color rosa y blanco. La vegetación cubría el lugar, y era como si nadie supiera de la existencia de aquel paraíso personal, al que se tardaba una hora en llegar. Los altos álamos, los frondosos arbustos, llenos de bayas salvajes, y el sol que entraba a raudales por el hueco que dejaban los verdes árboles, convertían esa simple charca en un lugar donde pasar un maravilloso verano. Aquel era nuestro sitio. Lo que allí ocurría, bromas entre los niños, chapuzones con menos ropa de la indicada y enfados, allí se quedaba. Nada de lo que en ese lugar sucedía se comunicaba a nuestros mayores, pues aquel territorio era nuestro y éramos nosotros, en libertad, quienes decidíamos cómo vivir nuestro verano en aquel espacio casi celestial.

Pronto mis primos Lorenzo y Giuliano se desnudaron, dejándose tan sólo los calzones, y se tiraron al agua junto a mi hermano Flavio. Al instante comenzaron a salpicar a las muchachas para oír nuestros gritos mientras nos alejábamos de la zona. Sus risas eran contagiosas y Ginevra, la única que aún carecía de cuerpo de mujer, se desvistió para meterse en el agua completamente desnuda, no sin antes pedirme permiso. Sé que mi madre no hubiera consentido tal aberración, pero incluso María, mi prima, dio su consentimiento, pues nada tenía Ginevra en su cuerpo que fuera objeto de seducción. Mi prima, siendo algo mayor para jugar en la charca, se quedó en la orilla resguardándose de los rayos de sol con un sombrero de paja. La verdad es que María era muy hermosa, y la cinta azul del sombrero que caía con gracia por su hombro, junto a la apacible imagen de una jovencita de diecisiete años, leyendo a la orilla de un pequeño lago, podría haber sido plasmada en una de las láminas de esos jóvenes artistas de los que tanto hablaba mi tía. ¡Qué poco me conocía mi madre! Ella creía que yo desconocía qué era el arte, pero estaba en un error, pues el mero hecho de ver en aquella imagen de mi prima una pintura fabulosa, llena de simplicidad y de una extrema belleza, era una visión realmente artística.

Mis primas competían en belleza entre ellas, y aunque María no era hija de mi tía Lucrezia, sino de mi tío Piero, se parecía mucho a Bianca, mi otra prima. Las dos tenían la misma edad, aunque Bianca ya estaba casada, razón por la cual no pudo acompañarnos y se había quedado en la villa con su esposo y las mujeres de la familia. Con apenas diecisiete años ya había parido tres veces, aunque sólo habían sobrevivido Giovanna y Contesina, ya que en el tercer parto dio a luz a un varón que nació muerto. Ahora, en la recta final de su cuarto embarazo, no quería hacer muchos esfuerzos y sólo se levantaba de la cama para reposar en el diván. Se pasaba el tiempo leyendo o escuchando las conversaciones de nuestras madres.

Con mi prima Lucrezia me llevaba muy bien, pues sólo era un año mayor que yo. Allí, libres de las normas de nuestras madres, decidimos que no éramos tan mayores como María para no disfrutar de un chapuzón. Entramos en el agua, y sin que los chicos se dieran cuenta, nos acercamos a ellos buceando, para estirarles los calzones y comprobar que el agua era lo bastante clara para ver sus blancos traseros. Primero se sorprendieron, y después empezaron a perseguirnos para ahogarnos entre risas y carcajadas. Durante los juegos ni siquiera me fijé en las miradas que mi primo Lorenzo dedicaba a mi cuerpo, y no presté importancia al roce de sus manos sobre mi pecho mientras jugábamos a que había un dragón en el agua.

Cuando a mi hermano Flavio y a mi primo Giuliano, saltándose las normas de la coherencia, se les ocurrió llenar la cabeza de mi prima Lucrezia y de nuestra hermana de renacuajos, los chillidos de las pequeñas mientras intentaban sacarse los bichos del cabello desataron el caos. Me acerqué a ellas e hice que se sumergieran para que los animalillos siguieran el curso del agua hasta la orilla, pero cuando salieron del agua, sus llantos, ahora ya incontrolables, hicieron que María se enojara tanto con los chicos que les obligó a sentarse a los cuatro junto a ella, hasta que se calmaron.

El alboroto nos dio a Lorenzo y a mí la oportunidad de nadar en aquella charca sin que nadie nos perturbara, y fuimos al otro lado con la excusa de mostrarme un horrible monstruo que al final resultó ser una lagartija enorme. Fue en aquel lugar, a salvo de miradas indiscretas gracias a los matojos que cubrían ese trozo de charca, donde me di cuenta de que mi primo no me miraba como si fuera de su familia. El roce lascivo de su mano sobre mi brazo y sus dedos recorriendo mi escote, por el que sobresalían mis pechos erguidos y plenos, fueron indicios suficientes para advertir que mi primo me amaba de una manera distinta. Su mano bajó hasta mi pecho y pellizcó una de aquellas protuberancias. Mi primer impulso fue apartarme, pero tenía tantas ganas de saber que no lo hice.

—¿Qué haces? —le pregunté, más curiosa que ofendida.

—¿Te das cuenta de que tienes ya un precioso cuerpo de mujer?

Tragué saliva cuando su mano desabrochó la cinta verde que mantenía mi pecho a buen recaudo, y cerré los ojos cuando su mano lo cubrió, sosteniéndolo y acariciándolo suavemente.

–Lorenzo, eres mi primo. ¿Esto está bien? –pregunté sin saber qué decir.

–Mi padre me contó que antes de desposarte al duque de Castelforca pensaron en una unión entre las dos familias. Si el duque no hubiera cerrado un acuerdo con tu padre, sería conmigo con quien estarías desposada. Puede que esto no esté bien, pero estoy hipnotizado por ellas. La verdad es que jamás había visto dos tan bonitas, tan perfectas, tan redondas...

–¡Lorenzo! ¡Costanza! Es hora de volver a la casa –gritó María desde la orilla.

–¡Ahora vamos, hermana! Adelántate tú. Os atraparemos en cuanto nos sequemos un poco –contestó gritando Lorenzo.

María comenzó a andar con los niños. Ginevra y Giuliano cantaban cogidos de la mano mientras daban pequeños saltitos que me recordaron a Lorenzo y a mí. ¿Tantos años habían transcurrido desde que cantábamos juntos hasta el momento de desearnos?

–Ahora no puedo andar, Constanza. Lo que tengo entre las piernas me dificulta caminar –dijo Lorenzo excusándose cuando yo comencé el camino de vuelta a la orilla.

–¿Qué tienes entre las piernas? –pregunté en mi inocencia.

Tuve que haberlo visto venir, pero siendo yo aún doncella, poco podía imaginar que mi primo me cogiera una mano y la pusiese en su entrepierna. Enseguida noté su miembro henchido, pero para sorpresa de Lorenzo no aparté la mano. No quería faltar a mi honor, aunque recordando lo que el soldado me obligó a hacerle, tuve curiosidad por saber si todos los hombres actuaban igual cuando las manos de una mujer atendían esa parte de su cuerpo. Mi primo me miró sorprendido, pero pronto dejó de hacerlo. Apoyado en una roca, era como si se liberara de toda la tensión que hacía un momento me había demostrado con sus toscos tocamientos, pero me gustó cuando se mordió el labio inferior, cerró los ojos y echó su cuerpo hacia atrás en una franca señal de cuánto le gustaba lo que estaba sintiendo. De pronto, mi primo me agarró de la cadera, levantó mi vestido hasta que sus manos tocaron suavemente mi pierna y el final de mi espalda y...

–¡Lorenzo! ¡María dice que no os espera más! –dijo el pequeño Giuliano.

–¡Costanza! Si llegamos primero, madre se enfadará –exclamó mi hermana.

La voz de Lorenzo sonó entrecortada:

–Ginevra, preciosa... ahora vamos... Giuliano, enseguida salimos, volved con María que ahora mismo os damos alcance...

Y una vez se aseguró de que mi hermana y su hermano se habían marchado, Lorenzo volvió a echarse sobre la roca mientras me mostraba cómo conseguir que un hombre llegara hasta el placer. Sus jadeos me provocaron aquel escalofrío que Lauv hizo que sintiera una vez, convertida ahora en una corriente que cruzó mi cuerpo...

¡Cuán vulnerable era mi primo! ¿Tanto poder tenía yo como mujer, que podía decidir llevarle o no al éxtasis? Bufó, suspiró, jadeó e incluso gimió, haciéndome sentir cosas que jamás había sentido, mientras yo sólo podía pensar que ningún peligro me acechaba, pues él ni siquiera me estaba tocando ya.

Si bien no sentí vergüenza mientras experimentaba con Lorenzo aquello que debía desconocer hasta la primera noche que yaciera con mi esposo, el rubor me cubrió las mejillas justo al terminar, y tuve que agachar la mirada ante los ojos curiosos de mi primo, que debía de preguntarse cómo podía saber yo todo aquello. Lorenzo me abrazó, besó con cariño mi mejilla y me ayudó a salir del agua para emprender en silencio el camino de vuelta.

Estaba completamente mojada y mis pechos seguían surgiendo entre la fina tela del vestido. Cuando me abroché la cinta verde para cubrirlos, pensé que mi primo tenía razón al decir que yo tenía unos bonitos y redondos pechos de mujer, así que respondí a las miradas de Lorenzo con una sonrisa maliciosa mojando con la lengua el labio inferior antes de empezar a correr hacia el grupo de cabeza. Me sentía la mujer más preciosa y poderosa de aquellos lares.

Pronto nos reunimos con el grupo que iba de avanzadilla, y gracias al sol mi vestido se secó rápido; al llegar a la villa, tan sólo mi pelo estaba mojado, lo que bastó para molestar a mi madre, que envió a unas criadas a por unas toallas de lino para secármelo.

–¿Te has metido en el agua, Costanza? ¿Es que no te das cuenta de que ya no puedes hacer esas cosas? Ahora que estás desposada, no puedes comportarte como una niña pequeña.

–Vamos, hermana, no seas tan estricta. Su esposo no está aquí –espetó mi tía.

A pesar del enfado de mi madre yo seguía sonriendo cada vez que mi mirada se cruzaba con la de mi primo, quien bromeaba haciéndome reverencias. Me gustaba Careggi, amaba a mi primo, y cada vez quería más a mi tía, la única a la que consideraba capaz de enfrentarse a mi madre. Adoraba a mi progenitora, pero me gustaba cómo Lucrezia defendía mi libertad a seguir siendo niña, o cómo exigía que hiciese algo más con mi vida que parir como una coneja. Cuanto más lo pensaba, más me agradaba la idea de usar la riqueza de mi esposo para facilitar la vida a los jóvenes artistas, aunque al desconocer su carácter no sabía si sería factible.

La criada, por orden de mi madre, frotó con tanta fuerza mi pelo que pronto se secó bajo dos o tres toallas de lino. No contenta con eso, hizo que me lo cepillara, pero al estar todavía húmedo se enganchaba con las cerdas de aquel artilugio que por momentos me parecía un elemento de tortura, pues con cada estirón veía las estrellas.

–Eso te pasa por no comportarte como una señorita. Mira a María, completamente seca, eso es lo que hace una dama –dijo, aún enfadada, mi madre.

–Madre, ella tiene diecisiete años, yo aún tengo catorce, pensé que no pasaba nada por meterme en el agua un rato –quise explicarme.

Un sonoro capón en mi cabeza hizo que me callara de inmediato.

–¡No me repliques! Y por favor, Costanza, deja ya de pensar. Eso sólo te traerá problemas –dijo mi progenitora, que dio por cerrado el diálogo.

La criada siguió cepillándome el cabello, aunque intentaba no hacerme daño cuando mi madre dejaba de mirarnos. ¿Cómo iba a dejar de pensar si no podía controlarlo? Creí conveniente seguir explicándome pero mi progenitora, totalmente ofuscada, se metió dentro de la casa. Fue entonces cuando mi tía me dijo casi en susurros:

–Nunca dejes de pensar, Costanza. Jamás dejes de cuestionarte el porqué de las cosas. Tienes una mente privilegiada, según me ha dicho tu padre. Úsala, aliméntala y nunca dejes que otros decidan qué debes hacer con tu vida, pues es sólo tuya, aunque debas seguir las normas de la sociedad.

Me gustaba todo lo que decía mi tía, pero... ¿cómo ser yo misma si ni siquiera tenía el control de mi propia vida? ¿Cómo hacer lo que deseaba si en la sociedad en la que vivía se despreciaba a la mujer que intentaba estudiar? Pensé que mi tío amaba muchísimo a mi tía por haberle permitido convertirse en mecenas de aquellos artistas, aunque por otro lado, ella ya había cumplido con creces su cometido como fémina, dándole a su esposo cuatro hijos sanos y un heredero fuerte.

Instintivamente volví a buscar a mi primo con la mirada y cuando la encontré me hizo una reverencia. No pude evitar sonreír.

El banquete de verano era copioso, pero sin mucha grasa, pues esta se reservaba para el invierno. Nos presentaron unas viandas magníficas. Había *cappellaccio* de calabaza, arroz a la milanesa, *polenta con osei,* todo regado con los mejores vinos de la Toscana. Después de la copiosa comida los postres nos alegraron el día. Los pequeños pastelillos de frambuesa se deshacían en nuestra boca, las tartaletas de arándanos, aún calientes, dejaban nuestras lenguas negras, cosa que a Ginevra le hizo mucha gracia hasta que mi madre la obligó a mantener su lengua a buen recaudo con otro capón, aunque no tan fuerte como el que me había propinado a mí. Las cremas de nísperos y melocotones regadas con licores de almendras y avellanas fueron el colofón a una comida que no sería la única de aquel período estival, pues en aquel lugar todos los ágapes eran así. Un sueño para todos nosotros.

Aquella tarde, mientras los niños hacían la siesta, yo miraba a las mujeres de mi familia desde mi ventana, pues debido a todo lo que me había ocurrido durante el día, me era imposible conciliar el sueño. María y Bianca jugaban al *baccarat* con mi madre y mi tía, mientras mi tío Piero y Lorenzo lo hacían al ajedrez.

El marido de Bianca, el hermoso Guglielmo de Caloprini, se mantenía un poco alejado de la escena leyendo unos sonetos bajo la sombra de un frondoso cedro, mientras mi hermano Flavio tocaba el laúd acompañado por la melodiosa voz de mi prima Lucrezia. Pensé de nuevo en las palabras de mi madre, creí que se equivocaba al decir que yo no sabía qué era el arte, pues si hubiera tenido el don de la pintura hubiera querido plasmar esa idílica imagen en una tabla.

Era curioso que mi madre pensara que yo era demasiado mayor para meterme a disfrutar en una charca pero no para obligarme a hacer la siesta.

Estaba desposada y ya era una mujer para hacer según qué cosas, pero, por otro lado, seguía tratándome como a una niña.

Mi vida era un completo desastre. No tenía edad para pensar en el deseo carnal, pero lo hacía cada vez que se me acercaba un joven atractivo. Ya no podía comportarme como una niña sin obligaciones, pero se me exigía echar la siesta como mi hermana pequeña, mi primo y los hijos de mi prima. Era una mujer completa, pues ya tenía el sangrado, pero lo ocultaba para no tener que irme a vivir a Castelforca. No tenía edad para preguntarme cómo iba a ser mi vida, pero no dejaba de pensar en ello, como tampoco dejaba de pensar que en esa onírica imagen familiar faltaba una pieza: mi hermano Francesco.

Sabía que cuando llegamos a Careggi, Francesco había dado media vuelta antes de llegar a la villa, pues la conversación con mi padre, a pesar de haber suavizado la relación entre ambos, no había sido del todo satisfactoria para ninguno de los dos. Por conversaciones de mi padre con mis tíos, supimos que había vuelto a la ciudad para embarcarse en otra galera, esta vez con rumbo a la isla de Euböa en Euripos. Y yo sólo podía preguntarme qué sería de mi hermano en aquel ancho y desconocido mundo, y si Dios podría mantenerle a salvo. Quería pensar que el buen tiempo de verano salvaría de un naufragio a su nao, y que volvería pronto a Venecia, sano y salvo, colmado de las riquezas que había prometido traer a nuestro padre. ¿Le perdonaría este algún día su desfachatez y su desobediencia? Todo ese batiburrillo de preguntas cruzó rápidamente mi cabeza, pero algo en mi interior me decía que mi hermano estaba haciendo lo correcto; luchar por conseguir su sueño: convertirse en navegante.

Las criadas comenzaron a despertar a los niños. Mi primo Giuliano, de nueve años, mi hermana Ginevra, de ocho, y las hijas de mi prima Bianca, Giovanna y Contesina, de cuatro y tres años. Pensé que si se descubría que yo ya era una mujer me obligarían a marchar a Castelforca de inmediato y en tal caso podría encontrarme como mi prima, pariendo mi primer hijo con sólo catorce años. ¿Eso quería para mí? ¿Era eso lo que mi tía quería para su propia hija? Si pensaba que la mujer podía hacer algo más que parir hijos, ¿por qué casó a su hija tan pronto? ¿Por qué dejó que se quedase embarazada a tan corta edad? No entendía nada, y de tanto pensar en cosas que no tenían solución, un intenso dolor de cabeza se apoderó de mis sienes; al volver a la cama cerré los ojos para descansar, Violeta se alarmó y avisó a mi madre, y no sé si eso fue peor para el dolor. Mi madre subió de inmediato y su voz, o mejor dicho sus gritos, taladraron mi cabeza:

–¿Ves, Costanza? ¿Ves lo que ocurre cuando una mujer se comporta como una niña pequeña? ¡Espero que no te pongas enferma! ¡Seguro que has cogido frío en la alberca!

Y no callaba, y seguía hablando, y su voz cada vez era más alta, y más, y más.

Cerré los ojos con fuerza como si así pudiera hacer que ella desapareciera; quise contestarle, pero sabía que me hubiera cruzado la cara de una bofetada, así que me callé apretando mis sienes con las manos. De pronto, como si de un ángel se tratara, mi tía Lucrezia se apiadó de mí, me trajo un vaso lleno de líquido, y me dijo, mientras apartaba a su hermana con un simple gesto:

–Tómate esto, Costanza. Te irá bien. Pronto el dolor desaparecerá y podrás volver a tu vida normal. Hermana, por favor, tu hija necesita silencio. No ha enfermado, es una simple jaqueca.

–¿Acaso eres doctor? –pregunto enfadada mi madre.

–No, Giulia, sabes que no sé de medicina, pero es una antigua receta de la profesora Calenda y te aseguro que funciona. Yo misma la uso en múltiples ocasiones –contestó mi tía.

–¿Profesora? ¿Es la receta de una mujer? ¿No será de una bruja? ¿Qué puede saber una mujer de medicina? –siguió preguntando mi madre, sin darse cuenta de que su tono de voz acrecentaba mi dolor de cabeza.

Sé que mi tía se armó de paciencia, pues se decidió a mirar a otro lado y resoplar. Luego, con una sonrisa y un tono de voz firme, pero moderado, le dijo a mi madre:

–Giulia. Costanza Calenda fue una profesora de medicina muy importante de la Universidad de Bolonia. Formaba parte de la Escuela Médica Salernitana, y sus escritos son muy famosos. Tu hija tiene una simple jaqueca, tal vez por culpa del sol, o el agua, pero si no se toma esto y no guardamos silencio, no se le pasará.

–Al menos dime qué es el mejunje que va a tomar, para que pueda quedarme tranquila –exclamó mi madre más pausada.

–Es láudano. Una mezcla de vino blanco con opio de Esmirna, canela de Ceilán, clavos y azafrán. La tranquilizará y hará que se duerma. Es bueno, de veras –dijo en un tono tan tranquilizador que mi madre, tras probar la medicina con un dedo, salió de la habitación sin decir nada más.

Bebí aquel preparado que incluso sabía bien. Era dulce, y pronto comencé a sentir los primeros efectos, pues cerré los ojos para sumirme en un profundo sueño habitado de imágenes oníricas con unicornios, ninfas y dioses mitológicos convertidos en jóvenes apuestos. Y en mi sueño aquellos dioses mitológicos comenzaron a desvestirse. Todos eran hombres y comenzaron a tocarse y a besarse. Se rozaban y parecía que les gustaba lo que se hacían. Pude verme a mí misma entre ellos, también estaba desnuda, pero ellos ni siquiera me miraban, pues parecían gustarles más los cuerpos varoniles que el mío. Entonces, Lauv surgió de repente, y él sí me miró, sí me tocó y, por supuesto, me hizo todo lo que deseaba hacerme en nuestro primer encuentro y que jamás osó. Luego apareció Lorenzo, con las mismas intenciones, se entregó a las acciones más aberrantes, pero a mí parecía gustarme, pues sonreía mientras el vino tinto se derramaba por mi cuerpo, y Lauv y Lorenzo bebían de él. Oddantonio también apareció, se estaba peleando con otro joven, los dos desnudos, pero el desconocido cubría su rostro con una máscara blanca. Los golpes se sucedían y entonces mi esposo me cogió por un brazo, el enmascarado de otro, y los dos tiraron de mí en diferentes direcciones. Yo no sentía dolor, pues Lauv lo calmaba mientras cubría con su boca mi vientre y lo que no era mi vientre, deleitándome con oleadas de placer. Un Lorenzo más maduro besaba mis labios, tocando mis pechos, ahora con sus manos, ahora con plumas de garza. Mi esposo y el desconocido seguían tirando, y mi cuerpo se iba agrietando, pero al fin vi que no eran grietas, sino arrugas, miles de pliegues surgiendo de mi cuerpo, arrugas infinitas, brazos algo flácidos. Sin embargo, mi cara, mi rostro seguía siendo el de una niña de catorce años. Mi boca seguía gritando, pero no de dolor, y el grito se alternaba con risas histriónicas y gemidos de puro placer, mientras los distintos dioses mitológicos fornicaban entre sí. Estaban todos juntos formando un corro, pero los hombres que me acompañaban en mi sueño y yo nos encontramos dentro de aquel círculo, y mientras ellos disfrutaban, Oddantonio y el desconocido enmascarado seguían tirando de mí, Lauv prolongaba mi placer, Lorenzo perseveraba en sus tocamientos a mis senos, añadiendo ahora su boca a sus manos, y aquellos dioses mitológicos comenzaron a tocarme. Se escuchaban tambores y todos los personajes se movían a su ritmo, y yo seguía en un éxtasis entre el placer y el dolor. Las manos se convirtieron en zarpas que comenzaron a arañar mi cuerpo, ahora ya viejo, un mar de pliegues, arrugas y piel flácida, y las caras de los hombres se transfiguraron en bestias salvajes. Algunos eran lobos, otros osos, otros bestias desconocidas, pero ya no iban desnudos, sino vestidos como los cardenales, todos de rojo, con sombreros anchos. Pero yo sabía que no eran sacerdotes. De pronto, algo me despertó. La mano de Lorenzo hizo que recobrara el sentido, pues no me había dormido, sino desmayado:

—¡Costanza! ¡Despierta, prima! ¿Qué te ocurre?

Y le vi, seguía siendo ese joven de dieciséis años con el que hasta entonces nos cogíamos de la mano, saltando y cantando canciones populares. Tuve que abrazarme a él, me correspondió, y fue más reconfortante que placentero, como si no hubiese sucedido nada en esa charca.

Pasaron los días y con ellos volvieron los juegos infantiles, las aventuras y los paseos a media tarde. Entre aquellas nuevas experiencias, al escuchar las conversaciones de los adultos sobre los artistas que estaban en boga, sobre sus pinturas, sus esculturas, sus escritos y sus poemas, se abrió un mundo nuevo para mí. Poco a poco me fui olvidando de aquellos extraños deseos que algunos llamaban sexo, aunque de vez en cuando los sueños eróticos regresaban durante la noche, sobre todo si durante el día me había quedado a solas con Lorenzo, aunque lo sucedido en la charca no se volvió a repetir.

Durante la cena del 21 de junio, el tío Piero nos comunicó que en tres días deberíamos trasladarnos por un par de jornadas a la ciudad de Fortefortezza, pues era la primera vez que Lorenzo iba a participar en el torneo de Calcio durante la festividad de San Giovanni, una de las grandes fiestas por las que se conocía la ciudad.

A los dieciséis años de edad, mi primo ya era considerado todo un hombre y aunque su cuerpo era joven, estaba lo suficientemente desarrollado como para proteger el honor de la familia Alario. Lucharía por demostrar quién era más hombre, quien era el más duro, el más fuerte, enfrentándose a otros barrios de la ciudad en un juego brutal donde todos luchaban por la posesión de una esfera de cuero.

Hacía mucho tiempo que la familia Contanti no visitaba la maravillosa y magnífica Fortefortezza, conocida por sus grandes artistas, sus impresionantes monumentos, sus regias basílicas, y sus calles desbordadas de cultura y sabiduría. Saber que pronto pisaría de nuevo sus calles me llenó de tanta emoción, que si no llega a ser por la mirada austera de mi madre, bien podría haberme levantado para abrazar a mi tío Piero.

Al terminar la cena, la villa cerró a cal y canto sus puertas, pues aquella noche del solsticio de verano estaba prohibido salir de la casa, ya que era el momento en que las brujas se reunían en los bosques para celebrar sus aterradores aquelarres.

Era la noche más corta del año, y aquel nombre de solsticio a todos nos sonaba como algo maléfico, lúgubre y tenebroso. Según las malas lenguas, los paganos vagaban durante la noche por los bosques para recolectar sus hierbas mágicas, y las brujas se entregaban a su señor el diablo entre grandes hogueras, bailes obscenos y actos libidinosos. Por eso, cuando estaba a punto de dormirme, me pareció extraño que Lorenzo me despertara, para, entre susurros, decirme:

–Costanza..., ¿te vienes conmigo?

–¿Adónde? –conseguí susurrar también medio dormida.

–A nuestro árbol. Quiero ver qué ocurre de verdad durante el llamado solsticio –exclamó con los zapatos en la mano.

Me quedé tan perpleja por su propuesta de transgredir una regla tan importante como la de no salir durante la noche de brujas, que no supe qué contestarle. Pero de nuevo decidió por mí, me agarró del brazo y me dijo:

–Vamos, prima. ¿Es que no tienes curiosidad?

–¿Y si topamos con el diablo? –se me ocurrió preguntar.

–No te preocupes. Yo te protegeré.

Y lo dijo con tal convencimiento, que me bastó con coger un chal para seguir sus pasos. Salimos por una ventana y echamos a correr hasta nuestro árbol; una vez allí, lo escalamos sin dificultad gracias a la escalera de cuerda que habíamos tejido un verano. Los nudos que nos había enseñado a hacer mi hermano Francesco parecían ser resistentes. Al llegar a nuestro escondite y recoger la escalera, comenzamos a escuchar toda clase de sonidos bajo nuestros pies. No sabíamos si eran perros de caza, o algún animal que campaba suelto, pero yo tenía tanto miedo que sólo se me ocurrió acurrucarme en brazos de Lorenzo. Era curioso, pero tenía la piel fría y su abrazo me resultó molesto.

–¿Por qué has querido venir aquí esta noche, Lorenzo? –pregunté al fin.

–Estoy harto de que nos cuenten historias de miedo, de que nos atemoricen con el diablo, con las brujas o con mitos desconocidos. No creo que esta noche sea diferente a las demás y pienso que eso de los aquelarres son patrañas para asustarnos.

Yo no sabía si lo que nos contaban era cierto o no, pero los ruidos del bosque no apaciguaban mi espíritu. Entonces, Lorenzo me preguntó:

–¿Cómo sabías la manera de darme placer si aún eres doncella?

Callé avergonzada, estaba convencida de que ya había olvidado aquel incidente.

–Costanza, vamos. Soy tu primo, confía en mí. Jamás diré nada a nadie. Sabes que seré fiel a mi palabra, pues te quiero como si fueras una de mis hermanas.

Entonces me decidí:

–¿De verdad no le dirás nada a nadie? Si te digo cómo aprendí, ¿no habrá consecuencias para mi maestro?

–¿Es alguien que conozco?

–No creo, pero no hizo nada que yo no consintiera, así que sería injusto que ahora alguien le acusara.

–Vamos, Costanza, siempre he guardado tus secretos. Dime qué pasó.

Y se lo conté, y a medida que iba hablando, mi alma quedaba aliviada, y aunque Lorenzo fruncía el ceño, sabía que mis palabras se quedarían entre él, yo y el silencio del bosque.

–Al menos no te desfloró. Tuvo la decencia de no dejarte mácula y de no estropear tu matrimonio –exclamó al fin.

Un eterno silencio nos envolvió, roto únicamente por los resuellos de alguna lechuza quieta en una alta rama, o del craqueo de otras que emprendieron el vuelo en cuanto Lorenzo encendió, con su mechero de yesca, la vela que llevaba. Aquella débil luz bastó para vernos las caras, y para que el miedo se fuera diluyendo ante la dulce mirada de mi primo.

–Entonces, prima... ¿tú ya sabes lo que es el deseo? –preguntó por sorpresa.

–Tengo muchas preguntas que quedarán sin respuesta, pues si mis padres supieran lo ocurrido me encerrarían en un convento lejano –dije bajando mi mirada.

–Pregúntamelo a mí. Yo soy un hombre, y desde el año pasado sé lo que es una mujer, pues mi padre me llevó al burdel de Madame Elouan para que lo supiera.

–¿Por qué los hombres podéis saber qué es el sexo antes de contraer matrimonio? –me aventuré a preguntar.

–Supongo que porque nosotros somos los que debemos enseñaros. Si supierais lo mismo que los hombres, seríais iguales a nosotros y eso no estaría bien –exclamó él.

–¿Por qué? ¿De verdad crees que soy inferior o menos inteligente que tú, Lorenzo? –pregunté de nuevo.

–No. Tú no. Pero hay muchas mujeres sin cerebro...

–¿Y por qué he de pagar yo por su incultura? ¿Por qué no puedo tener la misma libertad que mis hermanos? ¿Por qué no puedo embarcar en una nao para conocer esos mundos desconocidos que dicen que existen? ¿Por qué...

–Espera, Costanza, son demasiadas preguntas a la vez... Yo creo que algunas mujeres pueden equipararse a los hombres. Pero el mundo no está preparado para eso aún... Existen grandes mujeres que comienzan a mostrar que algunas de vosotras sois diferentes. Mira si no a Christine de Pizan.

–¿Quién es esa Christine? –pregunté.

–¿No conoces a esta escritora? –indagó mi primo.

–No. Jamás he oído hablar de ella. Bueno... en realidad no sabía que hubiera mujeres que escribieran, salvo las que escriben cartas y eso...

–Supongo que es porque escribe en la lengua de los francos. Llegó a mí uno de sus escritos. Es una parte del llamado *Livre de la Cité des Dames;* sé que te gustaría leerlo, pero si tu madre te lo descubre tal vez lo eche a la hoguera, aunque no sé si ella sabe leer francés.

–¿Así se llama la lengua de los francos? –pregunté de nuevo.

–En realidad en todo su territorio existen distintas lenguas como aquí, donde cada uno tenemos nuestra forma de hablar aunque tengamos la misma raíz.

–Y tú..., ¿sabes hablar francés? –inquirí con curiosidad.

–Aún no lo hablo, pero sí sé leerlo –contestó mi primo.

–¿Y sobre qué trata ese escrito de Pizan?

–Habla sobre una ciudad sólo de damas. Una apología a la mujer, basado en las historias de las grandes figuras femeninas dentro de la mitología.

–Parece interesante –dije recordando a mis diosas favoritas.

–Es muy interesante, pues recopila la vida de esas féminas, incluso llega a hablar de Jehanne Darc. ¿Sabes quién es?

–No, pero su nombre suena bonito.

–Jehanne fue una simple doncella de una región franca que llegó a capitanear los ejércitos del delfín en sus guerras contra Inglaterra. Los francos la amaron y los soldados la siguieron. Combatió duramente en nombre de Dios pues se dice que escuchaba voces del mismísimo Señor. Logró innumerables victorias, pero la Iglesia le dio la espalda y murió en la hoguera acusada de herejía hace algo más de treinta años.

–¿Cómo pudo darle la espalda la Iglesia si era Dios quien la mandaba? ¿Es que no demostró con sus victorias que era un hecho divino que una mujer pudiera capitanear las tropas? –pregunté.

–Hay muchas cosas incomprensibles, Costanza, y el vestir como un hombre y actuar como tal jamás estará bien visto. El mundo no está preparado para la igualdad. ¿No crees que se desataría el caos si no respetásemos nuestro lugar?

–Puede que tengas razón. Aun así, me pregunto por qué ha de ser el varón quien nos diga cuál es nuestro sitio.

La conversación se rompió al escuchar un profundo y temible aullido de lobo. No nos asustamos por el ruido, sino por su cercanía; Lorenzo apagó la vela de inmediato al escuchar pisadas de algo que no era humano. Comencé a temblar como una hoja y Lorenzo me abrazó.

Algún tipo de animal rondaba bajo nuestro árbol. Bajo la escasa luz que nos mostraba el cuarto menguante de la luna se podía vislumbrar un ser grande y peludo. Un ruido asustó a la bestia y pudimos escuchar a los cazadores azuzar con antorchas al monstruo para que volviera hacia el bosque. Nadie nos vio y el lugar quedó de nuevo en silencio, y yo, que seguía abrazada a mi primo, dejé de notar su confortabilidad para encontrarme con una suave caricia en mi brazo. Su mano, fría aún, pasó de mi brazo a mi escote, como si comprobase lo poco que me cubría el camisón que llevaba. Lorenzo siguió su camino hasta llegar a mis pechos, y me di cuenta de que podían llegar a obsesionarle.

–Lorenzo, pensé que no volvería a ocurrir –susurré.

–Y nada va a ocurrir. No creo que tardes mucho en convertirte en una mujer completa, y eso hará que no vuelva a verte, pues pasarás a ser propiedad de tu esposo. Dicen que el duque de Castelforca es un buen hombre, aunque tiene fama de celebrar grandes fiestas, pero dudo que tú siendo duquesa, y yo gobernando Fortefortezza, tengamos mucho tiempo para vernos. Por eso quiero besarte antes de que todo eso ocurra.

–¿Sólo un beso y volveremos a ser primos?

–Sólo un beso. Un beso que nos convertirá en más que primos, en eternos amigos.

Y me besó. Juntó sus labios con los míos, y cuando yo abrí mi boca y busqué su lengua, se quedó sorprendido, pero contestó a mi beso como debía. Cuando terminamos, tan sólo dijo:

–Por Dios que tu esposo va a ser un hombre afortunado.

Bajamos del árbol igual que habíamos subido y nos escabullimos hacia el interior de la casa, con temor aún de volver a encontrarnos con la bestia. Nos despedimos y cada cual volvió a su habitación como si nada hubiera ocurrido. Sin embargo, sabíamos que un vínculo invisible nos mantendría unidos para siempre.

Nada diabólico había ocurrido. No hubo aquelarres, no vimos brujas, ni siquiera olimos el azufre que decían que uno podía oler cuando el demonio moraba cerca, a pesar del susto que nos dio aquella bestia salvaje.

Siendo mujer, me sentí un poco como aquella bestia, sabiendo que nada malo podría ocurrirme si me quedaba cerca de mi bosque, en este caso, la casa de mi padre y después la de mi esposo.

Aquella noche soñé con la doncella Jeanne Darc y con su desgraciada vida. Lo había dado todo por su país, por su religión, por defender el modo de vida de los francos, y todos le habían vuelto la espalda cuando más necesitaba de su apoyo.

Al fin llegó el gran día. La maravillosa festividad de San Giovanni. El 24 de junio amaneció con un espléndido sol que llenó de alegría la estancia, a pesar de que tuvimos que levantarnos muy pronto para poder llegar a Fortefortezza a tiempo de la procesión y la ofrenda de los cirios de manos de la corte histórica, que estaba formada por la nobleza y las familias más importantes de la ciudad.

Los Alario no tenían título nobiliario. No eran condes, ni duques, ni tan siquiera poseían alguna baronía, pero Cosimo de Alario, el abuelo de Lorenzo, presidía la ofrenda de los cirios acompañado por toda su familia, y lo hacía con tal magnificencia, que pude ver en los rostros de los habitantes de Fortefortezza un halo de respeto e incluso un amor profundo hacia el patriarca y fundador de la familia Alario. Era curioso que teniendo Lorenzo tan sólo dieciséis años, luciera ya el porte digno y magnífico heredado de su abuelo y que fuera la viva imagen de él, mucho más que su propio hijo, de constitución algo raquítica a causa de las innumerables enfermedades que había padecido.

La procesión salió desde la piazza della Signoria hasta llegar al Baptisterio, donde finalmente se realizó la ofrenda de los cirios a san Giovanni Battista, patrón de la ciudad, seguida de una misa tradicional y ceremoniosa. Al término del oficio, nos trasladamos al *palazzo* de la familia donde Lorenzo debía prepararse para participar en el torneo de San Giovanni, lo que la ciudad llamaba el Calcio. En tanto que hijo mayor del heredero de los Alario, debía dejar bien alto tanto el nombre de su familia como el de San Giovanni.

Toda la familia se encontraba disfrutando de las deliciosas viandas que se habían dispuesto en uno de los jardines interiores del *palazzo* para agasajar a la multitud de personalidades y a los nobles de Fortefortezza que se habían acercado a presentar sus respetos al patriarca de los Alario. Pero mi horrible impulso de querer saber siempre más hizo que siguiera a la comitiva de hombres que iban a preparar a Lorenzo para representar a su barrio en aquel juego. Así que, tras esconderme en una de las habitaciones contiguas, pude ver el ritual de «los verdes de san Giovanni».

Los veintisiete se encontraban en la sala de la guardia. Lo cierto es que cuando empezaron a desnudarse ya no pude dejar de mirar, aunque me volvía a cada ruido que escuchaba a mis espaldas, temerosa de que alguien descubriera que yo, una mujer, estaba viendo aquello que jamás debí ver. Todos aquellos cuerpos desnudos no me dijeron nada, salvo el de mi propio primo, que estaba proporcionado y que mostraba unos músculos magníficos, así como otras cosas que yo aún no sabía valorar. Se vistieron con una camisa de lino interior que unieron a unas calzas a rayas blancas y verdes. Vestían todos iguales, como si fueran soldados y, aunque yo jamás había visto a las tropas de la ciudad, aquellos muchachos se comportaban ferozmente entre ellos, golpeándose unos a otros en el pecho, en el brazo y en la espalda como dándose ánimos y preparándose para una batalla sin igual. Completaron el conjunto con una casaca de igual color a los calzones, que se diferenciaban unas de otras tan sólo por el escudo bordado en la pechera de cada una de ellas, que simbolizaba el escudo de armas de cada familia representada.

Volví con la familia antes de que los muchachos se dirigieran al patio. Mi madre aprovechó para presentarme a varias mujeres de familias nobles fortefortinas, y la verdad es, que aún sin serlo, ya empezaba a cansarme el título de duquesa de Castelforca, pues me saludaba gente que de no ser quien era, o mejor dicho, de no haberme desposado con el duque, ni siquiera hubieran vuelto la cabeza para mirarme. Cuánta falsedad, cuántas sonrisas hipócritas.

Los chicos que representaban al barrio de San Giovanni comenzaron a caminar hacia la piazza de Santa Croce. Seguían maltratándose unos a otros y profiriendo ruidos de animales sin sentido, una actitud que me llevó a pensar que más de uno se parecía a los animales salvajes que llenaban los bosques que rodeaban la ciudad. Todos ellos eran nobles o procedentes de grandes familias de Fortefortezza, pero puedo asegurar que al verlos actuar como esos toscos jugadores de *calcio*, nadie hubiera dicho que representaban a los nobles ciudadanos. Las banderas con los blasones familiares cubrían las calles en nuestro camino, en procesión a Santa Croce. Al llegar, nos aposentamos en un lugar de privilegio en las gradas que se habían construido para que se pudiera ver el juego sin temer por nuestra integridad física. Mi tío abuelo, Cosimo, pidió que me sentara a su lado, algo que hice cuando mi madre me empujó suavemente hacia él.

Aquel era un lugar privilegiado, pues me encontraba junto al gobernador de la ciudad, y todos sabían que los Alario eran los más ricos y poderosos del lugar. La red de sus amistades se extendía por todas las tierras donde se hablase una lengua latina, y al parecer de algunos incluso más allá.

La piazza estaba cubierta de arena y los tambores comenzaron a sonar para anunciar la entrada de los jugadores. Los primeros llevaban banderas con los escudos de las familias representadas, y detrás de ellos, veintiséis muchachos más, los miembros del equipo representante del barrio en el que moraban esas familias. Cuando llegaron al centro, los chicos se despojaron de sus casacas de vivos colores y se quedaron únicamente con los pantalones a rayas y la camisa interior. Iban descalzos y supuse que la arena sería para amortiguar sus pasos, aunque pronto pude comprobar que en realidad era para paliar el posible daño de futuras caídas. Los colores de los calzones representaban a los barrios de la ciudad: blancos para los de Santo Spiritu; azules para los de Santa Croce; rojos para Santa Maria Novella; y verdes para los de San Giovanni.

Se dividieron en dos equipos, primero rojos y azules, y el juego comenzó. Una bola elaborada con el cuero de algún animal que había pasado a mejor vida se puso en movimiento cuando fue lanzada al centro del campo. Los empujones, golpes y caídas se sucedieron entre todos los participantes para hacerse con la esfera. Estaba acostumbrada a las justas, a ver caer a los jinetes alcanzados por la lanza, a los duelos entre caballeros con espadas; pero aquel brutal juego me impresionó, sobre todo al ver los puñetazos y los agarrones que se proferían con la única finalidad de robar la bola para, después de cruzar el campo, introducirla detrás de la valla del equipo contrario.

El pueblo gritaba y animaba a su equipo, y puedo asegurar que vi a más de uno jaleando a los muchachos para que pegaran a sus contrincantes como vulgares mercenarios. ¡Qué horror de juego! ¡Qué horror! ¿En verdad me parecía tan horrible ver a tanto hombre reunido, medio desnudo, pues pronto las camisas de lino interior quedaron hechas jirones en el centro de la piazza? Sé que mi madre se retiró con la mayoría de las damas, pero yo no podía irme; aunque ella me miró de mala gana, insistiéndome en que me fuera con ellas, la mano de mi tío abuelo cogía la mía en un gesto cariñoso y no pude zafarme de ella hasta que las damas de la familia se retiraron al *palazzo* familiar. Así pues, me quedé junto a Cosimo de Alario, el hombre a quien la ciudad de Fortefortezza tanto veneraba, intentando comprender qué había de bonito en aquel juego bestial, donde cualquier cosa valía para apoderarse del balón. Desconocía el desarrollo del juego, pero al parecer el equipo de Santa Croce había ganado el partido y pronto fueron sustituidos por los jugadores que vestían de blanco y verde, entre los que se encontraba mi primo Lorenzo. Siguieron las carreras, los golpes y los empujones. Me divertí al ver cómo algunos de los criados se colocaban entre sus señores con grandes plumas de colores como si eso fuera a separarlos, pero aquella pluma era como una norma no escrita que les prohibía pegarse.

Si alguno de los participantes caía al suelo a causa de un mal golpe, uno de los criados se situaba junto a él con una bandera de vivos colores y no podía ser pateado mientras se encontrara tendido en la arena. El objetivo era levantarse por su propio pie y continuar con el juego, o si estaba muy lastimado, que los criados lo retirasen y lo llevasen a algún galeno de los muchos que había por allí.

Aquel partido lo ganó el equipo al que representaba mi primo, y los habitantes de la ciudad se alegraron y profirieron vivas.

El partido final, entre los de Santa Croce y los de San Giovanni parecía una de esas batallas que deben ganarse para convertirse en alguien poderoso. Los jugadores iban a por todas y a nadie le importaba recibir un puñetazo en la boca, o caer de bruces al suelo y comerse la arena empapada de sudor de los propios participantes. Era un juego brutal y a medida que se acercaba el fin se convirtió en una batalla encarnizada. Siendo una dama como era, aquella visión de la brutalidad debió provocarme un desmayo, pero cuanto más se pegaban, cuanto más se empujaban, cuanto más metían los de San Giovanni la esfera en el lado contrario, más eufórica me sentía. De pronto, Lorenzo cogió la esfera, comenzó a correr, empujando con sus hombros a cuantos intentaban detener su avance, usando sus puños de vez en cuando para zafarse de sus contrincantes. En cuanto colocó la pelota detrás de la valla del adversario, el partido se dio por finalizado y el pueblo se alzó profiriendo gritos de alegría. Era como si todos hubieran enloquecido, pero en aquella locura colectiva, incluso yo me levanté de mi asiento junto al señor de Fortefortezza. Fui consecuente con mi condición y rango y no me puse a gritar, a pesar de que, de haber sido varón, bien lo hubiera hecho.

Los muchachos estaban magullados tras los muchos golpes, caídas, y heridas varias que cubrían sus rostros y sus cuerpos, cosa que, junto a la arena adherida a sus cuerpos tras la contienda, les hacía parecer muy sucios. Así que me extrañó que aquella vil imagen me gustara hasta tal punto de no poder retirar mi mirada, y que incluso me deleitase aquel profundo olor a varón que inundaba mis fosas nasales cuando Lorenzo, junto a alguno de sus colegas victoriosos, se acercó a Cosimo para presentar sus respetos.

Aquel día fue maravilloso. Una jornada llena de experiencias que mi madre hubiera querido que yo no viviera, y que terminó con una fiesta maravillosa, regada por un delicioso vino, unos manjares suculentos y música alegre muy distinta a la que yo estaba acostumbrada, hasta tal punto que me era imposible no mover los pies bajo la falda de mi vestido.

¡Fue un buen día, sí señor! ¡Un día para recordar!

El verano siguió su curso y volvimos a la villa de Careggi, no sin antes visitar todos los rincones de la magnífica ciudad de Fortefortezza y de ver, por mediación de mi tía Lucrezia, algunos de los cuadros obra de jóvenes artistas que a su juicio perdurarían en la historia.

De la visita a ese nuevo mundo colmado de arte me llevé algo mucho más importante que la visión de todos esos cuadros, pues de la mano de mi tío abuelo Cosimo me fue presentado, a mí, a la simple hija de un maese joyero, uno de los grandes artistas que la ciudad había ofrecido al mundo. No pude sino hacer una reverencia cuando el escultor Donatto Bardi cogió mi mano para besarla, pues de inmediato recordé cuán impresionante me había parecido la escultura de san Juan Bautista expuesta en la catedral. Si bien viniendo de una dama mis palabras no eran las más correctas, como mi madre no se hallaba presente para escucharlas no pude reprimirme:

–Maese Donatello –le dije al excelso artista–, la expresión de su obra hace que quiera amar el arte.

A lo que él, muy sorprendido, me contestó:

–Mi querida niña, jamás nadie me elogió de una manera tan sencilla y a la vez tan encantadora. Me han dicho que en breve serás la nueva duquesa de Castelforca.

–Sí, maese, en unos años –contesté esperando que nadie advirtiera el dejo de disgusto en la voz.

–Iba a entregar esta obra a tu tía abuela Contesina, pero, con tu permiso, quisiera regalártela como presente de boda para que jamás te olvides de este viejo artista –exclamó antes de que le trajeran dos fardos envueltos en telas.

La escultura de san Juan Bautista era en verdad asombrosa, pero aquellos dos querubines de bronce que servían de portavelas eran lo más dulce y bonito que nadie me había regalado. Sus barriguitas rechonchas y aquella pícara mirada que se proferían mutuamente, como si nadie pudiera separarlos, eran tan increíblemente dulces..

–Es un regalo precioso, maese. Os aseguro que ocuparán un lugar de privilegio en mi futuro hogar. ¿Tiene nombre su obra? –pregunté complacida por el regalo mientras seguía acariciando una de esas cabecitas de bronce.

–Es cierto que necesita un nombre. A veces, el más sencillo es el mejor. ¿Qué os parecen los *Putti portacandelabros* de Donatello?

–Tratándose de dos niños tan bonitos, no creo que haya nombre más sencillo y mejor para esta obra –exclamé.

Volver a la villa de verano significó recuperar la libertad de vestir sin formalidades, de ir nuevamente descalzos por los jardines de Careggi, y de desembarazarse de todas las parafernalias que las fiestas de sociedad te obligaban a cumplir. Sin embargo, algo había cambiado en mí tras conocer el mundo del arte.

Aquel nuevo descubrimiento avivó mi interés por aquellas obras que había tenido la fortuna de ver en Fortefortezza y por sus autores, así como por lo que mi tía Lucrezia llamaba el mecenazgo de los artistas. Ella me repetía que el arte era lo que te hacía perdurar en la historia, y que era capaz de imaginarse a las futuras generaciones contemplando aquellos cuadros mientras se preguntaban quiénes eran las personas representadas en ellos.

–¿Cómo si no podrán interesarse por quienes ya no habitamos este mundo si no es a través del arte? –decía mi tía en más de una ocasión, algo que conseguía crispar a mi madre cada vez que lo escuchaba.

Con los días calurosos que tuvimos fue casi imposible que mi piel no adquiriera una tonalidad mucho más oscura de la que mi madre hubiera deseado, y eso que cada noche la impregnaba con una mezcla de polvo de arroz y leche de oveja caliente para evitar que pareciera una vulgar campesina.

El paso inexorable de los días también traía consigo nuestra próxima vuelta a Venecia.

Tres días antes de nuestra partida, sabiendo que pronto debería convertirme en mujer a ojos de mi madre, y consciente de que eso significaría mi marcha a las tierras de mi esposo, mantuve una de mis últimas conversaciones privadas con mi primo Lorenzo antes de convertirme en «esposa de».

Así pues, allí, en nuestro árbol, hablamos de miles de cosas prohibidas por la férrea educación de nuestras madres, comprobamos cuánto nos gustaba el calor de nuestros cuerpos cuando se acercaban, y probamos besos, y aprendimos que eran capaces de hacer arder nuestro interior y empujarnos a desear algo que ninguno de los dos se atrevía a probar, pese a habernos jurado que aquel beso dado en la noche de las brujas iba a ser el último.

La noche del 29 de junio nos encontramos por última vez en nuestro amado árbol. Allí, bajo la tenue luz de un par de velas, Lorenzo me sorprendió con esta pregunta:

–¿Me quieres, Costanza?

–¿A qué viene esa pregunta? Claro que te quiero. ¿Acaso dudas de que eres mi primo preferido? –contesté algo ofendida.

–¿Quieres casarte conmigo? –volvió a preguntar.

–¿Estás loco? Ya estoy desposada, y tú pronto lo estarás –dije sorprendida.

–Sé que, por el bien de nuestras familias, los dos debemos casarnos con personas a las que ni siquiera conocemos. Lo acepto, pero sé que jamás dejaré de amarte. Como prima, pero también como mi mejor amiga y compañera. Aquella con la que puedo ser yo mismo. Con la que no tengo que fingir. A la que puedo decirle las cosas que pienso sin temor a que se ofenda, y con la que tengo la confianza suficiente para que si esto alguna vez ocurre, ella pueda contármelo sin ningún miedo a mi reacción –explicó mientras yo le escuchaba obnubilada.

–¿Crees que eso debería ser el matrimonio? –pregunté.

–Lo creo. Pero sé que la sociedad en la que vivimos no está preparada. La verdad es que dudo si algún día lo estará –dijo bajando la cabeza.

–¿Me quieres, Lorenzo? –fui yo quien preguntó esta vez.

–Con toda mi alma –contestó.

–¿Quieres casarte conmigo? –le dije imitándole.

–Por supuesto, pero sólo si tú también lo quieres.

Y aquella noche, vestido él con un simple calzón, con su cuerpo medio desnudo y sus pies descalzos, y yo, con un vestido fino que dejaba entrever mi cuerpo bajo la tela, Lorenzo de Alario y Costanza Contanti se convirtieron a ojos de Dios en marido y mujer, bajo una unión indisoluble, pactada con un gran beso que encendió nuestra pasión, que dejamos fluir hasta que Lorenzo se dio cuenta de que no quería ser él el causante de que mi marido me repudiara por no ser ya doncella. Y fue lo bastante hombre para no transgredir esa frontera aunque los dos nos moríamos de ganas, aunque nuestra respiración sonara como el resuello de un caballo de carreras tras una larga marcha, aunque nuestros cuerpos temblaran y no de frío, precisamente. Y así, con la entereza que sólo un hombre hecho y derecho puede tener, nos mantuvimos abrazados, acariciando nuestros cuerpos, besándonos en alguna ocasión, pero conscientes de que ninguno de los dos podía permitirse rebasar la frontera que la sociedad nos había impuesto para desgracia nuestra.

ENRICO ACADE

Mil cuatrocientos sesenta y tres iba a ser un año lleno de descubrimientos para mí, aunque el día que cumplí quince años, aquel 12 de enero, aún lo desconocía.

Aquella mañana desperté con una sonrisa cuando mi madre me levantó de la cama con un paquete de medidas imperfectas, envuelto en papel y con un gran lazo rojo que mi esposo me hacía llegar desde Castelforca por mi aniversario. Medio dormida aún, me pasé un trapo de lino mojado por la cara para despertarme del todo, y en cuanto mi madre corrió las cortinas para que entrara la luz de la mañana, pude comprobar que el paquete era demasiado grande para ser una nueva joya que completara mi ajuar, y que su forma, más bien algo extraña, no parecía la de un regalo convencional.

Mi curiosidad insaciable hizo que, tras solicitar permiso a mi madre, deshiciera el gran lazo rojo y arrancara literalmente el papel con el que venía envuelto, para encontrarme con el más delicioso y bello laúd. Su forma era perfecta, y la madera había sido pintada en color blanco satinado, algo inusual en Venecia. En el lateral del instrumento se habían añadido en relieve unas perfectas tallas que representaban pequeños pájaros en los que, de tan idénticos a la realidad como eran, podías reconocer sin problemas un estornino negro, con sus características plumas algo levantadas en la cabeza y su pico amarillo, o un mirlo de ojos redondos, cuyo plumaje azabache resaltaba con el pico anaranjado. Entre aquellas maravillosas tallas, también reconocí la blanca y preciosa curruca capirotada, que tenía parte de su cabeza y su pico de color bruno; el zorzal de barriguita anaranjada, o incluso una preciosa golondrina negra con su estómago blanco. Era tal la delicadeza de esos pajarillos que era como si en cualquier momento pudieran abrir sus alas y echar a volar.

Me quedé impresionada por el regalo, un instrumento de hombre a ojos de mi madre, y por las palabras de mi progenitora que, tras leer la misiva de mi esposo, dijo:

–El descaro de tu esposo no es de mi agrado. Si no fuera porque el contrato está cerrado y no quiero que se dude de nuestro honor, cancelaría la boda.

Dicho esto, arrugó la nota en su puño, la tiró sobre la cama, y salió de la habitación. ¿Qué horribles palabras había escrito mi esposo, un hombre honorable, para ofender hasta la médula los sentimientos de mi progenitora? Cogí el trozo de papel y leí sus palabras, sin poder dejar de sonreír:

Mi estimada doncella

Cuento los días para vuestro traslado a mis tierras.

He querido pensar que al ser el laúd un instrumento prohibido por vuestra madre, debe de ser vuestro favorito. Por ello, hice que fabricaran el que ahora recibís, esperando que sus dulces notas acompañen nuestras veladas.

Deseo deciros cómo serán nuestras jornadas, pues sueño con ellas cada noche, más no oso poner todo aquello con lo que sueño, pues de bien seguro será vuestra madre quien lea primero mi carta y no quiero que me tenga en baja estima antes de tiempo.

Sé que aún no podéis amarme, pues apenas me conocéis, aunque sé que algún día lo haréis y nos convertiremos en dos personas unidas por un mismo destino.

Vuestro esposo que ya lo es,

ODDANTONIO DE FONDASINI,
duque de Castelforca

¡Qué desfachatez la de mi esposo! Decirle a mi madre sutilmente que dejara de cotillear los regalos enviados por él a su futura esposa. Pero por otro lado, qué descaro más dulce llegó hasta mi corazón para cubrir mi rostro con una sonrisa que sólo escondía por si mi madre entraba de nuevo. Releí la carta. ¿Qué había en ella que no me cuadraba, aparte de las palabras un tanto indecorosas hacia mi progenitora? Recordé que en el libro de griego se hallaba la primera misiva de Oddantonio, la cogí y cuando la coloqué junto a la carta que acompañaba al laúd, me di cuenta de que eran completamente diferentes. Era el mismo tipo de papel y llevaba el sello con el blasón familiar en el lacre rojo, que sólo el duque podía usar, ya que únicamente él poseía el sello familiar, pero la letra era diferente, el saludo también, incluso la forma en la que estaban escritas las palabras distaba mucho de la primera nota, cosa que me hizo dudar de si había escrito alguna de las dos cartas.

¿Quién era mi esposo en realidad?

Pronto iba a descubrir todo lo relacionado con mi nueva vida, pues no podía ocultar por mucho más tiempo mi condición de mujer plena. Mi madre comenzaba a murmurar que si este año no me venía el sangrado consultaría a las parteras para que me hicieran un reconocimiento; ellas, indudablemente, descubrirían el engaño y me alejarían para siempre del cariño de mi progenitora.

Tras la marcha de Francesco, y después del comentario jocoso de mi tía sobre el hecho de que mi madre estuviera despachando en la tienda como una vulgar trabajadora, todo cambió en casa, ya que tuve que ser yo la que sustituyera a mi madre como ayudante. De aquel modo comencé a vivir en un mundo más real, saliendo de allí donde se me había escondido para protegerme de cualquier tentación que el demonio pudiera interponer en mi camino. La vida diaria de la ciudad abrió mi mente a mundos nuevos para mí. Descubrí el modo de tratar a la gente atendiendo a su rango; las sonrisas falsas y los elogios, que tanto gustaban a los nobles y ricos comerciantes; la picardía y complicidad, que sorprendía y agradaba a los mercaderes y socios de mi padre; las sonrisas francas, abiertas y auténticas, que complacían a los trabajadores más míseros, y que me saludaban cuando pasaban por delante, por supuesto sin atreverse a entrar, y la caridad y bondad hacia los pequeños raterillos, a los que les ofrecía los duros mendrugos de pan que ni siquiera Ruth ya usaba, pero que para ellos era, a veces, el único manjar de todo su día.

Sí, todo fueron maravillosas experiencias para mí: una doncella a la que ni siquiera le estaba permitido asomarse al balcón, pasó a mirar directamente a los ojos a los grandes señores de Venecia, a rozar sus manos cuando entregaba las joyas, a escuchar sus elogios hacia mi belleza, y a sentir sensaciones que jamás en la vida había experimentado, como el orgullo que me invadía al oír sus bonitas palabras, cuando hablaban de la belleza de mi mirada, de la suavidad de mis manos, o de la maravillosa blancura de mi piel.

Si bien jamás comenté con mis progenitores aquellas palabras que a sus oídos hubieran sido una ofensa para ellos dado que yo era aún doncella, y un agravio para el duque, pues ya era una mujer desposada, cada día me iba a dormir con la sensación de ser la muchacha más bonita de Venecia, cosa que ayudaba a que Morfeo me acogiera entre sus brazos con una sonrisa en mis labios.

Mi hermano Francesco volvió de su viaje a Euripos cargado de regalos para todos. Ricas sedas para mi madre; especies raras para Ruth; y un sinfín de piedras preciosas para mi padre, que comenzó a ver en la afición de su hijo mayor un posible negocio para su tienda; e incluso nuevas herramientas para Flavio; juguetes griegos para mi hermana, y por supuesto, aquello que tanto valoraba yo, copias traducidas al latín de los escritos de los filósofos griegos, así como recetas orientales de belleza, y todo lo necesario para poder elaborarlas.

Pero si bien mi padre comenzó a ver con buenos ojos la profesión de mi hermano, lo que terminó de convencerle fue el último regalo que Francesco le ofreció, ya que durante aquel viaje su primogénito había conocido a un mercader que trataba con navegantes que viajaban a una nueva tierra llamada Guinea. De allí consiguió un metal con el cual sólo se realizaban piezas para la más alta nobleza, aquellas que llevaban los mismísimos reyes: oro. El enfado de mi padre con mi hermano se fue diluyendo a medida que miraba aquel metal. Si bien no había sido del agrado de nuestro progenitor que su heredero decidiera tomar su propio camino, después de aquel viaje, en el que Francesco le ofreció a mi padre todas aquellas mercancías a muy bajo coste, sí que tomó una decisión que nos alegró sobremanera: su hijo mayor podía volver a vivir en su hogar.

Pero las sorpresas no habían terminado, y de aquel viaje mi hermano había traído también consigo una rara mercancía. Cuando la llamó por su nombre, surgió de las escaleras del salón, donde había estado esperando, una muchacha de piel algo oscura que vestía una túnica de color granate, cerrada con un cordel dorado sobre su cintura. Me fijé en lo extraño que era su calzado, pues unas cuerdas amarraban a su tobillo la suela de cuero de su sandalia. Francesco nos contó que había ganado a Sitti, como así se llamaba, jugando a las cartas, y que era su obligación ahora cuidar de ella. Cuando mi padre le preguntó cómo la había traído hasta Venecia, puesto que de todos era conocido que las mujeres tenían prohibido subir a los barcos, Francesco dijo que Sitti no era considerada una mujer, sino una simple mercancía que había viajado en las bodegas. Inmediatamente pensé cuán injusto era eso para una muchacha que había sido arrancada de su tierra y trasladada a la fuerza, pero no se me ocurrió decir nada pues tampoco nadie me había pedido opinión.

–¿Cómo pretendes tú cuidar de esta muchacha? –preguntó algo preocupado mi padre.

–La verdad es que no he pensado en ello –contestó mi hermano.

Me acerqué casi deslizándome a mi madre y quise susurrarle mi idea. Sin embargo, antes de que pudiera decir nada, mi padre me preguntó directamente:

–Costanza, ¿acaso tienes algo que decir, muchacha?

Me quedé perpleja de que en una conversación entre hombres adultos, mi padre quisiera escuchar lo que yo tenía que decir y no supe reaccionar.

–¡Vamos, hija! ¡Dime! Cualquier idea, incluso la de una mujer es válida en esta problemática.

–Padre, pensaba que Sitti podría formar parte de nuestro servicio y ayudar a Ruth en la casa. Podría ir al mercado o ser nuestra ayuda de cámara. Cuando yo marche, madre necesitará ayuda.

Mi padre se quedó pensativo, me miró, miró a Sitti, y le preguntó en su más que modesto griego:

–¿Hablas véneto o latín, muchacha?

–Hablo su lengua, señor. Uno de mis amos me enseñó vuestra lengua –contestó Sitti con su acento peculiar.

–¿Cuántos años tienes? –volvió a preguntar mi padre.

–Catorce, mi señor.

–¿Y cuál es tu religión?

Sitti no contestó, y mi padre añadió:

–No te preocupes, mujer. Ruth es judía y vive con nosotros, aunque no profesa su fe en esta casa. Aquí eres bienvenida aunque seas morisca.

–No soy morisca, señor. Mi primer amo era árabe, el segundo ortodoxo, y su hijo es el tercero, así que ya no sé cuál es mi fe.

Mi madre se santiguó por tres veces, como cada vez que creía que el diablo se cruzaba en su camino. Miró a mi padre fijamente y él respondió, como si le hubiera leído el pensamiento:

–Ahora serás cristiana, mi esposa se encargará de enseñarte nuestra fe. Estarás al servicio de nuestra casa. Se espera de ti diligencia, servidumbre, fidelidad y buena disposición en las tareas que te encomendemos. Dormirás con Ruth, y mañana, tu señora te dirá cuáles son tus labores.

Mi madre se acercó a su esposo y le susurró algo al oído. Este, mirándole con extrañeza, como si no comprendiera a su mujer, le preguntó si estaba segura, a lo que ella asintió.

Todos estuvimos en vilo, ansiosos de saber aquello tan sorprendente que había decidido mi madre, quien siempre transmitía sus ideas en susurros, para que así mi padre pudiera decidir sin verse obligado a aceptar sus pensamientos. Cuando padre se levantó para estar a la altura de Sitti, miró a la muchacha de piel oscura y dijo:

–Mi hija Costanza es doncella desposada y pronto va a convertirse en duquesa de Castelforca. Ella jamás ha tenido una ayuda de cámara y por ello, para que pueda acostumbrarse, tú te convertirás en su sombra. La vestirás, arreglarás su pelo, te encargarás de sus vestidos y la acompañarás donde ella tenga que ir, que no es más que a los oficios religiosos o a alguna celebración oficial a la que sea invitada como futura duquesa. Tengo demasiado trabajo, mi esposa debe atender a su propio hogar, y sus hermanos no pueden hacer de escolta cada vez que tenga que salir de la casa. Muchacha, ¿sabrás hacer ese cometido?

Así fue cómo, después de la afirmación de Sitti, me convertí en una doncella con servicio propio, y aunque nunca aspiré a tener dama de compañía, cosa propia sólo de nobles, que aquella muchacha se convirtiera en mi acompañante significó un mundo nuevo para mí, una vida llena de libertad en la que ya no tendría que pedir a mi padre o a mi hermano Flavio que me acompañaran a los pocos lugares donde se me permitía asistir: las reuniones con las mujeres más pudientes de Venecia, las meriendas de los jueves a las que asistía gran parte de la nobleza de la Romaña y a los diversos oficios religiosos.

Debía aprovechar aquella libertad ya que pronto tendría que anunciar a mi madre que ya era mujer, y entonces volvería a convertirme en una prisionera en el hogar de mi esposo.

El frío invierno pasó y llegó la cálida primavera. Un tiempo de florecimiento, en el que las pocas casas de Venecia que disponían de patios ajardinados se llenaban de una explosión de flores de colores y aromas que se mezclaban con el fuerte olor del canal.

Durante aquellos meses la relación de ama-criada con Sitti se convirtió en una complicidad entre buenas amigas. Algunos lo atribuirían a la cercanía en nuestras edades, otros a las confidencias que le hacía cada noche sobre mi parecer de la vida, y otros a que nuestros caracteres eran parecidos, a pesar de haber nacido en lugares distintos y en una situación completamente diferente.

Recuerdo que me era difícil ordenarle nada, más bien se lo pedía por favor, pues seguía pensando que debía de ser muy duro que te arrancaran de tu tierra y de todo aquello que conocías para llevarte lejos, sin preguntarte si estabas de acuerdo. Realmente creía que Sitti y yo no éramos tan diferentes, ya que a mí tampoco nadie me preguntó si deseaba trasladarme a Castelforca, si quería casarme, o si aceptaba dejar toda la vida que conocía hasta entonces para vivir con un hombre al que no sabía si podría llegar a amar, a pesar de ser muy atractivo.

Tal como le había ocurrido a Sitti, Costanza Contanti tampoco podía elegir.

Tener a esa muchacha a mi servicio fue algo que jamás olvidaré. Gracias a nuestra amistad, tras aquellas pesadas reuniones con mujeres mayores que creían saberlo todo sobre el decoro, las buenas formas y las normas de la sociedad, pero que en las meriendas criticaban sin mesura a quien estuviese ausente, nos acostumbramos a caminar lentamente de vuelta a casa, convirtiendo aquellos momentos en deliciosos paseos de media tarde por la piazza San Marcos. Ninguna mirada de mis protectores padres nos acechaba, y eso suponía tener absoluta libertad de hablar con alguien sobre tierras extranjeras que yo jamás vería, sobre costumbres diferentes, formas de hacer las cosas muy dispares a las que yo estaba acostumbrada, y, por supuesto, sobre el sexo opuesto, pues a pesar de ser un año más joven, Sitti, al haber pasado por varios dueños, disponía de información privilegiada sobre a lo que a mí tanto me intrigaba.

Yo sabía que pronto debería decirle a mi madre que ya era mujer, pues si bien el secreto seguía a buen recaudo entre Ruth, yo, y ahora Sitti, mi cuerpo seguía su curso en un crecimiento imparable. Mis pechos comenzaron a crecer, convirtiéndose en un par de redondos, altos y tersos senos, que apenas podía esconder bajo los vestidos. Mis caderas se ensancharon, poniendo unas curvas de mujer allí donde antes nada había, el vello en mis axilas y en mi pubis apareció paulatinamente, aunque Sitti me mostró una manera de hacerlo desaparecer mediante la aplicación de una antigua receta egipcia, a la que ella y sus congéneres griegas llamaban cera de azúcar, que se componía de una mezcla de azúcar, agua y limón. Si bien era una pasta difícil de hacer, pues los cítricos escaseaban en Venecia, gracias a su soltura Sitti no tardó en trabar amistad con mercaderes que comerciaban con navegantes catalanes, que nos abastecieron de aquella fruta. Así pudimos hacer aquel mejunje que se quedaba pegado a la piel de tal modo que, al dar un doloroso estirón, el pelo se enganchaba a él, desapareciendo por completo del cuerpo femenino.

La primavera era mi estación favorita. Los días más largos, las cálidas temperaturas, el buen humor de mi padre por la cercanía de la época de las bodas y de las grandes ventas de joyas, todo aquello llenaba mi corazón de júbilo de tal manera que incluso mi madre me advirtió de que hiciera el favor de ser más comedida con mis sonrisas en la tienda. Había notado que cada vez se acercaban más caballeros solos que acompañados de sus esposas, cosa que podría dar pábulo a que se crearan rumores malintencionados sobre mi manera de tratar a los varones.

Pero aquella mañana, ni siquiera las palabras de mi madre podían alterar mi humor, y aunque le prometí adoptar una actitud más seria con los clientes, no pude dejar de sonreír ante el saludo de varios caballeros, pues muchas veces ni siquiera venían a comprar, sino a verme a mí.

Mi felicidad también se acrecentaba debido a que por fin había podido guardar los vestidos de invierno, aquellos que aprisionaban mi cuerpo entre terciopelo, mantos de piel y capas tupidas recubiertas de pelo de conejo que me hacían constantemente cosquillas en el cuello. Los vestidos de primavera eran bastante más livianos desde que Francesco trajo sedas y tules de colores de sus viajes. Aquel año, al ver mi madre cómo había cambiado mi cuerpo, aunque sé que se preguntaba el porqué de aquella transformación inesperada, había mandado realizar un par de trajes con aquellas nuevas telas llegadas de tierras lejanas.

Aquella mañana me sentía la muchacha más bonita de Venecia. El vestido de seda interior se vislumbraba por las aberturas de las mangas abombadas de color azul oscuro, que quedaban unidas al vestido exterior por unos lazos de satén brillante a juego con la cinta negra que ataba en zigzag el escote de mi vestido anaranjado que cubría mi bonito pecho. A pesar de ser un día como otro, con el mismo tipo de clientela monótona, me sentía feliz y algo eufórica, no sé si por el sol, que entraba a raudales por la puerta de la tienda, si por la música del laúd de un trovador, que me acompañaba desde la calle, o por una idea que tenía en mente: la llegada de uno de los pocos baños que una dama podía tomar, donde quería probar la nueva receta de jabón que Sitti y yo habíamos elaborado a escondidas de mi madre, a partir de una vieja receta griega. Mientras pensaba en el aroma intenso con el que cubriría mi cuerpo dentro de unas semanas, me encontré de nuevo con una realidad olvidada cuando a mis espaldas escuché una preciosa y añorada voz que me saludó diciendo:

– Hola, bella señorita, ¿cómo estáis?

Juro que mi corazón dio un vuelco dentro de mi pecho y no pude por menos que sonreír abiertamente cuando al volverme me encontré con mi bello Enrico. Había regresado al fin, y a pesar de que los meses de separación habían conseguido que olvidara su rostro y la atracción que por él sentía, todas esas sensaciones volvieron de repente, atorando mi mente, y sólo acerté a decir:

–Mi señor Enrico. Qué alegría veros de nuevo. Mi padre ya estaba a punto de abrir el sobre para enviar la máscara a su destino.

–Veo que os satisface mi vuelta, señorita. Los años os han tratado bien, estáis verdaderamente hermosa.

Estoy segura de que me ruboricé al oír sus palabras. Mis mejillas ardían y creo que incluso me temblaban las manos. No sabía qué hacer, si mirarle a los ojos o bajar la mirada, el caso es que no podía dejar de sonreír. Aquel hombre tenía el don de desconcertarme y apagó mi sonrisa al decirme:

–Espero que aún se me permita elogiaros con estas palabras corteses, a pesar de estar hablando con la futura duquesa de Castelforca.

¿Cómo sabía Enrico lo de mi futuro título? ¿Cómo conocía la buena nueva de mi próximo enlace con el duque? ¿Tan lejos llegaban las noticias de un enlace nobiliario? ¿Hasta tan lejanas tierras? Y así se lo pregunté aprovechando la sinceridad que siempre le había profesado, sabiendo que ninguno de mis progenitores escucharía aquellas palabras descorteses:

–Sí que estáis bien informado, mi señor Enrico. Es curioso que las noticias viajen tan deprisa.

–Mi señora, un enlace de esa categoría merece ser noticia. Vuestro esposo es un hombre afortunado, pues bien sabe todo el mundo que la señorita Contanti es una de las más bellas damas de Venecia.

–Me aduláis, mi señor –dije dedicándole una estudiada caída de ojos que hizo que se le erizara la piel.

No pude poner en práctica ninguna de las otras técnicas de seducción que había practicado con Sitti, pues mi padre salió de la tienda al escuchar nuestras voces.

–Señor Acade. No sabéis cuán contento estoy de vuestra vuelta. Pensaba ya que no ibais a volver –dijo mi padre estrechándole la mano.

–Maese Contanti, agradezco su recibimiento. Supongo que la máscara estará lista para poder llevármela –contestó él.

–La máscara está terminada, y bien puedo decir que es uno de mis mejores trabajos. Será un regalo bellísimo para una dama a la que supongo aún más bella. ¿Consideraríais descortés si pregunto quién va a ser la afortunada?

–Me parece descortés, mi señor, pero aun así puedo contestaros que es un regalo para la dama que siempre he esperado, para la mujer que he amado sin conocerla, aquella con la que desearía pasar el resto de mis días, la que querría que fuera lo último que vieran mis ojos el día en que tenga que abandonar este mundo –contestó Enrico dejándonos a todos anonadados por aquella bellísima contestación.

Mi padre entró de nuevo en el taller para ir a buscar el encargo y yo me quedé mirando obnubilada a aquel atractivo joven, viendo de repente en él algo que ocultó toda su desfachatez, su mala educación y su descaro bajo una leve sombra de amor. Siempre había dudado de si él era el enmascarado de la piazza San Marcos, aquel que me había robado la pluma roja. Pero ahora, al escuchar aquellas bellas palabras, pronunciadas con tanta sinceridad, me quedé pensando que sólo un verdadero caballero puede alcanzar a decir esos hermosos vocablos al hablar de su verdadero amor, y deseé ser yo la depositaria de aquellos versos, aunque mi mente me decía que otra era la afortunada.

Mi padre volvió con la máscara. Era un trabajo espectacular. Las plumas de cisne le conferían un aire elegante y noble al unirse a la fina tez de porcelana de la colombina, y los pequeños diamantes, que delimitarían el pómulo de la afortunada, le daban la categoría suficiente para ser un regalo digno de una princesa. Mi progenitor marchó de nuevo dentro del taller para ir a buscar el cambio, y me ordenó que envolviera aquel objeto de belleza.

Así lo hice, procurando no estropear las preciosas plumas, y aprovechando que mi padre aún no había vuelto hice algo que jamás debí hacer. Cuando ofrecí el paquete al señor Enrico rocé sutilmente su mano con la mía. Por supuesto, yo buscaba su reacción, así que acompañé ese movimiento con una mirada de reojo llena de sensualidad. Él me asió la mano con fuerza para que yo no la retirara. Su mano era fuerte, pero su piel tan suave como la de una mujer. Dejé que me cogiera de la mano y, por supuesto, que la acercara a sus labios y depositara en ella un beso. Un beso que reconocí, esta vez sin sombra de duda, como aquel que un día un enmascarado me dio bajo la protección de una *larva* de carnaval. Sonreímos. No podíamos hacer nada más, con las miradas nos dijimos lo que no podíamos expresar en voz alta.

Mi padre volvió a salir con un saquito de cuero, se lo entregó a Enrico y lo acompañó hasta el puente. No me entristecí. Sabía que ahora que él había vuelto no podía ser ese nuestro último encuentro.

Aquella noche, durante mis confidencias con Sitti, le conté

absolutamente todo lo relacionado con Enrico, y compartí con ella mis dudas sobre el enmascarado. Había pasado el tiempo, y así como mi cuerpo y yo misma habíamos cambiado para mejor, él también se había transformado en un hombre hecho y derecho de veintiocho años. No sabía qué me había impresionado más de nuestro encuentro, si su piel curtida por el sol, su nueva y cuidada barba, que recorría recortada sus labios y su boca, sus manos suaves pero grandes o sus preciosos ojos oscuros, casi negros, tan penetrantes que parecía que pudieran leer mi alma y mis deseos más profundos. A pesar de saber que adorar a ese hombre me convertía en una pecadora, yo, Costanza Contanti, le adoraba. Me gustaba su sonrisa que, a pesar de ser la de un hombre adulto, aún mantenía todas las piezas de color blanco, gracias seguro a una de esas recetas que los hombres decían no usar por ser propio de mujeres. Me gustaba cómo me miraba, como si fuera la única persona que estuviera en la sala. Adoraba su olor, mentolado en su boca y a *limoncello* en su ropa, pues era inusual encontrar un hombre en Venecia que desprendiese buenos aromas. Y, sobre todo, me gustaba lo que mi cuerpo sentía cuando le veía, aquel cosquilleo que nacía en mi pecho y que poco a poco bajaba a zonas del cuerpo donde una doncella no debía sentir nada.

Durante la cena del día siguiente, don Acade volvió a ser tema de conversación, pues a mi padre se le ocurrió mencionar que había pasado por la tienda a recoger el encargo. Mi madre, que sin querer demostrarlo sentía la misma curiosidad que cualquier mujer, al final no pudo aguantar más y preguntó:

–Y bien, esposo, ¿averiguaste al fin para quién era esa magnífica máscara?

–Lo intenté, me dijo que era para la dama que amaba, pero no soltó prenda acerca de su nombre, aunque sí sé, pues me lo dijo al acompañarle hasta el puente, que en un plazo de dos años contraerá matrimonio con Castellana Balestrieri da Caltrano.

No sé si será ella la afortunada. Es un regalo demasiado bello para una mujer de trece años, que será la edad que tenga el día que contraigan la unión.

El silencio llenó la estancia. Nadie dijo nada, pero todas las miradas se clavaron en mí, pues aunque no alcé la vista de la escudilla de sopa, podía notarlas. De alguna forma sentía una fuerza que me obligaba a alzar la mirada para encontrarme con la de mis progenitores, que debían preguntarse por qué teniendo yo ya quince años aún seguía en la casa familiar. A pesar de aquel tenso momento, no podía hacer nada más que pensar en el profundo e inesperado odio que empezaba a aflorar en mi alma por la tal Castellana. La odié sin conocerla, la odié por tener la suerte de poder casarse con un hombre tan bello, a pesar de ser menor que yo.

Era un sentimiento incontrolable que tuve que dominar durante los días siguientes para que mi humor no se agriara en demasía, y tuve suerte de poder contarle a Sitti lo que sentía, pues ella, con sus bromas y sus burlas hacia la pobre chica que nada me había hecho, consiguió que se convirtiera en el blanco de todos nuestros escarnios; lo más suave que pensamos sobre ella era que se trataba de una pobre coja jorobada a la que habían encasquetado a un hombre de buena familia, ofreciendo una dote millonaria para que alguien se la llevara de la casa paterna.

Los días pasaron y el tiempo seguía acompañando esas jornadas apacibles. Mi vida, a pesar de tener que despachar en la tienda, no era para nada dura. Combinaba mis clases con el trabajo, e, incluso, mi padre, consciente de que necesitaba un tiempo a solas para huir de la presión de mi madre, me permitía dar largos paseos hasta la piazza San Marcos, eso sí, siempre acompañada de mi fiel Sitti.

Lo que mi padre desconocía era que Sitti no era la típica criada que informaba de todo lo que hacía la hija de sus amos, sino que, con la confianza que nos teníamos, jamás comunicaba mis tentativas de seducción, cuando, en ocasiones, probaba sobre los trabajadores las miradas estudiadas que conseguían el propósito para las que habían sido emitidas, que no era otro que volverles locos de pasión.

Una dama como yo, y menos una que iba acompañada por una criada extranjera, nada tenía que temer de la reacción de aquellos hombres, pues jamás ningún trabajador hubiera osado dirigirle la palabra a una mujer de mi estatus, ya que sabían que en un careo ante la justicia tenía todas las de ganar. Por ello, aprendí el arte de la seducción con la mirada y con mi sonrisa, pues a pesar de no poder decirme nada, aquellos hombres se morían de ganas de hacerme suya. Con la malicia de alguien que se siente a salvo, pero también con la inocencia del desconocimiento de que existían hombres a los que les daba igual ser apresados siempre que consiguieran aquello que anhelaban, continué con aquellos peligrosos juegos... hasta aquella tarde en que un par de rudos marineros comenzaron a seguirnos en nuestro paseo, abrumados por mis lascivas miradas. Cuando Sitti y yo nos dimos cuenta de que nos seguían, las sonrisas se desvanecieron de nuestros rostros; a pesar de apretar el paso por la riva degli Schiavoni, estábamos verdaderamente asustadas por las indecentes palabras que aquellos tipos nos profesaban explicando con demasiado detalle aquello que nos iban a hacer si nos daban alcance. Por suerte, pronto entramos de nuevo en la piazza San Marcos y llegamos al *palazzo* del Doge, donde se encontraban apostadas varias patrullas de guardias que defenderían nuestro honor en caso necesario.

Sé que no debimos tentar a aquellos hombres con nuestras miradas. Lo sé porque nos dimos cuenta de lo peligroso que era ese juego, pues pese a las leyes escritas y a las normas del decoro un hombre era siempre un hombre, y de vez en cuando podía convertirse en un animal ansioso por atender sus necesidades más básicas.

Aquel día comprendí por qué todos los hombres santos insistían en que el perfecto estado de una mujer era el de casada. Aun así, una vocecita interior se negaba a callar y seguía preguntando cómo podían opinar sobre el matrimonio si era un estado al que ellos jamás deberían enfrentarse. Y esa conciencia algo maléfica también cuestionaba cómo podía opinar la iglesia sobre la vida de las mujeres si su único papel en la religión era ser madres devotas y esposas fieles.

¿Cuántas veces me he preguntado a lo largo de mi vida qué hubiera sido de mí si hubiera conocido los acontecimientos que el futuro me tenía reservados? De haberlo sabido, ¿acaso habría salido de casa aquel 21 de abril?, ¿habría realizado el mismo trayecto?, ¿habría dado los mismos pasos? Ahora sé que es inútil preguntarse qué hubiera pasado si... Pero mi mente sigue indagando cuántas cosas de nuestro pasado dejaríamos de hacer si se nos transparentasen las consecuencias de nuestros actos.

En casa, hacía semanas que se escuchaban palabras como convento, orden religiosa y vida monacal. Estando yo desposada, con Francesco aceptado como navegante y con Flavio convertido en el heredero de la joyería de mi padre, aquellas palabras sólo podían significar que el futuro de mi hermana Ginevra estaría en uno de los conventos de monjas que había en la ciudad.

Creo que ella desconocía su futuro, y aunque yo sabía que iba a echarla mucho de menos, también estaba convencida de que no iba a poder ocultar mi secreto durante mucho tiempo más, y de que debía despedirme tanto de ella como del resto de mi familia. Así que, pensando en el carácter dulce, sumiso y bueno de mi hermana, no dudé en creer las palabras de mi padre cuando a escondidas le oí decir que el convento era la única opción para Ginevra: además de constituir un beneficio para la familia en tanto que vinculaba nuestro nombre a la rama eclesiástica, ya no quedaban nobles con quien casarla, máxime porque con mi boda, y a pesar de que la joyería era un negocio boyante, las arcas familiares se habían quedado un tanto mermadas, o al menos lo suficiente como para no poder reunir una buena dote que le procurase a mi hermana un buen matrimonio.

Recuerdo el disgusto de mi madre al decirle que sería Sitti quien me bañara aquella vez, aunque aceptó mis deseos delante de la criada para no faltarme al respeto en su presencia. Cuando, sin otra compañía que Sitti, me sumergí en la tinaja de madera llena de agua hervida del canal a la que se le había añadido agua fría, me sentí realmente libre. ¿Era eso lo que se conseguía al hacerse uno mayor? ¿La independencia de hacer las cosas como realmente una quería? ¿Era aquello lo que me ofrecía una vida regalada como esposa del duque de Castelforca? No quise pensar demasiado en aquel momento, y Sitti consiguió distraerme al sacar de debajo de mi catre aquellos pedazos cuadrados de jabón griego que sumergió en el agua caliente. El intenso aroma de las pequeñas flores lilas de lavándula y el dulce olor de las flores blancas del sytrax, al que Sitti llamaba benjuí, inundaron la estancia de un delicioso perfume a jardín florido. Cuando cogí entre mis manos uno de aquellos cuadrados, comenzó a manar una espuma que provenía de las flores de color rosa pálido de la saponaria con la que había cubierto mi piel, y aquel bálsamo hizo que mis manos se deslizaran por mi cuerpo con tanta delicadeza que pronto tuve que parar, pues el cosquilleo que sentía cuando veía a Enrico comenzó a aparecer bajo las caricias de mis propias manos.

Hacía meses que mi madre había decidido que para seguir la moda de la ciudad, podía teñir mi cabello con el famoso color al que llamaban hilo de oro, que se conseguía con esencia de hojas de hiedra y ceniza de raíz de ruibarbo. Aquella receta, que hacía que mi melena, ya de por sí bastante rubia, tuviera unos maravillosos destellos dorados, agudizó su efecto tras lavarme el pelo con el jabón de la receta griega, lo que me permitió exhibir unos brillos espectaculares en mi cabeza.

Aunque mi madre respetó la intimidad del baño, entró antes de que me vistiera. No lo dijo, pero yo sabía que su presencia obedecía al hecho de comprobar in situ si mi cuerpo seguía cambiando. Por suerte, hacía dos días que Sitti me había depilado el pubis y las axilas, y estas aparecieron delante de mi madre sin pelo alguno, demostrándole que aún seguía siendo niña. A punto estaba mi madre de salir de la alcoba, cuando se volvió, y husmeando el aire, como si de un can se tratara, dijo:

–¿Qué tipo de aroma es ese olor dulce que se aprecia en el aire?

Sitti y yo nos quedamos mudas de repente, yo temía el enfado de mi madre si le contaba que había fabricado jabón con mis manos, y Sitti que mi madre la tachara de bruja por realizar una receta que dejaba la piel tan fina que podías deslizar la mano por encima como si se tratará de un recién nacido.

–Costanza, ¿qué has usado para lavarte? –siguió preguntando mi madre.

Callé de nuevo, aunque Sitti, más valiente que yo, contestó:

–Mi señora, espero que no le desagrade, añadí al agua unas semillas de benjuí que trajo su hijo, el señor Francesco, de uno de sus viajes, de ahí viene el olor dulce.

–¿Crees que mi hija puede salir a la calle oliendo a pastel? –indagó algo enfadada mi progenitora.

Pero como la inteligente Sitti supo callar cuando debió hacerlo, mi madre, sin darle más importancia, ordenó a la criada que jamás volviera a introducir nuevos aromas en el baño de su hija, y se quedó satisfecha cuando Sitti bajó la cabeza y le prometió que jamás volvería a hacerlo.

No pudimos más que reírnos, cubriendo nuestras bocas con las manos, cuando mi madre salió de la habitación. ¡Qué poco había faltado para ser descubiertas y qué cómplices nos sentíamos en aquel momento!

Parecía que todo fuera perfecto aquel soleado día, al menos hasta que Sitti me ayudó a vestirme, y nos dimos cuenta de que el vestido blanco de seda interior que hacía una semanas me quedaba perfecto, ahora me venía tan estrecho que mis pechos apenas quedaban cubiertos por la fina tela, viéndose voluminosos y plenos. ¿Cómo podía yo fingir con mi madre que aquellos portentosos senos pertenecían a una niña que aún no era mujer? Cualquier madre se hubiera dado cuenta, al menos cualquiera que no tuviera que elegir, ese mismo día, convento para su hija menor.

–¿Cómo te han crecido tanto? –preguntó Sitti algo alterada.

–No lo sé. Pero está claro que no puedo esconderlos más –contesté.

–Espera, creo que el vestido verde puede cubrir ese escote –exclamó Sitti rebuscando en el arcón la nueva prenda de primavera, aún por estrenar.

Cuando Sitti me abrochó las cintas de la espalda del segundo vestido, supimos que había llegado el momento de contarle a mi madre que ya era una mujer, pues a pesar de cubrir mis pechos con algo más de decoro, el traje dibujaba absolutamente cada una de mis curvas, muy bien proporcionadas para una mujer de quince años. Mi cuerpo, delgado y esbelto, se reflejaba en el cristal de la ventana, con unas fabulosas e insinuantes curvas de mujer que por primera vez en mi vida amé como jamás antes había amado. A pesar de mi fantástico aspecto nadie me miró mientras desayunaba mi escudilla de gachas con especias, cada vez más integradas en la cocina veneciana. Incluso mi postura había cambiado con aquel traje, tan entallado y estrecho que me obligaba a llevar la espalda completamente recta con el temor de que un gesto brusco rompiese la tela del vestido interior.

Aquella mañana pensé en Francesco, que había partido hacia la maravillosa tierra de Corfú, con la promesa de traerme un regalo especial para mi próxima unión. Pensé en el valor que había tenido mi hermano al enfrentarse a mi padre para luchar por sus sueños. Mi hermano Flavio, convertido en heredero, ya se preparaba con diecisiete años para mostrar a los maestros del gremio de joyeros su arte, y pese a no haber puesto el ojo en una mujer, era norma no escrita que debía casarse y convertirse en un hombre responsable para ser aceptado como uno de ellos. Pensé si el matrimonio para los hombres era un medio de apaciguar sus fuegos, de optar a una estabilidad que de otra manera no podían llegar a tener. La suerte de mis hermanos era que podían optar a algo que a mí no se me estaba permitido: eran libres para elegir a sus damas, e incluso al no tener títulos o tierras que heredar, podían casarse por amor, siempre y cuando esas mujeres estuvieran a la altura de su estatus.

¿Qué estatus tenía yo? ¿Podía ser noble siendo la simple hija de un joyero? ¿Acaso para convertirse en noble bastaba con tener dinero para la dote? Había disfrutado de una exquisita educación, y mi porte y mi gracia podían hacer sombra a cualquiera de aquellas damas nacidas entre la auténtica nobleza. Por suerte, también conocía la vida mundana de una ciudad como Venecia, sabía qué era trabajar, y tenía el suficiente desparpajo para poder hablar tanto con un obrero, que paga un joya de escaso valor a plazos, como con un marqués o un conde que decide ocultar sus infidelidades con una piedra preciosa para su mujer, una por cada dama que ha pasado por su lecho.

Todos aquellos pensamientos se desvanecieron al escuchar las palabras que mi madre le dirigió a Ginevra:

–Hoy, hija mía, conocerás tu futuro hogar. Es un lugar precioso, lleno de cantos angelicales, mujeres amables, jardines floridos, rayos de sol y una paz llena de todo el amor que ellas profesan a Dios.

No sé si Ginevra comprendió algo de aquellas palabras, pero sonrió, y quise creer que lo que contaba mi madre sobre el convento de Santa Maria degli Angeli era verdad, y que mi hermana encontraría en ese lugar la felicidad.

No sabía yo que aquel fuerte abrazo iba a ser nuestra despedida. Desconocía que aquellos besos fueran los últimos, y aunque hubiera podido imaginarlo, pues no era usual que mi padre dejara el taller para acompañar a mi madre a un convento aceptando sin rechistar la decisión de que nuestras dos criadas les acompañaran, no quise ver la realidad: mi hermana ya no iba a volver, no era sólo una visita, sino que mis padres la escoltaban para que no se sintiera tan sola. Si bien con el tiempo llegué a perdonar que mis padres no me comunicaran la marcha definitiva de mi hermana, siempre hubo en mi corazón una barrera que hizo que nuestra cercanía fuera una misión imposible.

Así pues, nos quedamos en casa mi hermano Flavio, Paolo, el aprendiz, que jamás salía del taller, donde vivía, y yo; esperé que aquel jueves no hubiera demasiados encargos para poder tener un día tranquilo.

Mientras disfrutaba del maravilloso sabor que las cenizas de romero habían dejado en la maceración del vino con el que cada mañana enjuagaba mi boca, una costumbre de las damas de rica familia para mantener la boca limpia y el aliento fresco, me di cuenta de que el sol alumbraba la tienda, llenándola de luz suficiente para poder leer con tranquilidad una de las últimas recetas de belleza que mi hermano Francesco me había regalado. Se decía de aquellos mundos orientales que existían princesas moriscas a las que encerraban en palacios de oro y plata, donde jamás les faltaba de nada, pero de los cuales nunca podían salir. Que sus vigilantes eran unos hombres fuertes a los que se les obligaba a deshacerse de sus «joyas» más valiosas, para que así no tuvieran deseos sobre las bellezas que guardaban, propiedad de un solo hombre, tan rico y poderoso como viejo. Todas aquellas historias que Francesco me contaba me inducían a pensar que la vida en aquellos lugares tan lejanos de mi querida Venecia no era tan diferente, pues a pesar de separarnos un ancho y vasto mar, todas éramos prisioneras en nuestras jaulas de oro, plata y cristal. Pensé que también allí, en Oriente, existiría una Costanza Contanti, e irremediablemente me puse a reír yo sola, al pensar que de existir, no se llamaría precisamente Costanza.

A pesar de mis deseos de disfrutar de un día tranquilo, fueron muchas las ocasiones en las que tuve que dejar mi lectura para otro momento. Las visitas me dieron la oportunidad de comprobar lo bien que me quedaba ese vestido, ya que los distintos clientes que entraron en la tienda dejaron de mirarme a la cara y desviaron sus ojos algo más abajo en numerosas ocasiones. Desconozco si fue el atuendo, el olor dulce e intenso de mi baño, o el nuevo perfume de agua de rosas y azahar con el que Sitti me había frotado el cuerpo, pero la caja donde se guardaba la recaudación del día, a media mañana, ya era mucho mejor que otras jornadas, cosa que seguro alegraría la vida de mi padre.

A media mañana, después de comer un pedazo de pan, algo de queso y un trozo de fiambre, y tras mantener una breve conversación con Flavio y Paolo, volví a la tienda dispuesta a enfrentarme a una tarde más monótona. Si bien era yo una persona a la que le gustaba soñar despierta, no sé por qué tuve que pensar en mi bello Enrico en aquellos momentos. No sé qué tenía ese hombre que mi corazón latía incontroladamente cada vez que le veía, mi boca se secaba y me olvidaba de todo menos de él. Pensaba cómo sería su torso bajo la casaca de vivos colores. Cómo serían sus brazos que se vislumbraban fuertes como sus manos, pero que a la vez eran suaves como la piel de un verdadero noble. Me hubiera gustado poder conocerle mejor, poder saber cuáles eran sus verdaderos pensamientos hacia mí, y tener la ocasión de haberle preguntado si fue él el ladrón de mi pluma roja. Si fue él el hombre del que me enamoré una noche de carnaval.

La voz de mi hermano me despertó bruscamente de mis ensoñaciones:

–¡Condenado diablo! –Debía de estar muy enfadado para maldecir de esa manera, pues Flavio no era persona proclive a alzar su voz sin motivo. Bien al contrario, normalmente era un buen niño que complacía los deseos de los demás sin rechistar. No tuve que aguardar mucho para saber lo que le había ocurrido, pues al entrar en el taller vi a mi hermano corriendo a golpes a Paolo, el aprendiz–. No es posible. ¡Maldita sea!

Yo seguía mirándole, y eso bastó para que soltara al muchacho. El aprendiz salió corriendo hacia su cuarto y se encerró para que Flavio no le pegara más, mientras entre sollozos le pedía perdón a su maestro. Algo terrible tenía que haber ocurrido para que mi hermano reaccionara de aquel modo, así que pregunté:

–¿Qué ha ocurrido, Flavio?

–Padre jamás volverá a confiar en mí. Le di la oportunidad a Paolo para que me ayudara en este importante encargo de don Albricio. Hemos de entregárselo a primera hora de mañana, y va a ser imposible, pues este botarate acaba de esparcir el último paquete de polvo de hierro por todo el taller.

–¿No se puede recoger?

–No, Costanza, es imposible, y si me acerco a la tienda de maese Giuliano para conseguir más polvo, no podré terminar las otras partes de la pieza.

–¿Por qué no va a buscarlo Paolo? Él ha sido el culpable, así que él debe ser quien arregle el desaguisado, ¿no?

–Así debería ser, pero creo que tras la paliza que le he dado tardará dos días en salir de su cuarto. Se encierra en su alcoba y no hay manera de convencerlo de que salga.

A pesar de la experiencia de mi hermano intenté convencer a Paolo que saliera de su reclusión voluntaria, aunque no hubo forma humana de conseguirlo, pues seguía en sus trece, incluso dejó de hablar con nosotros hasta que todo hubiera pasado. En verdad era un muchacho sumamente extraño y a pesar de que mi padre seguía diciendo que era como cualquier otro joven, yo creía que algo raro le pasaba.

–¿Crees que sería correcto que una dama fuera sola a buscar ese polvo de hierro? –exclamó de pronto mi hermano.

Le miré con cara de sorpresa. Al principio consideré que la idea era una locura, pero después, como pese a todas las advertencias maternales y sacerdotales deseaba saber qué ocurría si alguien como yo decidía acercarse al otro lado del puente, sin criadas ni hermanos que la acompañaran, tuve unos deseos irreprimibles de recorrer los escasos doscientos metros que separaban la tienda de don Giuliano y nuestra joyería. Un corto trayecto lleno de libertad.

–No sé en qué estaba pensando cuando te lo he propuesto, olvídate de ello, Costanza, no sería bueno ni para tu reputación, ni para la de padre –dijo Flavio.

–¡Espera, hermano! Mi reputación está a salvo, pues ya soy mujer desposada, y la de padre también, pues ahora soy responsabilidad de mi esposo y no de mi progenitor. Además, la tienda de don Giuliano se encuentra junto a la iglesia de San Salvador. Tan sólo he de cruzar el puente, seguir caminando recto hasta encontrar la sastrería del maestro Abramo, girar a la derecha y cruzar dos vías. Sé que siempre está llena de gente, pues dice padre que es quien tiene el mejor material pero, aunque tenga que esperar a que me atiendan, ¿cuánto puedo tardar?, ¿dos horas a lo sumo? No creo que padre y madre regresen en ese tiempo –dije rezando interiormente para que me dejara salir sola por primera vez en mi vida.

–Costanza, si te ocurriera algo malo me moriría –exclamó él demostrándome que me quería mucho más de lo que yo imaginaba.

–¿Qué me puede ocurrir? Si veo algo raro o me siento amenazada, juro que empezaré a gritar –dije con tal seguridad que mi hermano, viéndose entre la espada y la pared, accedió a que realizara ese encargo.

–Sobre todo, Costanza, no te pares, no hables con nadie, ni siquiera si le conoces. Camina rápido y no te desvíes. Por favor, hazlo por mí, vuelve de una pieza, si no padre me matará –dijo muy compungido mi hermano, cubriendo mi cuerpo con un chal de mi madre que se encontraba en el taller.

Pensé que era un regalo del cielo y no vi nada malo en salir sola. A pesar de saber lo que era la libertad desde la llegada de Sitti, aquella oportunidad única de caminar sin compañía por la ciudad era algo que ninguna dama experimentaba en Venecia; aun así, no me preocupé por las habladurías, pues siendo jueves de reunión era imposible que me cruzara con las damas de alta alcurnia. La tarde estaba ya avanzada cuando salí, pero los comerciantes seguían gritando entre los puestos de fruta y verdura para deshacerse del género que les quedaba. El puente estaba muy sucio por todos los desperdicios que los mercaderes habían tirado, y pensé que había sido una mala idea ponerme unos chapines tan bajos, pues mis pies limpios se impregnarían de los restos de las verduras y de los pescados que se amontonaban por el puente, pero de otra manera no hubiera podido mantener el equilibrio por mí misma. La cantidad de gente que cruzaba al *sestiere* de San Marcos era brutal: vendedoras con delantales sucios del resto de las mercancías vendidas; criadas que terminaban sus recados; comerciantes y mercaderes gritones y malcarados que discutían para cerrar un buen trato, e incluso algún raterillo desgraciado, que intentaba hacerse con las monedas de un rico señor o con alguna pieza de fruta que llevarse a la boca, cosa que hizo que instintivamente cubriera la bolsa de las monedas con mi mano a modo de protección. El tumulto en el centro del puente aún era más intenso, y un leve mareo, producido por los cientos de fuertes perfumes que allí se concentraban hizo que me desviara hasta la única barandilla que existía, justo en el centro, para poder respirar un poco de aire que no estuviera enrarecido por las fragancias y el olor a viejo de las paredes de madera que cubrían el resto de la pasarela. Aquella barandilla era el único lugar por el que el sol de media tarde iluminaba el camino, y recé para que ninguna galera a vela quisiera pasar en ese justo momento, pues hubiera tenido que dejar mi escondite para permitir que el puente se abriera y le dejara paso. Apoyada en la baranda, mientras cubría la bolsa de monedas con una mano, usé a modo de abanico la mano libre para tomar un poco de aire. El vestido me venía justo, y pronto tuve que deshacerme del chal de mi madre para poder respirar. Me di cuenta de que los rayos de sol, que cada vez estaban más bajos, me daban justo en la cara, y recordé las palabras que cada día me repetía mi madre diciéndome que era mi obligación mantener la piel de mi rostro blanca para ser siempre una dama. Me di la vuelta con ímpetu, como si ese sol pudiera quemar mi pálida tez, pero jamás pensé que fuera a encontrarme en aquella marabunta de gente con un jubón azul, bordado con hilo dorado e impregnado de un suave aroma de hierbabuena y *limoncello*.

–Hola, bella señorita, ¿cómo os encontráis?

No sabía qué hacer. Flavio me había rogado mil veces que no hablara ni siquiera con los conocidos, pero Enrico seguía allí. Subí la mirada hasta encontrarme con la suya, que acompañaba con su dulce y encantadora sonrisa.

–¿Sabe que es la primera vez que puedo contemplar a la luz del sol sus hermosos y maravillosos ojos verdes? –dijo sin darme tiempo a reaccionar.

Carraspeé y a punto estuve de bajar la mirada de vergüenza.

–¿Cómo puede el decoroso maestro Giovanni permitir que salgáis sola sin acompañante? –preguntó descolocándome por completo.

–Ha sido una urgencia. Debo ir a un recado a la herrería del maestro Giuliano, frente a la iglesia de San Salvador. Ya debería estar a medio camino.

–Pues vamos, señorita. Permitid que os acompañe –exclamó él.

Mientras me obligaba dulcemente a avanzar empujándome con su mano por la espalda, dijo sin inmutarse como si ya lo tuviera todo pensado:

–Caminad delante, señorita. Yo puedo vigilaros desde atrás sin que nadie sepa que os estoy acompañando.

Casi ni le escuché concentrada como estaba en el roce de su mano en mi espalda, y empecé a caminar lentamente ante él, accediendo a sus deseos. Caminamos unidos, aunque lo bastante separados para que nadie pudiera poner en duda que no íbamos juntos, y cruzamos el puente. Anduvimos por la calle principal hasta llegar a la sastrería, un trayecto que era nuevo para mí, ya que con Sitti paseábamos por calles más anchas y luminosas.

Flavio había insistido en que no me saliera del recorrido marcado por el croquis que me había dibujado, ya que era el camino más corto y me permitiría realizar el encargo con rapidez. Dirigí mis pasos por una de las pocas calles que se quedaban solitarias a esas horas, pues la gente prefería seguir por la riva del carbón para subir hasta la iglesia por la calle larga, y me tranquilicé cuando, tal como me dijo mi hermano, pude divisar los blancos techos de la iglesia de San Salvador.

Sabía que el caballero Enrico seguía detrás de mí, por los efluvios que me llegaban. Caminando por aquellas estrechas vías, mientras miraba a los lados para no perderme nada de lo que aquella libertad me ofrecía, encontré calles bien angostas, en las que jamás hubiera osado entrar; vías oscuras, llenas de ropa tendida de un lado a otro, con la piedra húmeda, porque en ellas jamás tocaba el sol, y un silencio sepulcral, roto únicamente por el murmullo de la gente que provenía de calles adyacentes a la que nos encontrábamos.

Seguí caminando, pero de pronto pude sentir el aroma de Enrico demasiado cerca de mí. Me volví y me lo encontré a menos de un paso de donde yo estaba, y ni siquiera pude reaccionar cuando cogió mi mano y me arrastró hacia uno de aquellos callejones. Me empujó suavemente contra la húmeda pared y acercó su cuerpo para apretarlo contra el mío, me rozó con el brocado de su jubón el pecho que surgía entre mis vestidos. Su aliento entrecortado llegaba hasta mí con un sutil aroma a menta, agradable, y lo único que pude hacer fue levantar mi rostro para mirar sus labios que aparecían mojados y jugosos.

–Costanza, no sabéis cuántas veces he soñado con este momento. Jamás creí que tendría la ocasión de estar de nuevo a solas con vos. Podéis hacer que un hombre llegue a la locura tan sólo con vuestra mirada.

Fueron palabras suficientes para reconocer en ellas al desconocido enmascarado de la noche de carnaval, y las únicas que susurró antes de cubrir mi boca con sus labios para besarme. Pero al contrario de lo que yo pensaba, al haberme besado ya con aquel soldado descarado comprobé que los besos de Enrico eran diferentes, aunque también usó la forma afrancesada de hacerlo. Se sorprendió gratamente cuando continué su juego. De pronto, su boca recorrió mi cuello haciéndome cosquillas, y su mano bajó ligeramente por mi vestido para, tocando mi pecho, envolver con sus labios uno de aquellos botones rosados. Un escalofrío recorrió mi cuerpo, y a diferencia de cuando el soldado me tocó, sentí que lo que me hacía Enrico me gustaba; noté un deseo incontrolable a entregarme a él sin pensar en nada más. En aquel callejón no existían el decoro ni las buenas maneras, nadie pensó en las consecuencias posteriores, ni en lo que significaba dejarnos llevar por aquellos deseos irrefrenables de convertirnos en uno. Los suspiros se escapaban de mi boca, comprobando que inflamaban nuestro deseo cuando Enrico también jadeó. Su boca volvió a la mía, y siguió besándome mientras me aprisionaba contra la pared con su cadera, subía mis faldas con sus manos y entraba donde nadie antes había estado.

Aquello no fue como lo había imaginado, el dolor solapó al placer haciendo que un grito se escapara de mi garganta. Intenté apartarme, pero él volvió a besarme, volvió a embestirme para abrir en mi cuerpo la puerta al pecado mortal, a mi perdición, a lo que ya no podía solucionarse. Y así, entre un corto pero profundo dolor y un inmenso placer, mi virginidad se desvaneció para no volver jamás. Y yo, que en nada podía pensar sino en su cuerpo cubriendo el mío, en las oleadas de placer que seguía sintiendo en cada uno de sus embates, en sus besos, en sus caricias, en mis suspiros y en sus jadeos, aprendí como se aprenden las cosas, experimentándolas, que aquel placer también tenía un fin. Y sin comprender nada de lo que me estaba sucediendo, noté una fuerte oleada de placer que terminó con aquellas contracciones incontroladas, a la vez que Enrico se desplomaba sobre mí, como si las fuerzas le hubieran abandonado de repente. No fue como aquel joven que violó a la muchacha en carnaval, fue más intenso, pues él siguió acariciándome, besándome y susurrándome palabras al oído que me ayudaron a no sentirme como una vulgar ramera. Yo no lloraba como aquella desdichada, al contrario, sentía una gran alegría al pensar que aunque seguía desposada con alguien al que aún no sabía si podría amar, había decidido compartir por mi propia voluntad aquello tan sagrado, aquello que nadie sino mi esposo podía tocar, con alguien del que yo estaba completamente enamorada. Y bastó con pensar en mi esposo para que las dudas nublasen mi mente, la sonrisa desapareciera de mis labios, y la pena y el temor a su reacción durante la noche de bodas, al descubrir que yo ya no era virgen, cubrieron todo mi ser hasta el punto de separarme de Enrico. Me agaché en aquel oscuro y sucio callejón, y exclamé mientras estallaba en llanto:

–¡Por Dios Santo! ¿Qué he hecho?

El silencio lo cubrió todo, roto tan sólo por mis sollozos inconsolables. Sé que Enrico se agachó junto a mí, que acarició mi rostro y mis cabellos, pero yo no podía dejar de llorar al pensar en lo ocurrido en aquella calle, hasta que él dijo:

–Lo que ha ocurrido no es malo, aunque nadie debe saberlo porque todos os dirán lo contrario. Sé que no debería haber cogido algo que no me pertenece, pero, creedme, no tendréis problemas en vuestra noche de bodas si los rumores sobre vuestro esposo son ciertos.

No sabía qué hacer, pues nadie me había obligado a hacerlo, y aunque no fue elección mía, no hice nada para evitarlo. No me sentía extraña, no me sentía diferente a antes, aunque sentir el placer fluir por mi cuerpo, viniendo de un hombre al que verdaderamente amaba, fue algo que jamás pude olvidar.

Enrico cubrió las primeras lágrimas con sus labios, mientras me obligaba a levantarme del suelo. Ajustó mi vestido para que nada se notara y me abrazó, haciendo aún más especial nuestro encuentro. Yo no sabía si aquello era sólo deseo, o si él estaba también enamorado de mí, aunque sus palabras, llenas de dulzura, me hicieron dudar durante semanas:

–Os juro, Costanza, que si no estuvierais desposada y que si mi boda no se celebrara dentro de dos años, las cosas serían diferentes.

–¿Qué significa eso, Enrico? ¿Acaso podemos cambiar nosotros nuestro destino? –pregunté esperanzada.

–No es posible ya, mi bella señorita. No es posible. Aunque puedo juraros que si mi familia no dependiera de mi matrimonio, ahora mismo me embarcaría en una galera con vos para que nos llevara bien lejos, a tierras extrañas donde poder comenzar de nuevo –exclamó mirándome a los ojos.

Quise creer que era cierto, aunque apenas conocía a aquel hombre del cual estaba completamente enamorada, hasta el punto de olvidarme que nos encontrábamos en un mísero callejón en medio de una ciudad llena de gente que podía vernos, y que yo tenía un encargo que realizar.

Y no sé de dónde saqué el valor para decirle:

–¿Qué ocurrirá ahora? ¿Cambiará algo lo ocurrido?

Sé que él meditó sus palabras, y sé que no quiso hacerme daño, cuando dijo sincerándose:

–Ahora vuestra familia depende de que la boda con el duque se consolide. Más adelante veremos. Id a cumplir con vuestro encargo, y recordadme.

Ni siquiera escuché sus palabras, pues no podía dejar de pensar en sus caricias, en sus besos y en lo que habíamos compartido. Me puse en marcha, ya que si tardaba demasiado en volver al hogar, mi hermano tendría un problema; tras comprobar que mis vestidos estaban todos en el lugar correcto, comencé a andar sin mirar atrás, sin preocuparme de Enrico, sin dejar que todo aquello, que poco a poco estaba consiguiendo apaciguar, me hiciera perder el norte. Al llegar a la tienda, tuve que esperar. No mucho rato, pero el suficiente para poder mirar atrás y ver que Enrico ya no estaba.

–Mejor así –dije en voz alta.

–¿Mejor cómo? –preguntó maese Giuliano sin saber a qué venía mi frase.

–Disculpe, maese, estaba pensando en otras cosas. ¿Puede darme una libra y cinco onzas de polvo de hierro para mi padre, maese Contanti? –exclamé saliendo al paso de mi desliz.

–Así que vos sois la doncella de los Contanti. Claro que sí, chiquilla –dijo él entrando en su taller para salir casi de inmediato con un paquete lleno de polvo de metal.

¿Doncella? ¡Qué equivocado estaba ese hombre! Yo ya no tenía nada de doncella.

No sé si fue la mirada que le dirigí o mi actitud, no sé si mi rostro reflejaba lo segura de mí misma que me sentía, pero nadie me preguntó por qué iba sola, y nadie puso en duda que podría volver a casa a salvo por mí misma, así que comencé a andar de vuelta a mi hogar. Aquella libertad me hizo sentir bien.

Me volví al oír una voz detrás de mí. La sonrisa de Enrico me sorprendió. Era tan guapo, tan dulce, tan exquisito, que a pesar de que mi mente me repetía que él había disfrutado de lo que sólo mi esposo podía tomar, sonreí de nuevo al verle, pues no quería que me dejara jamás.

–Tomad. Quiero regalaros esto, aunque no dejéis que vuestra madre lo vea, pues a buen seguro que os preguntará de dónde lo habéis sacado. Escondedlo como si fuera un tesoro y recordadme –dijo él entregándome un pergamino enrollado y atado por una cinta de seda roja.

Enrico comenzó a andar delante de mí pero hacia atrás, como dicen que hacen los cangrejos. Me miraba y me sonreía, hasta que tuve que devolverle la sonrisa. Antes de llegar al puente, antes de encontrarnos de nuevo con el tumulto de la calle principal, se acercó de nuevo para acariciarme y decir:

–¡Jamás sentí lo que he sentido estando con vos!

Y tuve que detenerme en seco, tuve que hacerlo porque mi corazón dio un vuelco en mi interior y porque delante de mí comenzó a aparecer gente entre la que Enrico desapareció lentamente. Apreté el paso para no perderle, pero era imposible: demasiadas personas agolpadas en el puente, tantas que el aire comenzó a faltarme de nuevo y las lágrimas recorrieron mis mejillas, ahora sí, segura de que no volvería a ver a mi enamorado. Aún sentía su voz, aún notaba sus caricias, aún podía recordar todo aquello que me había hecho, todo aquello que habíamos hecho juntos, sin ataduras, sin obligaciones, sólo porque queríamos compartir nuestro amor prohibido. Y allí, en medio de la mugre de aquella pasarela, faltándome el aire, notando en mí los primeros síntomas de un mareo que si no controlaba me llevaría de bruces al suelo, me sentí frustrada por no poder decidir por mí misma qué era lo que quería hacer con mi vida.

El olor mentolado volvió a llegarme por la espalda pero, no vi a Enrico, pues la gente se agolpaba y apretaba el paso para cruzar la pasarela antes de que ésta se abriera y dejara pasar una galera que se acercaba al puente. Pero sí que escuché su voz cuando me dijo:

–Ahora vos sois mía y yo soy vuestro. Siempre seremos uno.

Un suave empujón hizo que traspasara el puente de madera justo a tiempo, antes de que comenzase a abrirse para dar paso a la galera. Me quedé a un lado mientras las dos partes del puente se separaban, me volví y vi a Enrico, sonriendo al otro lado. Siempre le recordé de aquella manera. Guapo, elegante, con porte caballeresco, limpio, con buen olor, aquella mirada penetrante, su sonrisa perfecta. No podía recordarle de ninguna otra manera.

Cuando desapareció de mi vista, tuve que obligarme a volver a casa. La tienda ya estaba cerrada. ¿Cuánto tiempo había pasado? ¿Qué hora era? Había anochecido ya. El tiempo se me había pasado como si alguien me lo hubiera robado, y ni siquiera me había dado cuenta que la Marangona había sonado hacía rato. Entré, y pronto escuché los gritos de mi madre dirigidos a Flavio:

–¿Acaso perdiste la cabeza? ¿Cómo se te ocurrió pedirle a tu hermana que fuera sola por la ciudad? ¿Es que no hemos tenido suficientes disgustos en la familia como para ahora tener que enfrentarnos a un posible desfloramiento de tu hermana? ¿Y si la han desgraciado? ¿Y si le han robado su doncellez? ¿En qué estabas pensando, Flavio?

No pude más que sonreír cuando escuché las palabras de mi madre, pensando si sería algo bruja. Entré decidida para que viera que estaba bien y que nada malo me había ocurrido, pero cuando mi madre me vio, toda preocupación se esfumó en ella, y acercándose rauda y con decisión me regaló una sonora y dolorosa bofetada que se incrustó en mi mejilla, borrando cualquier pensamiento de mi mente, pues tuve que concentrarme en la quemazón que sentía en mi rostro. Bajé la cabeza e imploré perdón, aunque no sabía por qué, y mi madre me arrastró literalmente al taller de mi padre y me preguntó a gritos:

–¿Dónde estabas? ¿Qué estabas haciendo? ¿Con quién?

–Madre, vengo de la herrería, tal como Flavio me pidió –expliqué casi entre sollozos pues la bofetada me dolió.

–¿Es que no sabes qué hora es? ¿Tanto se tarda en cruzar el puente? ¿Es que no tengo suficiente disgusto ya encima para que tú hagas lo que te venga en gana? ¿Por qué no puedes ser como las demás mujeres? –preguntó rozando la histeria.

No me dio la opción de contestar, lo que no estuvo mal pues tampoco sabía qué decirle. Mi padre la sosegó, la calmó con la voz y unas cuantas caricias, y después la envió al piso de arriba para poder hablar con tranquilidad con nosotros.

–Flavio, sé que los acontecimientos te han obligado a enviar a tu hermana al recado. Sé que no has pensado en las consecuencias de ello, pero has de ver que Costanza ha corrido un gran peligro y que sólo la providencia ha hecho que volviera sana y salva. No puedes tratar a una mujer como si fuera un hombre. Has de empezar a saber que las mujeres son seres que no se pueden defender por sí mismas y que como hombre has de protegerlas. Sé que no tenías mala intención, pero esto no puede volver a ocurrir y deberás cumplir un castigo por tu inconsciencia, ¿lo comprendes? –dijo mi padre en tono conciliador.

–Sí, padre, entiendo lo que dice y lo lamento de veras –contestó mi hermano mientras arrastraba los pies hacia las escaleras al ver como mi padre le pedía en silencio que nos dejara solos.

Y allí nos quedamos los dos, por primera vez solos, pues Paolo seguía escondido en su cuarto por miedo a las represalias. Y yo no sabía si debía decir nada y sólo podía pensar en el dolor que notaba en mi mejilla.

–Te echaré mucho de menos, Costanza, cuando al fin debas partir a casa de tu esposo –dijo mi padre por sorpresa.

–¿Por qué? –pregunté.

–Porque eres la única que puede sacar a tu madre de sus casillas. No es que crea que eso está bien, pero cuando se pelea contigo, después acepta de mejor grado mis caricias y vuelve a ser la niña con la que me desposé –dijo con una sonrisa, lo cual no era nada usual.

–Padre, os juro que no sé en qué se me ha ido el tiempo. Estaba mirando el paisaje, viendo Venecia de una manera que jamás había visto, luego volví y el puente tuvo que abrirse para el paso de una nao, me quedé mirando la galera y despidiéndome en silencio de ella, y el tiempo pasó muy deprisa.

–No pasa nada, chiquilla, te comprendo más de lo que crees y sé que tú siempre serás especial pues ves la vida de un modo diferente a las demás mujeres. Tu mente va por un camino libre, sin ataduras, y a veces no piensas en las consecuencias de los actos. Por suerte tienes un ángel de la guarda que te protege de todo mal. Te aseguro, mi pequeña Costanza, que ese ángel tiene bien merecidas sus alas. Vamos arriba, y no te sorprendas si te castigo delante de tu madre, ella necesita saber que estoy de acuerdo con sus ideas –dijo mi padre acompañándome y subiendo conmigo por las escaleras, torciendo su sonrisa hacia abajo cuando se encontró de nuevo con mi madre.

Y en cuanto Ruth salió con el guisado de carne que olía a delicia veneciana, mi padre dijo, dirigiendo su mirada a Flavio y a mí:

–¡Ayunar esta noche no os irá mal! ¡Subid a vuestro cuarto y no salgáis hasta mañana!

Entré en mi cuarto y sin quitarme el vestido me puse a mirar por la ventana. No se veía absolutamente nada, apenas de vez en cuando algún pequeño faro de alguien que pasaba por la calle o de alguna nao lejana. No podía ver el agua del Gran Canal, ahora oscura por la negrura de la noche, pero me bastaba abrir la ventana para poder oler el aire de mi querida Venecia. Las malas lenguas que se escuchaban, sobre todo después de los oficios religiosos, cotilleaban sobre los rumores que decían que los extranjeros pensaban que Venecia era una ciudad sucia y maloliente. Yo no sabía si eso era cierto, pero supongo que como buena veneciana ya estaba acostumbrada, y el olor del canal que ahora embriagaba mis fosas nasales junto con el recuerdo mentolado de Enrico que tenía en mi boca era suficiente para olvidarme de todo.

Pensaba en las palabras de mi padre acerca de mi ángel de la guarda. ¿Dónde estaba él mientras yo sucumbía al deseo? ¿Se merecía en verdad sus alas? ¿Y si mi ángel no me había apartado del peligro porque pensaba que no había nada malo en yacer antes con Enrico que con mi propio esposo?

No sé cuánto tiempo pasó hasta que Sitti entró con un plato de guisado que me enviaba mi padre. Pero cuando entró, me dijo:

–¡Costanza, debiste avisarme para que te quitara el vestido!

Ella dejó el plato sobre el tocador y empezó a deshacer las cintas de mi espalda. Yo seguía en mi nube sin darme cuenta de nada, pero cuando ella me bajó el vestido, una pequeña exclamación de sorpresa brotó de su boca.

–¿Qué ocurre, Sitti? –pregunté.

–Tienes sangre en el vestido –contestó agachándose para verlo mejor.

–¿Qué haces, Sitti? ¿De qué te extrañas si conoces mi secreto? Debe de ser que me toca el sangrado de nuevo –añadí sin pensar que Sitti no era tonta.

Me senté en la cama. Ella, sin decir nada más, guardó el vestido y salió de mi cámara. Me desnudé y miré el vestido interior. Se notaba que no se debía al periodo, sino a algo que jamás debía ocurrir hasta que mi marido me tocara. No había pensado cómo iba a explicarle a mi esposo la falta de sangrado en nuestra noche de bodas, pero no me dio tiempo a pensar, pues Sitti entró con una pequeña palangana que contenía un líquido humeante. Lo dejó en el tocador junto al guisado y humedeció un paño de lino en el líquido. Tras escurrirlo se acercó a mí y me dijo:

–Esto te aliviará el escozor y te desinfectará.

La miré atónita. Ella sabía tan bien como yo que esa sangre que manchaba mi vestido era la señal de que ya no era virgen. Le hice caso y cubrí mis partes con el trozo de lino que enseguida me alivió. No sabía cómo reaccionar, no sabía qué decir, a pesar de la gran confianza que tenía con la que supuestamente era mi criada, pero que para mí era mi mejor amiga. Pero no hizo falta decir nada pues Sitti cogió mi vestido interior, lo plegó y dijo:

–Yo me encargaré de lavarlo. Nadie se enterará.

–¿Cómo sabes tú qué...? –alcancé a decir antes de que abriera la puerta.

–Lo sé. Cuando el paño se enfríe, vuelve a mojarlo en el líquido y frota bien, sólo así te quitarás el olor de macho –susurró.

–¡Sitti! –exclamé azorada.

–Perdona, es que no sé cómo decirte estas cosas –dijo ella.

–No pasa nada, sólo es que me avergüenza que me digas eso –le contesté.

Sitti se acercó de nuevo y dejó el vestido en la silla del tocador. Me pidió el paño sin mediar palabra y lo mojó de nuevo en el líquido. Hizo que me recostara en la cama, abrió mis piernas y empezó a lavarme con cariño. No me extrañó, pues ella era quien frotaba mi cuerpo con perfume cada día, aunque jamás se acercaba tanto a mis partes íntimas. Entonces dijo:

–¿Me permites que te pregunte una cosa?

–Sé que lo harás igualmente –exclamé.

–Ha sido un noble, ¿verdad? –preguntó.

–¿Cómo lo sabes? –pregunté avergonzada.

–Porque huele bien y normalmente nunca huele bien después de...

–¡Calla, por favor! ¡Cállate, Sitti! –dije escondiendo mi rostro entre la sábana.

–No has de avergonzarte. Tienes edad para estar casada ya. Ya sabes que lo mío fue peor, con mi primer amo y a los once años.

–Lo sé. Recuerdo que me contaste que fue algo bárbaro –exclamé.

–¡Fue bárbaro! –dijo ella con una sonrisa en la boca, demostrándome cómo una palabra, según la entonación que le dieras, podía significar cosas totalmente dispares.

–¡Sitti! –dije sonriendo mientras volvía a cubrir mi rostro con la sábana.

Mi amiga me colocó la camisola de dormir tras limpiarme bien, me acercó el plato de guisado que mi padre había ordenado que me subiera, recogió el vestido y antes de salir, dijo:

–No te preocupes. Será un nuevo secreto.

Tomé el guisado de Ruth con verdadera hambre, miré a mi alrededor, avergonzada por mi forma de comer, y fue en ese momento cuando me di cuenta de que Ginevra no estaba en la habitación, así como tampoco sus pertenencias. Engullí la carne del guisado, recordando los acontecimientos de la mañana y los abrazos a mi hermana, y me di cuenta de que ella se había quedado en el convento al que iban de visita. Tuve ganas de levantarme y de increpar a mis padres por no decirme que mi hermana no iba a volver, comencé a llorar echándola de menos, pensando en si ella sabía que iba a quedarse en aquel lugar y deseando que fuera tal como mi madre se lo había descrito en su conversación de la mañana. Me enfadé con mis progenitores y sé que nunca les perdoné por separarme de aquel modo de mi sangre, de un ser al que había cuidado desde bien pequeña, de una persona a la que había visto crecer, de mi hermana. ¿Es que no se daban cuenta de que era mía? ¿Cómo habían tenido la desfachatez de no decirme que ella no iba a volver?

En esos momentos, mi madre entró con el vestido en la mano y con cara de pocos amigos, con Sitti siguiéndola de cerca con los hombres encogidos, como disculpándose por no haber podido esconder nuestro secreto. Pero al ver mis lágrimas, mi madre, en vez de enfadarse, se acercó a mí esbozando una amplia sonrisa.

–Gracias, Costanza, hoy necesitaba una noticia feliz –me dijo muy contenta–. No llores, mi niña, ser mujer no es tan malo.

¡Dios! Se había creído que lloraba porque me había venido el periodo. Dejé que me abrazara y ella se puso a llorar también, mientras me decía:

–Ya eres una mujer. Ahora sentarás cabeza y te convertirás en una maravillosa duquesa. Mañana mismo escribiré a tu esposo para que te reclame. Mi pequeña, no llores, ahora tendrás todo aquello con lo que has soñado.

Y sin decir nada más, y sin preguntar nada, salió de mi alcoba para anunciar a toda la familia mi nueva condición de mujer y futura ciudadana de Castelforca.

Miré a Sitti, quien volvió a encoger los hombros. Si bien ambas nos habíamos quedado estupefactas, había sido una manera elegante de que mi madre se enterara de que ya podía convertirme en una mujer casada que pronto abandonaría el hogar familiar.

«Tendrás todo aquello con lo que has soñado.» ¿Qué sabía mi madre de mis sueños si ella vivía en un mundo muy alejado de mi propia realidad? ¿Qué sabría ella si jamás preguntó cuáles eran esos deseos? ¿Si dio por hecho que lo que yo deseaba era lo que ella había deseado para sí misma y que nunca pudo obtener?

Sitti cerró la puerta tras dedicarme una sonrisa y apagar la vela. A oscuras, mis pensamientos ocuparon mi mente y fue imposible no pensar en mi amado. Y cuando me dormí, soñé con Enrico. Con sus grandes, rudas y suaves manos, con sus besos embriagadores, con su boca de aliento mentolado, con su cuello con olor a hierbabuena y *limoncello*, y, por supuesto, con su miembro viril, que hizo que sintiera lo que jamás había sentido. Soñé con su voz ronca y madura, con su «bella señorita» y con su «Jamás sentí lo que he sentido estando con vos» ¿Cómo no iba a soñar con él, si él me había convertido en una auténtica mujer?

ADIÓS A LA NIÑA CONTANTI

A la mañana siguiente, me desperté no bien empezaban a surgir los primeros rayos de sol por el horizonte. El cielo aún estaba en penumbra, pero pronto comenzó a sonar el *mattutin*, el sonido de campanas que anunciaba el relevo de la guardia del palacio ducal. Bajé en silencio las escaleras que me separaban del comedor y salí al balcón para dar la bienvenida a un nuevo día. El frío aire de la mañana hizo que me despertara de golpe, y el rocío de la noche, que mojó mis manos cuando me apoyé en la barandilla de hierro, me provocó un escalofrío que hizo temblar mi cuerpo.

Adoraba Venecia. Amaba esa ciudad tan desconocida para mí, aunque con las últimas experiencias vividas, estaba dejando de serlo. No sabría cómo describir el vínculo invisible que me unía a sus calles empedradas, al sonido del agua del canal, chocando levemente contra las paredes de piedra, donde cada vez se alzaban más *palazzos*. A su gente, tan dispar entre sí. Ninguno igual al anterior. Ya fueran nobles, plebeyos, mercaderes o artesanos, todos eran parte de ese núcleo social que formaba Venecia. Judíos, moriscos, cristianos, hombres y mujeres, mayores y niños. Todos ellos, tanto si habían nacido en la ciudad, o si tan sólo se habían dejado adoptar, eran venecianos, aunque la mayoría se encontrara de paso, camino a otros destinos.

Se decía que Venecia era un hervidero de gente y que el secreto de la ciudad es que todos tenían su espacio. Pero yo seguía preguntándome cuál era el lugar de Costanza Contanti, y aquella pregunta repiqueteaba en mi cabeza a todas horas, recordándome que, ahora que mi madre sabía que ya podía casarme, pronto dejaría de vivir en mi ciudad amada.

Me negaba a imaginarme mi vida en otro lugar que no fuera Venecia. ¿Qué haría yo en Castelforca? Con el silencio de la campiña Toscana, quebrado únicamente por el trino de los pájaros y los aullidos de los lobos que se escondían entre los frondosos bosques de la Romaña, mi corazón se encogió. Un nuevo escalofrío recorrió mi cuerpo y las lágrimas libremente comenzaron a brotar de mis ojos sin poder controlarlas. No quería dejar mi ciudad, no quería dejar Venecia. Ella, poderosa, magna, regia. Ella, que me había visto nacer en aquella casa de piedra, que había compartido conmigo mis alegrías, mis sueños, mis tristezas. ¿Qué sería de mí tan lejos de mi ciudad?

Ruth se acercó por detrás y me cubrió con un chal. Ese simple gesto me indujo a pensar que había obtenido más cariño de mi criada que de mi propia madre, aunque supongo que para eso estaba allí, para llegar donde ella no podía hacerlo. Me obligó a entrar para que me sentara en la cocina y me ofreció un tazón de caldo de gallina humeante que me calentó el cuerpo. Mientras mis manos se templaban al coger la escudilla de madera, pude fijarme en aquella judía nacida en el reino de Castilla, reclamada, casada y repudiada por un navegante castellano, que tuvo la desfachatez de vender una mujer libre a un mercader griego, tan sólo porque no podía darle hijos. Su piel estaba arrugada por el sol, el trabajo le había vuelto ásperas las manos, y aquel cabello oscuro que cubría con un pañuelo para hacer más cómodo su trabajo la convertían en una persona completamente diferente a mí, pero yo la respetaba por todo lo que me había enseñado, por todo el afecto que me había dado, por cuidarme, y por vigilar mi integridad física, escondiendo mi secreto como si fuera el suyo.

–¿Cuántos años tienes, Ruth? –pregunté sin pensar.

–¡Demasiados! Cuarenta y tres años dan para aprender mucho. A veces incluso creo que podría haberme ahorrado alguna que otra experiencia –contestó ella con una leve sonrisa.

–Puede que esté errada, pero creo que nunca se sabe demasiado –exclamé.

–Vivís otros tiempos, mi niña. Una era llena de mundos nuevos, de fronteras que se rompen, de reinos que desaparecen, de gente que viaja para buscar su sitio. Es normal que queráis vivir muchos años, aunque cuando lleguéis a mi edad, veremos si pensáis lo mismo –dijo Ruth alzándose de su silla y poniéndose a trabajar, pues el tiempo se echaba encima y el sol ya podía verse en toda su plenitud.

Mientras tomaba el delicioso caldo, me dio por pensar en quién me ofrecería ese calor en Castelforca. ¿Serían mis nuevas criadas como Ruth, viejas pero sabias? ¿Me cuidarían como si fuera su hija y no su dueña? ¿Quién sabía lo que el destino me depararía?

Mi padre apareció ya vestido por las escaleras sorprendiéndose de verme allí. En un gesto extraño en él se acercó y me acarició la cabeza diciendo:

–¡Qué madrugadora!

–Sí, padre. No podía dormir –contesté sorbiendo el caldo.

–Tu madre me ha contado que hoy he de escribir al duque para anunciarle la buena nueva. No entiendo qué prisa tiene esa mujer –exclamó mientras aceptaba la escudilla que Ruth le ofreció.

–Supongo que cree que cuanto antes me vaya antes formaré parte de mi nueva familia –dije sin pensar que era mi padre el que estaba delante y no una simple criada.

–¡Estás hoy algo insolente, niña! Se nota que ya eres mujer. Tu madre sólo quiere lo mejor para ti y puedo asegurarte que este matrimonio es la mejor opción que encontré –dijo enfadado mi padre.

–Lo siento padre. Sólo que...

–¿Qué ocurre, niña? ¿Tienes algo que decirme? –preguntó alzando la voz.

–Pensaba en Ginevra.

El silencio llenó la estancia. Creo que incluso Ruth se quedó paralizada al oír mis palabras.

–¿Y qué es lo que pensabas? Vamos, dímelo libremente –instó mi padre azuzándome.

–¿Libremente, padre? Pues pensaba si el convento era la mejor opción para ella. Si encerrarla en aquel lugar, sin decir nada a sus hermanos, sin que estos pudieran despedirse de ella, sabiendo que jamás volverán a verla, era la única alternativa para una niña. ¿Cree, padre, que Ginevra será feliz sin poder cantar? ¿Sin poder bailar? Sin poder...

Mi padre jamás me había pegado, pero el golpe que dio en mi espalda fue suficiente para que callara mi boca. ¿Qué era para él hablar libremente? ¿Por qué me había instado a hacerlo si no quería oír la verdad de mis pensamientos?

–Tu hermana será todo lo feliz que desee. Cantará cuando le dejen, aprenderá a callar, a ser respetuosa con sus mayores, a obedecer, a no imaginar mundos que no existen, en definitiva, a ser una mujer. No hagas que me arrepienta de mi decisión, pues empiezo a pensar que quizás deberías estar tú en su lugar.

Y aquel hombre, mi padre, el que creía que me amaba, el que pensaba que me respetaba por haber claudicado a sus deseos de casarme con quien él había designado, dejó de ser mi héroe para convertirse en un ser cualquiera de los que comenzaban a caminar por las calles de aquella ciudad, que muy pronto debería abandonar.

Cuando Ruth y yo nos quedamos de nuevo a solas, ella se acercó para acariciarme, y sus simples palabras, tan sencillas pero tan llenas de verdad, me acompañaron el resto de mi vida:

–Nunca esperéis nada de un hombre, así jamás os decepcionará.

Subí a mi habitación derrotada al comprobar que todos los hombres eran iguales. Incluso mi padre creía que una mujer debía ser sumisa y contentar al hombre. ¿Y quién nos contentaba a nosotras? ¿Acaso creían de veras que era suficiente con llenar nuestras vidas de regalos, riquezas, fiestas, lujos o hijos? ¿Acaso las mujeres como mi madre pensaban como ellos? Si era así, podía entender su amargura y su eterna cara de enfado, que sólo cambiaba cuando oía hablar de sueldos, ducados y joyas vendidas. ¿Quería yo eso para mí? ¿Era lo que me esperaba en Castelforca? ¿Una vida de lujo y riqueza pero vacía de cultura, sabiduría y descubrimientos? Debía pensar rápido y aprender a toda prisa cómo conseguir de mi esposo lo que yo deseara, que no eran más regalos, sino más conocimientos y la posibilidad de compartir mis ideas con otras mujeres similares a mí. ¿Existirían otras como yo? Y como si de una visión se tratara, recordé el pergamino que Enrico me regaló. Lo había escondido tan bien que me había olvidado de él, y me bastó con deshacer el lazo de seda roja y desplegarlo para encontrar ante mis ojos la respuesta a la pregunta, como si el destino quisiera contestarme para que no perdiera la esperanza.

«De pari aut impari Evae atque Adae Peccato», de Isotta Nogarola.[1]

Comencé a leer sus palabras, sorprendiéndome por sus teorías y por su desfachatez al enviarle ese tipo de cartas al gobernador de Verona, Ludovico Foscarini. Por sus ideas tan nuevas para mí y por su valentía al contradecir a la Santa Madre Iglesia, al sostener que Eva era completamente inocente de la expulsión del hombre del Edén.

Según ella, si en las Escrituras quedaba probado que la mujer era inferior al hombre, ¿qué culpa tenía ella de haber sucumbido

1. «La igualdad o desigualdad del pecado entre Adán y Eva.»

a la tentación? ¿No sería más culpable Adán, el ser superior, el sabio, por escuchar a una mujer inferior? Al principio me pareció absurdo que una mujer aceptara el papel sumiso de la mujer, pero tras acabar la lectura y leer la contestación de Foscarini, me di cuenta de la sutileza de Isotta al hacer que Ludovico cayera, sin darse cuenta, en su trampa, pues este, al fin, reconocía que el hombre y la mujer eran iguales en tanto que seres humanos. Con su contestación, Ludovico quería sostener que tan culpable era Eva como Adán, contradiciendo la teoría esgrimida por Isotta de que Eva era completamente inocente. ¡Cuán inteligente me pareció esa mujer! Si tan culpable eran uno como el otro, si el hombre no permitía que Eva fuera inocente por su condición inferior, eso significaba que hombre y mujer eran iguales en culpabilidad e iguales a todos los niveles.

Tras leer el escrito estaba contenta, exultante. ¿Así se hacían las cosas? ¿Entrando en el terreno del hombre, para, sutilmente, hacerle decir lo que era verdad? Hombre y mujer iguales, ¿no sería bonito si fuera cierto?

Escondí el pergamino doblándolo varias veces para resguardarlo entre las páginas de mi libro de griego. Aquel manuscrito se había convertido en un refugio para mis tesoros, e inauguró mi colección de textos escritos por mujeres que con los años fue creciendo hasta formar una surtida biblioteca.

La tensión del invierno, de la marcha de Ginevra, y de mi futura boda remitieron con el tiempo, y las cosas se calmaron en casa hasta el día en que llegó una misiva de Castelforca que acompañaba un último regalo. En el mensaje dirigido a mi padre, se exigía que el día de la unión fuera el 16 de abril de 1464. Si a mí me gustó la idea de quedarme un año más en casa de mis padres, a mi madre le horrorizó, alzando la voz, haciendo aspavientos y preguntándose el porqué de ese retraso tan absurdo cuando la niña ya podía parir. Puedo asegurar que no fue bonito escuchar eso de mi madre, pero estaba demasiado acostumbrada a su manera de pensar y sólo podía imaginar qué había en aquel extraño paquete que Oddantonio enviaba para mí, con una nota muy escueta que decía así:

–Para abrir por doña Costanza de Fondasini, duquesa de Castelforca.

Y si bien estaba ilusionada por aquella nota en la que él se refería a mí como a partir de entonces todo el mundo lo haría, aún lo estaba más por ser la primera de abrir un paquete que iba dirigido a mi persona, sin que mis padres tuvieran que hacerlo antes. Lo abrí, y por suerte Sitti estaba cerca para coger el regalo antes de que cayera al suelo, pues verme reflejada con tanta claridad en aquel trozo de cristal me asustó.

–¡Un espejo, madre! ¡Mi esposo me ha regalado un espejo! –llegué a decir tan emocionada como si me hubieran regalado la joya más maravillosa.

Cogí de nuevo el regalo con sumo cuidado, lo desenvolví y lo coloqué delante para poder admirar mi imagen. Era la primera vez que podía verme en un espejo, y si bien antes había visto mi rostro reflejado en los cristales del cuarto, en el agua del canal, o en alguna olla de bronce de la cocina, jamás había podido verme con tanta nitidez. Y me miré, y quedé encandilada con mi faz, blanca como la miga de pan; con mis ojos, verdes como las esmeraldas, aunque algo más claros, rozando el lapislázuli; con mis labios, gruesos y rosados, incluso diría algo carnosos, con mi recta nariz, con mi barbilla...

De pronto mi madre cogió bruscamente el espejo de mis manos, y como si yo no estuviera en la misma sala que ella, dijo:

–¿En verdad, esposo mío, crees que has elegido bien el matrimonio de tu hija? ¿Qué clase de hombre le regala algo tan vanidoso a su mujer? Deberíamos deshacernos de él de inmediato.

Creo que no pensé en nada cuando me levanté y arrancando el espejo de las manos a mi madre le dije:

–¡Madre! ¿Quién sois vos para decidir qué se hace con las posesiones de mi esposo?

A punto estuvo de alzar su mano contra mí, pero mi padre la detuvo.

–Es verdad, Giulia, lo que dice tu hija –sentenció–. Ese espejo pertenece al duque de Castelforca, al señor de Fondasini. Has de acostumbrarte a que la vida de tu hija ya no te pertenece. El espejo se queda pero, Costanza, mantenlo oculto a ojos de tu madre.

Y me sentí poderosa. No por haber ganado esa batalla a mi madre, a quien amaba y compadecía a la vez, si no por ser consciente de que mi título como esposa de Oddantonio de Fondasini había servido para cumplir con mis deseos.

Aquella noche, Sitti y yo estuvimos mirándonos en el regalo de mi esposo, haciendo muecas, sacando la lengua, jugando a princesas que hablaban con espejos mágicos. ¡Cuánto nos reímos esa noche! Al menos hasta que ella se acercó a mí, y con un lenguaje ceremonioso, que yo nunca le había exigido, me dijo:

–Mi señora, no quisiera separarme de vos.

Y entonces me di cuenta de que Sitti pertenecía a mi padre aunque fuera mi dama de compañía, y sin decir nada, salí corriendo escaleras abajo. Sabía que él trabajaba esa noche en el taller pues le había oído conversar con Flavio sobre unos encargos urgentes. Entré en su santuario y cuando me vio, descalza, en camisón, despeinada por haber estado jugando con Sitti, sólo alcanzó a decirme:

–¡Por Dios Santo, Constanza! ¡Me has asustado!

Me arrodillé junto a él, y abrazándome a sus piernas le supliqué:

–Jamás os he pedido nada. He acatado todas vuestras órdenes, he intentado ser una buena hija, e incluso creo que en alguna ocasión lo he conseguido...

–¿Qué quieres pedirme? –preguntó él.

–Dejaré esta casa para unirme a la familia de mi esposo. Me convertiré en duquesa de Castelforca, pariré los hijos que Dios desee darme. Estaréis orgulloso de mí pero, padre... no me separéis de Sitti.

–Pero, niña... Castelforca tiene sus propios criados y Ruth ya está vieja. Pronto dejará de ser útil y deberé buscar a alguien que lleve la casa.

–Padre, por favor...

Mi progenitor calló sopesando su respuesta, supongo que pensando cómo arreglar esa situación. Al fin, haciendo que me levantara, me dijo:

–Puedes quedártela... espera... –dijo cuando vio mi alegría–, siempre y cuando tu esposo esté de acuerdo en acogerla en su casa.

–¡Gracias, padre! –exclamé abrazándole como jamás lo había hecho.

Y aquella noche, Sitti durmió conmigo. No en la cama de mi hermana sino en mi mismo lecho, abrazadas como dos buenas amigas. Y me dormí pensando cómo dos personas de clases tan diferentes, cómo dos mujeres nacidas en círculos sociales tan dispares, podían estar tan cercanas en pensamientos, en sueños, en ideas; era tan fuerte el vínculo de nuestra amistad que ya la consideraba una hermana.

A la mañana siguiente le pedí a Sitti que me contara su historia con detalle, pues no quería que hubiera nada que pudiera suponer un obstáculo para que mi esposo se negara a que ella se quedara conmigo. Y así fue como supe que, nacida en una familia humilde de Euripos, fue vendida siendo una niña por su propio padre, que no podía mantenerla. Su primer dueño fue Ali Salim Eljaf, que la compró para llevársela a Estambul. Allí formó parte del harén privado de Salim, y fue allí donde la desfloró el emir a la tierna edad de once años, y donde, tal como me contaba durante la higiene diaria (siempre que no pululara cerca mi madre), aprendió todo lo que sabía de sexo y de técnicas sexuales para satisfacer a un hombre, técnicas que por otra parte me explicó con todo lujo de detalles, con lo que aprendí más sobre el asunto que en toda una vida marital. Su segundo amo fue Anieli Thalassinos, un rico mercader griego que la devolvió a su isla convertida en concubina. Así fue como volvió a Euböa y como, sin rencor, visitó a su padre para depositar una bolsa de monedas en las manos de cada una de sus seis hermanas, para que estas no tuviesen que ser vendidas. La noche que mi hermano la ganó a las cartas, su amo no quería desprenderse de ella, pues según decía era una de sus posesiones más preciadas. A pesar de ello, terminó claudicando

–¿Cómo es pertenecer a alguien? –le pregunté de pronto.

–¿Por qué me lo preguntas? ¿Qué tiene de diferente pertenecer a un amo o pertenecer a un padre, a un esposo? No creo que seamos tan diferentes, Constans. Yo pertenezco a mis señores y tú a los tuyos, pero las dos somos propiedad de alguien –contestó ella.

–Pero a mí mi padre no me puede vender –exclamé.

–No. En tu caso tu padre ha tenido que pagar para que se te lleven.

Comenzamos a reír al pensar en lo absurda de esa situación. Caímos de nuevo en la cama, de la que nos habíamos levantado para asearnos, y nos retorcimos de la risa mientras pensaba en la verdad de sus palabras.

Aquella noche mi hermano Francesco regresó de su largo viaje a Corfú. Sus regalos me llenaron de alegría pues junto a la receta griega para mantener las manos blancas y suaves, me trajo dos frascos que contenían un preparado de un suave y afrutado perfume con las notas cítricas que tanto me gustaban. A pesar del comentario de mi madre respecto a que todos los regalos que yo recibía sólo servían para idolatrar mi propio ego y mi vanidad, ni siquiera sus palabras lograron borrar mi alegría.

Durante la cena, Ruth nos sorprendió con sabores nuevos,

gracias a las especias que mi hermano le había regalado, y pudimos probar un nuevo vino que Francesco había traído de tierras extrañas, tierras que yo sabía que jamás podría ver, puesto que nunca tendría la libertad de la que disfrutaba un hombre. Cuando mi hermano preguntó por Ginevra, aceptó con desagrado la decisión de nuestro padre, pues le disgustó que la internaran en un convento a tan corta edad. También frunció el ceño al contarle que mi boda se celebraría en abril del año siguiente. Supongo que pensaba que esos acontecimientos le acercaban cada vez más a su futura boda, con la que se convertiría en un hombre hecho y derecho, tal como estipulaban los cánones de la sociedad. Sonrió para decirme que nada le impediría asistir a mi ceremonia, aunque pronto la conversación se centró en su viaje, y así fue como nos contó las tormentas que se encontró, el naufragio del que fue testigo, los paisajes nuevos que describía con sumo detalle, la gente extraña que conoció, así como sus estrafalarias costumbres, sus extraordinarias tradiciones o los incomprensibles idiomas que hablaban mar adentro.

Cuando Ruth sirvió como postre un magnífico pudin de ciruelas en honor a mi hermano, el detalle pasó desapercibido pues Francesco nos sorprendió con estas palabras:

–¡Por cierto, padre! Me dieron recuerdos para vos.

–¿Para mí? ¿Y a quién conozco yo en Corfú? –preguntó curioso.

–No fue en Corfú. Debido al naufragio y a que recogimos a los supervivientes, hicimos escala en el puerto de Ancona antes de seguir el viaje de vuelta a Venecia. Allí, en la posada, me encontré con un caballero, que se dirigió a mí preguntándome si era el hijo del maestro Contanti de Venecia. Al contestarle afirmativamente, alabó nuestro enorme parecido y me explicó que por ello me había conocido.

–No sabía yo que nuestro parecido fuese tan grande –exclamó padre.

–¿Y quién era? –indagó mi madre adelantándose a todos.

–Don Giovanni Antonino Acade.

Juro que casi me atraganto con un trozo de pudin al oír los nombres con los que se conocía en sociedad a mi amante en boca de mi hermano, y no fue así porque Sitti reaccionó con diligencia para ofrecerme un vaso de vino.

–¡Ohhh, sí!, don Acade. ¿Y qué asuntos le llevan tan lejos de Venecia? Espero que no se haya mudado, pues es uno de mis mejores clientes.

Recé en silencio para que la respuesta de mi hermano fuera negativa y suspiré aliviada cuando así fue.

–No, padre, tan sólo hacía un alto en el camino a Fortefortezza, adonde se dirigía para cerrar unos negocios antes de su boda. Según dijo, va a tener que estar un tiempo fuera, pero con toda seguridad volverá pronto a la ciudad.

Mi padre bebió un trago de vino y continuó con su interrogatorio, sin saber que los nuevos datos sobre mi amante no iban a hacerme ningún bien.

Viendo mi madre lo tarde que era, me obligó a irme a la cama, para que así los hombres pudieran conversar con libertad.

Me levanté, con un trozo de pudin en mi boca y otro en cada mano, y Sitti me acompañó, pero sólo llegamos hasta el siguiente piso, donde seguimos escuchando a escondidas mientras compartíamos el delicioso postre.

–¿Cuánto tiempo le queda de libertad al buen hombre? –preguntó en tono jocoso mi padre, refiriéndose a Enrico.

–Al parecer se casa dentro de dos años, pues la hija del mercader Balestrieri da Caltrano es muy joven y aún no es mujer, ya me entendéis –contestó Francesco.

–¡Como si eso fuera un problema para los hombres, y menos para los de familia rica! –exclamó mi padre acompañando sus palabras con una risotada.

–Sí, ya se sabe que ellos cogen lo que desean, cuando lo desean. Aún tienen esos privilegios, aunque al tener que hacerla su esposa, digo yo que debe querer respetarla –dijo mi hermano brindando con mi padre.

No sé por qué brindaban. No había ningún motivo de jolgorio en que Enrico se casara. Sin poder controlarlas, mis lágrimas comenzaron a deslizarse por mis mejillas. Sitti acarició mi cabeza y, mientras me levantaba del suelo donde me había agachado, me dijo:

–Constans, sabías que vuestros pasos tomaban caminos diferentes. ¿Por qué lloras?

–Porque me pidió que le recordase.

La primavera de 1464 llegó y llenó de aromas florales y cálidos rayos de sol los días, animándome a partir de Venecia. A pesar de nuestras diferencias, mi madre y yo mantuvimos aquella conversación que ella juzgaba tan escabrosa, y cuando me dijo que al yacer con mi esposo la noche de bodas era harto probable que me quedara en estado de buena esperanza, sólo pude preguntar:

–Siempre que un hombre toca a una mujer, ¿esta tiene un hijo?

–Yacer con tu marido es un deber. Para eso te casas, Costanza, para tener a sus hijos –contestó ella azorada.

–Pero eso no contesta a mi pregunta, madre. ¿Cada vez que me toque tendré un niño?

Ella se calló. Estaba claro que no sabía cómo explicármelo, y aunque yo sabía ya qué era el deseo, no me quedaba claro el asunto de los niños. Cuando Enrico me tomó en el callejón, ¿por qué no me dejó un hijo? ¿Fue porque no estábamos casados? ¿Los hijos sólo salían del matrimonio? Sabía que con mi madre no podía preguntar según qué cosas, y que sólo una persona podía procurarme la contestación a mis preguntas: mi amiga Sitti. Así que para no poner en un compromiso a mi progenitora, quise cambiar de tema:

–Madre, ¿cuáles son los deberes de una esposa?

–Harás tuyo el modo de vida de tu esposo. Te acostumbrarás a compartir sus aficiones. Estarás atenta a su honor. Mirarás más por tu casa que por ti misma, y más por tu espíritu que por tu propio cuerpo. Dejarás de pensar en ti, y si te acicalas será por tu esposo, sin darle celos con otros hombres, ni dar pie a nadie que pudiera usar tu actitud para perjudicarle. No contarás asuntos internos o diferencias con tus vecinas y recordarás que la opinión de una mujer en cuanto a asuntos de política no es válida, a no ser que tu esposo lo requiera. Él sustituye a tu padre como cabeza de familia y le debes respeto y obediencia.

–¿Es necesario que sepa algo más sobre el matrimonio? –pregunté.

–Sólo una cosa más. Me cuesta mucho decirte esto, pero es mi obligación de madre. La primera noche, cuando tu esposo te busque, tú déjate hacer. Él es el hombre y decide cómo hacerlo. El dolor pronto pasará aunque al ser tú una novedad, querrá repetir. Pero no te preocupes, con el tiempo cada vez serán menos las veces que tu esposo quiera yacer contigo. Eso suele suceder tras el primer parto, cuando tus curvas de jovencita desaparezcan y tus pechos se caigan, aunque supongo que te pondrá una nodriza que amamante a tus hijos, así que puede tardar algo más en buscarse a alguien más joven.

–¿Eso es el matrimonio, madre? ¿Dejar que él se harte de mí? ¿Tener a sus hijos y esperar a que me deje por alguien más joven? –pregunté verdaderamente asustada.

–Costanza, te casas con un noble. Con un caballero que todo lo ha visto. Por su cama habrán pasado miles de mujeres, a cual más bella. Al parir su primer hijo varón tendrás tu vida solucionada pues ya nunca te podrá repudiar. Cuando te conviertas en madre de su heredero, nadie podrá tocarte y siempre serás duquesa de Castelforca, incluso cuando tu hijo herede el título y se case.

Callé y bajé la mirada. No me gustaba lo que estaba escuchando. ¿No había ninguna parte buena en aquella historia?

Un mes antes de la boda, mi madre, Sitti y yo nos trasladamos a Quibati para alojarnos en casa del cuñado de mi esposo, Alessandro Orsatti. Mi padre se quedó en Venecia junto a mi hermano Flavio, para esperar la vuelta de Francesco de su último viaje a Génova y así poder cabalgar hasta Castelforca un par de días antes de la ceremonia.

Cuando mi esposo me visitó quedó sorprendido por el cambio que se había operado en mí, y sin poder dejar de mirarme, mientras me obligaba a dar un par de vueltas sobre mí misma, prodigó bellas palabras que hicieron que el rubor copara mis mejillas.

La vida en el palacio de los Orsatti fue tranquila, pues Sveva, la hermana agorera de mi esposo, no se encontraba en aquel lugar, ya que seguía recluida en el convento. Pero como toda tranquilidad tiene su fin, una vez conocí a sus otras dos hermanas, Violante y Aura, las únicas que quedaban vivas de toda la descendencia de los Fondasini, supe que mi vida en Castelforca no iba a ser en absoluto fácil. Violante tenía treinta y cuatro años y era señora de Cesena, a resultas del matrimonio contraído con Doménico Novello Vecellio, y Aura, de cuarenta años, medio hermana de Oddantonio en tanto hija ilegítima de su padre, era condesa de Aquiterbo a raíz de su matrimonio con Bernardino Agugiano.

Tuve la fortuna de que mi esposo acogiera a Sitti para que me hiciera compañía, ya que nada iba a unirme en pensamiento a esas dos señoras, que tenían aproximadamente la edad de mi madre, que aquel año había cumplido los treinta y cinco.

Pasé los días posteriores descansando en los jardines del palacio de don Orsatti, mientras escuchaba como aquellas tres mujeres ultimaban los preparativos de mi boda y organizaban lo que iba a ser mi vida como duquesa de Castelforca. Viéndolas, sentí como si todo aquello no fuera conmigo. Como si no fuera yo la que se iba a casar, como si mi vida estuviera pasando ante mí sin poder opinar si era lo que quería o no. Mi madre se entendió a la perfección con las hermanas de mi esposo, e incluso llegué a escuchar cómo se peleaban por quién entraría conmigo en la alcoba nupcial para ser testigo de mi desvirgamiento. Fue entonces cuando me indigné y, alzando la voz, dije mientras agarraba con fuerza la mano de Sitti:

–¡Señoras, hasta aquí podríamos llegar! Me parece correcto que me enseñen los protocolos con tan ilustres invitados, que decidan su situación en la celebración, que elijan la comida que servir, que ordenen la ropa que debo o no ponerme... Pero de eso a querer ver lo que hacemos mi esposo y yo el día de nuestra noche de bodas hay un inmenso paso.

Poco me esperaba yo que ellas se pusieran a reír, como si lo que acababa de decir no hubiera sido más que una broma. Sin saber cómo reaccionar corrí adentrándome hacia el bosque sin mirar atrás. Y corrí y corrí, perdiendo mis chapines; el vestido se me enganchó con unas zarzas que también quisieron ponerse en mi contra, y terminé cayendo en una charca donde rompí a llorar, sintiéndome la mujer más desdichada del mundo. Tras unos minutos de llorera inconsolable, en los que incluso llegué a perder la respiración del disgusto, una voz detrás de mí me sorprendió con estas palabras:

–¿Por qué llora la duquesa de Castelforca?

Al volverme me encontré a Oddantonio sobre un bellísimo caballo blanco, que resoplaba como si hubiera recorrido varias millas al galope. Bajó del equino, y no pude sino levantarme y abrazarle para volver a llorar como una niña sola y desvalida. Oddantonio me abrazó acariciando mi cabeza con cariño. Él era mucho más alto y fuerte que yo, y para estar a mi altura, tomó asiento en la orilla de la charca. Tocó mi vestido roto y mojado y dijo:

–¿Qué te ha ocurrido? Parece que te hubiera atacado una bestia feroz.

Ni siquiera me di cuenta de que me estaba tuteando, pues su tono conciliador me gustó tanto que empecé a sentirme cómoda desde ese mismo momento. Cuando recuperé la compostura, pude alcanzar a decir entre sollozos:

–Vuestras hermanas y mi madre se han aliado contra mí. Están decidiendo cómo va a ser la boda y no dejan que digan qué pienso al respecto, organizando mi vida posterior en el ducado y hablando con los criados como si yo no tuviera voz y...

–¡Lo que cuentas es horrible! ¿Hay algo más? –interrumpió mi esposo con una ironía que no supe entender.

–Quieren estar presentes la noche de bodas. Dicen que han de comprobar mi virginidad –dije algo avergonzada.

Mi esposo sonrió, carraspeó y dijo:

–No te preocupes. Es algo normal que cuando un noble de alta cuna se casa existan lo que yo llamo ojeadores. Dicen que están allí para vigilar la virginidad de la novia, pero yo creo que tan sólo son unos mirones. Si tú quieres no habrá nadie con nosotros esa noche. Yo soy quien decide esas cosas y si tú no vas a encontrarte cómoda, yo tampoco lo estaré.

¿Cómo podía dudar yo de aquel hombre? Era cándido, cálido, bueno, gentil, educado... en definitiva, era un ser maravilloso y ahora me arrepentía de haber perdido lo que le pertenecía por derecho. ¿Cómo iba a explicárselo? ¿Qué le iba a contar cuando no sangrara aquella noche? Y como si en verdad fuera cierto lo que un día me dijo mi padre, mi ángel de la guarda hizo su aparición por boca de mi esposo cuando dijo:

–Además, tú y yo sabemos que lo que ellos llaman virginidad es algo que ya no tienes.

Creo que no exagero si digo que incluso los pájaros dejaron de trinar, las nubes se pararon, el viento dejó de soplar, las flores no siguieron creciendo y la corriente de la charca desapareció para dejar inmóviles incluso a los peces que en ella se encontraban. Abrí los ojos de par en par, para de inmediato ocultarlos con mis manos, completamente avergonzada. ¿Cómo podía saber él algo así? ¿Quién se lo había contado? ¿Acaso mi esposo me había puesto espías?

–No te preguntes cómo lo sé, pues poco me importa tu virginidad. Hay muchas cosas que desconoces de mí y a las que tendrás que adaptarte, y puedo aguantar que hayas sido de otro antes. Sé que es algo inusual, pero no me gustan las vírgenes, se lo has de enseñar todo y es sumamente aburrido.

–Pero... Co... ¿Cómo lo sabéis? –pregunté intentando controlar el rubor de mis mejillas.

–Mi niña, sabe más el diablo por viejo que por diablo, ¿no lo sabías? Conozco la naturaleza femenina como la palma de mi mano y pude notarlo en tu cuerpo el día que volvimos a encontrarnos, en tu forma de mirar, en tus movimientos. En cómo te miras en el espejo que te regalé, cuando crees que nadie te ve, en las confidencias que le haces a tu dama de compañía, y en la forma en que os reís cuando miráis a los chicos de vuestra edad que trabajan para Alessandro. Verás que eso no importa cuando me conozcas mejor.

–Pero... esa parte que no conozco de vos... ¿Es mala?

–¡Horrible! Al menos según mi confesor, quien nunca me da la absolución, porque dice que ya estoy condenado –dijo sonriendo como si en verdad no le importara ser un maldito.

–¿Cómo voy a casarme con un agnóstico? –pregunté alterada.

–Costanza, hay muchas cosas que has de aprender. Deja que sea yo tu maestro y te aseguro que serás mucho más feliz siendo diferente que perteneciendo a ese club de viejas que parecen que les hayan metido un palo por el...

Le tapé la boca para no escuchar lo que iba a decir, y de pronto él se abalanzó sobre mí y me besó de una forma tan apasionada que me recordó a mi fogoso Enrico. Sus manos reptaban por mi cuerpo encendiendo mi pasión y pronto sus dedos comenzaron a desenredar las cintas que cubrían mi pecho. ¿Quién había dicho que ese hombre no era apto para la cama? Sus manos cubrieron suavemente mi cuerpo, que fue suyo desde el primer beso. Sus labios, gruesos, carnosos y su lengua juguetona hicieron que me olvidara que nos encontrábamos en un lugar donde cualquiera podía vernos. Su cuerpo, fuerte y musculoso, hizo que me olvidara de Enrico de inmediato, pues el placer que Oddantonio me dio solapó con creces al experimentado con mi primer amante. Yací con él antes de estar casados, junto a la misma charca donde me había caído. No sé si fue la gran experiencia que al parecer tenía mi esposo respecto al placer femenino, o aquel paraje idílico que nada tenía que ver con el infecto callejón donde Enrico me poseyó, pero pronto deseé que llegara el momento de vivir libremente con mi esposo, aquel ser que parecía sacado de un cuento de hadas, que comprendía que no todo lo preestablecido por la sociedad era correcto, que sabía vivir de cara a un mundo de alta nobleza, pero que en verdad comprendía las debilidades humanas porque él mismo era un ser humano débil que caía continuamente en las tentaciones de la vida.

Cuando todo terminó, Oddantonio me dijo:

–Me gustará ser tu maestro.

Yo seguía avergonzada. Primero, porque él conociera mi secreto; segundo, por creerme todo lo que mi madre y mi confesor me habían contado de los hombres, y tercero, porque hablaba del tema que tanto me preocupaba que fuera pecado si no se realizaba para procrear como si fuera algo tan sencillo como elegir el menú de una próxima comida.

Llegamos a caballo hasta el palacio de los Orsatti. Cuando mi madre me vio llegar sobre el equino de mi esposo, montada como un caballero, con el vestido roto, el pelo revuelto y con la pasta negra, que en teoría debía embellecer mis ojos, esparcida por mis mejillas debido a las lágrimas que me había provocado, se alzó y se dirigió corriendo hacia nosotros, gritando:

–Costanza, ¿qué te ha ocurrido? ¿Cómo osas presentarte ante tu esposo de esta guisa? Perdonad, mi señor, es aún una niña, a saber dónde se ha metido.

Y mi esposo, al que en verdad ya empezaba a amar, alzó su brazo, y deteniendo el avance de mi madre, dijo en un tono seco y abrupto:

–Mi señora, no hagáis que sea descortés. Vuestra hija, que es mi esposa, está preciosa tal y como está. Tan sólo se ha perdido por el bosque y ha topado con una bestia salvaje que la ha asustado.

Se volvió y me miró sonriendo, para después borrar esa misma sonrisa y continuar diciendo:

–Hermanas, dado que mi esposa aún ha de aprender mucho sobre protocolos y vuestro saber hacer queda libre de toda duda, os ocuparéis de disponer junto a la dama Contanti a los invitados. Pero el día de nuestra boda se comerá lo que desee Costanza, se escuchará la música según su parecer, y por supuesto, nuestra noche de bodas, será sólo nuestra y de nadie más. Sólo ella y yo yaceremos en esa cama y no admitiré que nadie quiera ver ese acto tan colmado de amor como si se tratara de un vulgar espectáculo de burdel.

Y dicho y hecho, así lo dispuso el señor de esas tierras y así debía cumplirse.

A partir de ese día mi trabajo se incrementó, ya que tuve que hablar con criados y cocineros para decidir conjuntamente el gran menú que se iba a servir en el fastuoso banquete al que estaban invitados los más altos representantes de la nobleza. Me resultaba algo molesto tener a gente tan importante de la sociedad en mi boda, ya que no conocía absolutamente a ninguno, pero debía aprenderme sus títulos, las normas de protocolo correctas para dirigirme a ellos y una frase de bienvenida, diferente para cada una de las damas que acompañarían a sus esposos. El 16 de abril amaneció soleado y con el aroma a las miles de flores que había en los jarros de barro dispuestos por todo el palacio de los Orsatti. Los pétalos blancos de cientos de rosas sacrificadas para cubrir los suelos de las estancias por donde caminaría por última vez Costanza Contanti, la niña de Venecia, hija de un maestro joyero, para convertirse en la mujer Costanza de Fondasini, duquesa de Castelforca, embriagaron mis fosas nasales con su aroma.

El simple vestido blanco que llevaría en la procesión hacia la casa de mi esposo me decepcionó por su sencillez. No llevaba cintas de seda, ni siquiera un solo brocado, ni un bordado para su decoración. No era más bonito que la camisola con la que yo dormía cada noche, y a pesar de que la tela de satén era tan suave como la gasa, también era tan opaca como el lino, y no dejaba ver absolutamente nada más que lo necesario. Pese a las reticencias de mi madre, Sitti colocó en mi cabeza, a modo de diadema, una corona de pequeñas flores blancas que ella misma había confeccionado aquella mañana en Quibati, y ese simple detalle acompañado de un guiño de complicidad bastó para que me sintiera la muchacha más afortunada del mundo por tenerla a mi lado.

El pequeño *palazzo* que me imaginaba –como tantos otros que había visto en Venecia–, lejos de ser una construcción solitaria rodeada de los frondosos bosques que habíamos visto durante nuestro viaje en el coche de caballos, apareció con toda su majestuosidad, como aquellos grandes palacios que se describían en los romances que cantaban los trovadores recién llegados a la ciudad. El carruaje se acercó hasta una preciosa fachada de ladrillo rosado. Al parecer, el cochero había azuzado tanto a los caballos que había llegado antes de la hora prevista, pues los invitados aún se encontraban a las puertas del palacio. No conocía a nadie, pero las damas invitadas me parecieron algo tétricas, pues todas vestían trajes de satén negros, sencillos y sobrios, como mandaba la tradición.

Una vez la entrada de palacio quedó vacía de gente, bajé del carromato y me encontré con mi precioso nuevo hogar. Ante mí apareció una fachada magnífica tan grande y alta que tuve que alzar mi cabeza para ver el fin, y desde un sencillo balcón vi a Oddantonio saludándome con la mano. Y aunque había mucho por construir, el palacio inacabado era bello, pues las dos torres de defensa que acariciaban aquella fachada le daban un aire principesco.

Con el sol de mediodía, comenzamos la procesión que iba a adentrarnos en mi nuevo lugar de residencia. Mi padre, Alessandro Contanti, encabezaba la marcha junto a Giulia Marconato, mi madre, que vestía de negro junto a mi hermana Ginevra, a la que la abadesa había dado permiso para asistir a mi boda. Elisabetta Miolo, mi abuela paterna, a quien no conocía, pues tras la muerte de mi abuelo se retiró a un convento para llevar una vida monacal, iba del brazo de mi hermano Flavio. Tras él, mi guapo hermano Francesco, que contaba veinte años, iba acompañado de su futura esposa, Doménica Baldorino, y de su dama de compañía, Violetta, pues a ella aún le quedaban un par de años para convertirse en su mujer. Seguía la procesión mi tío Piero y mi tía Lucrezia Marconato, junto a su hermano Giovanni Marconato y su esposa, Francesca Abioso. Mi prima Bianca, acompañada de su esposo, Guglielmo de Caloprini, seguía la comitiva escoltada a sus espaldas de sus hijos, Giovanna, Contesina, el pequeño Antonio, de dos años, y por supuesto, la recién llegada a la familia, Alessandra, de seis meses, en brazos de su nana, acompañada esta por nuestro maestro Giovanni Castriotto. Mis otros tres primos, Lucrezia, Lorenzo y Giuliano me precedían, y yo cerraba la procesión, sola, sintiéndome la mujer más decepcionada del mundo por mi sencillo vestido, mi corta familia, y por entrar en un mundo completamente desconocido por mí.

Pero fue entrar en palacio por la maravillosa y gran escalera de piedra que culminaba con un gran arco decorado con frisos y ver a Oddantonio y tranquilizarme de inmediato. Cuando llegué hasta él, un saludo formal, acompañado de un guiño cómplice, dio paso a las nupcias que fueron confirmadas por el notario, quien ató una cinta blanca que unió nuestras manos, una unión que fue bendecida por Marsilio, un sacerdote amigo de mi esposo, algo inusual en la época. Tras las formalidades, me dieron la bienvenida a mi nuevo hogar y a mi nueva familia las hermanas de Oddantonio, Violante, Aura y Sveva, con sus respectivos esposos, Doménico Vecellio, el conde Bernardino Aguginao, y Alessandro Orsatti. Como mandaban los cánones de la tradición, los amigos del novio también me dieron la bienvenida presentándome sus respetos; así pude conocer a sus consejeros, Manfredo Tonisto de Carpi y Tomasso Guido Altieri, que para mi sorpresa competían en belleza y juventud junto a mi esposo.

Ahora sé que Oddantonio era lo que la sociedad llamaba «diferente», y que si lo aceptaban era por el poder que como señor de esas tierras tan bien posicionadas tenía. Pero lo único que yo vi en su descaro al saltarse el protocolo y besarme en la boca en presencia de mis padres y de mi familia, fue a un hombre dominado por el amor.

–¿Quién puede poner en duda que esta mujer no sea tan pura como una auténtica vestal?

Todo el mundo aplaudió, y Oddantonio, aprovechando que nadie podía oírnos, se acercó para susurrarme al oído:

–Me encantan las flores de tu frente. No te las quites.

Tras nuestra unión, siendo ya señora de Fondasini, las hermanas de Oddantonio me acompañaron a una sala donde me esperaba el maravilloso vestido de baile que mi madre me había enseñado la primera vez que me habló de mi desposamiento, instando a las criadas de las damas que se encontraban en el lugar a que las informaran de que era hora de cambiar sus negros trajes por otros más ricamente decorados. Cuando Violante quiso quitarme la corona de flores –a lo que me negué, pues quise agradar a mi esposo–, pude oír cómo murmuraba con su hermana que yo era tan sólo una niña tonta, infantil y con mucho que aprender, pero no quise escucharla para que su amargura de vieja no fastidiara mi gran día. A pesar de ello, acepté colocar la tiara de perlas y diamantes, regalo de mi padre, sobre mi frente, entrelazándola con aquella simple corona de flores que había hecho Sitti y que tanto le había gustado a mi esposo.

Mi llegada al patio principal estaba tan estudiada que cuando entré en él, todas las damas ya se encontraban junto a sus maridos, en posición de saludar a los nuevos esposos, formando una media luna que cubría todo el patio. Estaba tan nerviosa que no me di cuenta de que Oddantonio me ofrecía su mano hasta que me dio un pequeño golpe con el tacón de su zapato, cosa que creo nadie vio. Supongo que para relajarme, él se acercó y me dijo:

–Gracias por obedecerme y no quitarte las flores. Esta noche seré yo quien vuelva a «desflorarte».

Sonrió, y sé que sabía lo nerviosa que estaba cuando volvió a decirme:

–Nada has de temer de nuestros invitados. Son personas como tú y como yo que desean presentar sus respetos a la nueva duquesa. ¿Estás preparada?

No lo estaba, pero sabía que era algo que cuanto antes hiciera antes nos permitiría disfrutar de la gran fiesta posterior, de los ágapes que iban a acompañarnos durante los festejos, de la música, de los bailes y de los entretenimientos. Así que respiré profundamente y, dirigiéndome a mi esposo, dije:

–¡Comencemos!

–Mi señora, os presento al príncipe heredero de Nápoles, Alfonso II, en representación de su padre, el rey Fernando I, a quien le ha sido imposible asistir por asuntos de Estado. Le acompaña su hermana Leonor, y un buen amigo de su familia, el escritor Antonio Beccadelli –dijo pomposamente nuestro camarlengo.

–Es un placer conoceros, príncipe Alfonso y princesa Leonor. Os ruego que transmitáis mi más cordial saludo a vuestro padre. Maese Beccadelli, estoy ansiosa por compartir con vos una conversación sobre su obra –exclamé realizando una reverencia a un muchacho que apenas tenía dieciséis años y ofreciendo mi mano para que fuera besada por el hombre más anciano que jamás había conocido.

Con una sonrisa eterna y falsa, que hizo que me doliera la mandíbula al terminar, y recordando todas las frases de gratitud que había tenido que aprender para satisfacer a nuestros invitados, conocí en un estricto orden a los representantes de los Estados Pontificios, Leon Battista Alberti, secretario personal del papa Niccolò V, y al cardenal de San Marcos, Pietro Barbo; a los duques de Milán, Francesco I Sforza y a su esposa Bianca María Visconti, a quien acompañaba su hijo Galeazzo Sforza; al duque de Rassana y marqués de Perugna, mi ya conocido Borso de Calboni, quien me presentó a su medio hermano, Ercole, el cual arrancó en mí una sonrisa verdadera, pues al verle pude comprobar que tenía el mismo aspecto de sapo que su hermano, aunque bastante más joven. En nuestra ronda, también me presentaron a los duques de Saboya, vecinos lejanos pertenecientes a los estados francos, don Louis de Saboya y su esposa Anne de Lusignan, a quien se les veía ansiosos de encontrar pareja entre las familias nobles que allí se encontraban a sus hijos, Amédée y Philippe, desinteresados por aquella gente que hablaba una lengua algo extraña para ellos.

Tras las familias más nobles e importantes, llegó el turno de los terratenientes de los marquesados. Los primeros en ser presentados fueron los marqueses de Mantua, Ludovico II Gonzaga, con su esposa Barbara de Brandeburgo y su hijo Federico. Olvidándome del protocolo, a punto estuve de hacer una reverencia, pero por fortuna Oddantonio lo impidió, ya que las normas de la educación establecían que fueran ellos quienes debían presentar sus respetos.

Después le llegó el turno al marqués de Montferrato, Guglielmo VIII y su desposada Marie de Foix, de tan sólo doce años, a quien acompañaban sus padres, Gaston IV de Foix y Leonor de Navarra. De acuerdo al protocolo, no era habitual que la pequeña estuviera allí, aunque supongo que su presencia obedecía a que, de este modo, sus padres se aseguraban de que el marqués no se echara atrás en su elección. Por mi parte, me encantó que asistiera, pues a pesar de que su lengua piamontesa distaba bastante de mi veneciano, fue una excelente compañía para mí en aquella fiesta, ya que todos los demás se me aparecían como ancianos que hablaban de cosas que no llegaba a comprender. Por último, en aquella larga presentación de nobleza le tocó a los marqueses de Saluzzo, Ludovico I, su esposa, Isabella de Montferrato, hermana del marqués de Montferrato, a quienes acompañaba su hijo Ludovico II, curiosamente también en una edad más que casadera. Cuando ya creí que las presentaciones habían terminado y deseando sentarme para el primero de los banquetes, hice ademán de irme. Sin embargo mi esposo, con un sutil movimiento de acercamiento que nadie advirtió, me dijo:

–Mi señora, falta el señor de Piombino. Te aseguro que es bastante malcarado y sádico, es mejor no enfadarle. Después es el turno de los representantes de las repúblicas, los constructores del palacio, y unos amigos que quiero que conozcas.

Suerte tenía de que aquel hombre estuviera a mi lado, si no el desaire hubiera sido para el señor de Piombino, Jacopo III, y sobre todo, para aquellos que más me importaban, mi propia familia, Cosimo y Contessina de Alario, en representación de Fortefortezza. Tras los grandes señores, pasó a presentarme a los responsables de la construcción del castillo. Fueron anunciados por mi propio esposo, que no dudó en usar un lenguaje coloquial y ameno al nombrar a grandes artistas como el arquitecto Maso di Mido y al ingeniero Fra Francesco, un dominico que ahora era párroco cerca de Castelforca, pero que antaño se encargó tanto de las obras del palacio como de la ampliación del Duomo contiguo.

También conocí a Luciano Guzzo, a quien se le había encomendado diseñar las arcadas del patio en el que nos encontrábamos, para convertirlo en un monumento a la antigua Roma, y a Ambrogio Alcaine, el decorador de las estancias interiores, con quien debía hablar urgentemente tras los banquetes: a mi modo de ver, lo poco que había visto era demasiado antiguo para mí, ya que los muebles eran sobrios, las antigüedades llenaban las habitaciones y las chimeneas estaban decoradas con motivos bélicos, cosa que alteraba mi espíritu.

Si bien la primera parte de la recepción se me hizo pesada y aburrida, cuando conocí a los amigos de mi esposo que me dieron la bienvenida junto a sus consejeros pensé que si ellos eran los que se reunían en la intimidad mi vida en Castelforca iba a ser más que interesante.

Oddantonio anunció a Vespassiano da Bisticci, creador de la maravillosa biblioteca que aún no había tenido ocasión de ver, pero que a juicio de todo el mundo era la segunda más grande tras la biblioteca pontificia, y también me presentó oficialmente a Marsilio Carcheri, el sacerdote y filósofo que había bendecido nuestro matrimonio. Había oído hablar de aquel hombre en alguna ocasión, mencionado en las conversaciones de mis tíos durante el verano en Careggi.

Marsilio era uno de los protegidos de la familia Alario, hijo de su médico particular y cabeza visible junto a mi tío abuelo, de la Academia de pensamiento platónico de Fortefortezza, de la que se escuchaban maravillas, y a la que también pertenecía Cristoforo Landino, un escritor y filósofo, otro de los amigos de Oddantonio.

Aunque Siena no pudo enviar representación oficial a la boda, en cierto modo quedaba representada con uno de sus ciudadanos: el escritor Agostino Dati. Y desde Roma habían llegado Bartolomeo Platina, otro escritor que era conocido por ser un reputado gastrónomo y secretario del cardenal Francesco Gonzaga, y Filippo Paladini, quien me sorprendió al pedirme si era tan amable de llamarle Hecateo, ya que pertenecía a la Academia de Roma de Pomponio Leto para el estudio de las antigüedades.

Al término de la recepción nos trasladamos a la gran sala de baile, donde el protocolo exigía que la esposa bailara con el pariente más joven de la familia del esposo. Debido a que ninguna de las hermanas de Oddantonio había conseguido parir hijos de sus esposos, tuve que bailar con el joven Costanzo I Orsatti, el hijo que el esposo de Sveva había tenido con su primera mujer, Costanza Orsatti.

Acompañada por las notas de mi Guillaume de Dufay, y bailando con alguien que no me parecía un viejo, pude lucir mis dotes como bailarina delante de una muchedumbre que parecía haber perdido toda su buena educación. Ahora se atrevían a elogiar a la novia y a su acompañante, prodigándonos buenas palabras y piropos, tanto a nuestra juventud como a nuestra gracia y a nuestra vestimenta, en voz alta, sin importarles el estricto protocolo que se desvanecería por completo tan pronto como el vino comenzara a correr por sus gargantas.

Tras el baile, y también como mandaba la tradición, Costanzo me mostró la casa: mis aposentos privados, la capilla, el salón de mujeres, el de los hombres; la cocina, que se encontraba en su máximo auge de trabajo, debido a que el primer banquete debía servirse casi de inmediato; el comedor, que estaba ricamente decorado para la ocasión; y el salón de música, donde me encontré con un precioso clavicordio y con el laúd que Oddantonio me había regalado. Después pude ver la sala de juegos, la de estudio, junto al salón de lectura, y varias estancias más cuyo nombre olvidé, pensando que tendría toda una vida para descubrirlas. Todo el palacio, del cual sólo había visto una parte, me pareció impresionante.

Al terminar la visita, y ya por fin acompañada de mi esposo, entramos en el comedor donde nos esperaban nuestros invitados, dispuestos sabiamente por sus hermanas y mi madre. Antes de que los criados comenzaran a servir, pude contemplar la rica porcelana de Oriente, las bandejas de oro con finos repujados y la cristalería de Murano, que dejaron de importarme cuando entraron las primeras viandas.

Las salchichas de seso de cerdo, de Bolonia; el zampone, que eran patas de cerdo rellenas; los pasteles de carne redondos de Ferrara, con los que don Borso llenó su boca y sus manos; las ostras de Venecia, que no fueron del agrado de todos los comensales por su textura y por tener que comerlas vivas; los macarrones de Génova; los *capelletti* a la Reggiana; el queso Gorgonzola, con el sello visible de la cofradía de maestros queseros, que lo señalaban como de la más alta calidad, todos aquellos manjares hicieron que nuestros invitados olvidaran su compostura, y a pesar de sus buenas maneras, no dudaron en regar sus gaznates con cientos de vinos provenientes de todos los territorios circundantes a Castelforca.

Tras estos abundantes entremeses, llegó el turno de los platos fuertes, con los que todos disfrutamos: como la gran cantidad de esturión que sirvieron, suficiente para hartar a un regimiento, y que se acompañó de trufas y puré de nabos, y la ternera, los capones, los gansos, los pavos, así como cisnes y garzas reales, cazados aquella misma mañana en los bosques cercanos, y que los cocineros acompañaron con cebollas, coles, calabaza, rábanos y acelgas de nuestro propio huerto, y por castañas asadas, nueces, almendras y avellanas recogidas en los mismos bosques de donde había salido la carne.

La conversación era más bien escasa, pues todos, nobles y artistas, adultos y niños, tenían las bocas llenas de aquellos deliciosos manjares. Cuando el vino borró todo rastro de carnes, verduras y acompañamientos, llegaron los postres: mazapán de Siena, *baicolis, zaletis, bussolais, sagagiardis,* diferentes clases de galletas dulzonas con sabores a fruta y especias dispares. La torta Nicolotta, un maravilloso y dulce bizcocho relleno de pasas y piñones que se deshacía en nuestras bocas, así como la tarta Pinza, un pastel con fruta confitada, pasas y semillas de hinojo, regadas por un dulcísimo *fragolino* caliente del mejor vino y las más maravillosas especias. A estos postres se unieron frutas recogidas de los lares de nuestras tierras: higos, nísperos, melocotones, moras, frambuesas, peras, manzanas y uvas, regadas con azúcar de Sicilia y miel Toscana. Una delicia que todos disfrutamos y que rematamos con una extensa variedad de licores diferentes que provenían de los presentes ofrecidos por nuestros invitados.

Pensar que esos ágapes se repetirían durante dos días más fue algo que preferí posponer, pues tras ese copioso convite era la hora del fresco, de dar un paseo por los jardines del palacio y los bosques colindantes. Aquella caminata, que ayudaba a bajar la comida y a que el alcohol se desvaneciera de nuestras mentes, era inédita para mí, pues en las pocas bodas a las que había asistido hasta ese momento, se paseaba en góndolas por los canales de Venecia, así que me pareció algo extraño tener que caminar por aquellos maravillosos jardines donde comenzaban a brotar las primeras flores primaverales. Fue una experiencia maravillosa, pues los poemas que normalmente se recitaban elogiando a la novia fueron exquisitos y de una calidad inmejorable viniendo de aquellos excelsos escritores. Y no sólo elogiaron mi belleza, mi juventud, mi sonrisa, mi gracia y mi dulzura, sino también todo aquello que formaba parte de mi ajuar y mis objetos personales: vestidos y ropa de cama y los regalos obtenidos de Oddantonio, así como los bellísimos *Putti*, regalo del genial Donatello, que ocuparon enseguida un lugar de honor en nuestra entrada.

Al volver al salón de baile, la música comenzó a sonar y los invitados bailaron, hablaron, confraternizaron, hicieron negocios y firmaron tratados, e incluso llegaron a sellar alianzas de futuros matrimonios, animados por los licores y el nuevo vino que comenzó a aparecer en sendas bandejas que traían los criados.

Oddantonio de Fondasini malgastó el dinero en lujo y ostentación, y repitió la velada los dos días siguientes hasta que se celebró el banquete final.

La primera noche, más que animada por el vino que corría por mis venas, tranquila porque no hubiera nadie más en nuestra habitación, y feliz porque comenzaba a amar a ese hombre con el que iba a yacer, en teoría para procrear, lo tuvo absolutamente todo, aunque careció de santidad.

Mi madre me había contado que jamás permitiera a mi esposo ver mi desnudez, y que cuando él me tocara la primera noche, tan sólo debía subir mi camisón por debajo de la sábana nupcial. También me explicó mi progenitora que no habría besos, pues estos no llegaban hasta que los esposos no sentían cariño entre ellos; claro que ella hablaba de los castos besos que se daba con mi padre en la mejilla y la frente, y no de los que yo ya conocía.

Todo fue diferente a lo que me contó. Mi esposo y yo acabamos desnudos y sudorosos sobre una cama completamente revuelta. Los besos con lengua se sucedieron hasta llegar a partes que no eran los labios, y sus manos tocaron todo aquello que pudieron palpar, porque yo, queriendo aprender todo lo que un hombre de su experiencia me ofrecía, me dejé llevar por la pasión, el placer y el sexo animal, sabedora de que eso me convertía en una maldita a ojos de mi iglesia, igual que lo era Oddantonio.

Experimenté, con mi ahora ya esposo, el placer del sexo carnal, y aunque recuerdo todo lo que sentí en aquella cama, que quedó completamente revuelta, en mi memoria permanecieron para siempre sus manos grandes y sus dedos que me llevaron a un estado sensual que no podría describir aunque quisiera. Sus labios hicieron que descubriera que todo podía suceder cuando un hombre adulto y experimentado se encontraba con una jovencita inexperta, abierta a aprender todo cuanto quisieran enseñarle.

Dormimos más bien poco, pues a pesar de ser mi esposo un hombre de cierta edad, tenía un vigor inusual. Cuando se derrumbó sobre mi cuerpo sin fuerzas, tras una maratón que se prolongó hasta bien entrada la noche, su boca seguía buscando mi piel, besando mi ombligo, mientras sus palabras me llenaban de una satisfacción mucho mayor que todo el sexo que pudiera ofrecerme:

–Costanza, juro por lo más sagrado que jamás conocí doncella tan vigorosa y complaciente como tú.

A la mañana siguiente, no sé qué vieron en mí mis invitados, los amigos de mi esposo e incluso mi madre, que me sonreían más de lo habitual. Sólo Lorenzo, mi primo, con la confianza que nos teníamos alcanzó a decirme con una pícara sonrisa en sus labios:

–Se te ve radiante, prima. ¿A ver si va a ser mentira lo que se cuenta de tu esposo en los burdeles de toda la Romaña?

Y yo me ruboricé. Primero, porque esperaba que no se me notara lo mucho que disfruté la noche anterior, y segundo, porque no era la primera vez que alguien me comentaba en confidencia que algo se escuchaba sobre mi esposo en aquellos sórdidos lugares.

–Primo, ¿qué es lo que se dice sobre Oddantonio en esos lugares?

–No puedo decírtelo, no creo que sea decoroso por mi parte –contestó Lorenzo.

Supliqué con mi mirada.

–Bien, supongo que viéndote la cara debe ser mentira, pero deberías ir con cuidado, pues dicen de él que le gustan otra clase de placeres.

–¿Cuáles? –indagué de nuevo.

–Vamos, Costanza, no creo que deba ser yo quien te diga esto –exclamó.

–Si no lo haces tú, ¿quién crees que me lo dirá?

Lorenzo se acercó a mí y, susurrándome al oído, me dijo:

–¿Sabes lo que es la sodomía?

Negué con la cabeza.

–Dicen de él que gusta de chicos jóvenes. De cuerpo delgado, piel blanca, cutis fino y apenas sin experiencia, aunque está claro que son habladurías.

Quise negar delante de Lorenzo aquella aberración. ¿Cómo podía decir la gente tal cosa? ¿Cómo podía creerme yo aquello, si las manos y los labios de mi esposo me habían complacido de una manera que jamás había sentido? ¡Qué mala era la gente si era capaz de decir aquellas cosas! Pensé en si decírselo a Oddantonio, mas recordé las palabras de mi madre: una buena esposa debe velar por el honor de su marido. ¿Qué debía hacer en aquel caso? ¿Hablar con él para que acallara esos rumores? ¿O hacer como si nada ocurriera para que no tuviera que luchar contra aquellas absurdas falacias?

Fue entonces cuando comprendí por qué Enrico no le dio importancia cuando robó mi virginidad. Realmente creía que mi esposo no iba a tocarme jamás. ¡Cuán equivocado estaba!

Tras los días de festejos, de bailes, de ágapes imposibles y de regalos maravillosos, como fueron la maravillosa Biblia de don

Borso Calboni, o una copia del manuscrito *Hermaprhoditus*, escrito por Antonio Beccadelli, que me entregó en la más estricta intimidad y que me escandalizó con sólo leer las primeras páginas, la vida en Castelforca se tranquilizó con la ceremonia final de atención al pueblo.

Aquel acto consistía simplemente en salir al balcón para saludar a los habitantes de Castelforca, que se encontraban donde el carruaje me dejó cuando llegué, gritando vivas y elogios hacia la nueva señora de Fondasini. Tan contenta estaba yo, tan amada me sentía, que ni siquiera me di cuenta de sus raídos vestidos, demasiado austeros y viejos para una ciudad tan rica; no me fijé en su extremada delgadez, que clamaba a gritos más alimentos para la población, y no quise ver sus falsas sonrisas, ni que la guardia ducal se encontrara detrás de ellos, azuzándoles para que demostraran su amor por los duques, con los elogios y los vítores que habían sido dictados por los escribientes de nuestra maravillosa biblioteca ducal.

EL SECRETO DE NUESTRA UNIÓN

Durante la primera semana mi esposo me visitó cada noche en mis aposentos. Cuanto más me hacía el amor, más lejos quedaban los rumores de su supuesta sodomía. Creí que lo mejor era omitir que conocía lo que las malas lenguas decían sobre el hombre que yacía conmigo, de una manera que, estaba segura, ninguna de las féminas de mi familia había experimentado jamás.

Estar con él se convirtió para mí casi en una necesidad. Anhelaba su presencia cada noche y añoraba su calor durante el día; tenía que ir a verle a su despacho a escondidas, a través de uno de los pasadizos que, gracias a mi curiosidad, descubrí. Aquel conducto estrecho, de piedra húmeda y mohosa, significó para mí un medio de desahogar el ansia por verle, la única manera de estar con él. Sé que de haberme descubierto me hubiera llevado una buena reprimenda, pues una de las pocas cosas que me prohibió mi esposo fue que le molestara mientras despachaba los asuntos del ducado con sus consejeros.

Acostumbrada como estaba a las prohibiciones, a no poder salir sola por la ciudad, a quedarme en mi habitación durante horas mientras bordaba, cosía o tocaba el clavicordio, no me extrañaron las normas de Oddantonio. Incluso debo decir que mejoraron mi calidad de vida, ya que la sala de música del castillo era una estancia llena de luz, con grandes ventanales en la que pude mejorar mis artes musicales, sobre todo con el precioso laúd que él me regaló.

Por aquella época yo no conocía el valor del dinero, ya que mi único contacto con él había sido la bolsa de monedas que mi padre me ofreció para el último carnaval. Lo que sí sabía era que todo cuanto yo solicitaba a mis criados, que eran muchos, lo tenía. Las preciosas telas para nuevos vestidos las solicitaba a nuestra costurera; los manjares exquisitos al cocinero, quien se encargaba de hacer que los cazadores trajesen lo solicitado; nuevas partituras musicales a los escribanos de la biblioteca, que se encargaban de buscarlas. Mi vida transcurría entre largas jornadas tocando música, leyendo en la biblioteca, paseando por los jardines con Sitti, probándome joyas y vestidos, aprendiendo nuevos bailes a escondidas de mi esposo con el fin de sorprenderle en las numerosas fiestas que celebraba con sus amigos más allegados, y decidiendo junto a maese Alcaine la decoración de las maravillosas estancias de palacio, que pronto cambiaron su aspecto austero y bélico por una imagen mucho más femenina con la inclusión de suaves terciopelos, ricas gasas, sedas de vivos colores y alfombras que llenaban cada una de las salas y que le confirieron una calidez al lugar que antes no tenía. No debía pedir permiso a mi esposo para emprender ningún cambio, pues en nuestra quinta noche juntos me dijo que en tanto que era dueña de aquel palacio podía tomar cualquier decisión relativa a su decoración. Así fue como los frisos y las tallas de las chimeneas que tanto me asustaban por sus motivos bélicos empezaron a cambiar cuando pedí a los escultores de palacio que los llenaran con motivos mitológicos, y en concreto, solicité que en el hogar de mi aposento se tallara un friso lleno de ninfas correteando por el bosque, perseguidas alegremente por varios faunos y centauros.

Oddantonio seguía visitándome cada noche, y cada vez era mejor a la anterior. Aprendí qué era el placer, a sentir sus manos, a notar sus besos, a oír sus jadeos, y a escuchar sus gemidos, descubriendo que mis propios suspiros podían llegar a enloquecerle de éxtasis. Era feliz, todo lo que pedía me era concedido. Muebles nuevos, esculturas bellísimas, ricos cortinajes...

Los días y los meses pasaban mientras la decoración de mi nuevo hogar continuaba viento en popa, me llegaban los suntuosos trajes que había encargado y recibía los halagos de los curiosos personajes que visitaban Castelforca para compartir sus conocimientos y asistir a las fiestas que cada semana se celebraban en palacio.

Después de ocho meses llegó carta de Venecia dirigida a mí. Venía de mi antiguo hogar y me extrañó que mi esposo me diera aquella misiva para que la abriera yo misma.

–¿No deseáis ver su contenido antes? –pregunté, pues no estaba acostumbrada a tanta libertad.

–Costanza, es vuestro nombre el que viene en el sobre, no el mío –exclamó sin darle importancia.

Y fue abrir el lacre con el sello de los Contanti, y mi alegría y felicidad desaparecieron al leer las palabras de mi madre: me preguntaba por qué, después de tanto tiempo, aún no había anunciado mi embarazo. En aquella misiva me exigía ser la primera en saberlo y me recordaba mis obligaciones como duquesa, al tiempo que me alertaba de que ya había recibido cartas de mis cuñadas preguntándole si existían noticias de un heredero, recordándome lo que le ocurrió a Isotta, la primera esposa de Oddantonio.

Quise esconder esas noticias a mi esposo, pero al ver la infelicidad y la tristeza en mi rostro, se arrodilló a mi lado y preguntó:

–¿Qué es tan terrible para que se haya borrado la sonrisa de tu rostro?

–Oddantonio, mi madre me dice que ha pasado demasiado tiempo para que aún no haya un futuro heredero en camino. ¿Es verdad eso? Yacemos cada noche y no hay rastro de embarazo. ¿Debería preocuparme?

–No te diré que no me inquieta esa cuestión. Lo he hablado con mis consejeros y me dicen que si pasa un año y no te dejo en estado de buena esperanza, entonces deberemos consultar con las parteras. No te preocupes, quedan aún cuatro meses, en los cuales lo intentaremos con ahínco.

Las palabras de mi madre y la respuesta de mi esposo me dejaron preocupada. Era mi deber traer al mundo un heredero, mas... ¿qué podía hacer yo? ¿Cómo podía quedarme embarazada si haciendo todo lo que deseaba mi esposo aún no lo había logrado?

Consulté con Sitti mi problema, quien a su vez me dijo que había recetas para conseguir que mi vientre fuera más fértil. Probé aquellos potingues de sabor horrible, busqué entre los escritos de la biblioteca oraciones especiales, que rezaba cada noche y cada mañana a la Virgen para que me diera un hijo, e incluso probé algún que otro ritual pagano, que Sitti conocía de leyendas antiguas de su pueblo, como salir descalza y desnuda en una noche de luna llena para lavar mi cuerpo con el agua de lluvia acumulada en una pila de piedra que hice construir en uno de los jardines interiores del palacio. Nada funcionó, y a pesar de que el placer seguía fluyendo entre los dos, pude ver el cansancio en los ojos de mi esposo, comprobé que los besos se espaciaron, que las caricias dejaron de abundar, y que cuando yacíamos, él se dedicaba sólo a fecundarme. De alguna manera era como si Oddantonio estuviera allí conmigo, pero separado de mí por un enorme abismo que cada noche se ensanchaba más.

Pasó el año establecido y me visitaron las parteras. No había indicios de que la culpa fuese mía, pero me sentí desdichada por no poder darle a mi esposo lo único que me pedía. Nuestra relación se enfrió, aunque de cara a la gente éramos un matrimonio feliz. Las fiestas en nuestro palacio eran numerosas, y algunas por motivos tan absurdos como el que aquel año de 1465 las lluvias no hubieran hecho aparición hasta mediados de año.

Poco sabía yo de cosechas, de tierras de labranza, de cultivos y regadíos, pero siempre me había gustado escuchar a la gente que había a mi alrededor, y cada vez se oían más rumores de los criados sobre que la escasez de agua no era motivo de fiesta sino indicio de que nos esperaba un duro invierno.

Cuando el frío llegó, en palacio no hubo escasez. Los ágapes se sucedieron unos a otros, las fiestas continuaron, las viandas se presentaron numerosas a la mesa y el vino corrió por nuestras venas, como si nada malo ocurriera pese a los vaticinios agoreros de los criados. Yo aducía la abundancia a las reservas del propio palacio así que no le daba importancia, hasta que Sitti me dijo que las sobras que antes se comían los numerosos perros de caza de mi esposo eran ahora para una muchedumbre que yo no veía, pero que pertenecían a Castelforca y que, muertos de hambre, llegaban a palacio en busca de alimento. Quise creer a Sitti; ya que no podía ver aquello que me contaba con mis propios ojos porque tenía prohibido salir sola de palacio para no verme expuesta a posibles ataques de bandoleros. Puede que no fuera menos prisionera entre aquellas paredes que en casa de mi padre, pero sabía que me bastaba con pedir aquello que deseara para que me fuera traído al palacio ducal con la máxima diligencia. Quería creer a Sitti, siempre lo había hecho, pero en este caso no podía hacerlo. Una vez al mes acompañaba a mi esposo en la gran cacería que celebraba en los bosques, y a lomos de mi nueva yegua blanca, su último regalo de aniversario, no había visto por las calles de la ciudad a ningún niño hambriento o vestido con harapos, más bien todo lo contrario: siempre había gente feliz que me dedicaba sus sonrisas y amables palabras.

Durante aquel segundo año de matrimonio, las asiduas visitas de Oddantonio a mis aposentos fueran espaciándose cada vez más. Ya no venía cada noche; a veces, ni siquiera venía durante semanas, y aquello me dolió de tal manera que hizo mella en mi carácter y en mi ilusión. Mi cuerpo había cambiado a mejor, seguía estando delgada, pero disponía de muchas más curvas, más pecho, más experiencia, y por ello no acababa de comprender que el interés sexual de mi marido se desvaneciera con el tiempo, llegando incluso a yacer conmigo sólo una vez al mes. ¿Acaso había perdido el interés por mí por no haberle dado un hijo? ¿Serían ciertas todas aquellas aterradoras historias que me había contado mi madre acerca de mujeres desdichadas que, por ser estériles, terminaron recluidas en conventos? ¿Había dejado de amarme Oddantonio por no darle descendencia? Si no podía darle un hijo, un heredero, ¿qué me ocurriría?

Y llegó el año 1466. Mi carácter se había agriado de tal manera que ni siquiera le di importancia a que mi esposo no recordara mi aniversario.

Aun teniéndolo todo, me sentía la mujer más desdichada del mundo. Añoraba las caricias de mi señor, anhelaba sus besos, necesitaba ver su rostro, su delicada sonrisa, pero ni siquiera tenía ganas de cruzar el pasadizo que comunicaba mi habitación con su despacho, pues verle a escondidas aún me dolía más que no tenerle a mi lado.

Tras mi dieciocho cumpleaños, y a pesar de no haberme quedado embarazada, mi esposo me dio permiso para asistir junto a Sitti a los acontecimientos que se produjeron en mi familia y que me alejarían de Castelforca durante un tiempo.

El bautizo del nuevo hijo de mi prima Bianca, llamado Cosimo en honor a mi tío abuelo que había fallecido cuatro meses después de mi boda, fue una fiesta sin igual, que se vio empañada por las múltiples conversaciones que tuve que mantener, primero con mi madre, que me dijo que algo mal estaba haciendo; y, segundo con mi tía, que me dio consejos para recuperar el interés de mi esposo por mi persona; y, por último, con mi prima Bianca, que me enseñó técnicas para que la semilla de mi esposo alcanzase mi vientre.

Otro de los acontecimientos de aquel año fue la boda de mi

prima Lucrezia con Bernardo Galatazzi, un famoso y pudiente escritor que celebró una boda casi tan fastuosa como la mía, y que quiso que los gastos del banquete quedaran reflejados en las crónicas de la época para que la gente recordara aquel festejo durante muchos años. Oddantonio me acompañó a esta celebración y en ella pude conocer a Clarice Cattarini, desposada con Lorenzo. Era una muchacha bellísima, de perfectas facciones y pelo castaño, aunque el pañuelo con que cubría su cabeza le confería una imagen demasiado desvalida. Cuando Lorenzo me preguntó mi opinión sobre su futura esposa, le dije que viéndolos juntos me parecían una de las más perfectas parejas que conocía, y con la confianza que mi primo tenía conmigo no sé por qué me extrañó cuando me preguntó:

–Prima, ¿eres feliz?

–¿Por qué no debería serlo?

–Tu mirada ha perdido el brillo que la caracterizaba y el verde es ahora opaco. Has perdido tu sonrisa y tus ojos se ven cansados, e incluso me atrevería a decir que no hace mucho que has estado llorando. ¿Qué te ocurre, prima? Debes contármelo, sólo así podré ayudarte –exclamó Lorenzo.

Añoraba a ese muchacho que me amaba tanto que me hubiera perdonado cualquier cosa, pero otra de las normas de la buena esposa era no difundir los problemas conyugales, aunque pensé que si las mujeres de mi familia lo sabían, por qué no podía mi primo estar al corriente, y descargando mi pena, al borde del llanto, le dije:

–Llevo dos años casada y creo que no puedo tener hijos. Mi esposo ya no yace conmigo y seguramente debe de estar buscándome una sustituta en los numerosos viajes que está haciendo últimamente.

–¡Ni se te ocurra llorar, Costanza! ¿Cómo puedes pensar eso?

–Cuando está en casa ni siquiera me mira, ya no roza su mano con la mía cuando pasa por mi lado y siempre está celebrando fiestas estúpidas que evitan que nos encontremos a solas. Flirtea con otras damas en mi presencia, y sé que incluso alguna de ellas ha visitado sus estancias, aunque cree que lo desconozco. Incluso una vez me dijo que debería estudiar menos y leer más sobre maternidad, por si así se me pegaba algo –contesté suspirando.

–¿Dices que yace con otras damas? ¿Sabes si tiene algún hijo ilegítimo con alguna de ellas? –preguntó mi primo sorprendiéndome.

–¡Cómo voy a saberlo! –exclamé alterada.

–Te lo digo porque es normal que las mujeres estériles adopten a los hijos de otras relaciones de sus esposos. Igualmente, si pudieras demostrar que él no ha dejado en estado a ninguna mujer, eso significaría que tal vez el problema no lo tengas tú, sino él.

–¿Él? ¿Puede un hombre ser estéril?

–¡Claro! Además, dices que ha perdido el interés por ti, puede que se esté empezando a preocupar y por ello pruebe con otras mujeres. Has de averiguar si tiene algún hijo.

–¿Y cómo lo hago? Cuando está en casa, se pasa el día con sus consejeros encerrado en su despacho, preparando alguna fiesta –dije al tiempo que empezaba a pensar.

–¿No tienes modo alguno de escuchar sus conversaciones? Es probable que hablen sobre ello en sus reuniones.

–¿Y si me descubre? –pregunté asustada.

–Eres demasiado inteligente para que lo haga. Vamos prima, no te preocupes y no esperes a que nos veamos para aliviar tu alma. Fortefortezza se encuentra a pocas millas de Castelforca y cabalgaría toda la noche si me necesitaras. Basta con que me escribas.

Estas últimas palabras de Lorenzo aliviaron mi alma. Saber que podía contar con él me daba la esperanza de que si en algún momento mi esposo me repudiaba, mi primo me daría cobijo.

La boda de mi prima no fue la única que se celebró ese año.

Mucho más modesta fue la que tuvo lugar en mi antiguo hogar, con un banquete pobre en comparación con las costumbres que Castelforca me había enseñado. Mi hermano mayor Francesco contrajo matrimonio con Doménica Baldorino un frío cinco de noviembre, y convirtió a su esposa en la sustituta de Ruth, ya muy mayor para hacer según qué tareas, a cambio de que mis padres le dieran cobijo en mi antigua estancia durante los numerosos viajes de su esposo. Jamás entendí ese trato. A Francesco le iban bien las cosas, tenía dinero y podía adquirir una modesta casa en Venecia para su esposa. ¿Por qué la obligaba a morar en una casa que no era la suya mientras él seguía viajando? No quise preguntarme nada más, pues aquella sencilla ceremonia y el posterior banquete me permitieron volver a mi amada Venecia y olvidarme un poco de mis problemas de fecundidad.

Fue una ardua tarea conseguir que mi esposo me acompañara a la boda de mi hermano, pero al final pude convencerle para que dejara sus obligaciones. Oddantonio puso como condición no quedarse a dormir en casa de mi padre, a causa de lo que él llamaba las miradas inquisidoras de mi progenitora hacia él. Por ello, y cobrando uno de los muchos favores que un mercader veneciano le debía, nos instalamos por unos días en el *palazzo* de aquel hombre, que, casualidades de la vida, emprendió un viaje para no tener que coincidir con mi esposo, a quien, al parecer, le debía una gran cantidad de dinero.

Con los consejos que mi tía Lucrezia me había dado y las tácticas para quedarme en estado que mi prima Bianca me había comentado, pensé que aquel viaje, en el que tan sólo Sitti se encontraba con nosotros en aquella casa, iba a darme la oportunidad que yo necesitaba para poder concebir un hijo de mi esposo. Nada más lejos de la realidad, pues cuando concluyó el primero de los dos banquetes de la boda de mi hermano con Doménica, mi esposo, acompañándome de nuevo al *palazzo*, me dejó en la puerta y se despidió de mí, aduciendo que tenía negocios que atender en aquella ciudad. Quise creerle, pero mi instinto me decía que no era cierto lo que Oddantonio me contaba y, por ello, pedí algo a Sitti que jamás hubiera imaginado que haría: que siguiera a mi esposo para saber adónde se dirigía.

Tras unas horas que se me hicieron eternas, Sitti llegó con malas noticias. Al principio intentó suavizarlas, pero era imposible suavizar que mi esposo hubiera entrado en el burdel de Venecia con la peor reputación de toda la ciudad. Así me lo dijo, aunque poco conocía yo sobre las reputaciones de aquellos lugares sórdidos; yo creía que en una sociedad tan religiosa como la veneciana las casas de prostitutas no existían, ya que las únicas mujeres de aquella calaña que yo había visto se encontraban en la calle.

Aquella noche no dormí, y esperé sentada en las escaleras de mármol a que la puerta del *palazzo* se abriera. Mientras me encontraba oculta en la penumbra, tan sólo podía escuchar el ruido del agua del canal entrechocar contra los muros de contención de aquel lugar, que de pronto me pareció frío, solitario, incluso algo terrorífico. A media noche, Oddantonio entró visiblemente ebrio, alumbrándose con el pequeño farol que se tambaleaba en su mano. Al darse cuenta de que yo estaba sentada en la escalera, comenzó a reírse de una forma que no me gustó.

–Bueeeeenassss noocheesss duqueeesaaa da Casssstelllforrrca –dijo casi balbuceando y arrastrando las palabras como si no pudiera hablar bien.

–¿Os encontráis bien, esposo? ¿Queréis que Sitti os prepare algo? –pregunté mientras rezaba para que no cayera al suelo, pues al andar cruzaba los pies de una forma extraña.

–Nooooo... Bueenoo, puede que ella me dé lo que tú no puedesss darme... A lo mejorrr si yazco con ella, me dará el heredero que necesito.

No podía creer lo que acababa de escuchar. Me negaba a pensar que el hombre dulce y amable, el caballero educado y afable con el que me había casado, fuera el mismo patán, descortés y maleducado que tenía delante. Decidí volver a mi habitación, pero Oddantonio corrió hacia mí tambaleándose, me agarró con fuerza, y arrastrándome hasta una de las paredes del *portego*, me acorraló entre la pared y su cuerpo. Su aliento rezumaba alcohol y no había ni un solo ápice del olor a espliego tan característico en él. Dejó el farolillo sobre la cómoda y me besó con pasión, pero sin la delicadeza a la que me había acostumbrado. Intenté zafarme de sus manos, pero él, completamente ido, me abofeteó con tal fuerza que caí al suelo en medio de un mar de lágrimas, después me dio la vuelta y me forzó violentamente mientras me llamaba cosas horribles como estéril, vieja seca infértil, pobre vientre infecundo y varias cosas más que hicieron que no pudiera dejar de llorar durante aquel desagradable rato. Yo intentaba soltarme de sus amarres pero él me asía con fuerza por el cuello, pegando mi rostro al suelo, mientras me seguía embistiendo. Sólo podía pensar en que acabase pronto, y por unos momentos comprendí a la pobre desdichada del canal, aquella que lloraba bajo las garras de la cuadrilla de virilidad, y me di cuenta de que cuando el sexo se convierte en una obligación pierde todo aquello por lo que te gusta cuando el hombre te ama, pues al desaparecer los vínculos que te unen a la persona no queda absolutamente nada.

Nunca imaginé que mi esposo pudiera hacerme aquello. A mí, que jamás le negué ninguna práctica, que intenté por todos los medios portar un heredero en mi vientre, que incluso deseé descubrir si él tenía un hijo para así poder adoptarlo como mío.

Sólo podía esperar a que se derrumbase sobre mí. Me dejó medio desnuda en aquel frío lugar, cogió de nuevo el farolillo y se dirigió hacia la puerta para volver a marcharse, no sin antes decirme entre gritos:

—¿Ves lo que me obligas a hacer? ¿Por qué me haces esto?

Mi esposo desapareció tras cerrar la puerta y me quedé llorando en el suelo, mientras me dolía de las heridas que me había provocado al forzarme. Supongo que sus gritos despertaron a Sitti, que bajó rauda, y al verme tirada en el suelo llorando desconsoladamente saltó de dos en dos los escalones, mientras me decía:

—¿Qué ha ocurrido? ¿No habrá sido capaz de...

Al acercar la vela a mí, se dio cuenta de que estaba llena de heridas, tanto en las manos como en las rodillas y en la mejilla, que aún tenía colorada.

Sé que Sitti me ayudó a llegar a la habitación, sé que cuidó de mí y que limpió mis heridas, pero no recuerdo cómo me dormí, lo único que pude retener de aquel momento es que las lágrimas brotaban sin control de mis ojos.

A la mañana siguiente desperté por el toque de la Marangona y quise creer que aquello que recordaba vagamente había sido fruto de una horrible pesadilla. Me senté en la cama con el cuerpo dolorido, y mis lágrimas volvieron a recorrer mi rostro mientras veía los primeros rayos de sol surgir a través de la ventana. ¿Por qué tuvo que hacerlo? Si quería estar conmigo, tan sólo debía susurrarme una palabra de amor, acercarse a mí para besarme, rozar mi mano, como antes. Jamás hubiera osado negarle a mi esposo el yacer conmigo, entonces... ¿por qué tuvo que forzarme?

Sitti entró en la habitación con una infusión de flores de tilo que tomé en pequeños sorbos, mientras mi amiga me miraba sin saber qué decirme. La miré también y ella enjugó mis lágrimas con el dorso de su mano, y después me acarició el rostro. No hizo falta que dijera nada, su mirada bastaba para reconfortarme tanto que di gracias a Dios por tenerla a mi lado.

Aquella mañana mi esposo no apareció por el *palazzo* ni por casa de mi padre, adonde tuve que ir esbozando la mejor de mis sonrisas al último banquete de la boda de mi hermano, y excusando su falta debido a un cólico. Sin poder ocultar mis heridas, también tuve que inventarme que aquella noche me había caído por las escaleras, dando pie a que mi madre me abroncara de nuevo por no tener cuidado con ese tipo de caídas, dado que podían llevar al traste posibles embarazos.

Por supuesto, tener que fingir lo que me había ocurrido no fue de mi agrado, pero no iba a dejar que mis problemas maritales corrompieran el feliz día de mi hermano y mi cuñada. Cuando la fiesta terminó, casi tuve que pelearme con mi madre para que me dejara volver al *palazzo* sin compañía masculina. El sol empezaba a ponerse y no era una buena hora para que una dama fuera sola por las calles de Venecia, aunque mi progenitora se calmó cuando le dije que me encontraría con mi esposo a medio camino, cosa que era una nueva mentira.

Sitti y yo llegamos solas a la piazza San Marcos, pero contentas. Fue entonces cuando ella se atrevió a preguntarme:

–¿Sabes por qué lo hizo?

–No lo sé, Sitti, pero... ¿qué va a ser de mí ahora? ¿Crees que piensa repudiarme?

–Quisiera poder saberlo, aunque es posible de que el hecho de que no haya vuelto a casa y no se haya presentado en el convite de tu hermano signifique que está arrepentido. No sé, Costanza, no parecía un hombre que pudiera llegar a hacer esas cosas.

–Lo sé –dije pensativa.

De pronto surgió en mí una preocupación que me obligó a detenerme para decir:

–¡Sitti! ¡Deberías quedarte en Venecia!

–¡No! ¿Por qué? –preguntó ella.

–¿Y si me encierra en un convento? ¿Qué será de ti? ¡Quédate con mis padres! Por favor te lo pido, no soportaría que te ocurriera nada malo –dije exaltada.

–¡Pídeme cualquier cosa menos que te deje sola! Lo que a ti te ocurra, me ocurrirá a mí. Somos amigas, ¿verdad?

Asentí y le di el abrazo que necesitaba en medio de la piazza, sin importarme que la poca gente que se encontraba en el lugar viera que estaba abrazando a una simple criada.

Seguimos caminando hacia la morada prestada. Cuando estábamos a punto de llegar al *palazzo*, mientras pasaba una de tantas galeras que atravesaban el canal, una voz que chistaba me trajo recuerdos del pasado. Allí, en aquel canal, Enrico, de pie, sobre aquella sencilla góndola, me miraba sonriendo mientras maniobraba para acercarse a la calle donde nos encontrábamos. Mi corazón se aceleró, en primer lugar por ver a aquel hombre al que tanto había amado, en segundo por la alegría de encontrarle precisamente en aquel momento tan triste para mí, y tercero, porque cuando se acercó a mí, lo primero que hizo fue coger suavemente mi rostro con su mano y acercándome el farolillo, preguntarme:

–¿Dónde está el mal nacido que os ha hecho esto?

–No sé a qué se refiere, mi señor Enrico, pero no creo que deba tomarse según qué licencias con una mujer casada –dije apartándome de él aunque lo único que quería hacer era abrazarle y acurrucarme entre sus brazos.

–Disculpad mi desfachatez, señora de Fondasini, debo de haber perdido las formas –dijo, haciendo ademán de irse.

Y no sé en qué pensé, pero agarré sin pensar su casaca, como quien se agarra a una cuerda para no caer, y él, mirando a un lado y al otro, y comprobando que nos encontrábamos solos en aquel callejón, sin más compañía que la de Sitti, me abrazó con tanto cariño que lo único que pude hacer fue devolverle el abrazo mientras me acariciaba el pelo y la mejilla con tanto amor que de pronto todos mis males desaparecieron. Fue Sitti la que se atrevió a romper aquel mágico momento:

–Señora, alguien podría veros. No sabe si el señor ha vuelto, aunque parece que no hay luz en el *palazzo*.

–¿Ha sido vuestro esposo quien os ha hecho esto? –preguntó mi bienhechor.

Asentí sin poder decir una sola palabra.

Enrico siguió la mirada de Sitti hacia el lugar donde morábamos y comenzó a andar hacia allí con cara de pocos amigos. Jamás le había visto tan enfurecido.

El que fue mi primer amante entró dando un portazo, y cuando nosotras llegamos siguiéndole a paso rápido, le vimos bajando las escaleras y rezando por que aquel monstruo no estuviera en casa. Tras encender los candelabros de la estancia, Sitti preparó un par de copas para Enrico y para mí y nos dejó a solas en el salón. Me preocupaba que de pronto entrara Oddantonio y me encontrara con un hombre, aunque me sentía tan segura en compañía de Enrico, que no quise preocuparme en vano. Consiguió volver a hacerme sonreír, diciéndome:

–Os sientan bien los años. Si antes erais una bella muchacha, ahora sois la mujer más hermosa que conozco.

Sé que me ruboricé y que él lo advirtió, pues me cogió de la mano y me dijo:

–He sido un cobarde toda mi vida. Siempre he hecho lo que los demás querían, lo que se esperaba de mí, aquello que era lo correcto, y en cambio, aquello que deseaba de veras, tuve que robarlo en un callejón infecto. Os dejé en manos de un salvaje por miedo a ir en contra de lo preestablecido y jamás me perdonaré por ello.

–¿Qué se puede hacer en contra de las normas? –pregunté apesadumbrada.

Enrico me miró. Los dos estábamos de acuerdo en la respuesta, aunque nadie dijo nada. Entonces él se acercó aún más a mí y me dijo:

–Nuestro encuentro no ha sido fortuito. Tuve noticia del enlace de vuestro hermano y sabía que os hospedabais en este *palazzo*. No creí poder estar con vos a solas, pero necesitaba veros. Necesitaba saber que sois feliz, y ahora que sé que no es así, estoy obligado a hacer algo que debí haber hecho hace mucho tiempo.

–Nada podéis hacer. Yo pertenezco a mi esposo, y vos le debéis respeto a vuestra mujer.

Entonces, como liberando la pasión retenida, pero actuando como el hombre más dulce y cariñoso del mundo, Enrico me besó, y fue tal la ternura que me transmitió con aquel beso, que me dejé llevar mientras me alzaba entre sus brazos y subía a la habitación principal, para, una vez posada en la cama, deshacerse de nuestra ropa y acariciar mi cuerpo como quería hacer desde hacía mucho tiempo.

Así como la primera vez me hizo suya en un instante, ahora se permitió el lujo de recorrer mi piel con sus labios, como si mi esposo no pudiera presentarse en cualquier momento. Fue apasionado, pero delicadamente exquisito, con besos embriagadores y caricias que me hicieron olvidarme de Oddantonio y de lo que había ocurrido la noche anterior. Enrico me devolvió mi autoestima y las ganas de que fuera él quien me hubiera desposado; entonces fui consciente de que en los encuentros con mi esposo tan sólo era el placer lo que nos unía, una maratón con el único fin de que pronto me quedara en estado de buena esperanza. En cambio, aquella noche con Enrico, fue algo que jamás pude olvidar. No pude arrinconar en mi mente lo que sentí cuando me besaba, ni borrar de mi memoria sus caricias llenas de amor, ni negar que sintiera más placer con él en esa ocasión que en todas las que había yacido con Oddantonio.

No quise que terminara, pero cuando lo hizo se quedó conmigo, abrazado a mi cuerpo mientras seguía acariciando mi cadera y mi espalda. Me sentí completamente unida a él y a través del calor de su cuerpo pude percibir todo lo que él sentía por mí. Sus labios seguían besando mi frente, mi nariz y mi boca, mientras sus ojos negros me miraban fijamente, como si dejar de mirarme significara perderme de nuevo.

Si bien no sabía si Enrico me amaba realmente, creí ver amor en su mirada, en sus caricias, en sus besos, creí verlo porque necesitaba que así fuera, y anhelaba que, dejando a un lado lo que cada uno representábamos para la sociedad, osara romper con todas aquellas normas para, en aquel mismo momento, embarcarse conmigo en alguna nao que nos llevara lejos, a una tierra extraña donde no existiera ninguna imposición social. De pronto, mientras seguía mirándome a los ojos y acariciaba mi rostro, Enrico me sorprendió con esta pregunta:

—¿Creéis que estoy loco si os digo que os amo más que a mi propia vida?

Me disponía a contestarle cuando en la puerta de entrada comenzaron a sonar unos fuertes golpes que nos sobresaltaron, pensando que era Oddantonio, que volvía tan embriagado que ni siquiera era capaz de abrir la puerta. Enrico se levantó y se vistió rápidamente, aunque no tanto como Sitti, que con tan sólo un chal por encima, bajó a abrir mientras me hacía una señal para que no bajáramos. Imité a Sitti cubriendo mi cuerpo con mi vestido interior e intenté que Enrico no saliera de la estancia, aunque fue imposible. Le seguí hasta las escaleras y casi tropiezo con él, pues se había quedado quieto en el rellano, sin bajar, al escuchar la voz de una mujer que, a voz en grito, preguntaba literalmente por «la doña de Fondasini».

Sitti la instó a que descubriera su rostro, ahora bajo una capucha sucia y raída por el tiempo. Al hacerlo, nos sorprendió un cabello de color rojizo intenso, peinado con dos protuberancias sobre su cabeza, tal como la ley exigía a las prostitutas para así diferenciarlas del resto de las mujeres. Sitti la dejó entrar de inmediato, para evitar que ojos indiscretos pudieran ver que una mujer de su calaña tenía trato con los duques de Castelforca. Una vez en el interior de la casa, pidió si teníamos algo que beber, demostrando nula educación. Al bajar, Enrico y yo pudimos comprobar que era una mujer tosca, y que a pesar de los colores que había usado para acicalarse, le faltaba lo más indispensable para ser una mujer bonita: unas facciones bellas.

Cuando vio a Enrico, sólo con el pantalón, y a mí con el vestido interior, tan sólo pudo decir, en un lenguaje callejero que casi no comprendimos:

–¡Andá! ¡Pero si me han hecho venir a bucar a la duquesita y ella está con otro!

Enrico saltó, diciendo:

–¡Cállate, desdichada, si no quieres que llame a la guardia! ¿Qué asuntos te traen a esta noble casa?

–Habé, ma mandá madame Guijó ca ma ordenao vení asta casa pa desí a la duquesa quel duque no pue levantar de tan ebrio y ido que ta. Madame no quiere dejarlo en la ru po si cae al canal. ¿Ma he esplicao?

Y si bien sé que intentó explicarse, sólo conseguí entender que alguien tenía que ir a buscar a mi esposo al burdel.

–Yo iré, mi señora. Vos no podéis adentraros en el barrio de donde viene esta perdida –dijo Enrico apartándome a un lado.

–¡No! –le espeté yo–. Mi esposo es mi responsabilidad, Enrico. Vos no podéis ir a buscarle.

–Na sa preocupe, señora, er duque ta completamente dormío, saguro que no sabrá ni quien laido a bucá –dijo aquella mujer interrumpiendo nuestra conversación sin ninguna clase de educación.

–Pero ¿cómo vais vos a entrar en un burdel? –preguntó entre susurros Enrico para que la mujer no volviera a entrometerse.

–Me vestiré de hombre. No es la primera vez que lo hago –dije segura de mi decisión, mientras comenzaba a subir de nuevo las escaleras.

No sé si escuché bien, pues quise no darle importancia, aunque juraría haber oído a Enrico que susurraba un «lo sé».

Y por primera vez en mi vida, aunque vestida de hombre, monté junto a Enrico en su góndola acompañado de una prostituta que aquella noche iba a adentrarnos en el peor lugar de vicio y pecado, mientras Sitti se quedaba en el *palazzo* para borrar cualquier rastro del paso de Enrico por la casa.

El trayecto fue tranquilo, pues aquella mujer se durmió agotada por su jornada y por las copas de más que llevaba. Ni siquiera cuando dormía había en ella ni un ápice de finura, pues sus piernas abiertas dejaban ver más de lo que hubiera querido, mientras que de su garganta surgían los más aterradores ronquidos, semejantes a los ruidos de un ahogado.

Supongo que Enrico pensó mucho en cómo hacerme la pregunta, pues le vi meditando antes de decirme:

–¿Por qué lo hacéis?

–¿El qué? –indagué.

–Ir a buscarle. ¿De veras creéis que se merece que vayáis a buscarlo?

–La verdad es que no sé qué creer, pero sigue siendo mi esposo –contesté dudando.

Desembarcamos en silencio en una esquina frente al campo de San Trovasso, donde Enrico amarró la góndola, dejó a la desdichada en una esquina para que durmiera su embriaguez, y me ayudó a salir, pues aunque fuera vestida de hombre, me dijo que seguía siendo una dama.

Aunque aquella mujer no nos había dicho el nombre de su burdel, era como si Enrico supiera adónde iba.

–¿Ya habéis estado vos en ese lugar? –le pregunté.

–¡Me ofendéis, señora, pues jamás visitaría un lugar con tan poca clase! Viendo la ralea de esa mujer, cualquier hombre podría imaginarse que viene de Il Cazzo Rosso, el peor burdel de Venecia.

Cogí su mano para que se detuviera, pues sabía que esa iba a ser la última vez que podría verle, ya que a la mañana siguiente yo volvería a Castelforca junto a mi esposo y él regresaría con su mujer. Me acerqué a él, acaricié su rostro y le besé sin importarme ir vestido de hombre. Él contestó a mi beso apasionadamente, empujándome con dulzura contra la pared, mientras me abrazaba y profundizaba en un jugoso ósculo, para al terminar decirme con una sonrisa:

–Jamás una mujer me besó como me ha besado vos, mi señor.

Aquello me hizo sonreír, aunque toda la alegría de mi cara desapareció cuando al doblar la esquina dimos con aquel sórdido lugar. A través de los faroles que alumbraban aquella calle, pude ver que la pequeña puerta redondeada de la entrada estaba completamente desvencijada, y que las ventanas de los lados, por donde algunas chicas exhibían sus pechos como reclamo a los hombres que por allí pasaban, tenían rotos los postigos. A pesar de la luz que surgía por sus otros grandes ventanales, el lugar era viejo, la piedra estaba agrietada y las contraventanas descolocadas de sus goznes.

Al entrar en el burdel fue como si de pronto sufriera una pesadilla de la que quise salir corriendo. Enrico me instó a que me quedara, pues un hombre no podía asustarse de lo que allí veía. Sobre un sofá que antaño fue tapizado con una rica tela roja, pero que ahora estaba sucio y roto, reposaba la mujer más obesa que yo había visto jamás. Su cuerpo era tan voluminoso que rebosaba de entre la escasa tela de su vestido para caer literalmente en pellejos por aquel diván. No se podía decir que pasara hambre, pues sostenía entre las manos una pata de cordero a la que de vez en cuando le daba un mordisco, deleitándose con aquel manjar que, por el olor que emanaba, debía de llevar mordisqueando desde hacía varios días. De pronto, tras una cortina, surgió de repente una mujer que apenas me llegaba a la cadera. Tenía los brazos y las piernas cortos, y su talle era tan ínfimo que parecía una niña, aunque sus pechos, que sobresalían con total libertad y sin ningún miramiento del escote, aseguraban lo contrario. Caminaba deprisa, dando cortos saltitos con sus pequeños zapatos mientras agarraba del pantalón a un hombre que quería salir de aquel lugar, pero que tras la insistencia de la pequeña mujer la acompañó hasta volver a desaparecer tras aquella cortina. Enrico cogió mi brazo como si fuéramos buenos amigos, lo hizo para calmarme; al volvernos, apareció ante nosotros una de las mujeres más bellas que yo había visto jamás. Iba ricamente vestida, con un precioso traje rojo que acompañaba de sendas perlas, tanto en su escote como decorando su peinado. Al creer que queríamos irnos, extendió sus brazos abiertos de par en par para detenernos, y sin decir nada nos arrinconó hacia un mostrador sucio y mugriento, por el que danzaban los bichos a sus anchas. Su belleza se esfumó cuando abrió la boca en la que sólo le quedaban tres dientes para decirnos:

–¿Adónde vais, preciosos? ¿Quién os va a tratar mejor que madame Guijó?

–Hemos venido a buscar al señor de Fondasini, una de sus mujeres nos dijo que andaba demasiado «perjudicado» para volver a casa –dijo Enrico para que yo no tuviera que involucrarme.

–Habéis tardado demasiado en venir. Por suerte para vuestro amigo no soy de las que buscan problemas. Está ahí, en esa sala –dijo sin intención de acompañarnos al ver que no íbamos a contratar los servicios de ninguna de sus chicas.

Estaba horrorizada porque mi esposo hubiera yacido con la clase de mujeres que pululaban en ese local, y me dije a mí misma que eso no podía ser verdad. Pero al entrar en la habitación indicada, pude ver con mis propios ojos que mi esposo, el noble duque de Fondasini, yacía completamente desnudo sobre un jergón sucio, acurrucado junto a cuatro mujeres a cual más horrenda.

Nada podían hacer las esposas para que sus maridos no les pidieran a aquellas mujeres lo que no osaban pedirles a ellas, mas yo, que jamás negué nada a Oddantonio, me preguntaba por qué tuvo que pagar a cuatro adefesios, pues aquello demostraba qué poco valoraba mi propia belleza.

Cuando Enrico cubrió el cuerpo de mi esposo y pagó a uno de los criados de la madame para que lo llevara hasta la góndola, vi en él al único hombre que merecía mi amor. Me pregunté cuántos de aquellos mal llamados caballeros hubieran sido tan corteses como él.

Antes de salir de aquel lugar, mi amante se dirigió hacia la madame con una bolsa repleta de monedas y le dijo mirándola fijamente:

–Mi señora, espero que esto sea suficiente para callar vuestra boca, pues este hombre jamás ha estado en este lugar.

A lo que ella contestó:

–Vos sí que sois un caballero y no vuestro amigo. Mi boca permanecerá sellada, pero cuando el señor despierte decidle que no es bienvenido en mi casa.

Enrico remaba lentamente, como si no le importara llevar a mi esposo en su góndola, sabiendo que al llegar al *palazzo* él y yo deberíamos separarnos. Empezaba a amanecer y esperaba que ninguna persona nos viera en aquella situación. Oddantonio seguía completamente inconsciente, su cara llena de arañazos y moretones. ¿Qué había hecho aquella noche? ¿Qué había bebido que tan muerto parecía a pesar de estar respirando? Enrico cargó él mismo con mi esposo y lo dejó caer sobre la cama donde unas horas antes me había amado. Ni siquiera la brusquedad en el trato le despertó.

–Pareces agotada. Deberías descansar y olvidarte de que has estado en ese lugar –dijo Enrico rozando mi rostro con su mano.

No dije nada pero le abracé con todas mis fuerzas. Sabía que debía irse, por mi bien, pero también por el suyo. Si alguien le veía conmigo, podrían denunciarnos por adulterio, cosa que a mí me llevaría de cabeza a la celda. Me despedí de él con un largo y apasionado beso que sabía que era el último, mientras sin que se diera cuenta le acompañaba hasta la puerta. Volví a besarle, una, dos, hasta tres veces, sin querer parar pero sabiendo que debía hacerlo. No quise llorar, y aunque tenía muchas ganas no vertí una sola lágrima ni cuando me dijo:

–Podríamos ser tan felices en otro mundo...

–No digáis nada, Enrico. Por favor, marchad ya o no respondo de lo que pueda ocurrir. Hemos de seguir con nuestras vidas, aunque eso signifique separarnos para siempre –exclamé al borde del llanto.

Enrico comenzó a caminar de nuevo hacia su góndola, pero a medio camino volvió sobre sus pasos, se acercó de nuevo a mí, cogió mis manos, colocó el sello de su casa entre ellas, y besándolas, dijo:

–Il n'est rose sans espine.

Me quedé completamente helada cuando escuché esas palabras, mientras veía a Enrico correr hacia su embarcación para desaparecer por los canales. Recordaba bien aquella frase. Era la misma que había pronunciado el hombre enmascarado durante la quema de la Brucia en mi carnaval como hombre; ahora ya sabía qué significaba, y sabía que aquel caballero era el mismo que había robado mi pluma. Enrico Acade.

Era ya de día pero Sitti insistió en que reposara un rato. Realmente estaba muy cansada pero al entrar en el cuarto me dije que no podía echarme en la misma cama que aquel hombre al que había dejado de amar por completo. En verdad nunca le había amado, pues desconocía realmente qué era el amor hasta que Enrico me lo mostró aquella misma noche.

Pude descansar unas horas en la cama donde Sitti había dormido, mientras ella preparaba nuestro equipaje. Debíamos volver a Castelforca al día siguiente, pero a media mañana me desperté de nuevo con el corazón completamente encogido: había soñado que Oddantonio jamás volvía a despertar. Entré en su habitación y le zarandeé sin conseguir que reaccionara, toqué su piel y estaba helada. Sitti, al verme tan asustada, colocó su mano debajo de su nariz y comprobó que, aunque lo hacía muy lentamente, Oddantonio seguía respirando. Me dijo que no me preocupara, ya que ella había pasado por algo muy parecido con uno de sus amos, y este siempre despertaba por mucho que bebiera.

Aquella noche cenamos juntas y nos acostamos en la misma cama. Sitti fue tan buena amiga que no dijo nada, pues sabía que en esos momentos recordar a Enrico me hubiera hecho demasiado daño.

A la mañana siguiente el ruido de la sonora y gran vomitona de Oddantonio nos despertó a las dos. Yo me asusté y quise subir, pero Sitti me lo impidió, aduciendo que eran cosas que agradecería no ver.

Transcurrido un buen rato, en el que sólo pude preocuparme y preparar unos trozos de pan con queso parmesano, a la sazón mis únicos conocimientos sobre cocina, Sitti apareció agotada de tanto limpiar. Me dijo que mi esposo se encontraba bien, pero que quería adecentarse un poco antes de bajar, así que desayunáramos sin él. Yo no sé qué había en el cubo que llevaba Sitti, pero cuando pasó por mi lado, tuve náuseas y a punto estuve de vomitar también.

–¿Crees que está poseído, Sitti? –pregunté cuando volvió de tirar los restos al canal.

–¿Poseído? No lo sé. Pero puedo aseguraros que si algo malo había en su interior, ahora no queda nada de nada –dijo sonriendo para hacer más llevadero su trabajo.

Cuando Oddantonio bajó, ni siquiera me miró, ni me dirigió la palabra. Con todas las pertenencias ya embarcadas en el *burchiello*, entró en la embarcación y se encerró en una de las cámaras sin decir nada a nadie.

Había pasado mes y medio desde lo acontecido en Venecia, tiempo en el que Oddantonio siguió sin dirigirme la palabra. Si he de ser sincera, sólo le vi en una ocasión, un día en que se me ocurrió espiarle desde el pasadizo secreto mientras mantenía una de sus reuniones habituales con sus consejeros. Realmente parecía preocupado, iba de un lado al otro mientras Manfredo leía un escrito que decía así:

–«Yo, canciller y gobernador general de todo cuanto tengo y poseo en el momento de mi muerte, cuando no quede ningún hijo varón legítimo, ni ninguno de mis hijos tenga hijos varones legítimos o naturales, nombro heredero de todas las posesiones, tierras, casas y piezas de valor, además de los legados que ya hice, a mi hijo Federico universalmente legitimado.»

–¡No puede ser! ¡Federico no puede heredar el ducado! –exclamó visiblemente enfadado Oddantonio.

–Tu padre no establece eso en su testamento, sólo dice que si tú no tienes hijos varones ya sean de tu esposa o de otra mujer, él será el heredero a la hora de tu muerte –dijo Manfredo en un intento por tranquilizarlo.

–El problema es que cada vez hay más rumores de revueltas en la ciudad. El pueblo pasa hambre y cualquier día podrían atentar contra tu vida. Hemos de estar preparados –añadió Tomasso.

Oddantonio dio un puñetazo sobre la mesa que hizo que el tintero se volcara.

–Federico jamás heredará el ducado. ¡Traed a todas las doncellas de la ciudad, pues alguna de ellas deberá poder parir un varón sano!

Corrí a mi habitación aterrada y temblando como una hoja, pensando que mi esposo era el hombre más cruel sobre la faz de la tierra. Tan mal me encontré que tuve que liberar mis nervios con una serie de arcadas que acabaron con vómitos.

Sitti, que desde nuestra vuelta no se había separado de mí, me dijo:

–Costanza, ¿qué ocurre?

–¡No quiero vivir con ese hombre! Ha hecho llamar a todas las doncellas de la ciudad para dejar a alguna en estado.

–¿Por qué? –preguntó en un tono demasiado sereno incluso para ella.

–Ahora sé qué es lo que ocurre. Al parecer el duque tiene un hermano del que nunca me ha hablado y que lo heredará todo si Oddantonio muere sin descendencia –dije pensando en voz alta sin mirar a Sitti.

Cuando terminé de divagar, al ver que ella no le daba la importancia que a mi juicio tenía al asunto, le pregunté:

–¿Acaso no te preocupa dónde vamos a terminar si mi esposo me repudia?

–No os va a repudiar –contestó tajante.

Me quedé mirándola atónita. ¿Acaso se había vuelto loca de repente?

–¿Por qué dices eso? ¿Cómo puedes estar tan segura? –pregunté de nuevo.

–Porque lleváis a su hijo en el vientre.

DESCUBRIENDO A ODDANTONIO

Creo que me desvanecí al oír las palabras de Sitti, pues al despertar me encontraba en mi cama y Oddantonio estaba a mi lado hablando con el médico de la casa. Cuando mi esposo vio que estaba despierta, él, que me había forzado, que había yacido posteriormente con las peores rameras de Venecia, el mismo al que había tenido que traer desde el burdel con la complicidad de mi amante, el que llevaba casi dos meses sin dirigirme la palabra, me abrazó y me besó como si nada hubiera ocurrido. Creyendo que iba a volver a atacarme, me asusté tanto que el médico dictaminó que estaba agotada y que necesitaba mucho descanso para que el embarazo pudiera llegar a buen puerto.

Fue quedarme en estado de buena esperanza y todo volvió a ser como al principio. Apenas veía a mi esposo, pero eso no significaba que no estuviera pendiente de mí, aunque siempre creí que para él yo sólo fui la portadora de su heredero. Supongo que por ello, cada mes de gestación que pasaba sin tener alerta de aborto, yo recibía una joya de gran valor, que apenas miraba y que Sitti colocaba en el arca donde todas ellas reposaban. Nada significaban para mí aquellos maravillosos rubíes, las fabulosas esmeraldas y las perlas preciosas, pues sabiendo que era mi deber darle un hijo, me preguntaba hasta qué punto era lícito que me hubiera forzado para conseguirlo.

Nunca escribimos a mi familia para comunicar la buena nueva. Oddantonio deseaba llevar mi embarazo en secreto, pues

Sitti me contó los rumores existentes acerca de que el hermano de mi esposo estaba al acecho para apropiarse de la herencia que se le había negado por ser hijo ilegítimo, y que si supiera que llevaba un heredero en mi vientre, hubiera podido fraguar algún tipo de atentado contra mi vida.

El médico de mi esposo, influenciado por la imperiosa necesidad de que aquel niño naciera y sobreviviera, insistió en que siguiera postrada en cama, a pesar de que mi estado de salud era excelente y que yo ansiaba seguir con mi vida. Los vómitos habían dado paso a una serena espera que me instaba a continuar con mis quehaceres diarios, pero aquel hombre de larga barba oscura seguía obligándome a olvidarme de mí misma, para pensar en una vida que yo no había pedido traer.

Si algún defecto tenía yo como mujer era que pensaba demasiado. Siempre había sido así desde que tenía uso de razón, pero era algo imposible de controlar; el hecho de que el médico me obligara a permanecer sedentaria, tan sólo alentaba en mí pensamientos cada vez más destructivos hacia la vida que crecía milagrosamente en mi interior.

Juro que intenté amar al ser que crecía en mí, pero por alguna razón no podía. Sabía que él no tenía la culpa del horrible acto que había cometido su padre, pero las numerosas pesadillas nocturnas con las que rememoraba aquel suceso, junto a las que mi mente se inventaba sobre un parto difícil, ensangrentado y en el cual no daba a luz a un niño, sino a una especie de dragón, hacían que no pudiera sentir ni siquiera lástima por un hijo que yo no pedí engendrar. Con aquel acto deleznable, mi esposo había logrado que yo despreciara al ser que llevaba en mi interior, concebido fruto de la fuerza y de la inconsciencia de un hombre ebrio. Numerosas fueron las veces que me pregunté si llegaría el momento en que pudiera amar a un hijo nacido del odio.

En las pocas ocasiones que se me permitía levantarme, mi esposo y yo evitábamos quedarnos a solas o coincidir en algún lugar del palacio en el que tuviéramos que hablar más de dos palabras seguidas. Supongo que él se dio cuenta de que yo intentaba evitarle, así que antes del nacimiento de su heredero decidió viajar por las tierras que conformaban sus propiedades, junto a sus asesores.

Su médico personal acompañó a mi esposo, de modo que pude dejar de estar postrada en cama permanentemente para continuar con mi día a día. Así fue como volví a encontrarme con los escritores que se reunían en nuestra biblioteca para mantener numerosas discusiones sobre la inteligencia masculina y femenina, y volví a estudiar aquella lengua tan bonita y dulce que se hablaba en las vecinas regiones francófonas, deleitándome con aquel aprendizaje de los maravillosos escritos de la que se convirtió en mi musa a la hora de filosofar con aquellos eruditos, que no fue sino la maravillosa Christine de Pizan.

Aquellas charlas filosóficas me abrieron los ojos sobre un aspecto: el mundo no estaba preparado aún para que hombres y mujeres fueran iguales, pues aquellos pensadores, los eruditos filósofos de Castelforca, Fortefortezza, Siena y de las más importantes regiones de los alrededores que se reunían en aquel lugar seguían sin creer que pudiéramos equipararnos. Quienes ejercían influencia sobre las personas del mundo eran incapaces de pensar que yo, en tanto que mujer, era igual en inteligencia a ellos, por más que estuviera no sólo a su altura en nuestras conversaciones, sino que, en algunas ocasiones, reconocieran mi punto de vista como el más acertado.

Sé que al final me gané su respeto, e incluso, la sincera amistad de alguno de ellos. Sé que sus elogios a mi inteligencia eran absolutamente verdaderos. Sé que la consideración que me tenían como persona inteligente, pese a mi aspecto dulce, era un primer paso para la igualdad entre hombres y mujeres.

Durante la ausencia de mi esposo, no sólo divagué y discutí con aquellos sabios y escritores, sino que escuché de nuevo las advertencias de Sitti sobre la hambruna que asolaba la población de Castelforca, y a pesar de las reticencias de nuestros cocineros, dispuse que se repartiera por la ciudad pan, queso y los fiambres que sobraban de nuestra mesa, además de hacer que nuestros criados prepararan cada mañana decenas de escudillas con leche y gachas para que los niños pudieran tener un buen comienzo de día. A veces, yo misma bajaba a las cocinas para ver comer a esos famélicos niños. A pesar de tener escasamente cubiertas sus necesidades más básicas, seguían sonriendo. La mayoría de ellos trabajaban junto a sus padres en los campos. Las niñas llevaban a sus hermanos pequeños a la espalda y eran las encargadas de su cuidado mientras sus madres faenaban las tierras del duque. Pensé en la injusticia que suponía que hicieran todo el trabajo para que yo pudiera tener todo lo que solicitaba, e incluso mucho más, y en cambio ellos fueran quienes menos recibían: absolutamente todo lo que cosechaban, recogían, amasaban o encontraban en las tierras de Castelforca, pertenecía a su señor.

Aquellos niños que se congregaban en las cocinas de palacio no hablaban de miserias, ni de hambre, ni de revueltas, pero, a veces, en los juegos que imitaban la vida diaria de sus progenitores, se les escapaban palabras que seguramente habían escuchado en boca de sus padres, como rebelión o reparto de la tierra. Aquello me hizo advertir que la prosperidad de Castelforca no era sino la prosperidad del duque, la acumulación de la riqueza en un solo hombre que no era capaz de cuidar de sus ciudadanos.

La noche del 13 de junio de 1467, en mi séptimo mes de embarazo, el camarlengo anunció la llegada a palacio del desconocido hermano de Oddantonio, aquel cuya existencia me había ocultado, y cuyo nombre escuché por vez primera cuando fue presentado como Federico de Fondasini, acompañado de su esposa, la joven Battista Orsatti. Al no haber sido Federico formalmente presentado, no sabía qué actitud debía adoptar frente a esa inesperada visita. Conocía la animadversión que mi esposo sentía por su hermano. Si tanto era el odio que rodeaba aquella relación, no sería una buena idea que él supiera que yo estaba esperando un heredero. A pesar de encontrarme casi en la recta final de mi embarazo, mi vientre no abultaba demasiado y pude ocultarlo a ojos de mis cuñados gracias al ingenio de Sitti: soltar la cinta de seda que fruncía el vestido a mi pecho para que este cayera ralo como un saco.

Jamás podría haber imaginado cuán diferentes eran aquellos dos hermanos. Federico no tenía la belleza de Oddantonio, ni una melena rubia, ni ojos claros. Su piel no era suave ni blanca, ni exhibía el porte elegante del duque. Más bien parecía un guerrero curtido en mil batallas, con la piel quebrada por el sol y el trabajo duro, y con una nariz grande y raramente recortada, como si se la hubiera cincelado un escultor, y con un parche que tapaba uno de sus ojos, que al parecer había perdido en una de esas confrontaciones. En verdad, al verlo y compararlo con Oddantonio, comencé a preguntarme si mi esposo había estado alguna vez en un campo de batalla, pues en verdad y pese a todos aquellos enfrentamientos que las crónicas le atribuían, aparte de una pequeña cicatriz no tenía ninguna marca más. Federico era tosco y no mostraba la buena educación de su hermano, pues al ofrecerle mi mano para que la besara, esta se quedó en el aire esperando una genuflexión que jamás llegó.

Aquel hombre, bastante mayor que mi esposo, fue directamente al grano para, con educación, pero sin pizca de delicadeza, decirme:

–Comparezco ante vos para presentarme como el hermano del duque de Castelforca, ahora que sé que él no está en palacio.

Vuestro señor corre un grave peligro si sigue dilapidando el dinero de los numerosos impuestos con que carga a los ciudadanos. Los rumores de revuelta cada vez están más latentes en la ciudad, e incluso se escuchan nombres como el de Serafino Fazio, que clama venganza tras la violación de su esposa a manos del consejero Manfredo, a quien no importó mancillar el honor de una mujer de esposo ilustre.

Interrumpí aquellas palabras que cada vez me dejaban más aterrorizada diciendo:

–Tendréis que disculparme, don Federico. Mi esposo jamás me habló de que tuviera un hermano, y vos venís a mi casa para advertirme de que corre peligro de muerte. Vos debéis saber que nada conozco yo sobre cómo gestiona mi esposo sus tierras ni el ducado, desconozco si pueden o no ser ciertas las noticias que vos traéis, pero debéis comprender que, si vos sois quien decís que sois, he de pediros que os marchéis y que volváis cuando mi esposo se encuentre en palacio.

–Mi señora, el pueblo dice que sois una buena persona, no venía a advertir a mi hermano, sino a informaros a vos. No podría perdonarme si algo os ocurriera, pues si mi hermano cae, os aseguro que tendréis un lugar donde quedaros aquí en Castelforca, dado que yo así lo dispondré –dijo Federico, ahora sí, haciendo una tímida reverencia.

–Disculpadme, señor, si soy descortés, mas muy seguro estáis de que si mi esposo fallece vos seréis el nuevo duque.

Federico se quedó callado. Supongo que no se esperaba que la simple esposa de su hermano le dijera aquello, aunque pronto obtuve una respuesta:

–¿Acaso le habéis dado vos algún hijo varón a mi hermano? Yo sólo quiero lo mejor para el ducado y nada malo deseo que os ocurra, tan sólo quería advertiros del peligro que corre la vida del duque y la de los que se encuentran a su lado. Ahora, si me los permitís, mi esposa y yo debemos volver a Quibati.

–¿Sería una desfachatez preguntaros que tenéis vos que ver con el señor de Quibati, Alessandro Orsatti?

–Lo es, pero aun así os contestaré. Mi esposa es la hija del noble Alessandro.

¡Qué extraña aquella visita! ¿Por qué el hermano desconocido de mi esposo me alertaba de que corría peligro si me quedaba en palacio? ¿A qué venía esa advertencia? ¿Acaso sabía algo que nosotros desconocíamos? ¡Qué raro era todo! Si tanto se odiaban los hermanos, si tan mal se llevaban que no se podían ver, ¿cómo era que Federico estaba casado con la hija de Alessandro, el esposo de Sveva? El señor de Quibati había asistido a mi desposamiento como representante paterno de mi esposo, aquello era un lugar de privilegio; sin embargo, su hija estaba casada con el supuesto enemigo del duque.

Durante las semanas siguientes, la única conversación entre Sitti y yo versó sobre la extraña visita, la advertencia realizada, y sobre la manía de mi amiga en esconder algunas alhajas y cosas de valor fuera de palacio, por si algo ocurría. Cuando le dije que no, ella insistió, y era algo que jamás hacía.

–¿No te das cuenta, Costanza, de que si algo malo ocurre y Federico ocupa el lugar de vuestro esposo, te quedarás sin nada?

–Él dijo que yo tendría un lugar en Castelforca, además no tiene por qué ocurrir absolutamente nada.

–Cuando el río suena agua lleva. Te dije que el pueblo no está contento. Por favor, amiga, hacedme caso. Haced un pequeño paquete con cosas de valor, con aquello que queráis conservar. Lo esconderemos en algún lugar donde podamos recuperarlo algún día.

Desconocía esta faceta de mi amiga, pero me di cuenta de que seguiría insistiendo hasta que accediera. Quise dar el tema por cerrado, y le dije con malos modos:

–Está bien, mañana tendrás tu paquete. Comienza a pensar un buen lugar para esconderlo, aunque estoy segura de que nada malo ocurrirá.

Aquella noche, al quedarme sola en mi alcoba, puse todo lo que creí mío sobre la cama. Había anillos de rubíes y esmeraldas, pendientes de diamantes, coronas de perlas y miles de joyas regaladas por mi esposo que nada significaban para mí. Quise pensar si de todo aquello había algo que verdaderamente me preocupara perder, y cuando lo hice de veras, tan sólo aparté el anillo de Enrico y las alhajas confeccionadas por mi padre para el día de mi boda. Además de las joyas, sobre la cama también había varios pergaminos en los que últimamente escribía frases extraídas de lo que me aportaba la lectura de los distintos manuscritos y ediciones encuadernadas que ya comenzaban a llegar, gracias a las nuevas imprentas, a nuestra biblioteca.

Así pues, me di cuenta de que a pesar de que Sitti me había pedido que empaquetara lo más valioso, para mí eso distaba mucho de ser lo que tenía más valor monetario. Quise pensar con coherencia qué ocurriría si Oddantonio moría y comprendí que con Federico como heredero no tenía ninguna posibilidad de quedarme en Castelforca cuando él se enterara de mi embarazo. Al final, cogí una tela de lino para empaquetar todas las joyas que creí más valiosas, por si algún día necesitaba huir de palacio. Fue entonces cuando recordé el lugar secreto donde guardé durante tiempo el pergamino que Enrico me había regalado junto a las supuestas cartas de mi esposo, que ahora dudaba si habían sido escritas en verdad por él. Aquel libro ya nada nuevo podía enseñarme, de modo que recorté con una navaja su centro, dejando seis o siete páginas tanto por delante como por detrás para disimular. En el hueco resultante, coloqué las joyas de mi padre, el escrito de Isotta Nogarola, regalo de Enrico, así como el pergamino que incluía frases extraídas de las encuadernaciones de los libros de Christine de Pizan, el *Livre de la Cité des Dames* y *Le Dit de la Rose,* que tras mucho insistir, conseguí que trajeran a nuestra biblioteca, y recopilaciones de los escritos de Battista da Montefeltro, en los que se incluía la famosa frase de la carta enviada por el gran humanista Leonardo Bruni, llamada *De studiis et litteris*, en la que se aseguraba que «los estudios humanistas son dignos de ser seguidos por los hombres y mujeres por igual».

Debían quedar en la pequeña arca joyas suficientes para seguir asistiendo a las fiestas de mi esposo en caso de que nada ocurriera, pero una nueva duda me surgió al ver el anillo con el sello de la casa de los Acade que Enrico me había regalado en nuestra última noche. ¿Dónde podía guardarlo? ¿Con las costosas joyas o con los objetos sentimentales? Me dije que era demasiado valioso como para dejar que el destino decidiera dónde acabaría aquel presente que tanto significaba para mí, así que cogí el último regalo de aniversario de mi padre –una finísima y larga cadena de plata–, coloqué el anillo en ella y decidí llevarlo conmigo, cerca de mi corazón, segura como estaba de que una vez hubiera parido a su heredero, Oddantonio jamás volvería a tocarme.

Cuando todos dormían Sitti y yo salimos al exterior del palacio a través de un pasadizo que encontramos, en el que había una puerta oculta detrás de los ladrillos rojos que daba a la plaza donde el carruaje me dejó el día de mi llegada. En aquel lugar solitario no había más luz que la pequeña vela que llevaba Sitti, y en la lejanía, sobre las almenas del torreón, se escuchaba el roce de las cotas de malla de la guardia ducal, pero se encontraban a tanta altura que ninguno de ellos advirtió nuestra presencia.

Sitti se dirigió el torreón que estaba junto a las escaleras de entrada. Contó ocho escalones y cuatro ladrillos, y dio con una piedra que parecía estar ya suelta, lo que me hizo pensar que ella ya sabía de aquel lugar. Ayudándose de una navaja, retiró el resto de la argamasa de cal que sostenía la piedra pegada al torreón y sacó aquel ladrillo rojo de una sola pieza, dejando un hueco en la pared; me enseñó que ya le faltaba un buen trozo de roca, como si aquel escondite hubiera sido preparado con anterioridad. Colocamos el paquete de lino donde había envuelto mis joyas más valiosas en el hueco que quedaba, y Sitti volvió a poner la piedra en su sitio. Era el escondite perfecto.

A la mañana siguiente me dirigí a la biblioteca con mi libro de griego cargado de secretos. Los escribientes estaban tan ocupados que ni siquiera se percataron de mi presencia, y aprovechando que ninguno de los amigos de mi esposo estaba presente, coloqué aquel viejo manuscrito entre los libros escritos por la doctora Rebecca Guarna, *De Febris* y *De Embryone. S*abía que aquel lugar era el mejor para resguardar mis tesoros, ya que ni el humanista de mente más abierta hubiese elegido como libro de medicina uno escrito por una mujer.

Cuando Oddantonio volvió a palacio, yo ya estaba en la semana treinta y seis de embarazo y si bien mi salud era buena, aduje mi exceso de peso para no ir a darle ni siquiera la bienvenida. Postrada de nuevo en la cama, seguí leyendo los magníficos párrafos del primer libro de los poemas de Cristóforo Landino, *Xandra*, hasta que la puerta de mi alcoba se abrió para dejar paso a Oddantonio.

En verdad me sorprendió su visita y no pude sino fijarme en que seguía siendo tan bello como el día en que le conocí. A pesar de todo lo que me había hecho y aunque ahora conocía su lado oscuro y sus verdaderos motivos para casarse conmigo, no podía negar que aquel hombre me seguía atrayendo.

Quise cerrar el libro y ponerme de pie, pero él me lo impidió con cariño, diciéndome:

–¿Qué estás leyendo?

–*Xandra*, los poemas de Cristóforo.

–Si te pido que me leas alguno, ¿lo harías?

No le contesté, aunque volví la página que había dejado a medias, y leí en voz alta:

–*Qui nunc censarum mavult tolerasse legentum...*

–Me hace gracia que los filósofos se crean que por escribir en latín parecen más interesantes –interrumpió mi esposo sentándose junto a mí en la cama.

–Señor, pero vos sabéis latín.

–Por supuesto, pero hace tanto que no leo, que si fueras tan amable de traducirlo te estaría muy agradecido.

Volví al primer párrafo, para comenzar a leer:

–«Un libro que una vez se escondió por tres veces cinco años, ahora desea someterse al juicio de sus lectores; porque siendo vergonzoso y sabiamente inseguro, no desea que sus frivolidades salgan a la luz. Pero ahora que ve a sus dos hermanos gemelos atreverse a pasar el umbral de los maestros, espera conseguir una plaza de honor entre los mecenas.»

Continué leyendo hasta el último párrafo:

–«Pero si por fortuna se baña en la bendita fuente que brota con agua cristalina de la roca, limpiará sus oscuros defectos convirtiéndolos en blanca pureza, encogiéndose de hombros a los malvados deseos de la muchedumbre.»

Un silencio sepulcral se apoderó de la estancia. Miré a mi esposo, era como si la lectura le hubiera trastornado. Tras un incómodo mutismo dijo:

–Me gustaría que fuera cierto y que existiera esa fuente de la que habla el poema, así podría bañarme en ella, como el libro, para limpiar mis defectos. Tampoco yo deseo que mis frivolidades salgan a la luz y temo el día en que tenga que enfrentarme al juicio de la enfurecida multitud.

Sabía perfectamente a qué se refería. Oddantonio no había sido un buen gobernante, con esas simples palabras estaba confesando que todo lo que de él se decía era verdad.

No sabía cómo debía reaccionar. No quería acercarme a un hombre que tan poco me había amado, aunque me había dado lo que nadie había hecho: un hijo que a pesar de no ser amado, sería nuestra continuación.

–Siempre me ha gustado escuchar tu voz –dijo él rompiendo el silencio de nuevo.

Sonreí sin mirarle. Ya no podía creer nada de lo que me dijera.

–Es cierto, Costanza. Lamento lo que ocurrió en Venecia, pero gracias a ello, ahora estás esperando un heredero.

–Esperaba que jamás tuviera que recordarlo de nuevo. Pronto tendréis lo que tanto deseabais –exclamé sin pasión.

Oddantonio cogió mi mano con suavidad y me dijo:

–Si algún día me ocurriera algo quiero que sepulten mi cuerpo en la iglesia de San Donato, aunque el pueblo ha de creer que estoy enterrado en San Francisco. ¿Lo entiendes, Costanza?

–¿Queréis mentir a vuestro pueblo? –pregunté mirándole extrañada.

–No he hecho nada para que mi pueblo me ame, y el día que yo muera no creo que traten mi sepultura con demasiado respeto. Por eso quiero pedirte que te encargues de llevar a cabo el engaño. ¿Harás eso por mí?

–Lo haré, Oddantonio. Seguís siendo mi esposo.

–¿Podrás perdonar lo que hice? –preguntó de nuevo.

No contesté, pues no sabía qué decir. Con mi mano libre, cubrí la suya acariciándola y él, apoyando su cabeza en mi hombro, se acurrucó en mi cuello, cubriéndolo con suaves besos.

–Jamás pienses que no te amé. Sé que no supe hacerlo, sé que pude hacerlo mejor, pero no te he merecido jamás, y espero que cuando yo ya no esté puedas llegar a perdonarme.

Oddantonio se levantó avergonzado y apesadumbrado y salió por la puerta. Aquella sería la última vez que le vería con vida.

Dos días después, durante la noche del 21 al 22 de julio, pasada la medianoche más calurosa que recordaba desde mi llegada a Castelforca, los golpes de maza, espadas y palos resonaron por todo el palacio: una muchedumbre enfurecida se encontraba a las puertas. Sé que la guardia ducal intentó hacerles frente, pero una docena de asesinos penetraron sus líneas para llegar hasta nuestras dependencias. Me levanté al oír los gritos de Sitti en su habitación, contigua a la mía, entré en ella, y vi a uno de aquellos maleantes arrastrándola y tirándola al suelo. Cuando ya se iba, se fijó en mí, y para mi desgracia en mi vientre. Se detuvo y, tras un breve instante de vacilación, sacó una enorme navaja. Jalándome del pelo hasta hacerme arrodillar, dijo:

–Mi señora, vos os habéis portado bien con el pueblo, mas el fruto que lleváis en ese vientre os ha condenado a morir junto a vuestro esposo.

No sé cómo ocurrió, pues tengo esos recuerdos algo borrosos, pero sí sé que Sitti se abalanzó sobre aquel hombre y que forcejeó con él hasta que me soltó del pelo. Vi cómo ella le arañaba como si fuera una gata furiosa, cómo él la postraba en el suelo por la fuerza, y a ella volviendo a defenderse dándole golpes con sus piernas y manos, mientras con la mirada me decía que desapareciera mientras aún pudiera aguantar los golpes de aquel asesino. Y lo hice cobardemente, desaparecí tras la cortina que cubría el pasadizo secreto de mi alcoba que llevaba al despacho de mi esposo. Era imposible huir por aquel lugar pues allí se encontraba Manfredo luchando valientemente con su espada contra uno de aquellos hombres y sucumbiendo al final bajo el acero de su contrincante. Desde mi escondite, no pude ver qué ocurrió en la habitación de Oddantonio, pero sí que pude escuchar cómo alguien le decía a Tomasso que saliera de debajo de la cama, como una vulgar gallina, y sus gritos cuando lo pasaron por la cuchilla. Estaba horrorizada, temblando y muerta de miedo, y esperaba que mi esposo se enfrentara a ellos como el luchador y guerrero que siempre afirmó que era, pero por las voces de aquellos hombres supe que el valiente duque se había escondido. De nada le sirvió que le encontraran arrodillado en la pequeña capilla de su cámara, implorando perdón por sus pecados mientras se abrazaba a un crucifijo. No fui testigo de su muerte, pero sí pude oír sus gritos de clemencia desde donde me encontraba. Por muchos años que pasen, jamás podré olvidarlos, como tampoco olvidaré el odio que le profesaban aquellos, la de barbaridades que llegaron a decirle mientras seguían propinándole puñaladas.

Los médicos dijeron posteriormente que el hachazo en la cabeza mató al duque antes de que le tiraran por la ventana junto a sus consejeros, y que ya no quedaba vida en él cuando lo arrastraron a la plaza para cortarle sus atributos y colocárselos en la boca como símbolo del fin de su vida disoluta.

Ni siquiera cuando el silencio volvió al palacio quise salir de mi escondite, y aunque imaginé que algo terrible le había ocurrido a Sitti, por primera vez en mi vida pensé en el ser que llevaba dentro de mí, aunque enseguida me di cuenta de que fue un pensamiento egoísta por mi parte, pues al salvar su vida estaba salvando la mía. Supongo que me dormí, pues a la mañana siguiente me desperté dolorida en aquel lugar, y sólo cuando vi a Federico y a la guardia ducal entrar en el despacho de mi esposo, salí de mi escondrijo para presentarme, sucia y en camisón, ante el hermano de Oddantonio. Cuando él me vio se santiguó, y tras cubrir mi cuerpo con su jubón hizo que me sentara y que una de las criadas me trajera un plato de sopa caliente. Se arrodilló a mi lado y antes de que dijera nada, alcancé a decir temblando aún como una hoja:

–Juradme que vos no habéis tenido nada que ver.

–Os lo juro, mi señora.

Tomé de un trago el caldo, y tras recuperar la temperatura de mi cuerpo, pregunté:

–¿Dónde está el cuerpo de mi esposo?

–Señora, me niego a que le veáis en el estado en que lo han dejado –exclamó Federico.

–Lamento escuchar esas palabras, pero nadie va a prohibirme que lave el cuerpo de mi señor y que le prepare para que le den sepultura.

–Mi señora, dejad al menos que las criadas os ayuden –insistió él.

–No –dije tajante–, tan sólo mi dama de compañía podrá entrar conmigo.

El silencio fue el preludio de la mala noticia, que llegó de boca de uno de los soldados:

–Lamento deciros que ella feneció ayer también.

Las lágrimas comenzaron a correr por mis mejillas. Sitti había dado su vida por mí. ¿Merecía yo que ella hubiera dado su vida por salvar la mía? Cubrí mi rostro con las manos, me obligué a dejar de llorar y cuando pude templar de nuevo la voz, dije en un tono tajante:

–Quiero que coloquen a mi esposo y a mi criada en la mesa del salón. Que se me provea de agua, gasas de lino y un manto blanco. El ayuda de cámara del duque preparará su armadura y su espada y sólo entrará cuando yo lo diga. Federico, espero que os encarguéis de avisar al sacerdote de San Francisco para dar sepultura al duque de Castelforca.

–Mi señora, se hará como pedís –exclamó sin poder negarme nada.

Sin Sitti a mi lado, me sentí completamente sola. Supongo que no era necesario ser bruja para saber que aquello iba a acabar ocurriendo. Lavé mi cuerpo con el agua de la jofaina y me vestí con mis mejores galas para despedir a mi esposo.

Cuando entré en el comedor, la visión de los cuerpos de aquellas dos personas tan importantes para mí que yacían sin vida sobre la mesa me provocaron un mareo que me obligó a tomar asiento. Limpiar sus cuerpos no era algo usual de lo que se ocupara la señora de la casa, mas quise hacerlo. Por Sitti, en señal de mi amor por ella; por mi esposo, porque siendo el pueblo quien le había hecho eso, no quería que nadie le tocara.

A pesar de las heridas ahora ya secas que cubrían su cuerpo, a pesar de la amputación de su miembro y de los destrozos en su cuerpo, el rostro de mi esposo aún albergaba belleza. Cuando terminé de limpiarlo, le besé, sin odio, incluso con amor, e hice que su ayuda de cámara entrara para vestirle con su brillante armadura, aquella que como, ahora sabía, jamás había participado en batalla. Incluso muerto era guapo, y cuando su criado le colocó las manos sobre su pecho empuñando su espada entre ellas, y lo dispuso sobre la tabla de madera con la que se le iba a llevar hasta la iglesia de San Francisco, me pregunté de nuevo si alguna vez había amado a mi esposo.

Siendo duque de Castelforca, Oddantonio se merecía un pomposo cortejo con luminaria y plañideras contratadas, mientras las campanas de las iglesias tocaban ahuyentando así al demonio de la muerte. El camino hasta su sepultura debía realizarse bajo suelo santo, entre cánticos y plegarias, rezos y llantos, pero habiendo sido asesinado a manos del pueblo y con el odio latente que según Federico se respiraba en la calle, el cortejo salió por una de las puertas traseras del castillo acompañado tan sólo por sus amigos los escritores, por su hermano, sus hermanas y respectivos esposos, y por mí misma bañada en un mar de lágrimas, que si bien todos atribuyeron a la muerte de mi esposo, en realidad derramaba por la tristeza y el dolor de tener que separarme para siempre de mi amada Sitti. Dimos sepultura a mi querida amiga en una pequeña iglesia cercana a la ciudad, sin más presencia que un par de criados que la estimaban, pues yo, en calidad de duquesa de Castelforca, no podía rebajarme a asistir al entierro de una simple dama de compañía.

La sepultura del cuerpo del duque de Castelforca se desarrolló en un absoluto silencio, quebrado únicamente por los rezos del sacerdote que resonaban entre las paredes de piedra del lugar. A pesar de ser un día caluroso, agradecí el vetusto vestido de invierno que llevaba, pues desde su muerte el frío se había apoderado de mi cuerpo hasta tal punto que llegué a pensar que jamás volvería a sentir calor. Cuando Federico repartió los anillos de luto para los asistentes al sepelio, me fijé en que estos llevaban un mechón de cabello. ¿Cuándo accedió Federico al cadáver de su hermano? ¿Cómo pudo forjar en una sola noche todas esas alianzas?

Me negué a pensar en ello, como tampoco quise hacerme mala sangre con las últimas frases que pronunció el sacerdote al que Federico había encargado el entierro:

–Es triste hallarnos ante un castigo ejemplar de voluntad divina, impuesto por su villanía a un pecador arrepentido. Que Dios pueda perdonarle todo lo que Castelforca no pudo olvidar.

En verdad creí que aquello estaba fuera de lugar y que aquel hombre, al que jamás había visto por Castelforca ni por palacio, no debería haber hablado así sobre Oddantonio, pues nada conocía de él. Por suerte, mi mente tenía otros problemas que solucionar que el sermón de aquel sacerdote, pues debía elucubrar un modo de cambiar de sepultura a mi marido sin que nadie lo advirtiera.

Sabía que no podía hacerlo sola y di gracias al Señor cuando nadie se extrañó que yo pidiera quedarme junto a sus amigos, a solas, en la tumba de mi esposo, ni cuando solicité al sacerdote que no cerraran por completo la losa que cubriría su tumba. Supongo que todo el mundo creyó que queríamos darle un último adiós a la manera que los artistas hacían, prodigando poemas y cánticos en su honor, y por ello dejaron que nos quedáramos a solas con él. Por suerte descubrí que todos eran verdaderos amigos, pues cuando les conté el motivo real, que no era otro que llevar a cabo la última voluntad de Oddantonio, todos estuvieron dispuestos a colaborar para que así fuera. Vigilando cada uno de nuestros pasos y en el máximo silencio, trasladamos los restos de Oddantonio a una tumba desconocida, en la iglesia de San Donato, que Marsilio, el padre que bendijo nuestra unión, consagró con permiso y conocimiento del sacerdote franciscano que la regía. Cuando le dimos sepultura, nada invitaba a pensar que el cuerpo del duque de Castelforca se hallaba en aquel lugar, y fue al caer la gran losa de piedra cuando sus amigos empezaron a despedirse declamando máximas de los grandes eruditos griegos.

–La muerte es una quimera: porque mientras yo existo, no existe la muerte; y cuando existe la muerte, ya no existo yo –recitó con una rica entonación Agostino haciendo suyas las palabras del filósofo Epicuro de Samos.

–Aquel que tú lloras por muerto, no ha hecho más que precederte –exclamó Bartolomeo, recitando al magnífico Séneca.

–Cuando la muerte se precipita sobre el hombre, la parte mortal se extingue; pero el principio inmortal se retira y se aleja sano y salvo –declamó Cristóforo cantando al gran Platón.

Los poemas y cantares sobre la vida de Oddantonio llenaron aquellos momentos, en los cuales yo, aunque agradecía esas muestras de cariño, sólo podía pensar en que Sitti había sido enterrada en la más estricta soledad y que nadie había cantado en su honor ni recitado a los grandes filósofos.

Llegué a palacio agotada, esperando poder descansar en mis aposentos, mas las sorpresas no habían terminado para mí. Cuando quise entrar en mis estancias, dos guardias ducales me lo impidieron y me ordenaron que fuera a hablar con el duque de Castelforca.

–¡Qué osadía es esta que os atrevéis a burlaros de mi esposo cuando su cuerpo yace en una tumba apenas desde esta mañana! –grité desgarrando mi voz, al ser tratada como una prisionera.

–Mi señora, sólo obedezco órdenes del nuevo duque –dijo el soldado visiblemente avergonzado.

¿Tanto descaro tenía el hermano de mi esposo que se había nombrado a sí mismo heredero del ducado sin comentarme nada? Me dirigí al despacho de mi difunto esposo y encontré la antesala limpia y ordenada como si nada hubiera ocurrido la noche anterior. Abrí las puertas del despacho de par en par, y allí estaba mi cuñado debatiendo con... ¡Dios mío! ¡No podía ser! ¡Uno de los asesinos de mi esposo, o, al menos, el asesino de Sitti, aquel que intentó darme muerte a mí, también se encontraba junto al doctor Serafino Fazio, Piero Antonio Agrimal, Piero Enzo, Cristóforo Tolonigo, Bartolomeo di Mastro Accenti e incluso a Antonio di Valentino da Baroni, debatiendo el futuro de las tierras de Castelforca!

Reconocí a la mayoría de ellos como los autores de los crímenes, pero también, ahora que les veía de cerca, como ilustres ciudadanos de Castelforca que en más de una ocasión habían asistido a nuestras suntuosas fiestas. Aquellos conjuradores, esos traidores, se hallaban en mi palacio, presentando nuevas leyes que concedían la amnistía por las muertes del duque y de sus asesores a cambio de que Federico se convirtiera en el nuevo duque de Castelforca. Quise gritar, quise correr en dirección opuesta, incluso pensé en tirarme por la ventana buscando la muerte, sin dejarme atrapar por aquellos salvajes que derramaron la sangre de mi esposo en aquellas mismas estancias donde ahora ellos se encontraban, pero otros dos guardias detuvieron mis pasos agarrándome con fuerza de los brazos como si no fuera más que una vulgar reclusa.

–¡Costanza, no os alarméis! Dejad que os explique esta reunión, pues no es lo que parece –exclamó Federico, invitando a despedirse a aquellos asesinos, que salieron del lugar haciendo sendas reverencias.

Al verme más calmada, la guardia me soltó y salió del despacho. Federico insistió en que tomara asiento.

–Mi señora –me dijo–. Todos saben que por testamento y a

falta de un hijo varón del duque, yo soy el legítimo heredero del ducado. Sí, ellos fueron los asesinos de mi hermano, pero sin ellos yo jamás podré gobernar y el ducado se perderá en manos profanas a la familia, motivo por el cual me veo obligado a claudicar cuando piden el perdón completo de sus faltas.

–¡Por Dios, mi señor! ¿Acaso os habéis vuelto loco? Asesinaron a mi esposo y a sus asesores, mataron a mi dama de compañía. Pero no se conformaron con eso, sino que vejaron sus cuerpos, los cercenaron, se rieron de ellos llevándolos a la plaza para mostrar a los ciudadanos qué le habían hecho al duque. ¿Cómo podéis perdonar y olvidar algo así? ¿Tan ávido estáis de poder? ¿Qué ansia os mueve a perdonar a sus asesinos? No tiene sentido a menos que vos mismo fuerais cómplice.

Federico se levantó; serio, erguido, mirándome con su único ojo. Tuve miedo, y me di cuenta de que no debía haber dicho esas palabras. Él, con su porte digno de leal guerrero y noble, se acercó a mí, y mirándome de soslayo, me espetó con dureza:

–Veo que la muerte de vuestro esposo ha enajenado vuestra mente. Puede que la locura por su fallecimiento se haya unido al hecho de querer ocultarme que estáis esperando un hijo. Os dije una vez que vuestras necesidades estarían cubiertas si algo le ocurría a mi hermano. No hagáis que reconsidere mi propuesta. Os alojaréis en los aposentos de vuestra dama de compañía hasta que nazca el fruto que lleváis en vuestras entrañas.

El nuevo duque calló sopesando sus propias palabras, para a continuación, añadir:

–Si es una niña, podréis seguir viviendo en palacio. Si es un varón os enviaré a un convento del cual jamás obtendréis la libertad, y criaré al niño como si fuera mío, aunque si mi esposa Battista me da un heredero, él será el duque por encima del hijo de mi hermano. He dicho.

Los guardias volvieron a apresarme a una orden del hombre que había dictado mi injusta sentencia. Aunque sin tanta dureza, insistieron en acompañarme hasta mis nuevos aposentos.

Sólo tuve fuerzas para llorar mientras asía la almohada en la que Sitti había reposado tantas veces su cabeza. Aún conservaba su olor y me sentía tan sola que creí no poder sobrevivir a todo lo que estaba sucediendo. Ocurriera lo que ocurriese, me había convertido en una condenada a pasar lo que me quedaba de vida encarcelada en un lugar donde cada día que pasaba detestaba más estar.

Durante aquel encierro involuntario, en el que se me negó incluso el acceso a mi amada biblioteca, me di cuenta de cómo podía la vida cambiar en un instante, ya que esta transcurría ahora entre mis habitaciones y las de las hijas de los duques, a quien de alguna manera cogí cariño, por ser todas ellas unas niñas cariñosas y dicharacheras que llenaron de risas infantiles mis aburridos días. A pesar de la compañía, muchas fueron las veces que pensé en el paquete que seguía escondido en la base de la torre con mis mejores y más valiosas alhajas. Pensé en salir a hurtadillas por el pasadizo, coger mis posesiones y huir a Fortefortezza, de la cual me extrañaba no haber tenido noticias, ni siquiera para lamentar la muerte del duque. Si raro me parecía no recibir misiva de mi primo, más insólito era no tener carta de mi propia madre dándome el pésame por mi pérdida. ¿Acaso también habían secuestrado mi correo? ¿Por qué me mantenían aislada sin noticias del mundo? Ni siquiera las criadas que me atendían podían decirme nada, pues al parecer, Federico se aseguró de que carecieran del don del habla. O eso, o estaban tan aterradas por aquel hombre, que por mucho que yo preguntara, no abrían la boca.

El 26 de julio de 1467 llegó acompañado de fuertes dolores de parto. Aquella soleada mañana me debatí entre el dolor más absoluto y la alegría exultante a la espera de ver la cara de mi hijo. Aquel que tanto había deseado que fuera un varón, en vida de mi esposo, ahora anhelaba que naciera niña, pues de no ser así, sería arrancado de mis manos, y yo volvería a ser una eterna prisionera en uno de los conventos diseminados por la región.

Cuando parecía que presa de un dolor insoportable la muerte me llamaba, cuando creí no poder soportarlo más, vi o me imaginé que Sitti, de pie, a mi lado, me cogía una mano y me infundía el calor y la fuerza necesarios. Su amor y su cariño, sus ojos y su amplia sonrisa, hicieron que aquel tormento terminara cuando la vida brotó de mi interior para llegar al mundo con un sonoro llanto que pronto desapareció de la sala, pues las criadas se llevaron a ese ser para devolvérmelo limpio y envuelto en una tela de lino blanco. Fue Roberta, una de las criadas, quien puso el pequeño cuerpo de mi hijo sobre el mío y me confirmó la buena nueva del nacimiento de una niña. Al ver aquel precioso ser, que había llevado en mi vientre durante tanto tiempo, no me importó que fuera varón o hembra o que hubiera sido fruto de una violación. Aquella pequeña ratita temblorosa era mía, y sólo quise acercarla a mi boca para notar su caliente, rugosa y rosada, casi violeta, piel contra mi mejilla. Por unos momentos me imaginé llamándola de aquel modo, y en cuanto Roberta dejó de mirarme, la bauticé de inmediato realizándole con mis propios dedos una cruz en la frente, y otra en la boca, como Viola de Fondasini.

La criada, aquella de la que jamás había logrado yo una palabra amable a pesar de haber convivido en el mismo lugar, se acercó a mí para recoger a la niña. Se lo impedí como buenamente pude, pues no podía separarme de ella. No quería hacerlo, pero Roberta, con la brusquedad con la que siempre me trató, arrancó al pequeño ser de mis manos para entregársela al ama de cría, una joven algo rechoncha que tenía a sus pies un capazo con su propio hijo, quien seguía durmiendo a pesar del jaleo de la sala.

Si bien lo más duro había pasado ya, las heridas del parto

necesitaban un cuidado exhaustivo con el fin de prevenir infecciones, y aunque no notaba absolutamente nada, pues seguía teniendo la zona dolorida, durante un rato tuve que ceder a que las parteras se asomaran varias veces al canal por donde la niña había salido para colocarme emplastes con diferentes hierbas desinfectantes.

Tres días después del parto y tras una conversación con Battista, la esposa de Federico, a la que había convencido para que dejara que la niña durmiera en mi cuarto, ya que pocas veces salía yo de él, me descubrí admirando a mi pequeña Viola junto a una de las ventanas del palacio. El sol entraba a raudales y desde el lugar donde me encontraba se extendían unas magníficas vistas de los bosques que rodeaban el *palazzo*. Me senté junto a la columna que partía la ventana en dos para ver el paisaje, mientras escuchaba los gorjeos de los bochincheros y alborotadores gorriones que moraban en los cercanos árboles. Viola abrió los ojos, y quise ver en ellos los de Oddantonio, pues eran de tonalidad clara, pero la mirada de aquella niña no pertenecía a su padre, sino a mí, pues con el tiempo el color azul grisáceo que ahora tenían se convertiría en una preciosa tonalidad verde que le regalaría una bella mirada cristalina.

Aquellos pequeños y gordos pajaritos que revoloteaban por los árboles haciendo mil ruidos me recordaron la leyenda preferida del maestro Castriotto. Quise recitársela a Viola, aunque sabía que era muy pequeña para entenderla.

> Cuentan los viejos libros que cuando el gorrión llegó a nuestra tierra, procedente de tierras lejanas, no fue acogido muy bien, pues era un ave insulsa y sin bellos colores en su plumaje. Siendo un pájaro juguetón y dicharachero, con sus gorjeos sin ton ni son molestaba sin saberlo a las aves que hacía mucho tiempo que se hallaban en este lugar. Como no conocía las costumbres de nuestra tierra, cogía la comida que veía abandonada, u ocupaba los nidos que pa-

recían vacíos. A pesar de que jamás tuvo malicia, los demás pájaros, muy molestos con su actitud, pidieron una reunión con el halcón para decidir si se le expulsaba de la región. Las aves deliberaron durante un tiempo y se escucharon testimonios duros como el de la golondrina que decía haber encontrado su nido ocupado por el gorrión al volver de su migración, o como los de los verdecillos, que se quejaban de que era un ser ruidoso, peleón y gritón, que por no saber, ni siquiera sabía cantar. Aunque hubo voces en su defensa atendiendo a que era un ave útil para el labrador, pues comía los insectos que atacaban a sus plantas, y que los hombres le amaban tanto que incluso le ponían cestos en los árboles para que empollaran sus huevos allí, las voces que clamaban su expulsión se escuchaban cada vez con más fuerza. De pronto, el amarillo y brillante plumaje de un jilguero que llegaba de tierras de Castilla apareció deslumbrando a todas las aves que allí se encontraban y dijo:

–Vengo de lejos para deciros que me escuchéis antes de votar.

–¿Qué es lo que tienes que decir? –preguntó el halcón.

–Quiero defender la sinceridad y la valentía del gorrión, pues si ahora mis hermanos y yo disponemos de estos bellos plumajes amarillos y rojos, es gracias a que él me advirtió que la urraca, envidiando mi plumaje, echó en el agua un líquido con el cual me hubiera desteñido por completo. Como es un pájaro muy juguetón y bromista, al principio no le creí, pero cuando estaba a punto de darme el baño, apareció él con su plumaje de vivos colores, y se zambulló en el agua de mi baño. Mi sorpresa fue que cuando salió del agua estaba completamente descolorido, y sus bellas plumas de lindos colores se habían desteñido de tal manera que ahora predominaba por todo color la tonalidad castaña, con la que se quedó, transmitiéndola a todos sus descendientes. Sólo quería mostrar lo sacrificado que fue vuestro nuevo compañero.

La votación fue unánime para que el gorrión se quedara en nuestras tierras, y por eso hoy puedes escuchar a los *piccolo passeri* siempre alegres y juguetones; con frío o calor, llueva o haga sol.

Cuando un gorrión se encuentra cerca, nuestros corazones se llenan de alegría.

Sabía que mi hija era demasiado pequeña para entender aquella historia, mas se quedó escuchando mi voz mientras abría sus ojitos cada vez que realizaba los distintos sonidos de los pájaros, que Castriotto me había enseñado de pequeña.

Aquella tarde recibí visita de Federico en mis aposentos. Todo atisbo de brutalidad y brusquedad con la que me había tratado hasta el momento había desaparecido de su rostro al contemplar a su pequeña sobrina que ahora, de un color más rosado y ya algo regordeta, hacía ruiditos mientras parecía que se deleitaba con aquel maravilloso paisaje. Sus palabras fueron amables, aunque en ese momento no advertí el trasfondo de las mismas:

–Habéis tenido una hija preciosa. Sé que está mal decirlo, pero ni mis cuatro hijas juntas tienen la belleza que vuestra hija ya apunta, a pesar de que tiene el cabello bien oscuro y no sé a quién debe parecerse.

–Yo también me lo pregunto, aunque mi padre tiene el cabello negro. Puede que esa sea la razón –dije inocentemente.

–Sabéis que os prometí que podríais quedaros en el palacio si la vida que traíais al mundo era una hembra –exclamó mirando nuevamente a la niña, a la que había dejado en la cuna cuando cerró sus ojitos.

–Sí, mi señor, eso dijisteis.

–Mi visita obedece a que tengo un dilema moral. Sé que debo cumplir mi promesa, pero he recibido noticias desde Venecia que inducen a dudar de la legalidad de mi ofrecimiento –dijo muy serio aquel hombre que empezaba a infundirme cierto temor por cómo tocaba a la niña, tal vez intentando averiguar algo.

Cogí a Viola de nuevo entre mis brazos y acunándola, mientras iba separándome de Federico, le pregunté:

–¿Qué noticias son esas? ¿Qué podría llegar desde Venecia para que cambiarais de opinión?

–Mi señora, pues nada menos que una denuncia por adulterio que firma la dama Castellana Balestrieri da Acade, esposa de Giovanni Antonino da Vicenza.

Escuchar el nombre de mi amante en aquellas circunstancias hizo que tuviera que volver a sentarme en el alféizar de la ventana de piedra.

–¡Señor! ¿Osáis creer esa falacia? ¡Nunca he salido de este *palazzo* sin la compañía de mi esposo, vuestro hermano! ¿Cómo? ¿Cuándo? ¿En qué se basan esas acusaciones? –exclamé sin saber lo que decía, pues bien lo sé ahora que quien hablaba era mi instinto de supervivencia y no mi mente sincera.

–Mi señora, no digo que esta denuncia sea cierta, pero la esposa de don Acade afirma tener el testimonio de una veneciana que puede corroborar esa acusación.

–Entonces no me queda otro remedio que viajar a Venecia para poder defenderme –exclamé.

Federico hizo que entrara una de las criadas para llevarse a Viola, a la que seguían llamando *ragazza*, al no haber sido bautizada oficialmente. Cuando nos quedamos a solas, mi cuñado, cogiéndome amablemente del brazo, me invitó a tomar asiento en el diván. Acto seguido cogió una silla, se sentó delante y me dijo con la mirada fija en mí:

–Yo os creo, pero acabáis de enterrar a vuestro esposo y es menester que las viudas sean un dechado de esmerada sobriedad y honestidad. Vuestra virtud está en juego. Si esa dama pudiera hacer dudar tan sólo a una persona de que los sucesos pudieran haber ocurrido...

Intenté defenderme de nuevo, pero Federico continuó:

–Como viuda de mi hermano, representáis a los Fondasini y si vuestra virtud queda en entredicho, el nombre de mi familia quedará mancillado por muchos años. No podéis arriesgaros a afrontar un juicio por esa causa, y menos sin un esposo que pueda defender vuestro honor. Sin un hombre a vuestro lado, nada significáis para la ley. Creedme, tengo muchos más años que vos y he visto cómo la justicia se tapa los ojos para dar crédito antes a una mujer casada que a una viuda que nada tiene que aportar ya a la sociedad.

Me quedé escuchando atónita aquellas duras pero verdaderas palabras.

–Pero soy inocente...

–Lo sé. Sé que lo sois, pero nadie más lo sabe.

–Hay una persona: don Acade puede confirmar que esa denuncia es mentira.

–Don Acade nada dirá. Este juicio no es sobre él, sino contra vos. Ninguna culpa tiene él de ser un hombre.

Federico se levantó y comenzó a andar en círculos con una expresión sobria en su rostro, como si estuviera ideando alguna solución.

Por un momento vino fugazmente a mi mente mi encuentro con Enrico en la habitación de aquella casa prestada. Hubo tanto amor en aquel acto, hubo tanto cariño que comencé a dudar si Viola no sería realmente su hija. Tenía su pelo negro y mis ojos verdes, y Oddantonio jamás había dejado en estado ni a su primera esposa, ni a ninguna de sus amantes. ¿Es posible que aquel acto tan cruel que sucedió en Venecia diera como fruto un ser tan extremadamente bello? ¿No era acaso más bonito creer que Viola era consecuencia del gran amor que Enrico y yo nos profesamos?

–Mi señora, ¿habéis escuchado mis palabras?

–Disculpad, seguía pensando en qué cruel persona puede inventarse esa calumnia de la cual decís que no me puedo defender.

–Os decía que hay una solución. Muy cerca de aquí existe el convento de la regla de Santa Clara. Es una orden mendicante muy pobre, que no dispone de propiedades y vive exclusivamente de su trabajo y de la piedad de los vecinos. Si decimos que tras el sepelio de vuestro esposo elegisteis voluntariamente encerraros en ese convento, nadie osará tocaros. Nadie puede denunciar a una hermana religiosa.

Le miré sin pasión. En verdad, creo que incluso con cierto desdén, al escuchar que la única solución era convertirme en monja.

–¿Y qué será de Viola? –pregunté.

–¿Quién es Viola? –indagó extrañado.

–Ese es el nombre que quiero que lleve mi hija.

–Extraña denominación, más si ese es vuestro deseo no seré yo quien me oponga a ese nombre. Nadie debe saber que existe, pero la niña puede vivir junto a mis hijas –espetó.

–¿Por qué? –pregunté completamente derrotada.

–Porque doña Acade no ha tenido hijos. Si la procedencia de esa niña se pone en duda, podría reclamar su custodia por considerarla una posible hija de su esposo.

–¿De verdad creéis que esa niña no es hija de vuestro hermano? –pregunté ya sin fuerzas mientras las lágrimas surcaban mi rostro.

–No importa lo que yo crea. Tan sólo el mínimo atisbo de duda y...

–Y yo iría al calabozo y ella se quedaría con mi hija –exclamé concluyendo así la conversación mientras rompía a llorar.

Era como si Federico lo tuviera todo planeado, aunque no lo pensé en ese momento, pues su esposa Battista entró en el cuarto, se sentó junto a mí y mientras posaba su mano en mi brazo y lo acariciaba para reconfortarme, dijo en un tono pausado y tranquilo:

–No os preocupéis, mi señora. Cuidaremos de vuestra hija como si fuera una más de nuestras descendientes. Cuando todo pase, cuando doña Acade se dé cuenta de que no puede hacer nada contra vos, podréis recuperar vuestra vida y a vuestra hija. Ella estará esperándoos. Yo misma le hablaré sobre su madre y le diré que la piedad y el amor a Dios la llevaron al convento como hermana pinzochera.

–¿Pinzochera? ¿Qué significa?

–Su significado es que no vais a tomar los votos solemnes, así que, pasados unos años, podréis salir del convento y retomar vuestra vida. Vuestras labores serán sobre todo de caridad y apostolado, pero nadie os obligará a comprometeros con la orden y tampoco tendréis una clausura absoluta, lo que significará que podréis ver a vuestra hija en ocasiones especiales.

–¿Cuantos años deberé pasar en ese lugar? –pregunté.

–No menos de ocho.

No quise seguir escuchando, pues no sabía discernir entre aquel encierro y el de una prisión, aunque supuse que la vida sería mucho más tranquila en un lugar santificado en el que tenía la esperanza de poder ir viendo, aunque en la lejanía, cómo mi hija se hacía mayor.

–¿Cuándo debería irme? –pregunté.

–Lo antes posible, mi señora. Hoy daré respuesta a la Quarantia Veneciana y en cuanto llegue mi misiva podrán presentarse aquí los designados por los diez para comprobar la veracidad de mis palabras –contestó el nuevo duque.

–¿Podré llevar alguna posesión conmigo? ¿Acaso un libro? –volví a preguntar pensando en mi libro de griego donde guardaba mis tesoros más queridos.

–Es mejor que no. Que seáis una hermana terciaria no significa que no debáis cumplir unos votos básicos –dijo Battista.

–En cuanto todo termine yo mismo os devolveré vuestra dote y podréis ir con vuestra hija a donde deseéis –añadió Federico.

–Sé que he de aceptar el trato, pero antes de partir desearía pasar una última noche con mi hija, visitar la tumba de mi esposo y la de mi querida dama de compañía –solicité.

–Lo de vuestra hija dadlo por hecho. Lo de la visita a la tumba de vuestra criada, no lo considero correcto, pero tratándose de unas circunstancias tan especiales, voy a aceptarlo. En cuanto a visitar la tumba de vuestro esposo, lamentablemente he de deciros que al día siguiente de su sepelio unos malhechores la destruyeron, haciendo desparecer su cuerpo. No quise decíroslo a causa de vuestro avanzado estado de gestación –contestó Federico.

En verdad, ningún interés tenía en visitar la falsa tumba de mi esposo, y menos ahora que incluso dudaba de si Viola era o no su hija, aunque fingí estar compungida para que su hermano no pusiera en duda lo que era verdad: que hubo un tiempo en que amé a Oddantonio.

Aquella noche la pasé despierta mirando a mi pequeña. Quise aprender cada uno de sus recovecos, cada una de las marcas de su piel, cada señal de su identidad, pues a pesar de tener la esperanza de verla crecer, una vocecita interior me decía que no iba a ser así. Viola se despertó en mitad de la noche, pero en vez de ponerse a llorar, permaneció con los ojos abiertos como si estuviera mirándome también. Fue en aquel momento en que pensé en cogerla y huir de aquel lugar. En desenterrar el paquete que Sitti había escondido, vestirme de hombre y marchar lejos en cualquier galera que me llevara a un mundo mejor.

Toqué sus manitas y cuando mi dedo rozo su palma abierta, esta se cerró sobre mi extremidad con fuerza, sin querer soltarse de ella. Sonreí por ese hecho, pero también cuando comprobé que en la zona de su muñeca tenía una suave y pequeña mancha más oscura que su propia piel. Pensé que por muchos años que tuviera que pasar en mi prisión, aquella pequeña mancha en forma de cereza me ayudaría a reconocer a mi hija en caso de que pasara demasiado tiempo sin verla.

Dejar a Viola fue una decisión difícil, aunque no se me ocurrió pensar que, de haberme negado, Federico seguramente me hubiera obligado a tomar los votos. En verdad dejé de luchar, pues sabía que esa era la única opción de volver a ver a mi hija, además de ser el único camino para que ella tuviera un magnífico futuro, sin un nombre manchado de por vida por la locura de su madre al contravenir las órdenes impuestas por la sociedad. Acaricié su rostro. Había engordado mucho en pocos días y su piel era muy suave. No quería olvidar que para mí siempre sería mi pequeño gorrión, pero sin poder dejar de tocarla, sin querer dejar de mirarla, al final, y a pesar de poner todo mi empeño, acabé mecida por Morfeo junto a mi hija.

SOR MARIA UMILE

A la mañana siguiente, acepté la compañía del ama de cría que me siguió con Viola enganchada a uno de sus pechos hasta la pequeña iglesia donde Sitti había recibido sepultura. Como único presente llevaba conmigo el collar de flores, ahora ya secas, que ella había fabricado con sus propias manos como tocado para el día de mi boda con el duque. Me senté en la fría piedra, posando sobre esta el collar. El silencio cubrió el lugar y en cuanto Viola terminó de mamar, la mecí entre mis brazos presentándosela a mi eterna amiga, mientras recitaba en griego una frase de su filósofo favorito, el solemne Aristóteles, sin importarme las extrañas caras que ponía el ama de cría, que no comprendía ni una sola de mis palabras:

–Algunos creen que para ser amigos basta con quererlo, como si para estar sano bastara con desear tener salud.

Hice una pausa para deleitarme con esas grandes palabras, y después añadí:

–Te quise tanto, amiga, te amé como una hermana. Necesito creer que diste la vida por mí porque el destino me tiene preparado algo grande, aunque viendo mi futuro encierro, creo que ando muy errada. Protege a mi hija desde donde estés. En tus manos y en los de la virgen encomiendo su ser. Sé su ángel guardián, líbrala de todo mal y dale una vida feliz y llena de amor verdadero.

De vuelta al palacio, caminé lentamente por las calles empedradas de Castelforca, pensando que nada había aportado esa ciudad a mi vida, sino dolor y unos recuerdos horrendos e imborrables. Llevaba a mi pequeña Viola en brazos, no estaba dormida, pero sí relajada, como si supiera que nada malo le iba a ocurrir mientras yo la sostuviera. Fue entonces cuando me di cuenta de que era yo quien decidía qué clase de recuerdos quería retener. Mi hija había nacido en Castelforca, aquello era lo que debía rememorar, pues sabía que aquel iba a ser mi último paseo con la pequeña. Sabía que había sido una locura, a ojos de cualquiera con quien me cruzara, sacar a esa muñequita de apenas cuatro días de vida de sus paredes de seda y terciopelo, pero necesitaba que Sitti la conociera, para que pudiera protegerla.

Aquel último trayecto hasta el *palazzo* iba a ser asimismo mis últimos momentos de libertad; con la mano que me quedaba libre, comencé a tocar las paredes de los lugares por donde iba pasando. Las piedras del Duomo aparecieron impertérritas ante mis ojos; las de las casas, toscas y frías; la puerta de madera de la lechería, vieja y algo mohosa.

Fue entonces cuando vino a mí el olor de mi querida Venecia, y pensé cuál era el olor que identificaba Castelforca, pero no pude hacerlo pues a mi mente sólo venían sus sonidos; los trinos de sus carduelis o jilgueros, los croteos de las cigüeñas en los campanarios más cercanos a las calles, el zureo de las palomas, o los trisos de sus alondras, así como los descuidados gorjeos de sus gorriones, que tanto me recordaban a mi pequeña Viola. Así lo decidió mi mente, y entre los pensamientos que tanto iba a necesitar para sobrevivir a lo largo de mi vida, me quedé con aquellos sones que llenaban mi alma de gratificante paz.

Al entrar de nuevo en el que ya no sería mi hogar, Battista me esperaba en el pórtico con un pequeño fajo con comida para mis nuevas hermanas. No había vestidos, ni alhajas, ni joyas, ni siquiera un simple peine de marfil, pues no iba a necesitar nada que la abadesa no me ofreciera. Por la misma razón, ni siquiera pude llevarme ni un solo pergamino, ni, por supuesto, ningún volumen de mi biblioteca.

Cogí a Viola y la estreché en mi pecho, mientras con la mirada suplicaba a Battista para que no permitiera esa separación. No hubo piedad, uno de los guardias me arrancó literalmente a la niña, mientras otro me sujetaba para que no impidiera que Roberta se llevara a mi hija. Viola comenzó a llorar como si de alguna manera supiera qué estaba ocurriendo. Perdí toda la dignidad, y me arrodillé ante la esposa del nuevo duque, me abracé a sus pies llorando desconsoladamente y supliqué a gritos que dejara que tranquilizara a la niña, que no permitiera que aquel fuera el último recuerdo de mi hija sobre mí.

Sé que lo hizo por el bien de todos y Roberta, a una orden de su señora, volvió a traer a Viola y la posó de nuevo en mis brazos donde se calmó en apenas un momento. La mecí y volvimos a escuchar los gorjeos de los gorriones juguetones. La acerqué a mi rostro y la llené de todos aquellos besos que jamás podría volver a darle, le susurré, como si fuera nuestro gran secreto, que jamás dejaría de quererla, aunque el destino nos llevara lejos. Incluso si nunca volvíamos a vernos, debía saber dentro de su corazón que jamás me olvidaría de ella, y que cada día consagraría mis oraciones a que tuviera una vida plena y feliz. Supongo que le di tanto amor en aquellos instantes que pronto se durmió tranquila. Cuando Roberta se acercó a mí para cogerla, me negué a entregársela y la puse en los brazos de la esposa de Federico:

–En tus manos dejo su vida. El sonido de los gorriones que se posan en la habitación donde he vivido estos últimos días calman su alma. No permitas que me olvide.

Partí en silencio, tan sólo con el vestido y los zapatos que llevaba puestos y el paquete con alimentos para el convento. A pesar de la corta distancia que me separaba de aquel lugar, apenas dos calles empedradas, dos soldados de la guardia ducal me acompañaron hasta la gran puerta de madera de la entrada del monasterio, donde la hermana portera abrió sin mediar palabra, me hizo pasar y cerró de nuevo el portón. La oscuridad cubrió la sala, y el frío de sus piedras se arraigó a mi joven cuerpo.

No hubo saludo, aunque si me detenía a pensarlo, los gestos con los que la hermana me pidió que la acompañara no fueron nada bruscos, sino que parecían llenos de bondad y amor, aunque para ellas yo aún era una completa desconocida que llevaba un bonito vestido con tonalidades verdes y unos chapines a juego. Supongo que fue por el silencio sepulcral que habitaba en aquel lugar que me parecieron los zapatos más ruidosos que jamás había llevado, y cuanto menos ruido intentaba hacer, mayor era el alboroto.

Tras un corto trayecto llegamos al despacho de la madre abadesa. Aquel lugar olía a madera vieja, la decoración del suelo parecía borrada por el tiempo, y sus paredes de piedra gris se me antojaban como una especie de tumba en la que pasaría toda mi juventud. La luz del exterior apenas penetraba por un pequeño ventanuco enrejado que estaba demasiado alto para que nadie pudiera ver ni oír lo que ocurría en aquel interior.

Pensaba que mis temores más horribles se harían realidad en cuanto la abadesa entrara en aquel lugar. No sé por qué se me antojó pensar que sería como una de aquellas brujas que se entregaban a aquelarres la noche de San Juan: con una larga y huesuda nariz, llena de verrugas.

La puerta del cuarto se abrió y al volverme quise suspirar de alivio, pero no osé decir nada pues el silencio me embriagaba de tal manera que no quería estropearlo.

La madre abadesa no era como quise imaginarla. No era vieja, ni arrugada, ni fea y ni siquiera tenía una sola verruga; su blanca piel parecía brillar como si toda su vida hubiera estado aplicándose leche de burra para limpiar su fascinante tez. Su hábito de color marrón se sujetaba a la cintura por un cordel trenzado y blanco del que colgaba un rosario de madera, y su cabeza iba cubierta con un manto negro. Quise pensar de ella que era una mujer fina, delgada, esbelta. Ella me miró de arriba abajo y me obligó a que tomara asiento en un diván, se sentó a mi lado, me cogió la mano y me dijo con dulzura:

–Esto ha de ser muy difícil para ti, mi pequeña.

La verdad es que no me esperaba la dulce voz con la que dijo esas palabras, como tampoco me esperaba la calidez de sus manos.

–Cuando mis padres decidieron que este sería mi destino, estuve llorando una semana entera, y continué llorando dentro del convento durante una semana más. Pero un bonito día de primavera me desperté y me di cuenta de que ya no me quedaban más lágrimas, y que lo único que podía hacer era ofrecer mi vida a Dios. Así lo habían decidido mis progenitores, y creí firmemente que eso era lo que Él quería para mí, que dedicara mi vida a su contemplación.

–No me considero digna de estar entre estas paredes –alcancé a susurrar.

–¿Y cuál de nosotras lo es?

Se hizo un nuevo silencio que tampoco quise interrumpir:

–Tengo más de cuarenta años y llevo en el convento desde los catorce. ¿De veras crees que soy digna de poder contemplar y amar a Dios? ¿Crees que yo, que apenas he conocido el mundo, soy digna de estar en este lugar? Pero Dios me eligió de entre cuatro hermanas de la misma familia. Recuerdo que yo quería ser como mi madre y tener muchos hijos para darles todo el amor que mi corazón albergaba, pero yo no controlo los designios de nuestro Señor, y sé que Él quiso que mi destino fuera este lugar, porque sus hijas, aquellas que entran aquí, necesitan ese amor más que nadie.

–¿Cómo voy a poder olvidar lo que he vivido hasta ahora? Lo he tenido todo y ahora nada tengo... –quise seguir pero un amago de lloro hizo que no pudiera continuar.

–Te llaman Costanza, ¿no? Deja que te cuente una historia. Hace mucho tiempo vivió una muchacha de origen noble. Se llamaba Chiara y era la hija mayor de una de las familias más importantes de la ciudad de Asís. Si bien ya siendo una niña se le reconocía su virtud y su amor por Dios, el día que decidió oponerse a sus padres al matrimonio concertado asegurando que quería consagrar su vida a Dios, se dieron cuenta de que era una niña especial. El lunes después del Domingo de Ramos, cuando contaba dieciocho años, huyó de casa, lo dejó absolutamente todo, sus vestidos y sus alhajas para acudir delante de la congregación de los frailes menores, pues había escuchado predicar a san Francisco de Asís y había decidido seguir su modo de vida. En presencia de esos frailes, ratificó su renuncia al mundo por amor al santísimo niño y cambió sus ricas vestiduras por un tosco sayal, canjeó su cinto de joyas por un cordón trenzado y sus hermosos chapines por unas toscas sandalias de madera. San Francisco le cortó su larga melena y cubrió su cabeza con un manto negro. Después hizo los votos monásticos de pobreza y castidad, y prometió obedecer en todo a san Francisco, quien le instó a entrar en un convento benedictino para que comenzara su formación monacal. Más adelante, consiguió que la orden benedictina le cediera la iglesia de San Damián, donde Chiara y sus dos hermanas, que también huyeron del hogar, iniciaron una vida monástica que seguía los preceptos de san Francisco. Tanta fue la aceptación de aquel modo de vida entre las mujeres de la época, que pronto el convento se llenó. La única condición indispensable era que las postulantes vendieran sus pertenencias para repartirlas entre los pobres.

–¿Ella fue la fundadora de la orden?

–Santa Chiara de Asís fue la primera, sí. La que aceptó la más estricta pobreza, pues no admitía donaciones para su monasterio, y vivían del trabajo de las que se quedaban dentro del claustro y de la limosna que mendigaban las que iban casa por casa, pidiendo para comer. Pero no quieras saberlo todo en un día. Estás aquí por alguna razón que ahora escapa a tu conocimiento. Lo único que te solicito es que aceptes nuestro modo de vida sencillo y que consientas los consejos y las enseñanzas de sor Marcela, quien va a ser tu instructora y maestra.

–¿Puedo preguntaros un par de cosas más? ¿Cómo será mi vida aquí? ¿Cómo he de comportarme?

–Sor Marcela te contestará a esas y a todas las preguntas que tengas. Pero ten paciencia hija mía, todo tiene su momento –dijo la madre abadesa al tiempo que se levantaba del diván para acompañarme hasta la puerta donde me esperaba mi maestra.

Comenzamos a andar en silencio, y aunque me moría de ganas de empezar a preguntar qué debía esperar de mi nueva vida, el sosiego y la quietud que nos envolvía hizo que no abriese la boca. Mientras caminábamos lentamente por el claustro pude contemplar uno de los más bellos parajes que había visto jamás. La luz del sol se filtraba por entre las ramas de un altísimo árbol que se alzaba majestuoso junto al pozo de agua, mientras su sombra reposaba sobre un banco de piedra de tal modo que se me antojó pensar que aquel hubiera sido un lugar privilegiado para leer los sonetos a los que estaba acostumbrada y que había perdido.

Continuamos nuestro paseo y dejamos atrás el claustro, subimos unas escaleras y pasamos por delante de otra hermana, a quien se me ocurrió saludar, como mandaba la buena educación, pero no recibí respuesta por su parte. Aquel piso se hallaba carente de cualquier decoración. No había tapices, ni cuadros en las paredes, y sus techos, a pesar de ser muy altos, no tenían frisos ni gárgolas en sus columnas. Me di cuenta de que el frío de aquel lugar no sólo provenía de las piedras de sus muros, sino también de la total ausencia de decoración que hubiera distraído de su misión las miradas de las que allí moraban, que no era otra que *ora et labora*.

Al entrar en el pequeño cubículo que iba a ser mi habitación, por llamarlo de algún modo, comprendí que debía dejar atrás el lujo y la riqueza que hubiese tenido, pues en aquellas paredes no había sino un triste jergón de paja donde iba a dormir, la base de un reclinatorio de madera, una mesita raída por el tiempo, donde se hallaba un tosco lavatorio con agua, y una cruz de madera que presidía la estancia con una sobriedad impertérrita, apenas interrumpida por los rayos de sol que entraban por la alta y enrejada ventana.

Sor Marcela, con la ayuda de otra hermana, solicitó en susurros que me quitara el vestido. Lo hice sin rechistar y no dije nada cuando lo doblaron y me colocaron una tupida prenda de lino blanco sobre la piel; también callé cuando colocaron sobre mi cuerpo aquel sayo oscuro. La segunda hermana, que ni siquiera se había presentado, cogió las pocas alhajas que llevaba, y cuando quiso quitarme la cadena del cuello, se abrió el cierre y el anillo de Enrico rodó en silencio hasta debajo del jergón de paja. Nadie se dio cuenta, y sólo así se libró de ser vendido. Después, esa misma hermana anudó a mi cintura el sayo con un simple cordón trenzado y me deshizo las trenzas. La miré pensando que no sería capaz de tocar ni un pelo de mi melena, pero cuando sacó el cuchillo para cortarla, no tuve más remedio que apartarme de ella y posando mi espalda contra la pared decirle:

–¿Es que os habéis vuelto completamente loca? ¡Yo no soy como vos! ¡No podéis cortar mis cabellos!

Pensé que me obligarían a cortarlos, pero de nuevo me equivoqué. Sor Marcela hizo que la hermana saliera del cuarto y me pidió que me sentara sobre lo que ellas llamaban colchón, y me dijo:

–Hermana, estáis aquí para ser una de nosotras. Sé que todo es muy diferente a lo que hasta ahora habéis vivido, pero debéis cumplir nuestras normas y no podéis llevar el cabello largo.

Su voz era cálida y apacible, pero jamás me había cortado el pelo y no iba a dejar que ahora lo hicieran unas desconocidas.

–Sólo estoy aquí como pinzochera terciaria y mi señora Battista me dijo que ni siquiera debería tomar los votos –dije intentando convencerla.

–Hermana... hace seis años que ya no existen las monjas terciarias. El Santo Padre Pío II ratificó el deseo de los frailes observantes e impuso la clausura total a todas las religiosas.

–¿Clausura completa? ¿Eso quiere decir que no podéis salir nunca del convento? –pregunté mientras las primeras lágrimas comenzaban a caer por mis mejillas.

–Tenemos normas muy estrictas. Antes las terciarias iban a cuidar a los enfermos o a dar de comer a los pobres. Visitaban a los desvalidos o acompañaban a los ancianos en sus últimos momentos. Ahora ya nunca salimos del convento, somos contemplativas y nuestra misión es rezar por el mundo. Durante el período que estéis con nosotras tendréis que vestir, comer, trabajar, y, por supuesto, llevar la ropa que nosotras llevamos. Eso incluye el cabello corto.

–¿Vos seréis mi maestra? –pregunté entre sollozos.

–Yo seré quien os enseñe nuestras normas, nuestro modo de vida y cuál será vuestro cometido. Os instruiré en nuestra regla y, si me permitís, os mostraré aquello por lo que vivimos.

–¿Seguro que habéis de cortarme el cabello?

–Vuestro pelo no puede ser un estorbo, pero podemos proceder de otro modo. Tomad el cuchillo, cortadlo vos misma. Es vuestro pelo, así que quién mejor para hacerlo. Luego yo os lo arreglaré a nuestro modo.

Con el cuchillo en mis manos temblorosas, miré el cabello que caía en graciosas ondas sobre mi hombro y aposentaba sus puntas en mi regazo. Pensé que sería incapaz de hacerlo, pero miré a sor Marcela, y una vocecita dentro de mí me dijo: «¡Avanza!», y lo hice, me decidí y me corté el pelo a la altura de la nuca.

Pensé que me pondría a llorar desconsoladamente, pero no fue así. Fue un movimiento liberador, pues durante mis largas jornadas de trabajo y oración, no hubiera tenido tiempo para cepillarlo más de cien veces al día, como venía haciendo hasta ese momento.

–Tenéis coraje. No todas son capaces de hacerlo –dijo sor Marcela, mientras me recortaba las puntas que habían quedado, y me arreglaba el flequillo delantero para redondearlo.

Sor Marcela me ofreció una larga charla donde me explicó que se esperaba de mí que cumpliera con el horario, que rezara con ellas las oraciones del breviario que se me había ofrecido y que acatara, aun sin haberlos acogido en perpetuidad, los votos de la orden de las clarisas: el voto de altísima pobreza, el de clausura, el de obediencia, el de castidad y el de oración, así como que mostrara una actitud de misericordia, caridad, justicia, piedad, paz, amor mutuo, trabajo y humildad hacia las demás hermanas.

Tras aquella conversación –durante la que, a pesar de prestar mucha atención, sólo pude pensar en lo mucho que rascaban aquellas burdas ropas mi piel–, me di cuenta, al escuchar el toque de víspera, de que ninguna de las dos habíamos comido y que la desazón de mi estómago iba en aumento. Sor Marcela encendió dos candiles y dijo:

–Ahora nos reuniremos con las demás hermanas para la oración comunitaria, el rezo del rosario y la cena. Os advierto que tenemos voto de silencio mayor y que no podéis saludar a nadie, ni presentaros, ni preguntar nada, ni sonreír. Sólo podéis rezar en voz alta y no alzar la voz por encima de las demás. En este convento no oiréis cantar, pues las oraciones sólo se recitan. Intentad seguir el ritmo y pronto aprenderéis qué oración del libro de horas va con cada día, aunque mañana hablaremos sobre ello.

–¿No podré hablar más que con vos, sor Marcela? –pregunté antes de salir de la habitación.

–Durante vuestra educación tenemos un permiso especial para romper el silencio. La instrucción continuará durante todo el tiempo que os encontréis en este lugar, pero poco a poco volveremos al silencio estricto.

–Y si tengo dudas, ¿qué debo hacer? ¿Cómo puedo saber si está permitido hacer o no algo?

–Cada día tenemos una hora de descanso después de la comida. Durante ese tiempo podréis hablar mediante susurros todo lo que queráis con cualquiera de las hermanas.

–¿Cómo voy a acostumbrarme a todos estos cambios, hermana? –pregunté.

–Lo haréis sin daros cuenta. Los primeros días ni siquiera pensaréis en ello, pues seréis el centro de atención, ya que todas querrán saber de dónde venís o a qué familia pertenecéis. Vuestras hermanas son muchachas jóvenes y alegres. Veréis que durante el tiempo de asueto, lo pasamos muy bien. No todo es *ora et labora.*

Cuando entré en la pequeña capilla de piedra no pude sino fijarme en los cuatro arcos que la envolvían. El lugar carecía de ornamentos, salvo algunas flores dispuestas bajo la que supuse era la imagen de santa Clara de Asís, pero las velas de los candiles que las hermanas llevaban en una mano, mientras con la otra sostenían sus breviarios, le conferían un aspecto de paz y tranquilidad que me acercaba mucho más a Dios que aquellas grandes iglesias a las que acostumbraba a ir con mi madre en Venecia, o en Castelforca con el duque y sus hermanas, repletas de cruces adornadas con piedras preciosas, frisos dorados, columnas repujadas y cuadros de imágenes santas que cubrían sus paredes. En aquella capilla, que más adelante descubriría que era un espacio privado para las hermanas, en el que incluso al confesor se le vedaba el acceso, me sentí acompañada por una paz interior que me ayudó a no sentir aquel modo de vida como algo tan atroz. Las hermanas iban cubiertas, según fuera su condición, con sendos mantos negros o blancos. Sólo dos de ellas, que llevaban el sayo pero la cabeza descubierta, como yo, levantaron la mirada cuando entré.

Sé que no debí hacerlo, pero aquella noche apenas recé, me dediqué a pensar en si alguien de mi familia conocía mi destino, si les habían informado de que estaba recluida y que la acusación de adulterio era una vil falacia. De otro modo no sé cómo iba a reaccionar mi progenitora cuando volviera a verme, si es que algún día podía salir de aquel lugar.

Tras el santo rosario, que sí recité de memoria, nos sentamos todas en el comedor en una mesa que recorría las cuatro paredes de aquella sala. La presidían la madre abadesa y sus ocho consejeras, cuatro a cada lado, que fueron las primeras en ser servidas. Por supuesto, las dos compañeras de pelo corto y yo fuimos las últimas en empezar a comer, aunque una comida así no se la hubiese dado ni a los perros de caza. La sopa era agua con alguna hierba que otra flotando por encima, y el pan, completamente negro, era duro y seco, no mucho mejor que el queso que lo acompañaba, un trozo de crema lleno de agujeros azules y con un gusto salado, que atribuí a un punto de putrefacción, pero que devoré con ansia, pues era lo único a lo que podía optar en aquel sitio. Cuando miré a una de las compañeras que no llevaban velo, quise avisarla de que había visto un gusano en el queso, pero entonces recordé el voto de silencio. Dio un pequeño mordisco, lo partió en dos y se lo comió. Una mano en la nuca me obligó a bajar la cabeza hacia la escudilla. Supuse que era la forma correcta de comer, mirando el plato sin levantar la vista, mientras vigilaba que mi queso no estuviese invadido por algún gusano.

Durante las primeras semanas, pensé que jamás me acostumbraría a levantarme con el toque de laudes. Apenas había salido el sol a aquellas horas, pero las que llevaban ya tiempo allí lo hacían diligentes; yo era siempre la última de entrar en la capilla de la oración comunitaria. Después del salmo, la lectura bíblica, la salmodia, el responsorio breve, el padrenuestro y la oración final, volvíamos a nuestras celdas, como así las llamaban las hermanas, para rezar individualmente. Aquellos momentos eran para mí los más duros, pues era incapaz de rezar y dedicaba ese tiempo a pensar en mi hija Viola; en qué estaría haciendo, en si alguien le seguiría mostrando los gorjeos de los gorriones, si, aparte de alimentarla, recibiría el calor de un abrazo o la suavidad de unos labios. Quería rezar, quería acostumbrarme a ese modo de vida, pero mi nostalgia por la pequeña cada vez era más fuerte. Tras esa oración, asistíamos a la iglesia para el oficio diario. Desde nuestra posición tras la reja sólo podíamos ver el altar y el fraile menor que oficiaba la ceremonia, pero tampoco sentía un interés especial por ver a la gente que asistía.

Como había aprendido a comer con la cabeza gacha y a mirar de reojo lo que juzgaba de interés sin que mi maestra lo notara, me di cuenta de que durante el desayuno, tras la ceremonia religiosa, ninguna de las hermanas que habían tomado los votos menores comía alimento alguno. Tras los primeros períodos de pausa, en los que, tal como me había advertido mi maestra, concité el interés de las nuevas postulantes, pude preguntar a qué se debía que no desayunaran. Me contestaron que aquel sacrificio era parte del voto de extrema pobreza, y que las hermanas con votos jamás tomaban ningún alimento hasta la hora de comer, cosa que hizo que degustara con más ansia aquel horrible puré de cereales que nos servían cada mañana.

Durante el primer mes, mi trabajo se limitó a estudiar junto a mis compañeras la regla de Santa Clara, aprender las costumbres del convento y empaparme de las directrices que debíamos seguir y poco más; al llegar agosto me dijeron que comenzaría a ayudar en la cocina.

Nunca antes había cocinado y pensaba que nunca podría hacerlo. Al principio mi trabajo consistía en fregar los cacharros, pelar las verduras y limpiar la cocina, pero salí de aquel lugar sabiendo dos cosas que me sorprendieron: primero, que nuestra base alimenticia eran las acelgas y el rábano, porque eran las únicas verduras que se podían recoger de nuestra escasa huerta durante todo el año; y segundo, por qué ponían tanta agua a la sopa, o por qué cuando había estofado de verduras, las raciones eran tan escasas, pues, al parecer, aquellas cocineras, las hermanas de la caridad, guardaban la mayor parte en unos pucheros enormes. Al principio creí que iban destinados a la madre abadesa o a ellas mismas, pero durante uno de los recreos supe que se destinaba a la población pobre que venía a buscar su ración a través del torno del convento. Cuando supe la verdad, entendí que debía confesar mis malos pensamientos hacia las hermanas cocineras, pero como no sabía si podía solicitar la visita de un confesor, callé mi pecado. Me di cuenta de que nada había hecho mi esposo por paliar el hambre de sus ciudadanos, pero también pensé que si las hermanas continuaban dando parte de su comida a esos pobres, era porque el nuevo duque tampoco estaba haciendo nada por arreglarlo. Entonces ¿en qué se diferenciaba uno de otro?

Mi madre siempre me había dicho que pensaba demasiado, y ahora, encerrada entre aquellos muros, quería dejar de hacerlo, porque la intensidad de mis pensamientos y la imposibilidad de hablar libremente conformaban una cruel tortura que no merecía.

Durante mi estancia en la cocina, sor Olivia, al ver mis ganas de aprender, me enseñó los pocos secretos de la crema de calabaza, la sopa de borraja y cardo, la ensalada de cebolla y rábano, o el guiso de coles que sabía de fábula, sobre todo antes de aguarlos, aunque los tenía que probar a escondidas, pues en una ocasión me descubrió y me golpeó la mano con la cuchara de madera mientras me susurraba que aquella actitud contravenía el pecado de la gula, pecado que seguí cometiendo cada vez que ella se volvía, pues con las raciones que nos daban juro que pasé verdadera hambre.

Un soleado y caluroso día de agosto me dio por preguntar de dónde había salido el queso que comí el primer día, pues había comprobado que no disponíamos de animales de granja, ya que una de las normas era que nada podíamos poseer sino la tierra donde se alzaba el monasterio. Sor Olivia me dijo que había sido una donación de un peregrino de la región francófona de Causses del Aveyron y que, si bien la orden no aceptaba donaciones, la madre abadesa dijo que al estar en tan mal estado no era digno ni siquiera para los pobres, de modo que en un convento donde nada se tira nos tocó a nosotras comerlo. Al principio, cuando supe la historia de su procedencia pensé que darnos esa vianda había sido algún tipo de venganza, y deseé que ese peregrino no volviera jamás. Sin embargo, para entonces recordaba más su suave, cremoso y delicioso sabor salado que sus gusanos.

En agosto los días eran más largos o eso me parecía a mí. Y aunque antes disfrutaba de la soledad, de los rincones soleados en los que aprovechaba para leer mis sonetos favoritos, o de mis momentos íntimos con el laúd o el clavicordio, ahora, cuando llegaba la tan ansiada hora de descanso, lo único que podía hacer era hablar, hablar y hablar, hasta que se terminaba aquel tiempo de tregua.

Por orden, o más bien, por consejo de mi maestra, se me solicitó que nada dijera de que tenía una hija, ni de mis cercanos tiempos como duquesa, a no ser que alguien preguntara, pues era pecado mentir.

Como nadie en su sano juicio y con una pizca de educación hubiera osado preguntar sobre aquellos aspectos tan íntimos, lo que mis compañeras supieron de mí es que provenía de Venecia, que era hija de un joyero, que tenía dos hermanos varones y una hermana que también estaba en un convento, y que mi presencia allí se debía a una decisión del duque. Supongo que el decoro evitó que alguien preguntara qué me había traído desde Venecia hasta estas tierras, pero agradecí que nadie lo hiciera, pues me hubiesen recordado que tenía una hija y que no podría verla hasta que saliera del monasterio, cosa que por otro lado, no sabía cuándo sería.

La parte que más me costaba, y que a la vez más detestaba, era el día semanal que debíamos capitular delante de la madre abadesa y de las hermanas. Se trataba de confesar ante de todas las demás nuestros pecados, faltas o culpas, y pedir perdón humildemente por las posibles ofensas que hubiéramos cometido. Si el pecado, según mi confesor, era aquel acto que cometías con consciencia de obrar mal, no comprendía por qué debía pedir perdón por ofender a una hermana sin saberlo, pues eran cosas que no podía controlar, como una sonrisa a destiempo, o una expresión al cortarme mientras cocinaba, o algún empujón, sin querer, al caminar mientras me deleitaba con la luz que entraba por el claustro y con los colores cambiantes de las hojas. Detestaba aquel acto, pues me daba mucha vergüenza confesarme de rodillas delante de las demás, aunque se me pasó por completo el día que vi a la hermana Lucía en el comedor comiendo pan y agua en el suelo, como si fuera un perro, mientras todas pasábamos por su lado sin mirarla y nos sentábamos a la mesa.

Aquella tarde, durante el tiempo de descanso, pese a saber que nos estaba totalmente prohibido cotillear entre nosotras, máxime si era sobre una de nuestras hermanas, no pude sino preguntar a qué se debía aquel castigo que a mi juicio era tan humillante. Gracias a una de las novicias, amiga íntima de la hermana Lucía, supe que había sido amonestada tres veces por el mismo error y que al no haberse enmendado, ese había sido el castigo que la madre abadesa le había impuesto «sin ira y con caridad». No dije nada, pero para mis adentros pensé que no quería yo ver a la abadesa enfadada.

Los trabajos cambiaban cada mes, y cada vez que ocurría, mis compañeras y yo rezábamos para que no nos tocara ser humilitarias, pues eso significaba tener que limpiar las letrinas, donde cada mañana se vaciaban los bacines de las monjas. A pesar de que cada una era responsable de la limpieza de su celda, una actividad que se realizaba cada sábado, ser humilitaria era algo que para nosotras suponía una auténtica aberración, pues al ser recién llegadas aún teníamos fresco el recuerdo de la buena vida en tanto que todas pertenecíamos a buenas familias.

Al segundo mes de estancia, mi turno de trabajo cambió, y me tocó cuidar del huerto junto a sor Petronica. Aquella hermana tenía un gracioso acento que enseguida me recordó a mi querida Sitti. No obstante, no osaba preguntarle si procedía de aquel país griego del que tanta cultura habíamos heredado, pero algo en su acento me decía que si no había nacido en él, su procedencia era muy cercana. Aquella mujer, algo mayor para estar agachada todo el día removiendo tierra y arrancando los frutos que las plantas nos daban, tenía un gran ánimo y me enseñó que por muchos años que cumplas, no son estos los que te limitan, sino las ganas de vivir, y puedo asegurar que sor Petronica tenía fuerza suficiente para hacer todavía mil cosas.

Aquel mes de septiembre mi aprendizaje fue verdaderamente interesante, ya que descubrí que era mejor regar las plantas cuando el sol se ponía, o que muchas de ellas agradecían que se les hablara, cosa que debíamos hacer sólo durante nuestra pausa. Si de algo me sirvió estar con la hermana jardinera fue para profundizar en mi conocimiento de las plantas: aprendí a diferenciar entre aquellas que se comían en guisados, sopas o ensaladas, y las plantas que ella llamaba curativas, que eran las que cultivaba en pequeñas macetas dispuestas sobre un alféizar, y que fueron las que más me sorprendieron, pues sus aromas nocturnos eran sencillamente indescriptibles.

Otra de las tareas que me costaba sobrellevar y que me despertaba a medianoche sin dejarme conciliar el sueño eran los rezos de maitines. No era la dureza del rezo en sí, que se hacía en solitario en la propia celda, sino las interrupciones del sueño. Sé que muchas veces recé deprisa y corriendo, medio dormida y sin prestar atención a lo que decía, pero jamás lo consideré una falta que tuviera que confesar, pues ya tenía bastante con despertarme cada noche, arrodillarme, rezar y volver a dormir.

Con el tiempo descubrí que muchas de mis hermanas no podían echar de menos según qué tipo de vida, pues muchas de ellas desconocían por completo qué había allende aquellos muros. Irremediablemente pensé en mi hermana, que entró con apenas nueve años en el convento que se hallaba en la isla de Murano. Recordarla me llevó a pensar en mi hija, y a continuación en Enrico: fue mi perdición, pues aunque no era un pecado en contra de mis hermanas, me recordó lo sucedido en Venecia, e hizo que tuviera pensamientos que el resto de la gente calificaba de impuros, pero que yo consideraba como una parte de mi vida que no quería olvidar pues, seguramente, Viola era hija de mi querido Enrico.

Y cuando ya tuve la seguridad de que no se registraban nuestros hábitos, recuperé el anillo de mi amado de debajo el jergón, y trenzando unos hilos lo até al interior del sayo, de modo que si en alguna ocasión hubiera tenido que desvestirme, tampoco nadie lo hubiera visto.

No fue una buena idea pensar en Enrico, pues con ello conseguí que mi corazón se encogiera, mi rostro se entristeciera y perdiera el apetito. La madre abadesa tuvo que hablar conmigo, a pesar de que sor Fátima, la hermana que se ocupaba de la enfermería, atribuyó esos cambios a los rigores del invierno.

–Costanza, últimamente he podido observar un cambio en tu carácter. ¿Puedo preguntarte, hija mía, que es lo que te ocurre?

–Madre, ¿vos sabéis por qué estoy en el convento? ¿Os lo contó el duque?

–Lo sé hija, claro que lo sé.

–Me pregunto cuánto tiempo tendré que estar encerrada entre estos muros de piedra.

–¿No eres feliz en este lugar? ¿Hay algo que te turba? Tu maestra me dijo que eres una de sus mejores alumnas y la más predispuesta a cumplir con los votos. ¿Qué te preocupa?

–Me preocupa no volver a ver a mi hija. No saber si está bien. No tener noticias de si le ha ocurrido algo malo.

–Sabes que al entrar en este lugar estás salvando tu alma. Esta es tu penitencia por los pecados cometidos y sabes que de otro modo ahora estarías en una celda de la prisión de Venecia y que tu nombre quedaría mancillado de por vida.

–Me pregunto, madre, si este castigo es necesario, si mi pecado tan sólo fue amar al padre de mi hija –dije sin esperanza.

–¡No vuelvas a decir esto, Costanza! ¡Tu hija es hija del duque de Castelforca, de tu esposo! ¿Es que acaso aceptas la denuncia de Venecia? ¿Es que quieres que esa niña sea una desgraciada sin apellido y sin padre? –exclamó la abadesa haciendo aspavientos con las manos.

La miré sabiendo que tenía razón, pero al final y sin saber qué más decir, pregunté:

–¿Creéis que la volveré a ver?

–Hija mía, sabes que al cumplir el primer año en la congregación puedes comenzar a recibir visitas. No muchas, porque otras hermanas no gozan de la fortuna de tener a la familia cerca, pero si la duquesa te la trae, sí, podrás ver a tu niña a través de la reja del locutorio, acompañada por dos hermanas.

Aquellas palabras eran cuanto yo necesitaba en aquel preciso momento: esperanza.

El tiempo pasó y los días en el convento se volvieron monótonos. A pesar del cambio de las estaciones y de haber pensado que el invierno era duro en el palacio ducal, comprobé lo que fue dormir en una celda sin fuego que me calentara, cubierta tan sólo por una manta de lana rasposa. Cuando le dije a la abadesa que tenía frío por la noche se limitó a decirme:

–Todas tenemos frío. Ofrece tu sufrimiento a Dios nuestro Señor y Él te proveerá del calor que tu alma necesita.

Lo hice, recé cada noche para que Dios hiciera desaparecer el frío, pero se quedó dentro de mí. Pasando varias horas al día calentándome los pies mediante friegas o respirando bajo mi hábito, con el cual dormía, para que mi aliento me calentara. ¡Qué hubiera yo dado en aquel momento por unas calzas que cubrieran mis pies!

Una de las peores cosas que tenía levantarse tan pronto en invierno era tener que romper el hielo del lavatorio para poder lavarme la cara. A causa del frío, la piel de las manos se me estaba empezando a agrietar, y pensé en las recetas de cremas maravillosas, las rememoré una a una, pues no quería olvidarlas. Para mí no era fácil olvidarme de mi pasado acomodado, de mis días como noble o incluso de mis años en Venecia. ¿Qué es lo que me había llevado hasta donde ahora me encontraba? ¿Acaso no podía una mujer amar a quien quería y no a quien debía? La respuesta estaba clara. ¡No! Las mujeres pertenecíamos a los hombres. No teníamos derecho a pensar, a sentir y por supuesto, no teníamos derecho a amar. ¿Era así la vida? ¿Era el único camino para la mujer? ¿Madre o monja? Yo era madre, pero no me dejaban serlo, y en cambio era monja, aunque no quería llevar esos hábitos. ¿En qué me convertía eso? Si no podía ser madre y no quería ser monja, ¿cuál era mi papel en la vida? ¿Es que acaso el cruel destino no podía darme una respuesta?

Las estaciones continuaron pasando y llegó el tan ansiado julio. El día en que cumplí un año en aquel lugar mi corazón dio un vuelco. Sabía que había llegado el momento pues las calabazas estaban a punto para ser recogidas en el huerto, y aquello quería decir que estábamos en verano, cuando los días eran largos y calurosos. Mi rostro intentaba por todos los medios dejar de sonreír para no tener que arrodillarme delante de mis hermanas y acusarme de no tomar en serio mi vocación.

¿Qué vocación? ¿Acaso la vocación no era algo que una elegía libremente? ¿Cómo podía considerar la vocación de ser monja si me habían obligado a serlo? Nada tenía en contra de aquellas hermanas que se habían convertido en maestras, madres y amigas, pero nadie en su sano juicio pensaría que aquel modo de vida podía ser el mío.

Es curioso, ahora que han pasado tantos años de aquello, las cosas tan diversas que la mente recuerda. De aquel lugar rememoro la luz solar, el calor de los rayos del astro mientras labraba la tierra, aquellos períodos de pausa sentada junto a Limbania y a Paola, mis dos compañeras sin velo, y las sonrisas que nos prodigábamos a escondidas de nuestras maestras.

Fue durante el primer aniversario de mi internamiento, cuando nuestra confianza ya se había afianzado, cuando me explicaron por qué estaban allí. La historia de Paola era muy parecida a la de mi hermana, pues nacida en una familia de origen humilde y siendo la tercera hermana de una prole numerosa, nada pudo hacer para que no la internaran en el convento; y tuvo suerte de que no lo hicieran hasta los dieciséis. En cambio, la historia de Limbania era muy curiosa, y me dio que pensar.

Limbania Gozzoli, que así se llamaba, era hija de Jacopo y Francesca, nobles ricos de Génova. Tenía veintitrés años, pero contaba con quince cuando la internaron en el convento genovés de las Hermanas de la Gracia de la orden de las agustinas como monja pinzochera, cuando estas aún podían salir sin estar en clausura. Su hermana pequeña, Catalina, también se interesó por el universo religioso, tal vez porque veía la paz que le embargaba durante las visitas que Limbania hacía a su familia. Así, con apenas trece años, su hermana decidió por voluntad propia entrar en el convento, pero se le cerraron las puertas por su juventud, dado que esa orden no admitía a chicas de tan corta edad.

Limbania me había contado lo predispuesta que se había sentido su hermana hacia la vida monástica desde su más tierna infancia: una niña buena y obediente hasta la exageración, consagrada a sus oraciones, con una pasión increíble por Cristo y por la penitencia. De manera que nadie entendió jamás la decisión que tomó su padre de casarla a los dieciséis con un hombre malvado a sus ojos, pues no era creyente y se decía que tenía un carácter muy violento, arrojándola así a un matrimonio desgraciado y miserable, pues ni siquiera podía darle hijos. Debido a las numerosas quejas de su esposo a causa de las visitas de Catalina para ver a su hermana, su padre convenció a la abadesa para que se la trasladara a otra orden lejos de Génova. Esa era la razón por la que había terminado en este lugar.

–Entonces... ¿cuántos años llevas encerrada?

–Ocho años –contestó ella sin pasión.

–¿Y no tienes intención de salir de este lugar? ¿Qué te ata a él?

–¿Y dónde quieres que vaya si no tengo esposo? Ni siquiera soy viuda y no tengo ni dote que recuperar. Mis padres no van a mantenerme. Sin dinero, ¿qué hago? ¿Busco un hombre con quien casarme? ¿Yo? ¿Una monja que no tiene contactos? ¿Qué clase de esposo puedo encontrar?

–Pero siendo terciaria, tampoco eres una monja completa. ¿Vas a tomar los hábitos y profesar los votos completos?

–Supongo que ese es el único camino que tengo. Ya se lo he comentado a la madre abadesa y como llevo tanto tiempo en el otro convento, seguramente a finales de año reciba ya los votos temporales sin tener que pasar por los dos años de instrucción como novicia.

Ella estaba en aquel lugar porque la habían convencido de

que no tenía más opciones, y su hermana, que sí quería y deseaba ser religiosa, estaba viviendo un infierno con un matrimonio desgraciado. ¿Era aquello lo que Dios quería para ellas? ¿O era más bien lo que su padre dispuso sin preguntarles? La vida era injusta y comencé a preguntarme quién había decidido que el varón debía ser el que tomara esas decisiones tan equivocadas.

No sabía si ser ansiosa era pecado o no. Desde que estaba en el convento, mis esquemas sobre el pecado habían cambiado, y ahora mi mente no sabía discernir muy bien entre tantas clases de pecado como me habían enseñado que existían. Por ello y sin atreverme a preguntar a la madre abadesa por aquellas visitas que me dijo podría recibir, indagué entre las hermanas si alguien informaba a la familia de que la interna podía ya recibir visitas, a lo que me contestaron que la propia abadesa escribía a los interesados anunciando el régimen de visitas abierto.

El tiempo continuó pasando, y el otoño cubrió el claustro y el jardín de hojas secas y colores tostados, casi dorados. Los trinos de los pájaros, tan abundantes en primavera y verano, se apagaron como si hubieran huido a climas más cálidos, y aunque los gorriones se quedaron, sus gorjeos callaron cuando el frío llegó, y la melancolía se apoderó de mi corazón pensando que mi cuñada había vuelto a engañarme y que jamás volvería a ver a mi pequeña Viola.

La nieve y el frío del invierno de 1468 llegaron, y aunque se les esperaba desde hacía tiempo a mí me cogió por sorpresa. Mi corazón estaba triste con la desilusión de no ver a mi hija ese año, las ganas de vivir me abandonaron y aquel disgusto, junto al terrible frío que hacía en aquel lugar, hizo que enfermara gravemente. Cuando sor Fátima, la encargada de la enfermería, comenzó a tratar las calenturas de mi frente con infusiones calientes de tomillo y camomila, todas quisieron pensar que me recuperaría. Al ver que no mejoraba, probaron con infusiones de salvia, con tisanas de escaramujo, con el fruto de la rosa canina y con el hibisco; con extracto de centaurea, e incluso con friegas de hojas de borraja y eucalipto que no lograron hacer que la fiebre remitiera.

No recuerdo mucho de aquel periodo, pero he de agradecer los cuidados recibidos por sor Fátima, que sin saber cuál era mi dolencia, intentaba paliar los síntomas que cada vez iban a peor: fiebre alta, cefaleas y dolores abdominales, acompañados de constantes descomposiciones. Normalmente pasaba el día medio ida o inconsciente, pero recuerdo perfectamente la cara de sor Fátima la mañana en la que al ir a hacer las friegas con borraja descubrió en mi pecho y en mi espalda erupciones máculo-papulosas que hicieron que corriera a buscar a la madre abadesa.

No sé cuánto tiempo transcurrió hasta que me visitó el doctor que había enviado el propio palacio ducal, pero sí recuerdo cuando aquel hombre, que llevaba una máscara en forma de pico de pájaro, sentenció lo que a todos nos pareció una condena a muerte: tenía la peste neumónica.

Desde aquel día se me trasladó a una dependencia donde nadie podía visitarme. Lo único que veía de sor Fátima eran sus ojos, pues se había cubierto la nariz y la boca con un espeso trapo de lino para evitar el contagio. La fiebre no remitió y el dolor se generalizó, aunque en la segunda visita al doctor le extrañó que no tuviera problemas de respiración, ni tos, ni esputos, ni dolor torácico.

Sé que no tuve que fingir desmayo alguno para poder oír como el doctor me desahuciaba ante la madre abadesa. No había cura para la peste. Supongo que fue la fiebre la que me hizo creer que iban a sacrificarme a mí, en lugar de pensar que el doctor se refería al animal que me había contagiado. La madre abadesa le confirmó que en el convento no había animales, que el único contacto que había tenido con uno fue cuando recogí los huevos de golondrina para que los trasladaran a un lugar más seguro, pues el nido se estaba cayendo a trozos.

Ida por la fiebre, me dio por pensar en que mis hermanas, con las que había convivido más de un año, iban a matarme, y aquello me hizo perder completamente el norte, arranqué a llorar sin poder parar, repitiendo una y otra vez que no quería fallecer. Débil, enferma, y con fuertes dolores abdominales, solicité a la madre abadesa que si debía morir quería que se informara a mi familia. Cuando me dijo que cabía la posibilidad de que la carta llegase demasiado tarde a Venecia, le insté a que escribiera a mi primo Lorenzo, mi pariente más cercano y querido, y me prometió que así lo haría. No recuerdo exactamente qué ocurrió ni cómo. Sólo que, de pronto, sor Fátima comenzó a darme unos brebajes raros que yo jamás había tomado, y que su espuma me hacía cosquillas en la boca. Aquel mejunje nuevo sabía bien, y aparte del gusto ácido del limón, pude reconocer el agradable sabor a azúcar que hacía tanto tiempo que no probaba. Con los días el dolor de estómago fue remitiendo, así como la fiebre, y me encontré ya no postrada en cama, sino reclinada en mi propia celda, comiendo sin medida unos frutos que no había probado desde mi infancia, unos pequeños globos de color púrpura llamados arándanos y cuya procedencia me tenía en ascuas. Eso, junto a la bebida espumosa que más adelante supe que era bicarbonato y a las tisanas de cilantro, consiguieron que con el paso de los días la peste desapareciera, pues en verdad aquella enfermedad jamás había existido. Con el tiempo supe cuál había sido la causa de que me hallara en aquel estado: mi inconsciencia al comer un huevo fresco de golondrina antes de trasladar el nido a la ubicación que le habíamos preparado.

El invierno pasó, la primavera llegó, y con ella los gorjeos de mis queridos gorriones, el sol, el calor y el olor de las flores. Todo aquello llenó mi alma de felicidad, cosa que ayudó a que pronto tuviera ganas de levantarme y continuar mi vida entre aquellas paredes y entre aquellas personas que en realidad no quisieron matarme, sino que hicieron todo lo posible por salvar mi vida. Cuatro meses después de haber enfermado, no había en mí ni rastro de la infección, y comencé mi vida monótona de hermana del convento, retomando mi trabajo entre la cocina y la enfermería, pues aún no tenía fuerzas para ocuparme del huerto. Me había perdido muchos acontecimientos durante ese tiempo. Uno de ellos, la profesión de los votos temporales de Limbania, a quien tuve que llamar desde entonces hermana Inmaculada.

El 6 de abril de 1469, la madre abadesa me llamó a su despacho. No habíamos hablado en privado desde que enfermé, y nada sabía yo de todo lo que aquella buena mujer había hecho por mi curación. Me pidió que tomara asiento en el mismo diván donde lo hiciera la primera vez, y descubrí dos cosas en su rostro: por un lado una franca alegría, que supuse motivada por mi recuperación, pero, por otro, una absoluta tristeza, que me infundió un gran temor cuando ella tomó asiento junto a mí y me dijo, cogiéndome de la mano:

–Todas pensamos que Dios te había llamado a su lado.

Sonreí timorata esperando que se me estuviera permitido ser feliz por estar viva. Quise preguntar qué era lo que me había ocurrido o cómo me había curado, pero sabía que la respuesta de la abadesa no se hubiera ajustado a explicaciones médicas, sino que me hubiera contestado que fue voluntad de Dios que no pereciera. De pronto y para mi más absoluta sorpresa, la madre abadesa rompió a llorar, tocó una campanita y por la puerta de la entrada apareció mi querido primo Lorenzo.

¡Qué guapo estaba! ¡Qué mayor! ¡Qué elegante! ¿Cuánto tiempo había pasado encerrada en aquel lugar para que Lorenzo hubiera madurado tanto?

Me olvidé de todo decoro, de toda educación, y sin mirar a la abadesa, sin pensar en las buenas costumbres, corrí hacia mi primo para, después de estrecharlo en un cálido abrazo, decirnos sin palabras todo aquello que no habíamos podido decirnos en aquel tiempo. Él me besó en la mejilla cariñosamente, y mirándome como un hermano mira a su hermana, dijo:

–¡Estás bellísima! Con este corte de pelo, se te podría confundir con la doncella Jehanne Darc.

Sonreí, y fue entonces cuando me acordé de que la abadesa también estaba en aquella sala, aunque, extrañamente, no dijo nada. Bajé la cabeza y en silencio pedí perdón por mi actitud, pero ella no reaccionó y aún con lágrimas en los ojos, dijo:

–Saldré un rato para que podáis hablar con tranquilidad. Sor Prudencia se quedará para evitar posibles habladurías.

¿Sor Prudencia? ¿La hermana que estaba completamente sorda? Me extrañó que ella fuera nuestra carabina, pero entró y se sentó de espaldas a nosotros convirtiéndose en uno más de los muebles de aquel tosco despacho.

Lorenzo cogió mis manos y me llevó bajo la pequeña ventana por donde los rayos de sol entraban con fuerza. Aquella luz nos favorecía a los dos. Él estaba muy guapo con su media melena ondulada y negra, y, al parecer, a pesar de mis vestiduras y mi peinado, y supongo que con todo el amor que Lorenzo y yo nos profesábamos, él me veía mucho más bella así que incluso cuando era una gran dama, pues me dijo:

–De verdad, estás bellísima. Te has convertido en toda una mujer. Tus curvas, tu rostro, estás mucho más preciosa que antes.

–No me adules, Lorenzo. No necesitas hacerlo. Tú jamás me has mentido, así que no lo hagas ahora. ¿Has visto este sayal raído? ¿Te has dado cuenta de estas paupérrimas sandalias que llevo? ¿Y mi pelo? ¡Si casi no tengo! ¿Cómo voy a estar más bella ahora que antes?

–Es tu sencillez. Jamás te había visto tan... tan... Eres solamente tú. Pura, sencilla, simple. Eres Costanza, la doncella. Sin abalorios, sin joyas ni grandes vestidos, sin maquillaje ni perfume, pero sigues siendo tú, bella y hermosa como jamás he visto otra.

–¿Es que acaso has tenido contacto con poetas? ¡Qué hermosas palabras me dedicas! Pero... primo... ¿A qué has venido si antes jamás me visitaste?

Lorenzo cogió de nuevo mi rostro, esta vez con las dos manos. Se aseguró de que sor Prudencia no mirara y me dio en los labios, cálidamente, el beso que no se dan dos primos. ¡Hacía tanto tiempo que nadie me besaba! Antes de que pudiera decir nada y sabiendo que con él estaría a salvo, me aseguré de que sor Prudencia siguiera de espaldas, para, subiendo la falda del sayo, arrancar el anillo de Enrico y dárselo a Lorenzo.

–Siempre tuve miedo de que lo descubrieran –le dije–. No preguntes nada, sólo guárdalo, para que puedas devolvérmelo cuando salga de este lugar.

Ni siquiera miró el anillo, pero lo puso a salvo en la bolsa que colgaba de su cinto. Luego, mi primo cogió mis manos e hizo que tomara asiento en el sillón, donde se sentó junto a mí.

–Nadie de tu familia supo nada del asesinato de tu esposo ni de tu internamiento en este convento hasta que recibimos la carta de la abadesa anunciándonos tu posible muerte. A mí me sorprendió de viaje entre Milán y Roma, pero en cuanto recibí la noticia, puse a nuestros médicos a trabajar, y ellos enviaron al convento las medicinas necesarias para curarte.

–¿Me salvaste la vida? ¿Tus doctores curaron la peste?

–Puede decirse que sí, que gracias a mis doctores sigues con vida, pero no tenías la peste, sino una infección del estómago, aunque no saben exactamente qué la causó. Si hubiera sido la peste, todo Castelforca hubiera sucumbido irremediablemente.

–¿Por qué no trascendió la muerte de mi esposo? ¿Acaso el nuevo duque no se presentó a los Estados vecinos? –pregunté.

–No lo hizo. Realmente creo que sabía que muy pocos iban a apoyarle. Ni siquiera los Estados Pontificios le reconocen como duque. Es una lástima que la conjura no surgiera efecto.

–¿Conjura? ¿Qué conjura? –pregunté.

–El esposo de Violante, Doménico, en connivencia con su tío Nicolás, Francesco Arioldo y Juan de San Melotti, intentaron asesinar a Federico, pero fueron descubiertos y decapitados.

–¿Le ocurrió algo a Violante? No era de mi agrado, pero no le deseo mal alguno.

–Se refugió en un convento, y viajó posteriormente a Roma para quedarse bajo la tutela del cardenal Prospero Colonna.

–Estoy contenta de tu visita. Me he perdido muchas cosas por estar encerrada aquí. ¿Sabes algo de mi familia?

–Tu hermano Francesco y su esposa han tenido un hijo varón al que han llamado también Francesco. Tu hermano Flavio se casó el año pasado con Lucrezia Gianfigliazzi, hija de unos nobles de Fortefortezza, y al estar tú en el convento, tus padres hicieron que Ginevra dejara su encierro para casarla con Andrea Bellini.

–¿Ginevra casada? No puedo imaginarla. Flavio también con esposa; Francesco, padre de un pequeño. ¡Qué alegres noticias me traes, primo! ¡Cuántos acontecimientos! ¿Y mis padres? ¿Cómo están? ¿Cómo se tomaron lo de la denuncia? ¿Sabéis lo de...

–Lo sabemos, Costanza –dijo interrumpiendo–. Nadie se lo creyó, y sé que el propio Giovanni Acade se presentó en casa de tu padre para desmentir los rumores. Explicó que su mujer había enloquecido al encontrar una máscara que no le había regalado a ella, y creyendo que le era infiel, dedujo que lo era con la hija del joyero que había creado esa obra de arte. No le importó que estuvieras casada, o en ese caso recién enviudada, y puso la querella contra ti en Venecia.

Sabía que Enrico saldría en mi defensa, sabía que iba a mentir para que no se mancillara mi buen nombre. Sabía que él me amaba. De no ser así, ¿qué le impulsó a dar la cara frente a mi padre? Estaba exultante de alegría y seguí preguntando:

–¿Y qué ocurrió después de su visita?

–Tu padre no descansó hasta que la Quarantía solicitó a doña Castellana que se retractara de sus acusaciones.

–¿Y lo hizo? –pregunté interrumpiendo a Lorenzo.

–No le dio tiempo. Doña Castellana murió hace unas semanas. Aunque con su muerte el caso de adulterio se cerró, pues don Acade se convirtió en un hombre viudo. Costanza, ahora eres libre de marchar de este lugar cuando quieras.

La noticia de la muerte de la esposa de Enrico hizo que me arrepintiera de mis terribles pensamientos hacia aquella mujer, aunque no pude sino pensar en que mi amante era ahora un hombre libre. ¿Quería decir eso que podíamos tener una vida juntos? ¿Permitiría el duque que me llevara a mi hija? ¿Querría ella venir conmigo ahora que estaba a punto de cumplir dos años de vida? Quise saber si Lorenzo conocía la existencia de mi niña:

–Lorenzo, ¿has visitado al nuevo duque?

–Es lo primero que hice cuando llegué para mostrar mis respetos. Quería que me contara por qué la familia no había sido informada de tu internamiento, pues tras llegar la denuncia todos creímos que seguías viviendo en el palacio, bajo su tutela.

–¿Y qué te dijo?

De nuevo aquel absurdo silencio que no presagiaba nada bueno y que tanto me molestaba.

–¿Qué te dijo, Lorenzo?

–La verdad es que no fue muy amable. Realmente, a todos los Estados vecinos nos está costando mucho aceptarle como nuevo duque de la ciudad, y no somos muy bien recibidos, pero dijo que enloqueciste y que no tuvo más remedio que encerrarte.

–¿Cómo se puede ser tan necio? Será...

–No te preocupes, Costanza. Cuando salgas de aquí, él te devolverá la dote y podrás volver a tu casa, aunque quisiera ofrecerte asilo en Fortefortezza, así podrías estar al lado de tu hermana y de mí.

–¿Conociste a Viola?

Otro molesto silencio.

–¿Lorenzo, qué ocurre?

–La duquesa me presentó a sus hijas, Aura, Girolama, Elisabetta y Costanza, pero no había ninguna Viola, aunque puede que sea demasiado pequeña para las presentaciones.

No quise pensar en que algo malo le hubiera ocurrido, o que por ser mi hija la hubieran relegado al servicio, o alguna maldad parecida, pero lo hice.

–Viola es mi hija. La hija de... –carraspeé–, la hija que tuve del duque de Castelforca. Battista me prometió tratarla como si fuera suya, debía habértela presentado.

–Volveré al palacio y preguntaré por ella. Puede que estuviera dormida. ¿Así que eres madre? Mi pequeña Costanza, jamás pensé verte como una madre –dijo él cambiando sutilmente de tema.

Sonreí.

–Supongo que tampoco pensaste nunca en verme como monja. –Acarició de nuevo mis manos. Había tanto amor en su mirada, en su sonrisa y en sus gestos que le dije–: Saldré de aquí, recogeré a mi hija e iré contigo a Fortefortezza.

En aquel momento sor Prudencia, de cuya presencia me había olvidado y que al parecer se había levantado de su asiento, separó nuestras manos y cabeceó con una sonrisa en los labios, como diciendo que nuestro comportamiento no estaba bien. La madre abadesa entró en aquel momento. Ya no lloraba, pero me abrazó, y fue entonces cuando vi una mirada cómplice entre Lorenzo, que negaba con la cabeza, y ella. Mi primo se despidió diciendo que se alojaría en la posada durante tres días, que era el tiempo que tenía para despedirme de mi vida monacal. Nada dijo de volver para decirme si Viola estaba bien, y eso me extrañó. Cuando él salió por la puerta, la madre abadesa impidió que le siguiera y me instó a que me volviera a sentar. Tras tomar asiento a mi lado, me dijo:

–A veces Dios pone a prueba nuestra fe de las formas más diversas, Costanza. La vida puede parecer muy fácil detrás de estos muros, pues vivimos en el mundo, pero fuera de él diluimos los problemas humanos en nuestras oraciones y buscamos el poder de Dios para evangelizar al mundo con nuestro silencio. Nuestras manos están vacías de poder, pero llenas del amor de Dios.

Pensé que quería convencerme para que me quedara. Si no, ¿a qué venían aquellas palabras?

–Toda la vida de nuestras hermanas está consagrada a conservar el recuerdo constante de Dios, buscándolo en nuestras oraciones, en nuestra fe. Muchas de nosotras nada tenemos en el exterior que nos distraiga de ese cometido, pero cuando alguna muchacha como tú tiene una vida que le espera fuera, es difícil no perder la fe cuando se ve afectada por alguna desgracia.

No pude esperar a que acabara su discurso:

–Disculpad, madre –la interrumpí–, la visita de mi primo no hará que pierda mi fe. Amo a Dios por encima de todo, pero debe comprender que yo pertenezco al mundo exterior. Quiero vestir bonitos vestidos, mesar mis cabellos, maquillarme y vivir en el mundo. Esperad, madre –dije cuando vi que quería hablar–: que quiera dejar el convento no significa que olvide todo cuanto por mí han hecho las hermanas y todo lo que me han enseñado. Jamás podré olvidar todo el amor que de aquí me llevo. La caridad, la misericordia, la amistad, la felicidad...

La abadesa cubrió mi boca con su mano. Aquel gesto me extrañó, aunque no sabía que era el preludio que iba a convertir uno de los días más felices desde hacía tiempo en el peor de mi vida.

–Costanza, tu hija sobrevivió muy poco al primer año de edad.

Miré a la madre sin entender lo que acababa de decirme. Mi mente se negó a comprender aquellas palabras y supongo que así quedó reflejado en mi rostro, pues ella repitió:

–Tu hija murió a causa de unas fiebres el invierno pasado, mientras tú estabas enferma.

La volví a mirar pero ya no la veía, ya no escuchaba sus palabras, sino un fuerte zumbido que taponó mis orejas. Me desmayé.

Al despertar era de noche y no había luz alguna en el lugar donde me encontraba, salvo los rayos de luna que se filtraban por la ventana. Reconocí esas rejas; estaba en mi celda, pues de uno de los barrotes colgaba una margarita, ahora ya seca. Sabía que no había sido un sueño y quise recordar las palabras de la madre abadesa diciéndome que mi pequeña había muerto de fiebre. Viola ya no vivía, ya no se encontraba entre nosotros. ¿Qué clase de madre era que ni siquiera llegué a intuir que ella me necesitaba? ¿Puede que también pensaran que tenía la peste? ¿Y si murió sola en una fría sala? ¿Y si los doctores de los Alario hubieran podido salvarla? ¿Por qué se la había llevado Dios? ¿Qué clase de castigo era aquel? ¿Acaso me había castigado con su muerte por no ser hija de mi esposo?

A pesar de que sentía que mi corazón ya no llenaba mi pecho y que jamás podría volver a amar a nadie, las lágrimas se negaban a surcar mi rostro. Necesitaba llorar pero había demasiadas cosas que no comprendía. Y entonces me di cuenta de por qué había llorado la madre abadesa, y comprendí la mirada cómplice de mi primo, pues no tuvo el valor suficiente de darme la mala noticia. ¿Por qué nadie me lo había dicho antes? ¿Fue porque estaba en proceso de recuperación? ¿Me ocultaron su muerte para que no sufriera?

Me dormí agotada de tanto pensar y con el toque de laudes mis ojos se abrieron de nuevo, pero me negué a levantarme, y dejé que pasara el tiempo de la oración conjunta, el de la oración individual, el de la celebración de la eucaristía e incluso el del desayuno. A las nueve, cuando comenzaba mi jornada laboral, aún me encontraba en la cama. Si había tenido algún motivo para seguir las normas de la congregación era por el futuro de mi hija y porque tenía la esperanza de verla de nuevo. Ahora nada podía obligarme a ponerme en marcha pues no tenía nada por lo que seguir viviendo. Unos toques sonaron en la puerta de mi celda, no contesté, y volvieron a sonar hasta que di permiso para que entrara. La madre abadesa se sentó al lado de la cama y acarició mi cabeza.

–¿Desde cuándo lo sabíais, madre?

–Nadie nos dijo nada. Fue tu primo el primero que nos avisó de que el duque había enterrado a tu hija.

–Pero mi primo se hizo el sorprendido al saber que tenía una hija –exclamé sin ganas.

–Tu primo no sabía cómo decírtelo. Quiso hacerse el hombre diciendo que era su cometido como tu familiar más próximo comunicarte la mala noticia, pero en cuanto le vi de nuevo, supe que no te había dicho nada. A veces, por muy fuerte que sea la voluntad de un hombre, hay noticias que no se saben comunicar.

–¿Sabéis si mi hija sufrió?

–La fiebre se la llevó mientras dormía. Al menos eso es lo que nos ha comunicado Battista posteriormente. Se durmió y ya no despertó.

El silencio fue inmenso y pareció como si incluso los pájaros dejaran de cantar. Sé que no tuve que decir eso, sé que estuvo mal, pero en aquel momento era lo único que podía sentir:

–¿Qué clase de Dios se lleva a una niña inocente pudiéndose llevar a su madre pecadora?

La abadesa puso sus manos en la cabeza, pero sólo pudo contestarme justo antes de salir de la celda:

–No pierdas la fe en Dios. Piensa en lo que has dicho, hija mía, porque no eres justa.

¿Cómo podía pedirme que fuera justa si Él no lo había sido? ¿Cómo podía saber ella qué era lo que sentía en ese momento por mi Dios? ¡Que no había sido justa! ¿Qué quiso decir con eso?

No sé cuánto tiempo estuve en aquella celda y aunque los primeros días no comía nada de lo que sor Mercedes me traía, mi cuerpo pronto me exigió que me alimentara. Nadie me molestó ni me obligó a trabajar ni a rezar. De vez en cuando recibía la visita de las hermanas, pero como nunca les contestaba, pronto dejaron de venir. Lo comprendí cuando escuché a la abadesa decir, en una de sus visitas, a las que poco caso hacía, que necesitaba habituarme al dolor de la pérdida y que era yo quien decidía cómo debía llevar el duelo de mi hija.

Desde la notificación de su muerte, cada día me preguntaba cómo podía volver a amar a Dios. Cómo podía no tomar su nombre en vano, si me era imposible no pensar en que era un Dios cruel y malvado. Cómo podía santificar las fiestas, si para mí ya nada significaban. Cómo podía honrar a mis padres, si aun sabiendo todo lo ocurrido seguía esperando su visita. Cómo no matar, si en lo único que pensaba era en la venganza, aunque el duque no tuviera la culpa de la muerte de la niña.

Sé que entré en una vorágine de autodestrucción, pecando contra todo aquello que se me había enseñado. Me había convertido en una mujer sin fe, perezosa, iracunda, envidiosa, por las hijas que sí le habían sobrevivido a Battista, y soberbia, al pensar que yo, un mísero ser humano podía pedir explicaciones a Dios por haberse llevado a lo único bueno que me había dado.

El día que el confesor entró en mi celda no pude más y le conté todos mis aciagos pensamientos. Descargué en aquel santo hombre que pertenecía a la orden de los hermanos menores franciscanos todo mi dolor por la pérdida y mi ira contra ese Dios al que debía amar. Pensé que su respuesta sería excomulgarme en castigo por todas las barbaridades que dije, pero una vez más, mis esquemas se rompieron al oír sus palabras:

–Es normal que estés enfadada con Dios. Cualquier ser humano en su sano juicio lo estaría.

–No comprendo por qué me da la razón, padre.

–Se te ha arrebatado aquello que trajiste al mundo con amor y dedicación. Y no sólo se te ha desposeído de ella por segunda vez, sino que en esta ocasión es algo definitivo. ¿Por qué no perdonas?

–¿Perdonar a Dios? –pregunté.

–No. Por qué no te perdonas a ti misma –dijo tranquilamente.

Rompí a llorar. Cuánta razón tenía el fraile. Toda esa ira, todo el odio que creí tenerle al Señor, me lo tenía a mí misma por ser yo quien había sobrevivido a la enfermedad y no mi hija. Por no haber estado con ella en sus últimos momentos, y por no poder haberla cuidado como mi mente repetía que una madre debe cuidar a su hija. Y aunque sabía que nada podía haber hecho yo por cambiar las cosas, era demasiado cruel conmigo misma al culparme por no haber estado allí.

Tras confesar todos mis pecados con el padre y aceptar humildemente la absolución, quise hacer algo para paliar la culpa que aún sobrecogía mi alma. Sabía que Lorenzo había vuelto a Fortefortezza, y ahora que ya no me quedaba nada por lo que vivir en el mundo exterior, me dije que después de haber ofendido tanto a mi Señor con mis pensamientos, era hora de convertirme en su más fiel servidora.

El 17 de mayo de 1469, y gracias a un permiso especial después de mantener una entrevista en profundidad con la abadesa, tomé con consciencia, humildad y absoluta obediencia los votos temporales, convirtiéndome de aquella manera en sor Maria Umile, hermana clarisa del convento de la orden de Santa Clara en Castelforca.

A partir de aquel momento, me convertí en la mejor novicia que había tenido el convento, siendo un ejemplo para todas las demás, pero con la humildad de no reconocerlo nunca. No sólo era la primera en levantarme, sino que el ayuno formó parte de mi vida sin que nadie me lo pidiera. Mi voz no se alzaba, mi sonrisa jamás aparecía, y nunca hablaba si no era en los tiempos de descanso, y siempre sobre temas religiosos. Oraciones, rosario, lecturas del evangelio, era todo, junto al servicio a mis hermanas, lo que llenaba mis días.

A veces, cuando en la soledad de mi celda pensaba en mi hija, o en Lorenzo, o incluso en Enrico, instintivamente, mis uñas me arañaban la piel del brazo hasta sangrar. Me mortificaba cada vez que mi mente pensaba en algo que no fuera la religión y, sin darme cuenta, mi voluntad cada vez quedaba más anulada, hasta el punto de que decidí no recibir las visitas de mi madre o de mi hermana, que tuvieron que volver a sus ciudades sin poder verme. Nada tenía contra ellas, pero sabía que no quería que nada del mundo exterior me distrajera en aquella loca carrera para convertirme en una monja de completa clausura.

Así fue como pasó el tiempo y sin darme cuenta, llegó el verano de 1471. Me encontraba en mi tiempo de pausa sin nada más que hacer que leer una oración que calmaba mi alma del breviario. Estaba sentada en aquel banco de piedra que vi el primer día que llegué a ese lugar, en soledad y reconfortada por los rayos de sol, cuando una suave brisa hizo que mi velo blanco cayera al suelo, a pesar de estar sujeto a mi pelo con un prendedor de metal. Me levanté, cogí la mantilla y volví a colocármela con el pasador, retornando a mi lectura, cuando una nueva brisa algo más fuerte que la anterior volvió a arrancarme con suavidad la tela de mi cabeza. Extrañada porque la brisa fuera intermitente, me levanté de nuevo, recuperé el velo y cuando iba a volver a colocarlo sobre mi cabeza, vi dos gorriones sobre el pozo que llamaron mi atención. Me miraban sin piar, sin miedo, a pesar de que me encontraba a tan sólo dos pasos de ellos. Uno dio unos saltitos hacia la derecha y el otro le siguió. El primero recitó un suave gorjeo y el otro le contestó. Sonreí al recordar el día que le conté a Viola la historia de la aparición de esos pájaros en la región, y por primera vez en mi vida no me produjo ni dolor ni vergüenza pensar en mi hija, sino que una inmensa alegría ocupó el lugar donde se hallaba mi alma. Miré al cielo y vi las ramas del frondoso árbol que allí permanecía impertérrito, pero entonces una nueva brisa arrancó de mis manos el velo y aunque jamás se lo dije a nadie, juro que el gorrión me dijo:

–¿Qué estás haciendo aquí? Tienes mucho por hacer y este no es tu lugar.

Sin dar crédito a lo que me había ocurrido, corrí a mi celda y me encerré en ella. ¿Qué era lo que me había pasado? ¿Acaso estaba enloqueciendo? ¿Cómo podía hablarme un gorrión? Quise ocultarme, pero no supe dónde y salí de aquel lugar para dirigirme a la iglesia. Allí me arrodillé delante de la gran cruz de madera y comencé a rezar con todas mis fuerzas. Al final, sin exigencias y sin dolor, pregunté en voz alta:

–¿Qué quieres de mí?

Nadie contestó, pero algo en mi interior, una voz que me pertenecía, dijo:

–Este no es tu camino.

El 6 de noviembre de aquel mismo año, con el sayo marrón y las sandalias raídas por toda vestimenta, me despedí de mis hermanas, aquellas de las que tanto había aprendido, para dirigirme hacia el palacio ducal, no como novicia, ni como sor María Umile, sino de nuevo como Costanza Contanti, viuda de Fondasini.

CASTELFORCA, DEBER O QUERER

¡Qué diferente me pareció el regreso a palacio! Completamente sola, con la cabeza gacha, mirando al suelo para no encontrarme con nadie que se preguntara qué hacía una monja con el hábito de clausura por la calle, e intentando no arrastrar los pies, como había hecho los últimos cuatro años.

Cuando llegué a las puertas del palacio ducal, dos guardias me barraron mi paso y uno de ellos me dijo con total descortesía:

–¿Adónde vais, hermanita? ¿Creéis que ese hábito os permite entrar en palacio?

Le miré sin decir nada. No abrí la boca y permanecí con la cabeza gacha, hasta que el otro soldado espetó:

–¡Hermana! ¡Os hemos hecho una pregunta! ¿Acaso creéis que el duque os va a recibir sin tener audiencia?

Levanté la cabeza recordando la soberbia de los nobles, aquella que creí dejar atrás el día que perdí mi nombre y las pocas posesiones que llevé al convento. Le miré fijamente para decirle:

–Soldado, el duque me espera desde hace tiempo. En vez de quedarte ahí plantado soltando estupideces en la puerta podrías anunciarme a tu ama, la señora Battista. Dile que Costanza de Fondasini se encuentra en la puerta esperando que unos soldados le abran paso a lo que una vez fue su hogar.

Casi no pude controlar la risa al ver sus caras palideciendo de golpe. Si bien no me habían reconocido, habían recordado el nombre de la antigua duquesa, y eso bastó para que avisasen al camarlengo, y que este me acompañara al salón de las visitas, donde esperé a que avisasen a la duquesa.

La decoración no había cambiado desde mi partida: las pinturas, los magníficos frisos, los cortinajes de terciopelo y seda. En cuatro años nada había cambiado en aquel lugar, ni siquiera la disposición de los candelabros o los tapices de las paredes.

Sabía que a pesar de haber tomado una ducha de agua fría aquella misma mañana y de llevar el hábito limpio, mi aspecto distaba de ser el de una gran dama, ya que el sayo estaba raído por el tiempo y las sandalias de madera estaban medio rajadas.

Habían pasado cuatro años de mi vida, cuatro años en los que mi aspecto dejó de importarme, durante los cuales me olvidé de cuidar mi piel o de apartarla de los rayos del sol, y por supuesto, en los que no tuve acceso a recetas de belleza, ni a cremas, ni a perfumes, aunque tampoco hubiera dispuesto de tiempo para cuidar mi aspecto.

Me pasé la mano por la nuca, el pelo seguía cortado en redondo, hacía tan sólo dos meses que sor Angustias me lo había repasado. Tuve muchas ganas de ver mi aspecto, pero me dio miedo y desistí cuando Roberta entró en la sala.

Aquella criada, que jamás había sido de mi agrado a causa de su tosquedad, ni siquiera me reconoció, pero aun así me ofreció una tisana de hierbas acompañada de unos bocaditos dulces. Al principio los rechacé, pero al dejarlos sobre la mesa de mármol y salir de la habitación, no pude menos que coger uno de aquellos bocados para oler su aroma a vainilla y limón. Iba a dejarlo de nuevo sobre la bandeja de plata, pero en aquel momento pensé que ya no había ningún voto de pobreza u obediencia que me impidiera comer aquel bollito y le hinqué el diente saboreando su dulzura, que embriagó mi paladar por completo.

Si no me hubiera encontrado en Castelforca, bien podría haber dicho que aquel dulce estaba preparado por la mismísima

Ruth, pues la delicadeza de su textura y la suavidad de su sabor eran de lo más agradable.

–¿Os gusta su sabor? –dijo de pronto una voz que me sorprendió desde la puerta.

Una pequeña que no tendría más de ocho años me miraba con sus ojos rasgados y una piel blanca, casi inmaculada. Su rostro era redondeado y su nariz algo aguileña, aunque la expresión era dulce e infantil.

–Son unos dulces muy buenos. Deberíamos felicitar a la cocinera –contesté sonriendo.

–¿Sois pobre?

–¿Por qué lo pensáis?

–Vais casi descalza y vuestra vestimenta es algo tosca y vieja. Si sois pobre puedo daros comida y albergue. Mi madre me ha enseñado a ser piadosa y misericordiosa con los desfavorecidos –exclamó mientras se acercaba y rozaba como sin querer mi sayo.

–Es bueno que te apiades de los pobres, significa que eres buena niña. ¿Cómo os llamáis?

–Mi nombre es Elisabetta, tengo siete años y soy hija de los señores de esta casa. ¿Y vos, quien sois?

Al reconocer a la pequeña Elisabetta, que cuando me fui era apenas una niña de tres años, me quedé pensativa pues no sabía qué contestarle. ¿Quién era yo si ya no sabía cuál era mi nombre? Tras una breve pausa, le contesté:

–Soy Costanza y antes me llamaban señora de Fondasini.

La niña, sin decir nada, salió corriendo de la estancia. No sabía que la había asustado, pero al poco rato volvió con una pequeña en brazos, que medio dormida se agarraba a un pequeño animal de madera que no supe reconocer, pues lo cubría con su manita. Elisabetta dejó a la pequeña en el suelo, que no tendría más de cuatro años y dijo sonriendo:

–Señora Costanza de Fondasini, os presento a Costanza de Fondasini.

Se me quedó mirando mientras me dedicaba una pícara sonrisa para ver mi reacción, pero mi mente se quedó obnubilada con la belleza de aquella muchachita. Su pelo negro y liso, su cara regordeta, con aquella nariz redondeada y pequeña, y sus ojos, que parecían grandes, aunque estuvieran entornados porque al parecer la pequeña se caía de sueño.

–¿No decís nada, mi señora? Se llama como vos, o vos os llamáis como ella. Bien podríais ser mi hermana mayorcísima –dijo la pequeña Elisabetta.

No pude menos que sonreír. Me hizo mucha gracia que hubiera despertado a su hermana sólo porque nuestros nombres coincidían. Me encariñé de aquella muchachita de inmediato.

–¿Sabéis por qué nos apellidamos igual? –pregunté.

–Porque ella es vuestra tía, la viuda de vuestro tío Oddantonio –contestó una voz madura que provenía de la puerta y que no era otra que la de Battista de Fondasini.

Me levanté y casi estuve a punto de hacer una reverencia, pero al final me limité a bajar la cabeza en señal de buena educación.

–¡Roberta! ¡Llevad a las niñas a sus estancias! –gritó Battista.

La duquesa solicitó que tomara asiento cuando nos quedamos a solas. Me miraba de arriba abajo sin creer que aquella mujer de pelo corto y piel oscura fuera la misma muchacha que había salido de palacio hacía cuatro años. Tras un silencio incómodo, dijo:

–Si os hubiera visto por la calle, no os hubiera reconocido. ¿Qué os han hecho en ese convento?

–¿Tanto he cambiado, mi señora?

–¿Cuánto hace que no veis vuestra imagen en un espejo?

–Demasiado

–¿Y qué os trae por mi casa?

Sonreí sin ganas pensando que era imposible tanta descortesía, pero me llené de fuerza al recordar la dama que había sido:

–¿Por qué no me informasteis de inmediato de la muerte de mi hija?

Aquello la cogió por sorpresa. Battista carraspeó, se frotó las manos, nerviosa, y sin saber muy bien qué decir, con el labio inferior temblándole, murmuró en voz baja:

–¿Cómo iba a informaros si vos misma estabais al borde de la muerte?

–Pero Dios quiso que viviera.

–Y todos damos gracias por ello, aunque fue una verdadera lástima la muerte de la niña. Sólo puedo deciros que ni se dio cuenta, no sufrió, y se fue mientras dormía.

–¿Dónde la enterrasteis? –pregunté mientras un nudo se apoderaba de mi garganta.

–Espero que estéis de acuerdo con la voluntad del duque. Al no poder enterrarla junto a su padre, decidió abrir la tumba de vuestra dama de compañía. Sabíamos lo mucho que la amabais y creímos que de seguir viva esa muchacha hubiera amado mucho a la niña.

–El duque obró bien. Ni yo misma hubiera encontrado un lugar mejor.

–¿Cuáles son vuestros planes? ¿Deseáis quedaros en la ciudad? Seguro que el duque puede ofreceros una casa cerca de palacio, si así lo deseáis.

–Viajaré a Fortefortezza para vivir en casa de mi primo en cuanto el duque me devuelva la dote, pues nada me retiene aquí.

Sé que ella respiró de alivio al oír mis palabras. Luego añadió:

–¿Vuestra dote? Sí, claro. Sois la viuda de su hermano, así se lo comunicaré a mi esposo, espero que pueda atenderos lo antes posible, aunque hoy se encuentra de cacería.

–¿Consideraríais un abuso si os pidiera alojamiento hasta que el duque pueda recibirme? –pregunté sabedora de que ella estaba obligada a acogerme en palacio.

Dudó unos segundos, sopesando acaso las consecuencias de sus actos, pero, al final, exclamó:

–Por supuesto. Si lo deseáis puedo ofreceros la antigua habitación de vuestra dama. Nadie la tocó desde el día que marchasteis. Haré que los criados la limpien. Si queréis, mientras tanto, podéis adecentaros, guardamos muchos de vuestros vestidos, aunque la mayoría de vuestras pertenencias fueron donadas al convento.

¡Qué mentira más grande! ¡Qué falacia! ¿Acaso desconocía Battista que las clarisas no aceptaban donativos? ¿Es que me estaba preparando para confesarme lo poco que quedaba de mis cosas? No dije nada, pues nada necesitaba, aunque sí quería quitarme ese sayo al que tanto me había acostumbrado.

Seguí a Roberta hasta las estancias de las niñas, mientras Battista me decía que ordenaría que trajeran el arcón de la dote donde se habían guardado mis pertenencias. Mientras caminaba por aquellos pasillos pude fijarme en la numerosa prole de la duquesa. Las tres mayores, que recordaba de cuando estuve viviendo con ellas antes de dar a luz a Viola, estaban sentadas a la mesa de estudio, junto a su preceptor. Aura recitaba de carrerilla las declinaciones de latín, y Girolama y Giovanna cotilleaban entre ellas sonriendo mientras miraban las musarañas sin hacer mucho caso a su maestro. Elisabetta, la muchachita que había conocido en el pasado, pero de la que me encariñé tras unos segundos de conversación en la sala de visitas, jugaba con la figura de madera que le había quitado a la pequeña Costanza, quien, ya despierta, se deleitaba junto a su nana, que cargaba con un sexto bebé en brazos, con las notas que salían de un laúd blanco que era tocado por... ¡Oh, Dios mío! ¡Hecateo! Sólo pude sonreír abiertamente al verle, aunque él al principio no me reconoció. En ese momento rememoré nuestras discusiones sobre la inteligencia del hombre y la mujer con uno de los mejores amigos de mi esposo, y al recordar que cuando él se quedaba sin argumentos siempre me interrumpía con una perfecta reverencia con la que daba por terminada la conversación, me detuve ante él y esperé a que alzase la vista para sacarle la lengua. Enseguida reconoció ese gesto. Dejó de tocar, se acercó a mí, y tras una reverencia me dijo:

–¡Mi señora de Fondasini! ¡Cuánto se os ha echado de menos!

Me cogió de la mano, sonrió y me besó, mientras la acariciaba de un modo amistoso en el que nadie se fijó, pero que me transmitió todo el cariño que por mí sentía.

–Me alojaré unos días aquí. Espero poder veros y hablar con vos con más tranquilidad.

–Por supuesto mi señora. Marcho a Roma dentro de tres días, pero os agradecería tuvierais tiempo para esa conversación –contestó sonriendo.

–¡Cuidad mi laúd! ¡Es un objeto al que tengo en gran estima, pues fue uno de los regalos de mi esposo! –dije al reconocer el instrumento blanco y lleno de pajarillos.

–Descuidad, mi señora, lo haré.

Llegamos a la antigua habitación de Sitti, la que también había sido mi última estancia en palacio. Ya se encontraba libre de polvo y los cortinajes de las ventanas habían sido abiertos, aunque el olor a humedad aún no había desaparecido del todo. El fuego que crepitaba, recién encendido en la chimenea, aún no había tenido tiempo de caldear la estancia, aunque no era necesario, pues ya había aprendido a convivir con un intenso frío. Sitti había encontrado la muerte en aquel cuarto, pero tan doloroso recuerdo quedaba solapado cuando rememoraba el día en que mi hija y yo contemplamos los bosques de Castelforca mientras nos deleitábamos escuchando el trino de los gorriones. Mi corazón se encogió, pero pronto la inmensa paz de aquel lugar cubrió los recuerdos dañinos; aún podía sentirse todo el amor que en el pasado se impregnó en aquellas paredes, sólo así se podía explicar la serenidad que se respiraba en aquella habitación. Pronto, dos criados entraron con mi arcón, el mismo que traje con mi dote. Roberta se ofreció de mala gana a ser mi ayuda de cámara, mas denegué su ofrecimiento, pues hacía mucho que ya no tenía a nadie que me ayudara a vestirme, si bien, como comprobé después, no era lo mismo ponerse el sayo que aquellos bellos y rebuscados vestidos. Cuando me quedé a solas, recorrí el cuarto, y juro que pude oír las risas de Sitti y los balbuceos de Viola mientras le contaba la historia de los gorriones. Me acerqué a la ventana, los bosques de Castelforca seguían inundando el paisaje y a pesar de ser invierno y de que pronto llegarían las nieves, la libertad de poder ver aquellos inmensos bosques en los que mi mirada se perdía llenó mi alma de tranquilidad.

Un escalofrío recorrió mi cuerpo, pero estaba segura de que no era de frío pues el fuego ya ardía con fuerza en la chimenea de piedra. Corrí de nuevo los cortinajes de terciopelo para paliar el aire que entraba por la ventana y me senté al borde de la cama para abrir el arcón. Unos suaves toques sonaron en la puerta y al dar mi permiso para que entrase, se asomó la cabecita de Elisabetta. Fue gracioso pues sólo se le veían los ojos, la nariz, una manita y parte del vestido, y no pude sino ponerme a reír cuando la vi.

–¿Tía, puedo entrar?

Me sorprendió que me llamara de aquel modo, aunque ese era el parentesco que de alguna forma nos unía.

–Por supuesto, Elisabetta, entra, aunque ahora me disponía a cambiarme de vestimenta.

–¿Tenéis vestidos bonitos en ese arcón? –preguntó mientras entraba seguida de la pequeña Costanza, que había recuperado su figurita de madera.

–Espero que sí. Al menos antes de irme aquí los guardé.

Abrí el arcón y allí se encontraban mis cosas: el vestido verde de mi boda, los vestidos de tonalidades rosas de primavera, los de invierno, el de terciopelo azul y el de terciopelo rojo, junto a los magníficos vestidos interiores con brocados, lazos de seda y puntillas varias que al volver a verlos supe por qué los añoraba tanto. Aparecieron después los chapines a juego con cada vestido, y mi cepillo de púas de marfil y, por supuesto, el espejo que Oddantonio me regaló y al que le di la vuelta, pues no sabía si estaba preparada para ver mi rostro después de tanto tiempo.

–¿No os atrevéis a miraros, tía? Vuestro pelo está corto y vuestra piel algo oscura, pero creo que seguís siendo muy bella –dijo Elisabetta mirándome fijamente.

–Te agradezco tus palabras, y en verdad tengo un poco de miedo a mirarme, ya que hace mucho que no veo mi reflejo. Yo antes tenía el pelo largo como vosotras y...

–¡Así corto os queda bien! Parecéis un muchacho, pero cuando sonreís nadie podría decir que no sois una dama –dijo Aura, la hija mayor de Battista, que entraba en esos momentos por la puerta seguida incondicionalmente por sus hermanas.

–Os agradezco vuestros ánimos. ¿Tú eres la pequeña Aura? ¿Y vosotras? Debéis de ser Girolama y Giovanna –dije señalando a cada una de ellas.

–¿Cómo es que sabéis nuestros nombres? Yo apenas os recuerdo, aunque sé que os conozco –dijo Aura.

–Viví con vosotras durante un tiempo hace varios años. Erais muy pequeñas, Elisabetta apenas tenía tres años y vosotras tres erais unas mocosas que no hacíais más que recorrer el castillo yendo de un lado a otro –dije acariciando el reverso del espejo.

–¿Qué vestido os pondréis? –espetó de pronto la dulce Elisabetta.

–Aún no lo sé. Dudo entre el azul y el rojo. ¿Cuál os pondríais vosotras? –pregunté dirigiendo mi pregunta a todas esas pequeñas.

Todas contestaron al unísono que el azul, pues casaba mejor con el tono rubio de mi pelo, por muy corto que lo llevara. Me sorprendió que niñas de tan corta edad tuvieran tan claro qué vestido ponerse y no pude sino sonreír, pues de alguna manera me recordaron mis propios momentos de infancia. Dispuesta a elegir el vestido que ellas habían escogido, lo saqué del arcón, junto al vestido interior, con sus lazos de seda azul, y los altos chapines a los que debería volver a acostumbrarme.

Conté las cabezas de las niñas, a quienes dije que salieran del cuarto para así poder vestirme, y me di cuenta de que faltaba una, aunque por más que miré no pude encontrarla hasta que advertí el bulto que había tras la cortina que daba a la ventana. Me acerqué a ella y, al apartar la cortina, descubrí que estaba contemplando el paisaje que se extendía ante la ventana.

–Costanza, ¿qué haces? –le pregunté.

–Cuando era pequeña contemplaba este paisaje mientras escuchaba a los gorriones con mi madre.

Me quedé helada, sin poder dejar de mirarla. Ella me miró y me dijo con sus grandes ojos verde esmeralda:

–Siempre me han gustado los gorjeos de los *piccolo passeros,* por eso Piero, el amigo de mi padre, me hizo un día este pajarito de madera. Mi hermana Elisabetta siempre me lo coge, pero cuando se cansa, yo lo recupero.

El corazón me dio un vuelco. No podía ser, pero rompí a llorar incontroladamente. Su rostro blanco, su naricita amelocotonada, sus ojos verdes frente a los oscuros de sus hermanas, su pelo negro y lacio, sin las ondas ni los tonos castaños. Su amor por el paisaje que se podía contemplar desde aquel lugar y su pasión por los gorriones. ¿Es que acaso...? ¿Podía ser...? ¡No! Me negué a pensar que la maldad de Battista hubiera llegado tan lejos. De ser así ninguna esperanza le quedaba al ser humano.

Costanza me pasó la mano por mi cara, y me secó las lágrimas, mientras me decía:

–No lloréis, tía. Los gorriones volverán a cantar cuando el invierno pase.

La abracé sin importarme si era la hija del hermano de mi esposo o mi pequeña Viola. No quise saberlo, me negué a pensar en ello, pero sus palabras bastaron para comenzar a preguntarme quién era en verdad aquella niña que tan poco se parecía a sus hermanas.

–¿Por qué me queréis tanto, tía? –preguntó de repente.

–Yo también amo a los gorriones y adoro ver el paisaje desde esta ventana. Puede ser que te quiera más a ti que al resto de tus hermanas por ese motivo, aunque apenas os conozco.

–¿Y por qué no os quedáis un tiempo? Así podremos conocernos –exclamó.

–Lo pensaré, Costanza, te aseguro que lo haré. Pero ahora vamos, pronto será la hora de la comida y me gustaría estar vestida para la ocasión –dije, mientras acompañaba a la pequeña hasta la puerta, pues sabía que si ella no marchaba, no tardaría en cometer la locura de enfrentarme a Battista.

Costanza tenía cuatro años, los mismos que Viola tendría de haber sobrevivido a las fiebres. Sus ojos verdes, su pelo liso, casi de color azabache... Creí enloquecer al pensar en la posibilidad de que aquella pequeña en verdad fuera mi hija, y pese a mis deseos de huir de aquella ciudad, me dije que debía quedarme en Castelforca el tiempo suficiente para descubrir la verdad.

Recuperé la compostura, y me decidí a deshacerme de mis viejas ropas, que lancé al fuego para ver cómo sucumbían bajo una gran llamarada. Hacía tanto tiempo que no me desnudaba por completo que al bajar la mirada me asusté al ver como mis costillas sobresalían debajo de mi pecho. Mis brazos eran dos huesos cubiertos por poca piel, y mis piernas eran ahora dos canillas que apenas podían sujetarme. ¿Cómo había podido descuidar tanto mi aspecto? ¿Era esto lo que el ayuno había provocado en mí? ¿Cómo iba a rehacer mi vida con esa figura de enferma? Cogí el espejo, y lo giré sin pensar, aunque no me vi, pues instintivamente cerré los ojos. Me obligué a abrirlos y quedé horrorizada por el reflejo que me devolvió. Los huesos de mi mandíbula sobresalían por encima de la piel tostada que cubría la cara. La osamenta de mis pómulos se podía tocar a través de estos. Mis ojos, antaño vivos y alegres, se asomaban en unas cuencas hundidas. Mi rostro tenía un aspecto triste y lamentable.

Si bien mi aspecto físico era preocupante, me di cuenta de que no era lo único que había cambiado en mí, y reconocí algo mucho más duro de confesar. ¿Dónde había quedado mi inocencia? ¿Acaso las penurias que había pasado, aunque Dios las hubiera santificado, habían borrado de mi personalidad el candor y la calidez de cuando entré en el convento? ¿Podría volver a confiar en la gente, en el mundo, en el ser humano? ¿Tanto había cambiado yo en esos cuatro años?

Me dije que todo tenía solución, aunque no me creí ni una sola de mis palabras; no obstante, sabía que si me quedaba allí regodeándome con mi mal aspecto sería mi perdición. De modo que me levanté, escondí el espejo y me vestí, y descubrí que mis vestimentas ahora me iban tan grandes que tuve que pedir a Roberta que me ayudara a cerrar los lazos al máximo para tener al menos un aspecto presentable al entrar en el gran comedor donde Battista y la corte me esperaban.

–Mi señora, cuando comencéis a comer bien, recuperaréis vuestra figura. No os preocupéis, hoy tenemos varios platos de carne, seguro que pronto volveréis a ser aquella bella muchacha que yo conocí –dijo Roberta sorprendiéndome.

Si bien no me esperaba ningún vocablo amable por parte de la criada, sus palabras me reconfortaron y me animaron a pensar que tal vez me equivocara al juzgarla. Me senté delante del tocador. No había casi cabello para peinar, pero Roberta procedió con inteligencia cuando alzó el poco pelo que tenía, enrollándolo en pequeños tirabuzones que fijó con una crema que olía a pino para mantener su forma; después coronó mi frente, ahora despejada, con una simple cinta de seda azul, a juego con mi vestido, que le dio un simpático y desenfadado aire a mi discreto peinado; tuve que mirar y remirarme en el espejo del tocador para convencerme de que, con un poco de imaginación, aquel pelo de muchacho podía convertirse en un sencillo recogido femenino.

Cuando Roberta salió de la habitación, rebusqué en el arcón la pequeña arca donde había guardado, antes de la muerte de Oddantonio, joyas suficientes para que nadie pudiera descubrir que había escondido las más valiosas, pero me fue imposible dar con ella.

Al entrar en la gran sala, el aroma de los alimentos inundó mis fosas nasales. El olor de la carne de ciervo guisada, el sutil perfume de las patas de pavo cocidas, los aromas dulces de los pasteles de frutas... ¡Cómo había añorado aquellos manjares!

Todos se volvieron en cuanto entré. Había mucha gente para ser un día corriente. Aquella muchedumbre hablaba toda a la vez, y sus conversaciones fútiles, las fragancias de la comida y los intensos tufos de los perfumes de los numerosos comensales me provocaron un leve mareo, de modo que tuve aflojar el paso para no caer de bruces. Por suerte Filippo, mi amigo, quien seguía exigiendo que se le llamara Hecateo, acudió en mi rescate y me ofreció su brazo para acompañarme hasta el lugar que debía ocupar en la mesa, que, si bien no se encontraba en la cabecera de honor, al menos no estaba en una mala posición. Me habían ubicado junto a los amigos del ducado, los llamados artistas, entre los cuales me alegré de reconocer a Cristóforo Landino, el autor de *Xandra*, el último poema que leí a Oddantonio, y a Vespasiano, el creador de la gran biblioteca con quien me peleé en numerosas ocasiones para que incluyera libros escritos por mujeres, que me sonrió y me presentó sus respetos.

Supongo que mi estómago se había cerrado durante todo ese tiempo, pues nada más empezar a comer las deliciosas tiras de pavo que se deshacían en mi paladar, ya me encontré saciada, y si continué comiendo un poco de todo lo que caía en mi plato fue por pura gula. En las conversaciones sobre arte y filosofía a las que antaño me había acostumbrado, pronto surgieron las alabanzas hacia los nuevos artistas que llegaban con fuerza de todas las regiones cercanas; así fue como me di cuenta de que tras cuatro años de encierro lo desconocía todo sobre un mundo que había continuado su camino, sin importarle que yo no estuviera allí para verlo.

De pronto, Hecateo dijo:

–¿Qué me decís sobre la nueva construcción que ha mandado realizar Sixto IV para restaurar la Capilla Magna? ¿No os parece un proyecto imposible de realizar?

–Dicen que va a ser la capilla más grande de todos los Estados Pontificios. Yo he hablado con varios constructores y me han dicho que es una obra demasiado ambiciosa, incluso para el Pontífice –dijo Cristóforo.

–A mí me han llegado noticias de que quiere llenar la bóveda con las pinturas más impresionantes, y que se rumorea que incluso pedirá el concurso de varios artistas, entre ellos maese Perugino, para que llenen las paredes de frescos extraordinarios –exclamó emocionado un hombre de barba blanca al que no reconocí.

–Vamos, señores. Parece mentira que no os deis cuenta de que esa construcción sólo es una maniobra más para pasarnos por la cara el poder que Sixto cree tener –dijo de pronto Federico, el duque, que acababa de entrar por la puerta del comedor.

Todos se levantaron para mostrar sus respetos y se sentaron de nuevo a una orden suya, excepto yo, que aún seguía pensando quién era el tal Sixto, pues cuando entré en el convento aún era Pablo II el representante de la Iglesia.

Battista, la esposa del duque, quiso cederle su lugar en la mesa, pero él declinó el ofrecimiento:

–Mi señora, dejad que los invitados disfruten del ágape, y vos haced lo mismo. Yo acabo de saciar mi hambre y he de asearme un poco. Os esperaré en la sala de juegos. Terminad con esta suculenta carne y brindad a mi salud.

Cuando el duque se retiró, el vino volvió a regar nuestros gaznates y la carne siguió su camino hasta nuestros estómagos, hasta que la duquesa decidió que la comida había concluido y que se servirían las pastas dulces y las tisanas de hierbas en la sala de juegos, pues no estaba bien hacer esperar al señor de la casa.

De alguna manera, aquella mujer me recordó a mi madre. Siempre velando por la imagen de su esposo, siempre diligente. Sonreí, pero dejé de hacerlo cuando, al pasar ante un gran espejo que presidía el paso de una estancia a la otra, vi que mi aspecto, aunque correcto, estaba dominado por un tono demasiado oscuro de piel. De nuevo recordé a mi madre y los gritos que hubiese proferido de verme de aquella guisa.

Aquella noche, agotada por el regreso a la sociedad, por tener que sonreír cuando no me apetecía, por volver a aguantar aquellos vestidos y los incómodos zapatos altos, me retiré pronto a mi habitación. El duque no se acercó a mí en todo el día, pero sé que desde lejos me miraba pues, aunque no osaba fijar mi vista en él, podía notar la fuerza de su único ojo clavándose en mi nuca.

A punto de entrar en la cama, cuando la suave camisola de seda cubría ya mi cuerpo, sonaron unos toques en la puerta, que se abrió sin la decencia de esperar que diese mi permiso. No me sorprendió la desfachatez de la que hacía gala Federico, pues por algo era el señor de todo. El duque se acercó, y con una copa de licor en la mano se sentó junto al fuego, en aquel diván que tanto me había gustado. Con un gesto de su mano, hizo que tomara asiento y dijo:

–Battista me ha dicho que no queréis quedaros en Castelforca.

–Mi señor, no sé qué quiero hacer –contesté.

–Debéis saber cuáles son vuestras opciones. Como viuda de mi hermano, tenéis derecho a que yo, como su sucesor, os dé cobijo en la ciudad. Puedo adecentar una casa cerca de palacio, o algo más lejos, como vos deseéis. Las rentas y vuestros gastos estarán cubiertos, y jamás os faltara de nada. Pero debéis recordar que aunque hayáis pasado cuatro años en el convento, una vez fuera de él, seguís siendo la viuda del anterior duque, y debéis cumplir con las estrictas normas que nuestra sociedad exige, sobre todo cuando se trata de decoro y compostura.

–Por supuesto, mi señor, aunque debéis perdonarme, pues las tengo algo olvidadas y necesito un tiempo para habituarme de nuevo a este modo de vida.

–Me refiero, sobre todo, a que no encuentro correcto, por ejemplo, el vestido con el que habéis asistido a la comida. Ese escote es demasiado escandaloso para una viuda, y el peinado... deberíais cubrir vuestra cabeza con una mantilla, pues si permanecéis en estas tierras seréis la viuda perfecta.

Reflexioné mientras mi visión se perdía entre las llamas del fuego. Si debía volver a ser viuda, cubrirme el pelo y llevar vestidos que no supusieran un escándalo, ¿en qué se diferenciaría mi vida en la ciudad de la que llevaba en el convento? A continuación se sumarían nuevas normas: no podría verme en compañía de otro hombre, ni escuchar música, ni leer según qué libros. ¿Es que mi encierro aún no había terminado?

–Y bien, señora. ¿Qué decidís? –preguntó el duque.

–Mi señor. Si marcho de Castelforca, ¿me devolveréis la dote?

–Vuestro ajuar, vestidos y accesorios, así como la dote que vuestro padre le dio a mi hermano os serán devueltos íntegramente. Lamento deciros que vuestras joyas, tanto las que os regaló mi hermano, como las que vuestro padre os dio, desaparecieron durante la reyerta que acabó con la vida de vuestro esposo, aunque si lo deseáis, puedo recompensaros económicamente.

–¿Podré recuperar los regalos de vuestro hermano?

–Costanza, hablemos sin tapujos. Aunque mi obligación es que tengáis una buena vida si os quedáis en Castelforca, sabéis que sería mucho mejor para todos que os marcharais de la ciudad. ¿Qué necesitáis que haga para que esto ocurra?

Si había algo que me gustaba de Federico era su sinceridad, y aquellas preguntas tan directas me hicieron pensar que era el momento de decidir por primera vez qué quería hacer con mi vida. Podía haber pedido recuperar todo cuanto me había sido robado, mas por un momento pensé que tampoco necesitaba todas esas cosas. Aun así, carraspeé y dije:

–Deseo que el arcón con mis vestidos, mis útiles de belleza y mis accesorios sean enviados a casa de mi primo Lorenzo. Me gustaría que valorarais vos mismo las joyas que vuestro hermano me regaló, y que junto a mi dote, me sea devuelta una bolsa con los sueldos adecuados. Sobre los regalos de vuestro hermano, tan sólo me gustaría recuperar ciertos objetos que son para mí recuerdos sentimentales, el laúd blanco y cuatro libros que se encuentran en vuestra biblioteca. Mi libro antiguo de griego, y tres más, escritos por Christine de Pizan, Rebecca Guarna y el poeta Cristóforo. ¿Creéis que es mucho pedir?

–Encuentro justas vuestras peticiones y creo que vos misma podréis coger los libros que solicitáis, mañana, de la biblioteca. Las pertenencias que habéis pedido las tendréis a punto en el carruaje, aunque ese laúd es un objeto que mi hija Costanza adora, y si fuerais tan amable de dejarlo aquí, sería un regalo estupendo para ella.

Mi corazón me decía que si no aprovechaba ese momento para esclarecer mis dudas sobre la niña, no lo haría jamás, y mi cabeza me repetía que ahora que el duque había aceptado darme lo que pedía, era estúpido verter mis dudas sobre Costanza. El corazón ganó y mi voz preguntó:

–Mi señor. Acaso creeréis que estoy loca, mas, ¿qué pensaríais si os dijera que creo que vuestra Costanza es mi hija Viola?

Y el duque exclamó:

–Pensaría que no sois tan tonta como creía mi esposa. Costanza es vuestra hija. Es difícil no darse cuenta si le miráis los ojos, pues son los vuestros.

Las lágrimas comenzaron a manar sin control, pero no de tristeza, sino de alegría:

–¿Por qué me dijisteis que estaba muerta?

–Mirad, señora. Hay momentos en que ser señor de un ducado te obliga a tomar decisiones disparatadas. Los nobles de Castelforca no aceptaban que una descendiente de mi hermano viviera en su ciudad. Se hablaba de matar a la niña sólo porque era portadora de su sangre, así que la maté. Battista estaba embarazada cuando llegamos aquí, aunque lo mantuvimos en secreto, pues no sabíamos qué nos deparaba el destino. Cuando vos entrasteis en el convento, ella dio a luz un bebé muerto, pero nadie lo anunció y todos creyeron que habíamos tenido otra hija sana. Dos años después, los nobles de Castelforca me exigieron que desterrara a la hija de mi hermano, y gracias a vuestras fiebres, se me ocurrió que era la oportunidad de matar a vuestra Viola y darle a Constanza una imagen para el pueblo.

–Pero vuestra esposa me dijo que enterrasteis a mi hija junto a mi dama de compañía.

–Sí, tuvimos que hacerlo. Pero lo que hay enrollado en la sábana de lino blanco no es una niña, sino el cadáver de un lechoncito. Todos tenían que creer que Viola de Fondasini había muerto.

–Pero entonces, ¿ella cree que es Costanza? –pregunté.

–La hemos criado como nuestra hija y desconoce que vos sois su madre. Sé que Battista se opondrá, pero si deseáis que ella viaje con vos a Fortefortezza, lo dispondré todo para su marcha.

El duque se levantó y salió de la habitación. Aunque la emoción de poder recuperar a mi hija era inmensa, al meterme en aquella mullida cama cubierta por las sábanas de lino, el edredón de terciopelo y las mantas de pelo, sucumbí al sueño.

A la mañana siguiente, desperté contenta, respiré fuerte y el olor a bergenia inundaba la habitación. Alguien había colocado un macetón con estas flores invernales al lado del diván donde la noche anterior supe la verdad sobre aquella niña de ojos verdes. Parecía que la vida me volvía a sonreír. Viviría junto a mi primo y mi hermana Ginevra. Podría tener a mi hija conmigo, aunque ahora se llamara como yo, podría ver a Enrico, ahora que él también era viudo, y podía ser que tuviéramos una vida juntos, con nuestra hija. Seguro que había una poderosa razón para que no hubiese preguntado nunca por mí. Recuperaría mi dote, y junto a las joyas del paquete escondido, no deberíamos depender de nadie, aunque estaba segura de que Enrico era lo bastante adinerado para mantenernos a las dos.

Tras un maravilloso desayuno donde dejé de lado las gachas y el ayuno, y llené mi boca con los más suculentos sabores dulces y la leche más fresca, me dirigí a la biblioteca para recuperar aquellos libros que el duque había permitido que me llevara. Así, tras darle los manuscritos a un criado para que los llevara a mis aposentos, hojeé de nuevo mi libro de griego, comprobando que nadie lo había abierto y que todo aquello que yo puse en su interior aún se encontraba allí. Me llevé el libro conmigo, pues su contenido era demasiado importante para dejarlo en manos de un sirviente, y me reuní con mi amigo Hecateo para mantener la charla prometida.

–Mi querida Costanza, me alegro mucho de que estéis bien. Sufrí por vos, junto a Cristóforo, cuando nos anunciaron que estuvisteis a punto de perecer a causa de las fiebres –dijo aquel muchacho de ondulado pelo y piel fina, mientras besaba mi mano sin importarle mi condición de viuda.

–Ahora estoy recuperada, aunque bien podría pasar por un hombre con este cabello y mi delgadez extrema. Puede que ahora mi filosofía al fin sea de vuestro agrado –dije entrando de lleno en una de nuestras guerras dialécticas.

–Oh, señora, estoy tan contento de veros recuperada que no voy a entrar en dialécticas banales con vos. Sabéis que siempre he pensado que estáis dotada de una gran inteligencia, algo inusual entre las mujeres, pero de veras que quiero demostraros lo feliz que me hace vuestra vuelta al mundo real –exclamó sin querer entrar en aquella discusión, pero sin poder remediarlo.

Sin importarme qué pensarían los escribientes, abracé a aquel muchacho. Había añorado mucho sus puyas y nuestras discusiones. En aquel momento, Cristóforo se unió a nosotros, fingiendo la voz ronca del enfado:

–Señora, por favor, ¿dónde está vuestra decencia? ¿Es que acaso vuestra señora madre no os enseñó qué es el decoro?

Nos pusimos a reír todos, sin importarnos lo más mínimo las advertencias de los escribientes que nos pedían silencio.

Salimos de aquel lugar en dirección al jardín y allí, mientras paseábamos, me pusieron al día de todo cuanto había acontecido en el mundo. Me enteré de la fastuosa boda de mi primo Lorenzo con Clarice Cattarini, del nacimiento de su primera hija, Lucrezia, de la muerte de mi tío Piero, que convirtió a mi primo en gobernador de la ciudad, de la continuada y recalcitrante soltería de mi prima María, y de los nacimientos de mis sobrinos, Pietro, segundo hijo de mi hermano Francesco, Chiara y Giulietta, hijas de mi hermano Flavio, y de Nicoletta, hija de mi hermana Ginevra. ¿Cuántos acontecimientos más me había perdido?

Pedí sutilmente a mis acompañantes que paseáramos en silencio. No estaba preparada para saber tantas nuevas noticias en tan poco tiempo, y darme cuenta de que la vida había continuado sin mí hizo que me preguntara si en verdad le importaba a alguien. Si para alguien en este mundo yo era lo suficientemente importante para detener su vida al saber de mi encierro y mis desgracias.

Quizás esa persona podía ser mi querido Enrico, y deseosa de tener una nueva vida junto a él, pregunté en voz alta:

–Señores... ¿Saben si hay algún chismorreo del que deba tener noticia para llevar una buena conversación cuando vuelva al mundo?

Y mis amigos se miraron uno al otro sin saber si decir lo que sabían, aunque tras mi mirada insistente, Cristóforo dijo:

–Bien. Hay uno que es la comidilla actual en vuestra ciudad, Venecia, aunque...

Volví a mirarle inquisitivamente para que retomase la frase.

–Es sobre don Giovanni Acade. Al parecer, su hermano Mateo ha arruinado a la familia tras la remodelación de la casa de Vicenza. Por ello, sin haber cumplido con el tiempo de duelo establecido para su primera esposa ha tenido que volver a contraer matrimonio con...

–¿Se ha vuelto a casar don Acade? –pregunté mientras el corazón se me encogía.

–¡Nada menos que con la hija del banquero de la familia! Se casó hace dos días con Ángela Polegato, y se dice que lo hizo para saldar las deudas contraídas.

Aquello supuso un terrible golpe para mí, pero no dejé que nadie lo notara.

Cuando los amigos de mi esposo, que ahora ya eran también míos, tuvieron que irse, me quedé sola en aquel inmenso jardín, Si hubiese continuado caminando por él, habría llegado hasta el linde del hermoso bosque que se veía desde mi habitación. No quise pensar más en Enrico, y fue justo cuando me decidí a olvidarle cuando empecé a escuchar unas voces en la lejanía, unas risas sinceras que llegaban desde detrás de unos frondosos árboles a los que fui acercándome despacio. Escondida entre sus ramas bajas, pude contemplar de donde provenían aquellos maravillosos sones que no eran sino el sonido de la auténtica felicidad.

En un claro del jardín, junto a una bella fuente de piedra donde estaban representados un par de caballos galopando uno junto a otro, las hijas de Federico y Battista jugaban a perseguirse, a pesar del frío, pues el sol había desaparecido entre unas gruesas nubes. Lejos de las buenas formas con las que su madre les hubiera obligado a comportarse de haber estado allí, Elisabetta corría detrás de Viola, y Viola reía con ganas al descubrir que era más rápida que su hermana. Girolama y Giovanna corrían también una detrás de otra, y desde una posición elevada, Aura decía en un tono de burla, como imitando a su preceptor:

–Señoritas, ahora cambiemos: que Elisabetta persiga a Girolama y Giovanna persiga a Costanza.

Y así lo hicieron. Se divertían persiguiéndose unas a las otras, mientras sus elaborados peinados se despeinaban con el viento, y las cintas de seda volaban y se perdían entre los árboles; sólo les preocupaba seguir siendo lo que eran, tan sólo unas niñas. Giovanna agarró el vestido de Viola y sin querer la tiró al suelo, y después ella misma cayó sobre su pequeño cuerpo. A punto estuve de salir de mi escondite para ver si se había hecho daño, mas me retuve cuando en lugar de un llanto escuché a mi pequeña reír descontroladamente, mientras Girolama la imitaba y sus otras tres hermanas se tiraban con cuidado sobre ella, riéndose al unísono. Jamás había visto a nadie tan unido como esas mocosas. El amor aparecía en aquel lugar como un gran lazo que las volvía inseparables. Aura, la mayor, sacó su pañuelo y después de mojarlo con la lengua, limpió el rostro de Viola hasta que no quedó rastro alguno de polvo; Elisabetta recogió los restos que quedaban de su moño, e intentó recomponerlo para que pareciera de nuevo una niña de alta alcurnia, pero no lo consiguió; Girolama le sacudía el vestido, y Giovanna le colocaba bien sus chapines. ¿Quién era yo para llevarme a mi Viola, a su Costanza, lejos de aquella felicidad? ¿Sería capaz de vivir sabiendo que ella jamás volvería a ver a las que consideraba sus hermanas? ¿Qué podía ofrecerle yo? Una vida sin padre, sin un apellido familiar consistente, una vida lejos de donde nació, rodeada por extraños, que aunque eran su verdadera familia, ella no conocía. ¿Podría llegar a querer a sus primos de aquella forma que quería a sus hermanas?

Sin ser vista volví al camino y continué paseando en silencio, pensando y meditando qué era lo mejor para mi hija. Yo no tenía esposo, no tenía casa. Ni siquiera tenía una vida para compartir con ella, pues desconocía qué me depararía el destino ahora que no podía optar a una vida con Enrico. ¿Mi infinito amor sería suficiente para una niña que, de quedarse donde estaba, tendría un futuro magnífico al llevar el nombre de la casa de los Fondasini? En mi cabeza los pensamientos se entrelazaban impidiendo que diera con una respuesta a todas esas preguntas, hasta que llegué a un nuevo claro donde en una pila llena de agua dos gorriones bebían agua, ajenos a mi presencia. Tan despistados estaban que comenzaron con sus pequeños gorjeos, mientras daban pequeños saltitos por sobre el reborde de piedra. Entonces me di cuenta de que mi hija, por mucho que me doliera, pertenecía a aquel lugar. No era mía, no era de Oddantonio, no era de Enrico, ni siquiera era de Battista o de Federico. Por un momento me dije que debía dejar de ser egoísta y permitir que mi hija fuera feliz junto a sus hermanas que tanto la amaban, y antes de que Federico le dijera nada a la pequeña, me dirigí con paso firme hasta el despacho del duque, aquel que tan malos recuerdos me traía.

Entré en el lugar, muerta de frío, para encontrarme con un cálido ambiente gracias al fuego que ardía en la chimenea. No había llamado a la puerta e interrumpí a Federico mientras se hallaba hablando con sus consejeros pero, en vez de retirarme, me planté en medio de la sala, y con tono firme, le dije:

–Mi señor, debo hablar urgentemente con vos.

Supongo que fue el tono conminatorio de mis palabras por lo que el duque solicitó a sus asesores que abandonaran la estancia e hizo que entrara en un despacho, algo más íntimo y pequeño, para que tomara asiento.

–Y bien, mi señora. ¿Qué es lo que corre tanta prisa para que tenga que dejar los asuntos de Estado por vos?

–Si decido dejar a Vio... a Costanza en este lugar, ¿cuidaréis vos de ella? ¿Os encargaréis de que tenga un buen futuro y una vida regalada?

–Mi señora, hasta este día Costanza ha sido mi hija y le he ofrecido todo cuanto un padre ha de ofrecer a su prole. Tiene las necesidades tanto materiales como afectivas cubiertas y jamás le ha faltado de nada, igual que a mis otras cuatro hijas. En cuanto a su futuro, debéis saber que está prometida al heredero del ducado de Spoleggio, hijo de una de las más nobles casas del reino de Nápoles, Antonello de Sansevasco, aunque ahora que vos queréis llevárosla, deberé decidir cuál de mis otras hijas ocupará su lugar. A pesar de ser un hombre de guerra, he amado a todas mis hijas por igual, y sé que mi esposa lo ha hecho de este modo también, pues ella siguió las directrices que vos le disteis antes de partir hacia el convento, y cuando Costanza estaba intranquila, iba con la niña a vuestra habitación, para mostrarle el bosque y escuchar los cantos de los gorriones. Estáis en vuestro derecho de llevárosla pues es carne de vuestra carne, vos la engendrasteis, pero no penséis en ningún momento que no nos duele entregárosla, pues ella siempre formará parte de esta familia.

–¿Y si no me la llevara? –dije con suma pena.

–Seguiría amándola como lo he hecho hasta ahora.

No dije nada más, me levanté, hice una reverencia y salí del cuarto, para dirigirme a mi habitación, donde curiosamente encontré a mi pequeña mirando por la ventana.

–Sí que te gusta este lugar, Costanza –dije intentando que mi voz no se quebrara al llamarla por el nombre con que había sido bautizada oficialmente.

–Siento haber entrado, tía, sin vuestro permiso, pero es que ninguna de las demás estancias tiene estas vistas. ¿Os habéis enfadado?

–Jamás podría enfadarme contigo y menos por disfrutar de algo tan bonito como el paisaje que se ve desde aquí. Ven, siéntate junto a mí –le dije mientras le hacía una señal para que tomara asiento en la cama–. ¿Sabes lo que es la felicidad? –le pregunté sin apartar mis ojos de ella.

Me miró como si no me comprendiera.

–¿Te gusta vivir en este lugar, estar con tus hermanas?

–Me río con ellas y me gustan nuestros juegos en el jardín. Sé que pronto deberé comenzar a estudiar junto a ese maestro del que siempre se ríe Aura, pero así podré estar más rato con ellas.

Acaricié su rostro y continué mirándola, intentando decidir si debía decirle que yo era su verdadera madre y que iba a llevármela lejos de todo lo que conocía.

–Giovanna dice que volvéis a vuestro hogar, que se lo ha oído decir a uno de los sirvientes. ¿Es cierto?

–He de volver a mi casa, aunque antes viviré un tiempo con mi primo, que vive en una gran ciudad cerca de aquí.

–¿Y dónde está vuestra casa?

Fue difícil contestar a aquella simple pregunta, pues yo seguía sin tener nada que fuera mío. Pensé en el hogar de mis padres y dije:

–Vivo en una ciudad que está rodeada de agua. Sus calles se llaman canales y en vez de ir a pie, has de subirte a una pequeña embarcación a las que llamamos góndolas o galeras.

La pequeña me miraba con la boca abierta, sin acabarse de creer lo que oía.

–¿No te gustaría vivir en un lugar así? –pregunté tanteándola.

–¡No! ¿Y si me caigo al agua? Además... en un lugar así no debe de haber gorriones. ¿Dónde posan sus patitas si en el agua no hay árboles?

Aquello fue lo que me decidió a separarme de mi hija. No podía llevarla hacia un futuro incierto.

–También tenemos pajaritos en Venecia, aunque son diferentes a los gorriones y viven en los árboles de los jardines, pues hay casas que tienen bellos vergeles con numerosos parterres llenos de flores –dije en un intento inconsciente de tentarla.

–Tía, si os vais, ¿os llevaréis el laúd con vos? Mi padre dice que es vuestro.

–¿Te gusta ese instrumento?

–Sí, aunque madre dice que no es adecuado para una dama, pero creo que cuando sea mayor, me dejará aprender a tocarlo.

–Entonces es un regalo para ti. Me lo regaló mi esposo, tu tío, cuando aún no estábamos casados y sé que tú lo vas a cuidar bien.

–¿Vendréis a visitarnos alguna vez?

–Si vuelvo a Venecia, voy a estar muy lejos, aunque pretendo pedirle a tu madre que no deje de escribirme diciéndome como estáis tú y tus hermanas.

–Cuando sepa escribir, ¿podré enviaros también cartas?

–No sabes la ilusión que me haría.

La pequeña se abrazó a mí con fuerza, besó mi mejilla y volvió a abrazarse a mí, sin querer soltarse.

–Oléis muy bien, tía, y con ese peinado, estáis casi tan bella como en el retrato que padre me enseñó de vos una vez.

–¿Un retrato? ¿De mí?

–Bueno, era sólo vuestra cara a carbón y el papel estaba algo roto y manchado, pero sé que erais vos, pues me dijo que mi tío lo tenía entre sus manos el día que Dios se lo llevó. ¿Os entristecisteis mucho ese día?

Medité mi respuesta, porque no quería mentirle, pero tuve que hacerlo.

–Sí, me puse muy triste. Pero... ¿cómo es que tu padre te enseñó ese retrato?

–Porque yo también me puse muy triste un día que encontré un gorrión muerto por el frío, y padre me dijo que si dibujaba aquel pajarito como lo recordaba, cuando viera su dibujo, él viviría en mis pensamientos. Al no comprender qué quería decirme, me dijo que cuando su hermano murió, lo último que vio fue el retrato de su esposa, y cuando le pregunté por ella, me enseñó el dibujo.

Las sinceras palabras de la niña hicieron que me sintiera mal por no haber amado a Oddantonio. ¿Jamás se mereció mi amor? ¿Acaso no me enseñó muchas cosas que nadie más podría haberme enseñado? ¿No fue cariñoso y no llenó mis días de risas hasta el fatídico suceso en Venecia? Aquellas elucubraciones mentales me llevaron a pensar si algún día sabría qué era el amor. ¿Amé a Oddantonio? ¿Era amor lo que sentía por Enrico? ¿Cómo se llamaba lo que mi corazón profesaba por aquella pequeña, fruto de mis entrañas?

–Tía Costanza, ¿qué os ocurre? –preguntó mi pequeña.

–¿Sabes cómo te llamaba yo cuando eras muy, muy pequeña?

–¿Cómo? –preguntó curiosa.

–*Piccolo passero,* porque eras tan regordeta como un pequeño gorrión.

La pequeña sonrió.

–Costanza. ¿Me dejas que mire tu brazo? –le dije queriendo asegurarme de alguna manera de que ella era mi hija.

–¿Por qué? –preguntó de nuevo.

–Porque cuando eras pequeña, descubrí que tenías una manchita parecida a una cereza en él y quería saber si aún la tenías.

–¡Sí la tengo! –dijo levantando un poquito su manga–. Madre dijo que eso era una señal de que Dios tenía grandes planes para mí, aunque no sé qué quiere decir eso.

–Quiere decir que algún día, cuando te conviertas en mujer, serás una gran dama.

Volvió a sonreír. Y su sonrisa fue tan inocente pero a la vez tan franca y abierta que no pude sino enamorarme de ella, tal como hice un día antes de perderla para siempre.

–Tomad –dijo la pequeña ofreciéndome su pajarito de madera.

–¡No puedo aceptarlo, Costanza! ¡Es tu juguete preferido! –le contesté.

–Quiero que os acordéis de mí, como yo lo haré de vos cuando aprenda a tocar vuestro laúd. Sólo puedo daros esto, así, cada vez que miréis mi gorrión, os acordaréis de mí y de este lugar –exclamó con la lucidez de una muchacha mucho más mayor de lo que ella era.

–Gracias, mi pequeña. Jamás me olvidaré de ti.

Al día siguiente, con todo mi equipaje preparado, con la bolsa de mi dote y del dinero en que Federico había valorado las joyas que un día me regaló Oddantonio, me despedí de Battista con el compromiso de que me mantuviera informada de la vida de Costanza mediante el envío de cartas periódicas, y con la promesa de convertirla en una gran dama que pudiera estar a la altura de su futuro esposo.

Por suerte me había despedido de las niñas la noche anterior, antes de recuperar, mediante aquel pasadizo secreto que llevaba a la plaza, el paquete que Sitti escondiera en su día en la base del torreón. Sabía que tener a mi hija allí en aquel momento hubiera sido un desagradable recuerdo que no quería llevar conmigo, y así se lo pedí a la que, desde aquel mismo momento, iba a considerar su auténtica madre.

El carruaje comenzó a trotar gracias a la dirección del cochero, quien una vez salimos de la ciudad azuzó a los caballos para no llegar demasiado tarde a nuestra primera parada. Por supuesto, siendo yo viuda de Fondasini y prima de los Alario, Federico insistió en que cuatro guardias ducales a caballo escoltaran el carruaje en mi viaje hasta Fortefortezza, cosa que provocó en mí el inmediato recuerdo de Lauv, el soldado que despertó en mí la curiosidad por aquello que, la maldita voz interior seguía insistiendo, había sido el detonante de todas mis desgracias, aunque ninguno de esos caballeros se le parecía.

Tras vivir la vida que mi padre había elegido por mí, me dirigí en busca de refugio a las tierras de Lorenzo, sabiendo que esperaba con ansia mi llegada una vez recibió la contestación a mi misiva. En aquel instante en el que mi vida comenzaba de nuevo, lo único que lograba preguntarme era adónde me llevaría mi sino, y si aquel lugar sería lo que en verdad Costanza Contanti deseaba.

Tal como me decía siempre Cristóforo, yo era un ser diferente, un pájaro demasiado bello para tener encerrado, que necesitaba libertad para poder batir mis alas con fuerza, unas alas que él siempre insistía en que no permitiera que nadie cortara, ya que iban a llevarme muy lejos.

Sabía que en Fortefortezza se encontraba un nuevo comienzo, pero seguía preguntándome si en aquel lugar podría vivir de acuerdo con mis anhelos, aunque en verdad desconocía por completo cómo quería hacerlo.

¿Debía dejarme llevar o era necesario que retara a mi destino?

NOTA DE LA AUTORA

La máscara veneciana es el primer volumen de la saga *Las Rosas de Lilith*, una serie de novelas donde a través de sus mujeres nos adentramos en un mundo dirigido por una sociedad masculina, para verlo desde la perspectiva femenina.

Este primer volumen nos ha permitido conocer a Costanza Contanti, la primera Rosa de Lilith, antes de convertirse en una de ellas, descubriendo a la muchacha que vivió como se esperaba de una mujer de su tiempo, mientras nos presenta su pequeño universo veneciano, que entremezcla realidad y ficción. Mi intención no es otra que haber conseguido despertar en usted, querido lector, el interés por querer saber más sobre Costanza, que anhele adentrarse en su mundo, que se pregunte qué fue de ella, y cómo pudo influir una joven e inocente veneciana en un mundo cuyas mujeres veían limitada su vida a los deseos protectores de una sociedad paternalista.

Los nombres de ilustres doctoras, elocuentes filósofas, valientes guerreras y sublimes artistas fueron ninguneados o ni siquiera recogidos en los libros de historia que han llegado hasta nuestros días.

Ellas claman su lugar y es hora de que podamos conocerlas a través de una mujer con el valor y el coraje de Costanza Contanti.

ÍNDICE